AF237755

Das Buch
Der 35-jährige Richard »Rex« König ist Comiczeichner und besitzt eine unheimliche Gabe. Seit einem Unfall kann er die Totengesichter anderer sehen, sobald er sie berührt. Somit weiß er, dass sie binnen 72 Stunden sterben werden.
Anfangs konnte er nicht glauben, dass er diese Fähigkeit besitzt, die er eher als Fluch ansieht, denn das Wissen um den Tod der Menschen belastet ihn sehr. Doch nachdem es immer öfter vorkam, muss er seine Gabe schließlich akzeptieren. Allerdings kann er sich nicht damit abfinden, dass er das Schicksal der todgeweihten Menschen nicht doch verändern und ihr Leben retten kann. Deshalb verfolgt er sie, sobald er das Antlitz des Todes in ihren Gesichtern gesehen hat. Allerdings gelang es ihm bisher kein einziges Mal, dem Schicksal Knüppel zwischen die Beine zu werfen und den Tod zu überlisten.
Als Rex eines Tages in der U-Bahn von einer jungen Frau berührt wird und ihr Totengesicht sieht, folgt er auch ihr wider besseres Wissen bis zu ihrer Wohnung. Und als er ihren Namen vom Türschild ablesen will, um später noch einmal wiederzukommen, bemerkt er, dass die Tür einen Spaltbreit offen steht. Er stößt die Tür an und entdeckt einen Mann mit einer schallgedämpften Waffe, der hinter der Biegung des Gangs verschwindet und offenbar Böses im Sinn hat.
Ohne groß zu überlegen, betritt Rex die Wohnung, um den Mann irgendwie zu überwältigen und das Leben der Frau zu retten. Er ahnt nicht, dass er mit diesem Schritt unwiderruflich in eine abenteuerliche und tödliche Geschichte gerät und sein Leben mehr als einmal am sprichwörtlichen seidenen Faden hängt ...

Der Autor
Eberhard Weidner wurde 1965 in Baden-Württemberg geboren und lebt heute mit seiner Familie in Bayern.

EBERHARD WEIDNER

†OTENGESICH†
DAS ANTLITZ DES TODES

THRILLER

Bibliografische Information der Deutschen Nationalbibliothek:
Die Deutsche Nationalbibliothek verzeichnet diese Publikation in der
Deutschen Nationalbibliografie; detaillierte bibliografische Daten
sind im Internet über http://dnb.dnb.de abrufbar.

Dieser Titel ist auch als E-Book erhältlich.

© 2014 Eberhard Weidner
Herstellung und Verlag:
BoD – Books on Demand, Norderstedt

ISBN: 978-3-7528-7985-8

PROLOG

Ich wusste, dass der Mann, den ich verfolgte, demnächst sterben würde, denn ich hatte das Antlitz des Todes in seinem Gesicht gesehen.

Dabei war ich ihm erst vor wenigen Minuten in der U-Bahn zum ersten Mal begegnet, als sich unsere Hände im dichten Gedränge zufällig berührten. Ich zog sofort erschrocken meine Hand zurück und wandte den Kopf in seine Richtung. Doch es war zu spät. Die Berührung, die lediglich den Bruchteil eines Augenblicks gewährt hatte, reichte aus, um mir zu zeigen, was ich eigentlich gar nicht sehen und wissen wollte.

Der Mann war dem Tode geweiht!

Er sah mich ebenfalls an, doch den Ausdruck in seinem Gesicht konnte ich nicht erkennen, da mich stattdessen ein Totengesicht anstarrte. Ich erschauderte unwillkürlich am ganzen Körper und schloss die Augen, als könnte ich das Bild auf diese Weise zum Erlöschen bringen. Doch als ich sie wieder öffnete und ihn erneut ansah, war die Erscheinung – oder worum auch immer es sich dabei handelte – noch immer da.

Es sah aus, als würde ich mit dem rechten und dem linken Auge zwei unterschiedliche Bilder sehen, die in meinem Kopf übereinander projiziert wurden. Ich erkannte zwar die Gestalt des Mannes und die Umrisse seines Kopfes. Doch anstelle seines Gesichts sah ich einen düsteren Fleck in der Form eines Totenschädels, der es ausfüllte und die natürlichen Gesichtszüge unkenntlich machte. Ich hatte so etwas in den letzten anderthalb Jahren schon öfter gesehen, als mir lieb sein konnte. Doch es war jedes Mal wieder aufs Neue erschreckend und furchtbar.

Nach ein paar Sekunden verblasste der schattenartige Totenkopf, der sich wie eine düstere Unheilwolke über seine Gesichtszüge gelegt hatte, ganz allmählich wieder, und sein normales Gesicht kam zum Vorschein. Er sah mich zornig und gleichzeitig irritiert an. Vermutlich war er ratlos und wütend, weil ich ihn so erschrocken angestarrt hatte. Wir wandten gleichzeitig betreten den Blick ab und sahen in verschiedene Richtungen.

Dennoch konnte ich nicht ungeschehen machen oder vergessen, was ich gesehen hatte.

Denn es bedeutete, dass er sterben würde!

Noch wusste ich zu wenig über die Gabe, die mir allerdings eher wie ein Fluch erschien und die ich erst seit etwa 18 Monaten besaß. Eines wusste ich jedoch mit Sicherheit: Diejenigen, in deren Gesichtern ich das Antlitz des Todes sah, hatten allerhöchstens noch 72 Stunden zu leben.

Als die U-Bahn langsamer wurde, weil sie sich der nächsten Station näherte, überlegte ich fieberhaft, was ich tun sollte. Ich wusste, dass jeder Versuch, den Mann vor seinem Schicksal bewahren zu wollen, zum Scheitern verurteilt war. Zumindest hatte es in all den vorherigen Fällen, in denen ich es versucht hatte, nicht funktioniert. Ich ging daher davon aus, dass sein Tod schon jetzt vorherbestimmt war und von niemandem verhindert werden konnte. Aber vielleicht war es ja dieses Mal anders. Vielleicht konnte ich es dieses Mal schaffen.

Ich seufzte, als die U-Bahn mit einem Ruck anhielt, der mich einen halben Schritt nach vorn taumeln ließ. Ich hatte es nämlich nicht mehr gewagt, mich irgendwo festzuhalten. Ich hatte Angst, ich könnte noch einmal versehentlich direkten Körperkontakt zu jemandem bekommen, der zufälligerweise innerhalb der nächsten drei Tage sterben würde. Denn nur dann war ich in der Lage, das Totengesicht der betreffenden Person zu sehen. Zum Glück war das Gedränge so groß, dass ich nicht umfallen konnte. Allerdings stieß der Mann vor mir, den ich anrempelte, ein ärgerliches Grunzen aus.

Ich behielt meine bloßen Hände dicht am Körper, als ich in der Menge wie in einem Fischschwarm aus der U-Bahn und auf den Bahnsteig geschwemmt wurde. Vielleicht war es doch langsam an der Zeit, dass ich mir auch im Sommer dünne Handschuhe anzog, um mich vor unliebsamen Berührungen und dem Anblick der Totengesichter zu schützen. Auch wenn meine Hände darin schwitzen würden und ich damit vermutlich wie der letzte Idiot aussah. Aber ich wollte nicht wissen, ob die Menschen, denen ich begegnete, demnächst sterben mussten, da dieses Wissen mich stets vor die alles entscheidende Frage stellte, was ich damit anfangen sollte. Sollte ich dem Schicksal, das ich anscheinend ohnehin nicht verändern konnte, einfach seinen Lauf lassen und untätig bleiben? Oder sollte ich die dem Tode geweihte Person verfolgen, weil ich die Hoffnung trotz aller Fehlschläge in der Vergangenheit noch immer nicht völlig aufgegeben hatte? Denn wozu sollte meine Gabe – oder der Fluch – denn sonst gut sein, wenn ich gar nicht in der Lage war, etwas zu verändern?

Ohne dass es mir sofort bewusst geworden war, hatte ich mich an den Rand der Menschenmasse schwemmen lassen, die wie eine Herde Schafe zur Rolltreppe strömte. Ich blieb vor der gekachelten Wand der U-Bahnstation stehen, wandte mich um und ließ meinen Blick über die Menge schweifen. Es sah ganz so aus, als hätte ich meine Entscheidung, was ich tun sollte, längst gefällt, ganz intuitiv und ohne bewusst darüber nachzudenken.

Zuerst dachte ich, der Mann, dessen Totengesicht ich gesehen hatte, wäre längst weg oder in der U-Bahn geblieben, denn die Menge vor mir lichtete sich merklich. Doch dann entdeckte ich ihn. Er hatte sich etwas zurückfallen lassen, um dem dichtesten Gedränge zu entgehen, und gehörte zu den Nachzüglern, die sich in Richtung Rolltreppe bewegten.

Obwohl ich ihn nur von hinten sah, erkannte ich ihn dennoch sofort wieder. Er trug einen schwarzen, für meine Begriffe sehr teuer wirkenden zweiteiligen Businessanzug und schwarze Budapester. Sein kurz geschnittenes, dunkelbraunes Haar war schon leicht ergraut und auf der linken Seite seines Kopfes gescheitelt. Der Scheitel war schnurgerade und sah aus, als wäre er mit einer Axt gezogen worden. Außerdem trug er eine Brille, deren Bügel ich hinter seinen zu groß geratenen, leicht abstehenden Ohren erkennen konnte. Ich wusste auch, dass er eine dunkelbraune Aktentasche bei sich hatte, obwohl ich sie von hinten nicht sehen konnte, denn er trug sie mit beiden Händen umklammert vor der Brust, als hätte er Angst, jemand könnte sie ihm entreißen. Die Tasche und die Art, wie er sie hielt, waren mir beiläufig aufgefallen, als ich ihn in der U-Bahn von vorn gesehen hatte, unmittelbar nachdem wir uns zufällig berührt hatten.

Ich fragte mich natürlich, was er bei sich hatte, dass er so besorgt darüber zu sein schien, es könnte ihm gestohlen werden. Es musste etwas Wichtiges sein. Andererseits konnte man im dichten Gedränge der U-Bahn, in der Taschendiebe leichtes Spiel hatten, nicht vorsichtig genug sein.

Bevor der Mann die Rolltreppe erreichte, setzte ich mich ebenfalls in Bewegung. Ich sah auf die Uhr, die über dem Bahnsteig hing. Es war kurz vor fünf Uhr am Nachmittag, doch ich hatte noch genügend

Zeit, bevor ich mich in einem Café ganz in der Nähe mit einem Bekannten treffen wollte.

Im Gegensatz zu mir schien es der Todgeweihte jetzt allerdings doch eilig zu haben, denn er ging die Stufen der Rolltreppe hinauf, um schneller oben zu sein. Ich folgte seinem Beispiel und passierte all die anderen Leute, die es gemächlicher angingen und sich nach oben tragen ließen.

Die Rolltreppe brachte uns ins Freie und zurück ins helle Tageslicht. Zum Glück regnete es nicht, obwohl der Himmel dicht bewölkt und düster war, denn ich hatte keinen Schirm dabei. Einen längeren Spaziergang im Freien hatte ich schließlich nicht eingeplant gehabt, als ich von zu Hause losgegangen war.

Nachdem der Mann von der Rolltreppe auf den Bürger-steig getreten war, blieb er kurz stehen und sah sich um, als müsste er sich orientieren. Vielleicht war er in diesem Teil von München noch nie zuvor gewesen. Ich blieb auf der Stufe der Rolltreppe, auf der ich mich gerade befand, stehen und ließ mich den Rest der Strecke nach oben tragen, denn ich wollte ihn nicht einholen.

Zum Glück hatte er sich schon alsbald orientiert und setzte sich in Bewegung, bevor ich oben ankam. Er wandte sich nach rechts und marschierte zügig auf die nächste Straßenkreuzung zu. Zweifellos wollte er eine der Straßen überqueren, die sich dort trafen. Ich folgte ihm im selben Tempo, um ihn nicht zu verlieren. Als er am Straßenrand anhielt, weil die Fußgängerampel Rot zeigte, ging ich langsamer. Nachdem die Ampel auf Grün geschaltet hatte, eilte er weiter und überquerte die Straße. Auch ich erhöhte mein Tempo wieder und bemühte mich, mit ihm Schritt zu halten.

So ging es die nächsten 20 Minuten. Allerdings wunderte ich mich schon bald, wohin der andere wollte, denn er schien kein festes Ziel zu haben. Stattdessen marschierte er kreuz und quer durch die Straßen. Immer wieder änderte er scheinbar willkürlich die Richtung. Ich kannte mich in dieser Gegend ein wenig aus, da ich schon öfter ganz in der Nähe zu tun gehabt hatte, dennoch konnte ich mir nicht vorstellen, wohin der Mann unterwegs war. Schon nach wenigen Minuten erschien es mir beinahe so, als wollte der Todgeweihte durch sein unvorhersehbares Verhalten und seine überraschenden Richtungsänderungen etwaige Verfolger abhängen. Andererseits sah er sich kein einziges

Mal um, ob er tatsächlich verfolgt wurde. So bestand auch nie die Gefahr, dass er mich entdecken könnte. Dann kam mir der Gedanke, dass er möglicherweise eine Verabredung hatte, zu früh dran war und nun die Zeit totschlug, indem er scheinbar ziellos durch die Gegend wanderte und sich seinem Ziel nicht direkt, sondern über Umwege näherte.

Ich fragte mich aber auch, ob sein merkwürdiges Verhalten etwas mit dem Inhalt der Aktentasche zu tun hatte, die er die ganze Zeit über, selbst nachdem er aus dem dichten Gedränge der U-Bahn heraus war, ganz fest an seine Brust presste und mit beiden Armen umklammert hielt. Und vielleicht hatte all das ja auch etwas mit seinem Tod zu tun, der ihn demnächst unweigerlich ereilen würde. Denn obwohl ich in seinem Gesicht das Antlitz des Todes gesehen hatte, wusste ich natürlich nicht, wie und woran er sterben würde. Die Totengesichter zeigten mir nur, dass jemand starb, jedoch nicht die Ursache seines Todes. In den letzten Monaten war ich diversen Todgeweihten gefolgt, die innerhalb der nächsten 72 Stunden aus den unterschiedlichsten Gründen verstorben waren: Krankheit, Unfall oder Selbstmord. Der Tod selbst kam dabei für mich im Gegensatz zu den Todgeweihten selbst nicht überraschend, nur der exakte Zeitpunkt und die Ursache waren mir unbekannt.

Nach 20 Minuten scheinbarem Umherirren betrat der Mann schließlich ein Parkhaus.

Ich runzelte irritiert die Stirn, während ich nachdachte. Denn wenn der andere dort seinen Wagen geparkt hatte, einstieg und wegfuhr, konnte ich ihm nicht länger folgen. Was sollte ich also tun? Ein Taxi rufen und mich an der Ausfahrt des Parkhauses postieren, um ihn abzufangen, wenn er herausfuhr? Wenn ich in dieser Gegend überhaupt so schnell ein Taxi bekam. Andererseits, argumentierte die rationalere Hälfte meines Verstandes, wäre es auch kein Beinbruch, wenn ich den Mann nicht weiter verfolgen könnte. Denn ihn retten und sein vorherbestimmtes Schicksal verhindern konnte ich wohl ohnehin nicht.

Allerdings hatte ich die Hoffnung, irgendwann doch einmal etwas bewirken zu können, noch immer nicht aufgegeben. Nur deshalb folgte ich ihm bis ins Parkhaus und hoffte, dass ich schon irgendeine Möglichkeit finden würde, um ihm weiterhin auf den Fersen zu bleiben.

Ich hatte damit gerechnet, dass er am Ende der kurzen Schlange vor den Kassenautomaten stehen bleiben würde, um zu bezahlen, und mich bereits nach einer günstigen Stelle umgesehen, an der ich ihn weiterhin im Auge behalten und darauf warten konnte, dass er weiterging. Doch er marschierte schnurstracks an der Schlange vor dem Automaten vorbei zur Treppe.

Wenn er nicht bezahlte, dann konnte er das Parkhaus auch nicht mit dem Wagen verlassen. Demnach hatte er allem Anschein nach gar nicht vor, sein Auto abzuholen. Was hatte er aber dann in einem Parkhaus zu suchen? Während ich selbst die Warteschlange passierte, fiel mir die Aktentasche wieder ein. Entweder wollte er sie im Auto deponieren und einschließen, oder er hatte vor, etwas aus seinem Wagen zu holen.

Ich nahm ebenfalls die Treppe und lief nach oben. Die Stufen und Absätze bestanden aus Stahlgittern und vibrierten lautstark unter meinen Schritten, obwohl ich möglichst leise auftrat. Allerdings konnte ich dadurch auch die Schritte des anderen hören und ihn durch die Lücken in den Gittern undeutlich erkennen, wenn ich nach oben sah. Auf diese Weise bekam ich auch genau mit, wann und wo er das Treppenhaus verließ und welche Parkebene er betrat.

Ebene 3 stand auf der grauen Stahltür, durch die er gegangen war. Ich wartete noch ein paar Sekunden, um ihm genügend Zeit zu geben, sich von der Tür zu entfernen, und mir gleichzeitig eine kurze Verschnaufpause zu gönnen, damit ich nach dem Treppensteigen wieder zu Atem kam. Erst dann öffnete ich die Tür vorsichtig einen Spaltbreit und spähte durch diesen auf die Parkebene.

Ich entdeckte den anderen Mann sofort, denn er entfernte sich, ohne sich umzusehen, mit großen Schritten von der Tür. Beruhigt, dass er schon weit genug weg war und mir nicht auflauerte, weil er unter Umständen bemerkt hatte, dass ich ihn verfolgte, öffnete ich die Tür so weit, dass ich durch den Spalt auf das Parkdeck schlüpfen konnte. Zum Glück knarrte die Tür beim Öffnen nicht, denn dann hätte er sich gewiss umgedreht. Und sobald er mich zu Gesicht bekäme, würde er mich sicher auch erkennen, weil ich ihn in der U-Bahn so entgeistert angestarrt hatte. Einer direkten Konfrontation wollte ich allerdings nach Möglichkeit so lange wie möglich aus dem Weg gehen, denn wie hätte ich ihm erklären können, warum ich ihm folgte, ohne dass er mich für einen durchgeknallten Irren hielt. Außerdem hatte ich festgestellt, dass andere Menschen es einem mitunter sehr übelnahmen, wenn man ihnen ins Gesicht sagte, dass sie spätestens in drei Tagen tot sein würden. Ich konnte es ihnen nicht einmal verdenken, denn wer will schon wissen, dass er demnächst stirbt. Noch dazu, wenn man daran, so wie es bislang aussah, nicht das Geringste ändern konnte.

Ich ließ die Tür leise hinter mir ins Schloss gleiten, damit sie nicht zufiel, bevor ich meinen Weg fortsetzte. Allerdings ging ich nicht, so wie der andere es tat, auf der Fahrspur zwischen den geparkten Fahrzeugen, sondern benutzte die auf der rechten Seite abgestellten Autos als Deckung und bewegte mich zwischen ihnen und der Seitenwand entlang. So konnte ich mich jederzeit hinter ein Fahrzeug ducken, falls sich der andere doch plötzlich umsah, auch wenn er das bislang kein einziges Mal getan hatte.

Wie gut ich daran tat, zeigte sich keine zwanzig Sekunden später, denn urplötzlich blieb der Mann stehen, als wäre er gegen eine unsichtbare Barriere gerannt. Er schien angestrengt zu einem bestimmten Parkplatz zu starren. Dann holte er mit der freien Hand einen Zettel aus der Innentasche seines Jacketts und sah zuerst darauf und dann wieder zum Parkplatz, auf dem ein schwarzer BMW X6 stand. Mir kam es vor, als würde er die Nummer des Parkplatzes oder des Wagens mit der vergleichen, die auf dem Zettel stand. Schließlich nickte er und sagte etwas, das ich auf diese Distanz – uns trennten mindestens zehn Meter – allerdings nicht verstehen konnte.

Ich musste vorausgeahnt haben, was er als Nächstes tat, denn ich tauchte bereits ab und ging hinter dem Toyota in Deckung, noch ehe er begann, sich umzuwenden und in alle Richtungen zu sehen, als wollte er sichergehen, dass wirklich niemand in der Nähe und er ganz allein auf der Parkebene war. Nach zehn Sekunden, die ich in Gedanken abzählte, hob ich den Kopf wieder ganz vorsichtig und spähte über das Autodach hinweg. Ich erschrak, als ich ihn nicht mehr sah, und richtete mich ganz auf. Doch im selben Moment richtete auch er sich vor dem geparkten X6 auf, wandte sich rasch ab und entfernte sich mit eiligen Schritten.

Ich war verwirrt, daher ließ ich einige Momente verstreichen, ehe ich ihm folgte, und dachte nach. Da ich in Deckung gegangen war, um nicht entdeckt zu werden, hatte ich nicht gesehen, was der Mann in dieser Zeit getan hatte. Aber wenn er den Kofferraum, vor dem er gestanden hatte, geöffnet hätte, dann hätte ich das mit Sicherheit hören müssen. Was hatte er aber dann dort gemacht?

Da ich allein durch Nachdenken diese Frage nicht beantworten konnte, schüttelte ich kurzerhand den Kopf und beeilte mich, dem todgeweihten Mann zu folgen, der inzwischen das Treppenhaus auf der anderen Seite des Parkdecks erreicht hatte und soeben die Tür öffnete. Sobald er außer Sicht und die Tür hinter ihm ins Schloss gefallen war, lief ich los, um nicht den Anschluss zu verlieren. Ich erreichte die Tür, auf der *Ausgang Nord* stand, nur wenige Sekunden, nachdem er verschwunden war, verschnaufte kurz und öffnete die Tür dann langsam. Ich lauschte und konnte seine Schritte auf den Gitterstufen der Treppe unterhalb meines Standorts hören.

Ich huschte ins Treppenhaus und schloss die Tür zum Parkdeck leise hinter mir. Dann ging ich ebenfalls die Stufen nach unten. Da ich nicht verhindern konnte, dass die Stahlgitterkonstruktion unter meinen Schritten erbebte und Lärm verursachte, bemühte ich mich, meine Schritte im Gleichklang mit denen des Mannes zu setzen, dem ich folgte. Allerdings waren auch noch andere Leute im Treppenhaus, kamen von den anderen Parkebenen oder waren zu diesen unterwegs, sodass ich nicht auffiel und nur einer unter vielen war.

Nachdem wir wieder unter anderen Menschen waren, fiel es mir leichter, ihm unauffällig zu folgen. Außerdem musste ich nicht mehr so großen Abstand halten, da ich mich in der Menge verstecken konnte. Als wir im Erdgeschoss ankamen, ignorierte der andere erneut die Kassenautomaten und ging in Richtung Ausgang. Ich schwamm erneut mit dem Strom, als ich ihm folgte, denn alle wollten rasch das Parkhaus verlassen.

Der Todgeweihte trat auf den Bürgersteig vor dem Gebäude. Wegen der anderen Menschen zwischen uns verlor ich ihn für einen Moment aus den Augen, doch dann konnte ich zwischen den Köpfen der anderen hindurch erkennen, dass er nach links und rechts sah, bevor er auf die Straße trat.

Erneut wurde mir die Sicht versperrt, als ein Zeitgenosse, der mich um mindestens einen halben Kopf überragte, sich vor mir einreihte. Doch das störte mich nicht, denn der andere Mann war nur wenige Meter vor mir und überquerte gerade die Straße, sodass ich ihn kaum verlieren würde.

In diesem Moment brüllte ein Motor wie ein wildes Raubtier ohrenbetäubend laut auf, dann kreischten Reifen auf dem Asphalt, als ein Auto vehement beschleunigt wurde. Ich hörte einen dumpfen Schlag, dem sich ein kurzer Augenblick atemberaubender Stille anschloss, als hielte für den Bruchteil einer Sekunde die ganze Welt den Atem an. Zahlreiche Menschen in meiner Umgebung schrien gleichzeitig, riefen unverständliche Worte oder stöhnten kollektiv auf, während das Gebrüll des Motors stetig leiser wurde, weil sich der Wagen mit hoher Geschwindigkeit sehr rasch entfernte. Dann war noch einmal das Lärmen seiner Reifen zu hören, als er in der Ferne zu schnell um eine Ecke bog.

Im ersten Moment wusste ich nicht, was geschehen war, da mir die Sicht zur Straße noch immer verwehrt war. Doch wie bei einem Puzzle, das ausschließlich aus Geräuschen bestand, setzte mein Verstand das Gehörte in eine furchtbare Ahnung um, die mir den Atem verschlug. Und das, obwohl ich schon vorher gewusst hatte, dass der Mann sterben würde, weil ich das Antlitz des Todes auf seinem Gesicht gesehen hatte. Aber dass es so schnell passieren würde, damit hatte ich nicht gerechnet.

Ganz plötzlich, nachdem für kurze Zeit jede Bewegung in meiner unmittelbaren Umgebung erstarrt gewesen war, drängte alles nach vorn in Richtung Straße, um einen Blick auf das Unglück zu erhaschen, das sich dort abgespielt hatte. Auch ich schob mich rücksichtslos durch die Menschenmenge, achtete allerdings dennoch darauf, dass ich niemanden mit den bloßen Händen berührte. Ein Totengesicht und die Gewissheit, dass ich es auch dieses Mal nicht hatte verhindern können, reichten mir für einen Tag vollkommen.

Indem ich mich durch schmale Lücken zwängte und, wenn es sein musste, auch meine Ellbogen einsetzte, um mir Platz zu verschaffen, gelangte ich zum Rand des Bürgersteigs vor dem Zugang zum Parkhaus. Er schien eine unsichtbare Barriere für die Schaulustigen zu bilden, denn keiner wagte es, die Straße zu betreten, so als hätten alle Angst davor, ihnen könnte dasselbe widerfahren wie dem Mann im zweiteiligen schwarzen Businessanzug, der in absolut unnatürlicher und ungesunder Körperhaltung mitten auf der Straße lag.

Ich blieb ebenfalls an der Gehsteigkante stehen und starrte entsetzt auf den Mann, dem ich seit mindestens einer halben Stunde von der vollen U-Bahn bis hierher gefolgt war. Ich musste gar nicht näher heran, um zu erkennen, dass er tot war. Er lag auf dem Rücken. Sein linker Arm und der rechte Fuß waren so verdreht, wie es keiner lebenden Person, nicht einmal dem talentiertesten Schlangenmenschen, möglich gewesen wäre, ohne bleibende Schäden davonzutragen. Außerdem wurde die Blutlache, die sich um seinen zerschmetterten Schädel herum wie ein roter Heiligenschein auf dem Asphalt gebildet hatte, mit jeder Sekunde größer. Obwohl auch sein Gesicht deformiert und blutüberströmt war, hatte ich keine Zweifel, dass es der Mann war, dessen Totengesicht ich gesehen hatte. Als ich bemerkte, dass er keine Brille trug, überkamen mich zwar dennoch leichte Zweifel, doch als ich den Blick über die Straße schweifen ließ, entdeckte ich das verbogene, glaslose Gestell fünf Meter von der Leiche entfernt.

Dann fiel mir auf, dass seine Hände leer waren und er die Aktentasche nicht mehr bei sich hatte. Ich suchte erneut die Straße ab, konnte sie jedoch nirgends entdecken. Und dass er auf der Tasche lag und sein Körper sie vor meinen Blicken verbarg, war eher unwahrscheinlich, denn so, wie der Tote dalag, hätte man zumindest einen Teil der Tasche sehen müssen. Wo war sie also geblieben?

Ich konzentrierte mich wieder auf das Gesicht des toten Mannes, als wollte ich es mir trotz seiner Verletzungen und des vielen Bluts einprägen. Da der Kopf zur Seite und sein Gesicht in meine Richtung gewandt waren, konnte ich seine Augen sehen, die offen, aber absolut leblos waren.

Ich erschauderte, denn es erschien mir fast, als sähe mich der Leichnam vorwurfsvoll an, obwohl das natürlich unmöglich war. Dennoch hatte ich unwillkürlich ein schlechtes Gewissen, weil es mir wieder einmal nicht gelungen war, den Tod eines Menschen zu verhindern, obwohl ich ihn vorausgesehen hatte.

Als ich den anklagenden Blick schließlich keine Sekunde länger ertragen konnte, wandte ich mich fröstelnd ab, drängte mich durch die Mauer der Schaulustigen hinter mir und ging eilig davon.

1

Ich wurde aus meinen Gedanken gerissen, als mich jemand an der Schulter anrempelte. Ich zuckte wie immer sofort automatisch zurück und presste meine Hände eng an den Körper, bevor mir einfiel, dass ich dieses Mal Handschuhe trug, um mich vor unwillkommenen körperlichen Kontakten zu schützen.

Der Mann, der sich mit einem riesigen Trolley an meinem Sitzplatz vorbei durch den Gang gezwängt und mich dabei angestoßen hatte, ging ohne ein Wort der Entschuldigung weiter und rempelte den nächsten Fahrgast an.

Es dauerte einen Moment, bis ich realisierte, wo ich mich befand, nachdem ich so tief in meinen Erinnerungen versunken gewesen war, die mir so intensiv und lebhaft erschienen waren, als hätte ich sie soeben noch einmal durchlebt.

Ich saß wieder einmal in einem U-Bahn-Waggon, da öffentliche Verkehrsmittel in einer Großstadt wie München immer noch die beste und einfachste Art waren, rasch von einem Ort zum anderen zu gelangen. Ausnahmsweise musste ich allerdings nicht stehen, sondern hatte einen Sitzplatz ergattert. Ich entspannte mich wieder und sah mich um, ob einer der anderen Fahrgäste meine instinktive und übertriebene Reaktion auf den Rempler bemerkt hatte. Doch die anderen Leute beachteten mich gar nicht und waren in ihre Tageszeitungen, Bücher, Smartphones und E-Book-Reader vertieft. Ich hob den Blick und musterte die Menschen, die im Gang und vor den Türen standen. Aber mit Ausnahme einer jungen, dunkelhaarigen Frau, die jedoch nur ungefähr in meine Richtung sah, bevor sie ihren in die Ferne gerichteten, verträumten Blick weiterschweifen ließ, sah niemand her.

Ich überprüfte, ob die dünnen, naturfarbenen Baumwollhandschuhe noch richtig saßen, bevor ich die Arme vor der Brust verschränkte und die Hände in meine Achselhöhlen schob, um sie vor neugierigen Blicken zu verbergen. Es wäre nicht das erste Mal, dass mich jemand schief oder argwöhnisch ansah, weil ich schon im Frühherbst Handschuhe trug. Vermutlich dachten die meisten Menschen dabei unwillkürlich an etwas Ansteckendes, denn in der Regel zuckten sie zurück und machten, sofern es möglich war, einen oder zwei Schritte zurück. Aber obwohl ich die Handschuhe bei meinen Fahrten in der U-Bahn wegen des dichten Gedränges, das in den Waggons herrschte, bereits seit dem Vorfall vor anderthalb Wochen trug, an den ich mich vorhin so lebhaft erinnert hatte, hatte ich mich noch immer nicht an die Blicke und Reaktionen meiner lieben Mitmenschen gewöhnt.

Als die U-Bahn in die nächste Station einfuhr und langsamer wurde, warf ich rasch einen Blick durch das Fenster nach draußen, um festzustellen, wo wir uns befanden. Ich befürchtete zunächst, ich wäre zu lang in meinen Erinnerungen versunken gewesen und hätte meine Station verpasst, doch zum Glück war es nicht so. Ich war gerade noch rechtzeitig in die Gegenwart zurückgekehrt, denn hier musste ich raus. Im Grunde musste ich dem rücksichtslosen Rüpel, der mich angerempelt hatte, sogar noch dankbar sein.

Ich klemmte mir die Mappe mit dem Storyboard für einen Zeichentrick-Werbespot unter den linken Arm, stand auf und hielt mich an einer Haltestange fest, während die U-Bahn abbremste und dann mit einem Ruck zum Stehen kam, der mich einen halben Schritt nach vorn taumeln ließ.

Ich bin gelernter Grafik-Designer und arbeite freiberuflich als Illustrator, Comiczeichner und -texter. Meine Comics veröffentliche ich unter dem Künstlerpseudonym Rex. Das ist allerdings kein Zeichen von Überheblichkeit und bedeutet nicht, dass ich mich für den König der Comickünstler halte, sondern ist lediglich die lateinische Übersetzung meines Nachnamens, denn mit bürgerlichem Namen heiße ich Richard König. Rex war ich schon von meinen Klassenkameraden genannt worden, nachdem wir in der siebten Klasse im Lateinunterricht zum ersten Mal auf das Wort gestoßen waren, obwohl einer meiner Schulfreunde, mit denen ich auch heute noch Kontakt habe, steif und fest behauptet, mein Spitzname komme von *Tyrannosaurus Rex*, weil ich meine Freunde schon seit frühester Jugend mit meinen selbstgezeichneten Comics tyrannisiert hätte. Das stimmt nicht! Aber ganz egal, woher mein Spitzname nun tatsächlich stammte, war es naheliegend, ihn zu benutzen, als ich nach einem Künstlerpseudonym suchte. Am liebsten zeichne und texte ich Bildgeschichten für Buch-, Zeitschriften- und Zeitungsverlage. Unter anderem erscheinen meine Comics regelmäßig im Kindermagazin einer großen Bank. Daneben arbeite ich aber auch für Werbe- und PR-Agenturen und fertige Animationsfilme für Musikvideos oder Werbespots. Davon kann man nicht unbedingt reich werden, aber wenn man fleißig, nicht sehr anspruchsvoll und darüber hinaus genügsam ist, kommt man damit ganz gut über die Runden. Um mir daneben ein kleines Zubrot zu verdienen, gebe ich gelegentlich auch Kurse und veranstalte Workshops.

Auch an diesem Tag war ich beruflich unterwegs. In der Mappe unter meinem Arm befand sich die Arbeit der letzten drei Tage. Es handelte sich um das Storyboard für einen Zeichentrick-Werbespot, den ich bei der Werbeagentur vorbeibringen wollte, die mich damit beauftragt hatte. Ich hatte schon öfter mit der Agentur zusammengearbeitet und war zuversichtlich, dass den Verantwortlichen mein Entwurf für den Spot, den ich nach ihren Rahmenvorgaben erstellt hatte, gefallen und ich den Auftrag für den Trickfilm bekommen würde. Ich hatte gestern noch bis spät in die Nacht daran gefeilt und war daher auch ziemlich müde.

Schon der Gedanke genügte, um mich sofort gähnen zu lassen. Ich hielt mir die rechte Hand vor den Mund, während sich die Türen öffneten und die ersten Fahrgäste in Bewegung setzten, um die U-Bahn zu verlassen. Die Frau an meiner rechten Seite bemerkte, dass ich Handschuhe trug, und warf mir einen argwöhnischen Blick zu, als wäre ich hauptberuflich ein Serienkiller, der auch in seiner Freizeit keine Fingerabdrücke hinterlassen wollte. Ich sah sie an und verdrehte die Augen, bis nur noch das Weiße zu sehen war. Sie riss vor Entsetzen Mund und Augen gleichzeitig auf und hatte es plötzlich sehr eilig, von mir weg und aus dem Waggon zu kommen.

Ich grinste, doch das Grinsen verging mir sofort wieder, als ich einen stechenden Schmerz hinter meiner Stirn verspürte. Diese verdammten Kopfschmerzen! Manchmal kündigten sie sich lange vorher an, sodass ich mich darauf vorbereiten konnte. An anderen Tagen überfielen sie mich aus heiterem Himmel mit einer Intensität, die Übelkeit erregend war. Heute war unglücklicherweise Letzteres der Fall. Ich unterdrückte ein Stöhnen, das mir im Gedränge mit Sicherheit noch mehr unliebsame Aufmerksamkeit der anderen Fahrgäste eingebracht hätte.

Die Kopfschmerzen traten zum Glück nur gelegentlich auf. Ich hatte sie seit meinem Unfall, so wie ich seit dem Erwachen aus dem Koma bei direktem Körperkontakt auch die Totengesichter der Menschen sehen konnte, die in Kürze starben. Ich wusste nicht, was ich mehr verabscheute. Meistens meine merkwürdige Fähigkeit, denn dabei war ich ohnehin nur ein hilfloser Zuschauer und konnte nicht das Geringste ausrichten. Außerdem jagte mir diese Gabe noch immer eine Heidenangst ein, weil ich nicht verstand, wie so etwas überhaupt möglich war und warum ausgerechnet ich damit gestraft worden war. Nur wenn die Kopfschmerzen besonders stark waren, war es mir lieber, das Antlitz des Todes auf den Gesichtern eines Todgeweihten zu sehen, denn das war wenigstens nicht mit Schmerzen verbunden.

Als ich aus der U-Bahn auf den Bahnsteig trat, spürte ich bereits, dass die Schmerzen, die gerade eben mit einem kräftigen Pochen gegen die Tür meines Verstands ihren Besuch angekündigt hatten, heftig werden würden. Daher beschloss ich, auf der Stelle ein paar Schmerztabletten zu nehmen, um sie so früh wie möglich zu bekämpfen. Ich hatte zwar noch mehr als genug Zeit bis zu meinem Termin in der Werbeagentur, weil ich ohnehin vorgehabt hatte, vorher noch in einem Café in aller Ruhe einen Cappuccino zu trinken, doch da der Auftrag lukrativ und wichtig war, wollte ich bis dahin wieder in einer möglichst präsentablen Verfassung sein.

2

Auf dem vollen U-Bahnsteig suchte ich mir einen freien Platz vor der Wand, stellte die Mappe zwischen meinen Füßen hochkant auf den Boden, und holte die Tablettenschachtel, die ich in weiser Voraussicht immer bei mir trug, aus der linken Brusttasche meiner schwarzen Lederjacke. Ich versuchte, die Schachtel zu öffnen, doch mit den Handschuhen war das gar nicht so einfach, auch wenn sie nur aus dünner Baumwolle bestanden. Vermutlich hätte ich es sogar geschafft, doch die einzelnen Tabletten anschließend aus der Durchdrückpackung zu entfernen, ohne sie fallen zu lassen, wäre noch viel schwieriger geworden. Also zog ich kurzerhand den rechten Handschuh aus und steckte ihn in die Seitentasche meiner Jacke. Als ich die Schachtel öffnete und hineinfasste, drückte ich versehentlich einen der Tablettenstreifen gegen die untere Lasche, die schon etwas eingerissen war und sich daraufhin öffnete.

»Mist!«, fluchte ich leise, als ein Blisterstreifen aus der Packung rutschte und vor meinen Füßen auf den Boden fiel. Ich ging sofort in die Hocke und griff mit der freien Hand danach, als gleichzeitig eine andere Hand von der Seite danach fasste und sich unsere Finger unweigerlich berührten, noch ehe ich es verhindern konnte.

Es gab keinen elektrischen Funken, der von einer Hand zur anderen übersprang, trotzdem riss ich meine Hand zurück, als hätte ich eine heiße Herdplatte angefasst. Ich richtete mich ruckartig auf und sah auf die Finger meiner Hand, mit denen ich fremde Haut berührt hatte, als trügen sie die Schuld an dem unabsichtlichen Körperkontakt.

»Hier, Ihre Tabletten«, sagte jemand zu mir.

Ich hob erschrocken den Blick, sah zuerst die in meine Richtung gestreckte Hand mit der Durchdrückpackung zwischen den Fingern und dann das Gesicht der Person, die ich berührt hatte, weil wir im selben Augenblick nach meinen Tabletten gegriffen hatten.

Bis zu diesem Moment hatte ich noch gehofft, ich hätte niemanden vor mir, der innerhalb der nächsten 72 Stunden sterben würde, schließlich war nicht jeder automatisch ein Todgeweihter, nur weil ich ihn berührte. Bei den meisten Körperkontakten seit meinem Erwachen aus dem Koma war auch nichts geschehen. Ich hatte die Menschen angesehen, und kein totenkopfförmiger Schatten hatte ihre Gesichter überlagert. Deshalb hatte ich meine furchtbare neue Fähigkeit am Anfang auch eine Zeitlang gar nicht bemerkt.

Doch als ich nun in das Gesicht der hilfsbereiten Person vor mir blickte, war davon kaum etwas zu sehen, weil ein Schatten darauf lag und ihre Gesichtszüge vor mir verbarg. Ich erschauderte und wich unwillkürlich einen Schritt zurück, bis ich mit dem Rücken gegen die Wand stieß.

»Alles in Ordnung mit Ihnen«, fragte mein Gegenüber in besorgtem Tonfall. Es war unheimlich, dass das Totengesicht mit mir sprach, denn durch die Finsternis konnte ich nur ganz undeutlich erkennen, wie sich die Lippen der Person bewegten. Außerdem klang ihre Stimme völlig normal, und ich erkannte zum ersten Mal, dass es sich um eine Frau handelte. »Was ist los? Geht es Ihnen nicht gut?«

Ich schluckte und wandte rasch den Blick ab. »Es … es geht schon wieder«, sagte ich, bückte mich und griff nach meiner Arbeitsmappe. Dann wandte ich mich ohne ein weiteres Wort ab und ging eilig davon.

»Warten Sie, Ihre Tabletten!«, rief mir die Frau hinterher, doch ich reagierte nicht darauf, sondern zog stattdessen den Kopf ein und schlängelte mich durch die Menge, die auf die nächste U-Bahn wartete. Erst nach zwanzig bis fünfundzwanzig Schritten legte sich der Schock darüber, dass ich schon wieder das Antlitz des Todes im Gesicht eines lebenden Menschen gesehen hatte, ein wenig, und ich kam wieder zur Besinnung. Ich blieb stehen, wandte mich um und reckte mich, um über die Köpfe der Leute einen Blick auf die Frau zu werfen, die mir nur hatte helfen wollen und die ich dennoch so brüsk und undankbar behandelt hatte. Natürlich wusste ich genau, warum ich so reagiert hatte. Im ersten Augenblick hatte ich nämlich ihr die Schuld an unserem Körperkontakt gegeben. Dabei konnte sie gar nichts dafür, schließlich wusste sie nichts von meiner Fähigkeit und hatte nur hilfsbereit sein wollen. Wenn jemand schuld war, dann nur ich selbst, weil ich den Handschuh ausgezogen hatte.

Nur weil ich das getan hatte, wusste ich jetzt, dass die Frau nicht mehr lange zu leben hatte. Und dieses ungewollte Wissen lastete wieder einmal schwer auf mir. Denn wie schon all die Male zuvor und trotz der Erkenntnis, dass ich ihr Schicksal nicht verhindern konnte, war ich dennoch nicht in der Lage, ihr einfach den Rücken zuzukehren und meines Weges zu gehen, als wäre nichts geschehen. Das Wissen um ihren baldigen Tod, das ich als einzige Person auf dieser Welt besaß, war eine schwere Bürde, denn jetzt fühlte ich mich unweigerlich für sie verantwortlich. Und weil ich die Hoffnung noch immer nicht ganz aufgegeben hatte, nur weil bisher jeder Rettungsversuch gescheitert war, konnte ich sie nicht einfach sich selbst überlassen.

Die Frau stand noch immer an derselben Stelle, an der ich sie zurückgelassen hatte, sah allerdings nicht in meine Richtung. Stattdessen starrte sie auf die Tablettenpackung in ihrer Hand, als könnte sie dort die Erklärung für mein Verhalten ablesen. Dann schüttelte sie jedoch ungläubig den Kopf und steckte die Tabletten in die Tasche ihrer blauen Jeansjacke, die sie neben einer weißen Bluse, einer engen Bluejeans und hellbraunen Slippern trug. Da der düstere Schatten über ihrem Gesicht schon wieder verblasst war, konnte ich zum ersten Mal ihr Gesicht deutlicher sehen. Ihre Augenfarbe konnte ich zwar nicht erkennen, dennoch sah ich auch aus dieser Entfernung, dass sie ausgesprochen gut aussehend war. Sie hatte ein schmales ovales Gesicht mit hohen Wangenknochen und einem spitzen Kinn. Ihre Nase war dünn und gerade und der Mund ziemlich schmal. Ihre in einem dunklen Pink geschminkten Lippen waren voll, aber nicht wulstig. Sie war schätzungsweise Ende zwanzig, Anfang dreißig, also vermutlich nur ein paar Jahre jünger als ich. Ihr Haar war auffallend dunkel und fiel ihr in leichten Wellen bis über die Schultern.

Erst jetzt bemerkte ich, dass sie mir schon in der U-Bahn aufgefallen war, weil sie als Einzige in meine Richtung geblickt, mich allerdings nicht direkt angesehen hatte. Sie musste als eine der letzten Fahrgäste ausgestiegen sein oder war vielleicht aus anderen Gründen aufgehalten worden und deswegen genau in dem Moment an mir vorbeigegangen, als mir die Tablettenpackung heruntergefallen war.

Und jetzt wusste ich, dass sie demnächst sterben würde!

Ich seufzte schwer, als sie sich abwandte und in die andere Richtung in Bewegung setzte. Ich warf einen raschen Blick auf die Uhr, die über dem U-Bahnsteig hing, aber ich hatte noch immer genügend Zeit bis zu meinem Termin in der Werbeagentur. Also beschloss ich, ihr eine Weile zu folgen. Vielleicht erfuhr ich ja, wohin sie ging oder wo sie wohnte, bevor ich umkehren und zur Agentur gehen musste. Und wenn nicht, dann konnte ich auch nichts daran ändern. Dann würde mir die Verantwortung für ihr Schicksal gewissermaßen aus der Hand genommen werden.

Ich steckte die Tablettenschachtel ein, die ich noch immer in der Hand gehalten hatte. Dann zog ich auch den linken Handschuh aus, da ich die Handschuhe in der Regel nur im dichtesten Gedränge in der U-Bahn trug, und schob ihn zu seinem Kameraden in die Jackentasche, ehe ich mich ebenfalls in Bewegung setzte und beeilte, zu der Frau aufzuschließen, damit ich sie unter all diesen Menschen nicht verlor. Falls sie sich umsah und bemerkte, dass ich ihr folgte, konnte ich ja immer noch behaupten, ich hätte vorgehabt, mir meine Tabletten zurückzuholen.

Erst jetzt fiel mir auf, dass meine Kopfschmerzen im selben Augenblick verschwunden waren, als wir uns berührt hatten. Ein Gedanke, der mich mit Unbehagen erfüllte und erschaudern ließ.

3

Es waren gerade einmal zehn Minuten vergangen, in denen ich der Frau von der U-Bahnstation *Münchner Freiheit* an der Leopoldstraße zuerst in westliche Richtung in die Herzogstraße und danach nach rechts in die Wilhelmstraße und anschließend nach links in die Clemensstraße gefolgt war, als sie in einem mehrstöckigen Wohngebäude verschwand.

Da die Haustür offen stand, konnte ich das Haus ebenfalls ungehindert betreten. Auf dem untersten Treppenabsatz verharrte ich und lauschte auf ihre Schritte über mir, die schon nach relativ kurzer Zeit verstummten. Dann hörte ich, wie ein Schlüssel ins Schloss geschoben und eine Tür geöffnet wurde. Ich schätzte, dass die Frau in den zweiten Stock gegangen war. Ich überlegte, was ich nun tun sollte. Wenn die Frau tatsächlich hier wohnte – und danach sah es aus –, dann kannte ich jetzt zumindest ihre Adresse und konnte auch nach meinem Termin in der Werbeagentur wiederkommen. Allerdings wäre es mir lieber gewesen, ich hätte auch ihren Namen gewusst. Das Klingelbrett an der Haustür war mir dabei keine große Hilfe, da ich nicht wusste, welcher Name zu welcher Wohnung gehörte. Wenn ich den Namen der todgeweihten Frau erfahren wollte, musste ich also nach oben gehen, um ihn von der Klingel an ihrer Wohnungstür abzulesen.

Ich seufzte und schüttelte den Kopf über all die Dinge, die ich tat, seit ich mir meiner unheimlichen Fähigkeit bewusst geworden war. Ich verfolgte Menschen, die ich nicht kannte, von denen ich aber wusste, dass sie sterben würden, ohne dass ich bislang etwas daran hatte ändern können, bis zu ihrer Wohnungstür und brachte ihre Namen in Erfahrung. Ich kam mir vor wie ein Voyeur oder Stalker, obwohl ich dabei keinerlei schmutzige Gedanken hegte.

Dennoch erklomm ich nun die Stufen in den zweiten Stock. Nach dem letzten Treppenabsatz vor meinem Ziel bemühte ich mich, besonders leise zu sein, auch wenn mich die Frau in der Wohnung vermutlich ohnehin nicht hören würde. Ich wollte nur einen kurzen Blick auf das Namensschild an der Tür werfen und dann sofort wieder verschwinden. Falls sie ausgerechnet in diesem Moment wieder herauskommen und mich überraschen sollte, konnte ich ihr wenigstens meine Notlüge über die Schmerztabletten erzählen, die sie noch immer besaß.

Als ich auf den Absatz vor den beiden Wohnungstüren rechts und links trat, hoffte ich, dass gerade niemand durch den Spion sah. Nun hatte ich immer noch zwei Alternativen zur Auswahl, denn von unten hatte ich nicht unterscheiden können, welche Wohnungstür geöffnet worden war. Ich wandte mich zuerst nach links und las dort den Namen *Wolfgang Kramer*, der in kursiver Schrift auf einem glänzenden Messingschild an der Tür stand. Hier war ich vermutlich falsch, schließlich war ich nicht auf der Suche nach einem Mann. Ich wandte mich um und näherte mich der anderen Tür. Auf einem silbernen Metallschild stand in einfachen Druckbuchstaben *A. Engel.*

Doch es war nicht der Name, der mich abrupt innehalten ließ, als wäre ich gegen eine Wand gelaufen, sondern die Tatsache, dass die Tür einen Spaltbreit offen stand.

4

Ich spürte, dass mein Herz plötzlich sehr viel schneller schlug und mir der Schweiß ausbrach. Nachdem ich erfahren hatte, was ich wissen wollte und weswegen ich nach oben gekommen war, hätte ich jetzt einfach umkehren und wieder gehen können. Doch die offen stehende Tür beunruhigte mich zu sehr. Ich hatte das deutliche Gefühl, dass hier irgendetwas nicht so war, wie es sein sollte. Allerdings hatte ich außer der Fähigkeit, die Totengesichter der in Kürze Sterbenden zu sehen, bislang keine anderen übersinnlichen Fähigkeiten bei mir festgestellt, sodass mein Gefühl mich auch in die Irre führen und geradewegs in Teufels Küche bringen konnte, wenn ich ihm nachgab.

Doch ich konnte einfach nicht anders. So wie ich auch die Todgeweihten nicht einfach ziehen lassen konnte, ohne zumindest den Versuch zu unternehmen, ihr Schicksal zu ändern, so konnte ich jetzt auch dieser offenen Tür nicht unverrichteter Dinge den Rücken kehren. Es mochte zwar genügend plausible und harmlose Gründe geben, warum jemand, wenn er nach Hause kam, die Tür offen stehen ließ – er muss nur kurz etwas holen oder erledigen und will gleich wieder gehen, oder aber er hat schlichtweg vergessen, die Tür zu schließen –, doch hier und jetzt überzeugte mich kein einziger davon. Das Gefühl, dass hier etwas faul war, nahm sogar mit jeder Sekunde zu, als wollte mich irgendetwas in meinem Inneren dazu drängen, endlich etwas zu unternehmen.

Es erschien mir, als wäre eine Ewigkeit vergangen, bis ich mich wieder in Bewegung setzte, doch anstatt mich umzudrehen, die Treppe nach unten zu nehmen und das Haus zu verlassen, was vernünftig und vermutlich richtig gewesen wäre, näherte ich mich mit zwei raschen Schritten der Tür, schob sie ein Stück weiter auf und spähte in den düsteren Flur, der dahinter lag.

Mein Herzschlag setzte kurzzeitig aus, als ich einen Mann entdeckte, der allerdings nicht in meine Richtung sah und mich daher gar nicht bemerkt zu haben schien, denn er verschwand im gleichen Augenblick am Ende des Wohnungsflurs um die Ecke.

Was mich letztendlich davon überzeugte, dass hier tatsächlich etwas faul war, waren vor allem zwei Dinge. Zum einen sah der Mann so aus, als würde sein Gesicht regelmäßig im Fernsehen auf Fahndungsfotos bei *Aktenzeichen XY ungelöst* gezeigt werden. Das war allerdings kein wirklich stichhaltiges Argument, denn dafür konnte er vermutlich gar nichts. Was demgegenüber viel schwerer wog und mein Herz nach seinem kleinen Aussetzer augenblicklich um ein Vielfaches schneller schlagen ließ, war die große Automatikpistole mit Schalldämpfer, die der Mann in der Hand gehalten hatte.

5

Bevor ich überhaupt darüber nachdenken konnte, was ich in Anbetracht der dramatisch veränderten Situation tun sollte, betrat ich bereits die Wohnung und schlich lautlos durch den Flur. Der Fußboden war mit einem dünnen, billigen Teppich bedeckt, der das Geräusch meiner Schritte dennoch komplett verschluckte.

Was ich tat, war verrückt, gefährlich und vermutlich hochgradig selbstmörderisch, denn ich wusste noch nicht einmal, was ich überhaupt tun sollte, sobald ich dem Mann mit der Pistole begegnete.

Ganz einfach, Idiot, du wirst erschossen!, sagte eine gehässige Stimme in meinem Verstand, die ich unschwer als die des vernünftigeren Teils meines Ichs identifizierte.

Allerdings konnte ich jetzt auch nicht einfach wieder gehen und so tun, als wäre alles in bester Ordnung, nachdem ich den Mann und vor allem seine schallgedämpfte Waffe gesehen hatte. Zumindest ergab die offene Wohnungstür nun einen Sinn, auch wenn mir dieser nicht gefiel. Der Mann musste im Treppenhaus gewartet haben, bis die Frau nach Hause kam, hatte sich anschließend mit einem Dietrich oder einem Nachschlüssel Zutritt verschafft und die Tür offen gelassen, um schneller flüchten zu können. Aber was hatte er vor?

Was wohl, Blödmann? Er ist natürlich hier, um die Frau zu erschießen.

Aber wieso?

Die Stimme in meinem Kopf, die es mir ersparte, laute Selbstgespräche zu führen, schwieg. Vermutlich zuckte mein mentaler Gesprächspartner stattdessen mit den Achseln. Und er hatte ja auch recht, und zwar mit allem, was er gesagt hatte. Wenn ich nicht aufpasste und mir nicht schleunigst eine Waffe suchte, würde ich vermutlich unmittelbar vor oder nach der Frau erschossen werden. Denn was immer der Mann mit der Waffe vorhatte, es konnte nichts Gutes sein. Es sah sogar ganz danach aus, als befände sich die Frau, der ich gefolgt war, in akuter Lebensgefahr. Schließlich hatte ich ihr Totengesicht gesehen und wusste daher, dass sie bald sterben würde. Und warum der Mann sie töten wollte, war in diesem Augenblick zweitrangig. Wichtiger war die Frage, was ich gegen ihn unternehmen und wie ich den Mord verhindern sollte.

Während ich durch den düsteren Flur schlich, um dorthin zu gelangen, wo er nach rechts abknickte und der Mann verschwunden war, sah ich mich nach einer geeigneten Waffe um. Neben einer Kommode aus hellem Holz stand ein Schirmständer, in dem sich zwei Regenschirme befanden. Allerdings erschienen sie mir als Waffe eher ungeeignet, denn was sollte ich damit tun? Dem anderen ein Auge ausstechen? Keine gute Idee! Schließlich hatte er zwei Augen und konnte mich auch einäugig noch erschießen. Ich hoffte eher darauf, dass ich mich von hinten an ihn heranschleichen konnte und er mich gar nicht erst sah, bevor es für ihn zu spät war, denn ansonsten hätte er mehr als genug Zeit, mir eine Kugel zu verpassen. Und wenn ich versuchen würde, ihm einen Schirm über den Schädel zu ziehen, ginge wohl eher der Schirm als sein Kopf zu Bruch.

Aber was sollte ich dann nehmen? Wie als Antwort auf meine Frage fiel mein Blick auf mehrere afrikanische Masken aus dunkelbraunem Hartholz, die teilweise mit Messing verziert waren und an der Wand hingen. Eine Maske fiel mir dabei besonders ins Auge. Sie war 40 bis 45 Zentimeter hoch und stellte einen Elefantenkopf dar. Der dünne Rüssel war meiner Meinung nach der ideale Griff, an dem ich das Teil packen und notfalls über den Kopf schwingen konnte.

Vor der Wand mit den Masken bückte ich mich und legte meine Mappe lautlos auf den Boden, da sie bei meinem Vorhaben nur hinderlich war. Während ich die Elefantenmaske vorsichtig von der Wand nahm und mich bemühte, dabei so geräuschlos wie möglich zu agieren, horchte ich auf andere Geräusche in der Wohnung. Von dem Mann mit der Pistole hörte ich keinen Ton. Er musste sich ebenso unhörbar bewegen wie ich. Alles, was ich hörte, war das Rauschen fließenden Wassers, das aus dem Bad kommen und von der Frau stammen musste. Entweder nahm sie eine Dusche oder wusch sich am Waschbecken.

Die afrikanische Maske war schwerer, als ich erwartet hatte. Wenn es mir gelang, dem anderen damit eins überzubraten, bevor er auf mich aufmerksam wurde, musste ich mir um die Schusswaffe keine Sorgen mehr machen. Mit der Maske in der Hand fühlte ich mich sofort ein bisschen wohler und besser auf die unvermeidlich bevorstehende Auseinandersetzung vorbereitet als mit der für derartige Situationen völlig nutzlosen Arbeitsmappe.

Ich näherte mich der Biegung des Flurs, verharrte vor der Ecke und schob dann vorsichtig meinen Kopf nach vorn, um mit einem Auge in den abknickenden Teil zu spähen, der sich dahinter erstreckte. Das andere Flurstück war viel kürzer. Drei Türen gingen von ihm ab. Die linke Tür war geschlossen, und dahinter war das Wasserrauschen zu hören. Die Tür geradeaus stand offen, und man konnte eine Toilettenschüssel und ein kleines Waschbecken sehen. Die rechte Tür stand ebenfalls offen, was dahinter lag, war allerdings von meiner Position aus nicht einsehbar. Ich nahm an, dass sie ins Schlafzimmer der Frau führte.

Wichtiger als der Grundriss der Wohnung war jedoch der Mann mit der Waffe, den ich ebenfalls sah. Er wandte mir den Rücken zu und stand neben der geschlossenen Tür zum Badezimmer. Er lehnte mit der linken Schulter lässig an der Wand und wartete vermutlich darauf, dass die Bewohnerin endlich herauskam, damit er sie erschießen konnte. Die Mündung des klobigen schwarzen Schalldämpfers an seiner Schusswaffe aus brüniertem Stahl zeigte momentan zu Boden, doch ich war mir sicher, dass er sie im Bruchteil eines Augenblicks hochreißen und abdrücken konnte. Da im Bad allerdings noch immer das Wasser rauschte und ihm augenscheinlich langweilig war, beschäftigte er sich momentan damit, mit dem kleinen Finger der linken Hand Ohrenschmalz aus dem linken Ohr zu pulen.

Ich verzog das Gesicht vor Ekel. Allerdings wurde mir auch klar, dass es eine einmalige Chance war, mich von hinten an ihn heranzuschleichen, während er abgelenkt war und auf einem Ohr kaum etwas hörte, weil das ganze erste Glied seines dreckigen Fingers darin steckte.

Also ging ich weiter und umfasste den Rüssel der Elefantenmaske, den ich mit beiden Händen umklammerte, noch fester. Ich betrat den kleineren Flur, der ebenfalls mit Teppich ausgelegt war, was mir nur recht war, denn es verringerte die Gefahr, dass er meine Schritte hörte. Außerdem überdeckte das Rauschen des fließenden Wassers aus dem Bad jedes noch so leise Geräusch, das ich versehentlich verursachte.

Doch als hätte es nur dieses Gedankens bedurft, verstummte in diesem Moment das Wasserrauschen wie abgeschnitten, und atemlose Stille kehrte stattdessen ein. Ich blieb wie erstarrt stehen, das rechte Bein schon zum nächsten Schritt angehoben, wagte es aber nicht, die Bewegung zu Ende zu führen. Der Mann mit der Pistole nahm den Finger aus dem Ohr, sah sich kurz an, was seine Bemühungen zum Vorschein gebracht hatten, und hob gleichzeitig die Hand mit der Pistole.

Er war von Kopf bis Fuß schwarz gekleidet und trug einen Rollkragenpullover, eine Jogginghose und Turnschuhe, als käme er gerade vom Joggen. Außerdem hatte er eine Rollmütze auf dem Kopf. Allerdings trug er keine Handschuhe, was ich von einem professionellen Killer eigentlich erwartet hätte. Er hatte sehr dunkles Haar ohne jede Spur von Grau, das kurz geschnitten war und seinen dicken, speckigen Nacken freiließ. Als ich ihn vorhin von der Seite gesehen hatte, war mir außerdem aufgefallen, dass er vermutlich Mitte bis Ende vierzig war und dichte, schwarze Augenbrauen und eine knollenartige, rot geäderte Nase hatte. Der Rest seiner wegen der dicken Backen sehr breiten unteren Gesichtshälfte wurde von einem dichten Fünftagesbart bedeckt. Und als ich nun wie zur Salzsäule erstarrt weniger als zwei Meter hinter ihm stand, sah ich darüber hinaus, dass er in jedem Ohrläppchen einen silbernen Ring trug. Er war breitschultrig und stämmig und wirkte viel kräftiger als ich, sodass mir rasch klar wurde, dass ich mich nicht auf ein Handgemenge mit ihm einlassen durfte. Insgesamt erinnerte er mich an eine fleischgewordene Inkarnation von *Kater*

Carlo, dem Erzgegner von *Micky Maus*, weshalb ich ihn in Gedanken auf den Namen *Carlo* taufte.

Ich betete, dass das Rauschen im Bad gleich wieder einsetzen würde, damit ich die restliche Distanz bis zu ihm unbemerkt überwinden und ihm die Elefantenmaske auf den Kopf hauen konnte. Meine Hände, die den Elefantenrüssel umklammerten, als hinge mein Leben davon ab – was vermutlich auch genau so war –, hatte ich bereits gehoben.

In diesem Moment wurden im Bad tatsächlich Geräusche laut. Sie stammten allerdings nicht vom fließenden Wasser, sondern von der Frau, die sich darin befand. Es klapperte, als würde sie etwas aus der Hand legen. Dann waren ihre Schritte zu hören, die sich der Badezimmertür näherten, bevor diese auch schon schwungvoll aufgerissen wurde.

6

Ich setzte mich bereits in Bewegung, bevor die Frau aus dem Bad kam, den Mann mit der Schusswaffe sah und einen kurzen, schrillen Schrei ausstieß. Die Zeit der Heimlichtuerei war ohnehin vorbei. Jetzt war Schnelligkeit gefragt und nicht länger Lautlosigkeit. Ich machte zwei Schritte nach vorn, bis ich unmittelbar hinter *Carlo* stand, und ließ meine Hände mit der Holzmaske herabsausen.

Doch *Carlo* musste mein Näherkommen gespürt oder gehört haben, denn er stieß sich in ein und derselben fließenden Bewegung von der Wand ab, kreiselte herum und schwang die Hand mit der tödlichen Waffe in meine Richtung. Durch seine abrupte Bewegung verfehlte ich den Punkt auf seinem Kopf, den ich so sorgfältig anvisiert hatte. Die obere Kante der Maske streifte zwar seine Schläfe, krachte dann aber nur auf seine rechte Schulter. Der Hieb reichte nicht aus, ihn das Bewusstsein verlieren zu lassen, schleuderte ihn allerdings wieder gegen die Wand und sorgte darüber hinaus dafür, dass sich die Finger seiner Hand öffneten und die Waffe fallen ließen. Anscheinend hatte ich durch pures Glück einen empfindlichen Punkt an seiner Schulter getroffen.

Er stöhnte laut, sah mich so wütend an wie sonst nur Jürgen Klopp einen Schiedsrichter und sprang auf mich zu, noch ehe ich die Maske zu einem zweiten Schlag heben konnte. Seine Hände legten sich augenblicklich um meinen Hals und schlossen sich dann wie die stählernen Spannarme einer Schraubzwinge. Ein letzter gurgelnder Laut, der selbst für mich unverständlich blieb, kam aus meiner Kehle, bevor die Luftzufuhr schlagartig unterbunden wurde.

Ich ließ die Maske fallen, von der ich mir mehr erhofft hatte, und sah in sein Gesicht. Seine Gesichtszüge waren jedoch nicht länger erkennbar, weil sich ein düsterer Fleck darübergelegt hatte, der in seinen Ausmaßen an einen Totenschädel erinnerte.

Verdammter Mist! Nicht schon wieder!

Ich konnte es nicht fassen, dass ich zum zweiten Mal an ein und demselben Tag einen todgeweihten Menschen berührte. Wo war ich da nur hineingeraten?

Das Schicksal des Mannes konnte mir allerdings herzlich egal sein, da mir mein eigenes naturgemäß viel mehr am Herzen lag. Und momentan sah es ganz danach aus, als würde ich noch vor ihm den Löffel abgeben. Noch war der Luftmangel nicht so bedrohlich, dass ich in Panik geriet und nicht mehr in der Lage war, vernünftig zu handeln. Aber lange würde es vermutlich nicht mehr dauern, bis es dazu kam. Da ich mir wenig von dem Versuch versprach, seine Hände von meinem Hals zu zerren, weil er deutlich breitere Schultern als ich hatte und viel kräftiger war, schlug ich ihm meine zur Faust geballte rechte Hand mit aller Kraft auf seine Knollennase, die ich wieder deutlich genug erkennen konnte, weil der Schatten auf seinem Gesicht sich allmählich wie Nebel in der Mittagssonne auflöste.

Er grunzte und funkelte mich sofort noch zorniger an. Hätten Blicke töten können, hätte er seine Hände gar nicht mehr dazu benutzen müssen. Ansonsten schien mein Hieb allerdings nichts bewirkt zu haben, sodass ich kurz davor stand, zu verzweifeln und jegliche Hoffnung auf ein Überleben aufzugeben.

Doch da wich der Zorn schlagartig aus seinen braunen Augen und machte einem Ausdruck tiefster Verwunderung Platz. Gleichzeitig lockerte sich der Griff seiner Hände um meinen Hals, und er taumelte einen Schritt zur Seite. Ich sog erleichtert frische Atemluft in meine Lunge, befreite mich aus seinem Griff und wich zurück. Er torkelte nach links und prallte gegen die Wand, bevor er auf die Knie sank, den Oberkörper nach vorn beugte und laut stöhnte. Allerdings fiel er nicht ganz um und verlor auch nicht das Bewusstsein.

Ich wandte den Kopf und sah zu der Frau, die den größten Föhn in der Hand hielt, den ich jemals gesehen hatte. Sie sah auf den knienden und laut stöhnenden Attentäter, der in diesem Moment die rechte Hand hob und sich an den Hinterkopf fasste, wo ihn der Schlag mit dem Föhn getroffen hatte. Dann wandte sie den Kopf und sah mich an. *Was jetzt?*, schien ihr wortloser Blick zu bedeuten.

Ich sah von ihr zu dem Mann, der noch vor wenigen Augenblicken drauf und dran gewesen war, mich zu erwürgen, und fasste mit der linken Hand unwillkürlich an meinen Hals, der noch immer etwas schmerzte. Der andere hob den Kopf und sah erst mich und dann die Frau an. Sein Blick und sein Gesichtsausdruck versprachen uns einen schmerzhaften und keineswegs raschen Tod. Zumindest sahen meine Comicfiguren so aus der Wäsche, wenn sie dies ihren Gegnern wünschten.

»Wir müssen hier weg!«, rief ich, ohne den Blick von ihm zu wenden, und meinte die Frau.

»Aber …«, begann sie, als gäbe es tatsächlich auch nur ein einziges vernünftiges Argument, in der Nähe eines bewaffneten Gewalttäters zu bleiben, den wir gerade eben so richtig wütend gemacht hatten.

»Kein Aber!«, sagte ich entschlossen, während ich gleichzeitig nach der Schusswaffe Ausschau hielt. Ich entdeckte sie rasch, doch zu meinem Leidwesen musste ich feststellen, dass sie sich näher bei ihm als bei einem von uns befand.

Der Mann folgte meinem Blick und sah die Pistole ebenfalls, die nur knapp außerhalb seiner Reichweite lag. Ein bösartiges Grinsen breitete sich daraufhin auf seinem Gesicht aus, das ihn noch mehr wie Kater Carlo aussehen ließ, wenn dieser einen hinterlistigen Plan aus- heckte.

Ich ahnte, dass uns nur noch Sekunden blieben. »Los! Kommen Sie schon! Sofort!«

Endlich schien auch sie den tödlichen Ernst unserer Lage erfasst zu haben, denn sie reagierte, ohne noch länger zu zögern. Sie ließ den Föhn fallen, dessen Plastikgehäuse ohnehin schon gesplittert war, und rannte los. Als sie den Mann passierte, der sie töten wollte, kam auch in diesem wieder Bewegung. Er ließ sich einfach in die Richtung fallen, in der seine Pistole lag, und griff danach. Ich wartete nicht ab, bis er sie wieder in der Hand hatte, sondern warf mich herum und rannte eben-falls los, sobald die Frau an mir vorbei war.

Zwischen meinen Schulterblättern prickelte es, während ich hinter der Frau auf die Ecke des Flurs zusteuerte, um dahinter Schutz vor den Kugeln zu suchen, die der Mann jeden Moment auf uns abfeuern wür-de. Ich zog unwillkürlich den Kopf ein, um ein kleineres Ziel zu bieten, auch wenn mir das bei dieser kurzen Distanz nicht viel nützen würde. Mein Herz raste wie verrückt, und der Schweiß brach mir am ganzen Körper aus, während ich darauf wartete, dass sich eine Kugel in mei-nen Rücken bohrte und der Aufprall mich nach vorne warf. Es war ein verdammt unangenehmes und beängstigendes Gefühl, so als hätte ich eine Zielscheibe auf dem Rücken meiner Lederjacke. Und vermutlich würde ich den Schuss wegen des Schalldämpfers nicht einmal hören, bevor mich die Kugel erwischte.

Trotz der tödlichen Gefahr, in der wir schwebten, fiel mir in diesem Moment dennoch auf, dass die Frau noch immer dieselbe Kleidung trug, die sie auch bei unserer Begegnung in der U-Bahnstation ange-habt hatte. Dann hatte sie vermutlich gar keine Dusche genommen, sondern nur das Wasser am Waschbecken laufen lassen und sich dort gewaschen. Deshalb war sie auch nicht lange im Bad gewesen. Hätte sie hingegen geduscht und das Wasser länger laufen lassen, hätte ich genügend Zeit gehabt, mich an den Mann heranzuschleichen und ihn mit einem gezielten Hieb niederzuschlagen. Aber es war nicht nur müßig, jetzt und in dieser Situation darüber nachzusinnen, was hätte sein können, es war auch schlichtweg irrsinnig, denn jeden Augenblick konnte ich erschossen werden.

Über unsere trampelnden Schritte hinweg hörte ich, wie hinter uns ein schwerer Körper auf dem Boden landete. Vor meinem geistigen Auge sah ich, wie *Carlo*, von dessen Reaktionsschnelligkeit und Ge-schmeidigkeit, die ganz im Widerspruch zu seiner äußerlichen Er-scheinung stand, ich vorhin schon einen kleinen Vorgeschmack erhal-ten hatte, blitzschnell nach seiner Pistole griff, kaum dass er auf dem Teppich aufgekommen war, die Hand nach vorne riss, auf mich anlegte und den Zeigefinger krümmte. Es sah aus wie aus einem Actionfilm, bestand allerdings aus einzelnen Bildern wie in einem Comicstrip. Es fehlte nur noch das fett und kursiv gedruckte Wort *BANG!* im letzten Bild.

Die Frau bog vor mir um die Ecke und war in Sicherheit. Ich war hingegen noch einen halben Meter davon entfernt. Jeden Moment musste der Schuss fallen und das todbringende Projektil abgefeuert werden. Vermutlich benötigte es nicht einmal den Bruchteil einer Sekunde, um mich zu erwischen. Bis ich hingegen die Ecke erreichte und ebenfalls dahinter verschwinden konnte, würde es länger dauern.

Im selben Augenblick, als ich in Gedanken vor mir sah, wie sich der Zeigefinger des Mannes am Abzug der Pistole krümmte – *BANG!* –, warf ich mich in einem flachen Hechtsprung nach vorn. Von hinten hörte ich allerdings keinen lauten Knall, sondern nur ein dünnes Klacken, weil der Schalldämpfer den Mündungsknall dämpfte. Ich spürte nicht einmal, dass die Kugel nur knapp über mich hinwegsauste, hörte und sah jedoch, wie sie ein Loch in den Verputz des Flurs vor mir stanzte.

Sobald ich am Ende meines Becker-Hechts mit den Händen den Boden berührte, warf ich mich auch schon nach links, um hinter die Flurbiegung und in Deckung vor weiteren Kugeln zu gelangen. Ich hörte die Waffe noch zweimal klacken, die Projektile schlugen jedoch hinter der Ecke in die Wand und konnten mir nicht gefährlich werden. Der Mann stieß daraufhin einen lauten Fluch in einer Sprache aus, die mir vollkommen fremd war.

Die Frau hatte in diesem Teil des Flurs auf mich gewartet, packte mich am rechten Oberarm und half mir, rasch auf die Beine zu kommen. Von jenseits der Biegung wurden Geräusche hörbar, die uns verdeutlichten, dass der Mann dasselbe tat und allem Anschein nach noch nicht bereit war, sein Vorhaben aufzugeben. Wäre ja auch zu schön gewesen.

»Weiter! Schnell! Raus hier!«, rief ich laut, da mir zum einen die Atemluft für längere Sätze fehlte und sich auch zuvor schon knappe Befehle bewährt hatten. Die Frau widersprach dieses Mal auch nicht. Gewiss hatten auch die Kugeln, die die Wände ihres Flurs perforiert hatten, ihren Teil dazu beigetragen, ihren Widerspruchsgeist zu dämpfen. Sie nickte mit ernster Miene und lief dann zur Wohnungstür. Ich rannte sofort hinterher und warf einen Blick über die Schulter.

Wenn der Mann hinter der Flurbiegung auftauchte, bevor wir die Tür erreicht und das Treppenhaus betreten hatten, dann hatten wir vermutlich nicht mehr die geringste Chance, die Wohnung lebend zu verlassen. Dann konnte er uns in aller Seelenruhe abschießen wie Tonfiguren in einer Schießbude. Doch noch tauchte er nicht hinter der Gangbiegung und in meinem Blickfeld auf.

Obwohl ich den Gang hinter mir ungern aus den Augen ließ, musste ich meinen Blick wieder nach vorn richten, um nicht gegen ein Hindernis zu laufen, denn die dadurch bewirkte Verzögerung hätte meinen sicheren Tod bedeutet. Ich sah, dass die Frau, die allem Anschein nach schneller war als ich, die Tür erreichte, die ich nach meinem Eintreten weit offen stehen gelassen hatte, und ins Treppenhaus rannte.

Ich spürte erneut ein Prickeln zwischen den Schulterblättern, kurz bevor ich ebenfalls an der Wohnungstür war. Auch ohne mich umzusehen, wusste ich in diesem Moment, dass *Carlo* mit der Schusswaffe hinter mir um die Ecke gekommen war und auf mich anlegte. Ich griff nach dem Türknopf und zog die Tür zu, während ich nach draußen lief. Ich duckte mich, so weit es ging und ohne meine Geschwindigkeit dadurch nennenswert zu verringern, und warf mich gleichzeitig nach rechts, um aus der direkten Schusslinie des Schützen zu kommen. Die Tür fiel krachend ins Schloss, unmittelbar gefolgt von den Geräuschen mehrerer Projektile, die das Türblatt durchschlugen und an mir vorbeisausten. Sie kamen so rasch aufeinander, dass ich nicht in der Lage war, sie zu zählen. Ich hoffte allerdings wider jede Vernunft, dass *Carlo* sein Magazin leer geschossen und keine Munition zum Nachladen bei sich hatte.

Die Frau lief bereits die Stufen nach unten. Die erhöhte Todesangst der letzten Sekunden hatte mir zu einem Geschwindigkeitsschub verholfen, sodass ich wieder ein bisschen aufgeschlossen hatte. Ich folgte ihr und konzentrierte meine Aufmerksamkeit auf meine Füße und die Stufen unter mir, um nicht zu stolpern. Die geschlossene Wohnungstür würde den Mann immerhin ein paar Sekunden aufhalten. Außerdem war er mir trotz seiner Reaktionsschnelligkeit nicht wie jemand vorgekommen, der schnell laufen konnte. Wenn also nichts schiefging, mussten wir es aus dem Haus und auf die Straße schaffen. Und wenn wir erst einmal draußen waren, waren wir vermutlich auch in Sicherheit, da sich dort noch andere Menschen aufhielten und der Killer es doch sicherlich nicht wagen würde, in der Öffentlichkeit auf uns Jagd zu machen und zu schießen.

Ich hatte gerade den ersten Treppenabsatz passiert und war um die

Ecke gebogen, als ich hörte, wie über uns die Wohnungstür aufgerissen wurde. Wenigstens befand ich mich nun nicht mehr in direktem Schussfeld des Mannes. Außerdem hielt ich mich möglichst weit rechts an der Wand und so weit wie möglich vom Treppengeländer entfernt, falls der Mann auf den Gedanken kam, durch den Treppenschacht auf uns zu schießen. Wegen des Polterns unserer eigenen Schritte konnte ich nicht hören, ob der Mann uns verfolgte. Ich ging allerdings davon aus und wurde deshalb auch nicht langsamer. Und auch die Frau vor mir verringerte ihre Geschwindigkeit nicht.

Ich war vollkommen konzentriert auf die Stufen unter meinen wirbelnden Füßen und die Stelle zwischen meinen Schulterblättern, die mir mit einem Kribbeln signalisieren würde, wenn ich erneut ins Visier des Killers geriet. Doch das geschah nicht, und so erreichten wir unbeschadet das Erdgeschoss und die offen stehende Haustür.

Die Frau wollte sofort nach draußen rennen und wäre vermutlich sogar bis auf die Straße gelaufen, doch ich griff nach ihrem Arm und hielt sie auf, während ich gleichzeitig langsamer wurde und schließlich unmittelbar vor der Türschwelle stehen blieb.

»Was ist?«, fragte sie schwer atmend, blieb aber stehen.

Ich legte meinen Zeigefinger an meine Lippen, wandte den Kopf und horchte. Nachdem das Getrampel unserer Schritte verstummt war, hätte ich es hören müssen, wenn er uns verfolgte, doch im Hausflur war es plötzlich gespenstisch still. Falls einer der Anwohner den Lärm gehört hatte, so hatte er sich zumindest nicht darüber gewundert und die Wohnung verlassen, um nachzusehen, was das alles zu bedeuten hatte. Aber auch von dem Bewaffneten war nichts zu hören.

Ich sah die Frau an und hob fragend die Augenbrauen.

»Wo steckt er?«, fragte sie flüsternd.

Ich zuckte mit den Schultern, doch dann kam mir ein erschreckender Verdacht. Ich schob mich neben die Frau, deren Arm ich längst wieder losgelassen hatte, bis ich auf der Türschwelle stand und deutete dann nach oben. »Vielleicht hat er ein Fenster geöffnet und wartet nur darauf, dass wir das Haus verlassen, um uns von dort oben zu erschießen«, sagte ich leise.

Sie bekam große Augen und richtete den Blick unwillkürlich nach oben, obwohl von unserer Position aus natürlich nichts zu sehen war.

»Ich werde vorgehen und nachsehen«, sagte ich. Keine Ahnung, woher ich in diesem Augenblick den Mut dazu nahm. Aber wir konnten auch nicht ewig hier herumstehen und darauf warten, dass der Killer herunterkam. Es war schließlich auch denkbar, dass er sich die Schuhe ausgezogen hatte und in diesem Moment vollkommen lautlos die Stufen nach unten schlich. »Wenn die Luft rein ist, folgen Sie mir. Aber halten Sie sich dicht an der Hauswand.«

Sie nickte und knabberte an ihrer Unterlippe. Erst jetzt, aus der Nähe, bemerkte ich, dass sie sehr glatte, zarte Haut, leuchtend grüne Augen und einen Schönheitsfleck unter dem linken Auge hatte.

»Okay!«, sagte ich, was allerdings eher dazu gedacht war, mir selbst Mut zu machen und das Startkommando zu erteilen, sonst hätte ich mich vielleicht doch nicht getraut, nach draußen zu gehen.

Ich trat vorsichtig auf die Schwelle und schob dann den Oberkörper und den Kopf zaghaft nach draußen, während ich gleichzeitig den Kopf hob und nach oben sah. Ich konnte allerdings niemanden sehen, der sich aus einem der Fenster des Treppenhauses beugte. Von meiner Position sah ich aber auch nicht, ob die Fenster offen oder geschlossen waren. Also machte ich den nächsten Schritt und behielt dabei die Fensterreihe unmittelbar über mir aufmerksam im Auge. Noch immer konnte ich nichts erkennen, also tat ich einen weiteren, ein wenig größeren Schritt, bis ich mitten auf dem Gehsteig vor dem Haus stand und sehen konnte, dass alle Treppenhausfenster zu waren. So wie es aussah, war *Carlo* nicht auf den Gedanken gekommen, uns von dort oben abzuknallen. Vielleicht hatte er die Idee aber auch in Erwägung gezogen und wieder verworfen, weil es einfach zu viele Tatzeugen gegeben hätte, die ihn später identifizieren konnten, denn sowohl auf diesem als auch auf dem Bürgersteig auf der anderen Straßenseite waren insgesamt ungefähr zwei Dutzend Leute unterwegs. Und auch auf der Straße fuhren mehrere Autos vorbei.

Ich stieß in einem Stoßseufzer die Luft aus, die ich unwillkürlich angehalten hatte, und atmete voller Erleichterung auf. Dann senkte ich den Blick und richtete ihn auf die Frau, die mich mit gerunzelter Stirn fragend ansah.

Ich fragte mich, ob ich noch immer das Antlitz des Todes in ihrem hübschen Gesicht sehen würde, wenn ich sie in diesem Moment mit bloßen Händen berühren und Körperkontakt herstellen würde. Oder ob es mir tatsächlich gelungen war, sie nicht nur vor dem Killer zu retten, sondern ihr Schicksal dauerhaft zu verändern. Doch erstens scheute ich davor zurück, weil ich Angst vor der Erkenntnis hatte, ich könnte durch meine Aktion vielleicht gar nichts bewirkt haben. Und zweitens war jetzt nicht der richtige Moment dafür, weil wir noch nicht wirklich in Sicherheit waren. Also nickte ich ihr nur zu und sagte: »Die Luft ist rein. Kommen Sie!«

Wir hielten uns dicht an der Hausmauer, während wir davoneilten und ab und zu einen Blick über die Schulter warfen, um nachzusehen, ob der Mann uns verfolgte. Von ihm war allerdings nichts mehr zu sehen, als hätte er sich in Luft aufgelöst.

Erst als wir die nächste Straßenecke erreichten und uns nach rechts wandten, fiel mir siedend heiß ein, dass ich meine Arbeitsmappe im Flur der Wohnung liegen gelassen hatte.

7

»Ich muss sofort zurück und meine Mappe holen!«, sagte ich.

Ich wusste nicht, wie oft in diesen Satz in den letzten zwanzig Minuten wiederholt hatte.

Und auch Alessias Antwort war stets dieselbe: »Sie können noch nicht zurückgehen, Rex. Vielleicht rechnet er damit und erwartet Sie dort. Warten wir lieber noch etwas ab.«

Sie hatte natürlich recht, das war sogar mir klar. Aber die Vorstellung, dass meine Arbeitsmappe in ihrer Wohnung lag und möglicherweise von dem Mann gefunden wurde, der uns hatte töten wollen, verursachte mir Bauchschmerzen. All meine Kontaktdaten – mein Name, meine Anschrift, meine Telefonnummer und meine Email-Adresse – waren darin vermerkt. Es erfüllte mich mit eiskaltem Entsetzen, dass der Killer unter Umständen längst meinen Namen kannte und wusste, wo ich wohnte. Nicht zum ersten Mal an diesem verfluchten Tag fragte ich mich, in was ich da hineingeraten war. Ich seufzte resignierend und nahm einen Schluck von meinem Caffè Americano.

Wir saßen in einem Starbucks in der Leopoldstraße unweit der U-Bahnstation Münchner Freiheit. Alessia hatte mich dazu überredet, dorthin zu gehen, um mehr Abstand zwischen uns und den Mann mit der schallgedämpften Pistole zu bringen, nachdem sie mich mehrmals davon abgehalten hatte, sofort umzukehren und in ihre Wohnung zurückzugehen. Obwohl ich mich an diesem Ort unter all den anderen Gästen halbwegs sicher fühlte, sah ich mich dennoch immer wieder um, ob *Carlo* uns nicht vielleicht doch bis hierher gefolgt und ganz in der Nähe war, um die angefangene Arbeit zu beenden.

Ich setzte den Kaffeebecher ab und leckte mir über die Lippen. »Ich muss kurz telefonieren«, sagte ich dann und holte mein Handy heraus.

Alessia nickte nur.

Nachdem wir meinen Caffè Americano und einen Caffè Latte für sie geholt und Platz genommen hatten, hatte sie mich nach meinem Namen gefragt.

»Sie können mich Rex nennen«, hatte ich wie üblich geantwortet.

»Rex?«

»So nennen mich meine Freunde. Eigentlich heiße ich Richard König.«

Sie hob die Augenbrauen, als ihr die Herkunft meines Spitznamens klar wurde, und nickte dann. »Ich heiße Alessia, Alessia Engel.«

»Freut mich, Sie kennenzulernen, Alessia, auch wenn es unter diesen unerfreulichen Umständen geschieht.«

»Ganz meinerseits.«

Dann war ich mir allerdings wieder meiner Mappe und der Dringlichkeit, sie zurückzubekommen, bewusst geworden, und hatte die gegenseitige Vorstellung mit der erneuten Wiederholung des Satzes »Ich muss sofort zurück und meine Mappe holen!« beendet, obwohl ich ihr ansah, dass sie vermutlich genauso viele Fragen an mich hatte wie ich an sie. Doch noch war ich nicht bereit, ihr erläutern zu müssen, warum ich sie bis zu ihrer Wohnung verfolgt hatte.

Während ich die gespeicherte Nummer der Werbeagentur abrief, überlegte ich mir, wie ich ihr erklären sollte, warum ich so überraschend in ihrer Wohnung aufgetaucht war, auch wenn ich ihr dadurch vermutlich das Leben gerettet hatte. Denn die Wahrheit würde sie mir ohnehin nicht glauben.

Als ich eine Sekretärin der Werbeagentur in der Leitung hatte, nannte ich meinen Namen und sagte ihr, dass ich den Termin in fünfzehn Minuten leider absagen müsse, weil ich ganz überraschend krank geworden sei. Dabei bemühte ich mich, heiser und ein wenig verschnupft zu klingen, und hustete zwischendurch.

Alessia tat so, als würde sie meinem Telefonat keine Aufmerksamkeit schenken, ich sah jedoch, dass sie schmunzelte.

Die Sekretärin hatte zum Glück allergrößtes Verständnis und wünschte mir gute Besserung. Es gelang mir, einen neuen Termin für den nächsten Tag zu vereinbaren. Bis dahin musste ich die Mappe allerdings wiederhaben, da sie sämtliche Originale meines Storyboards enthielt und ich keinerlei Kopien besaß.

»Ein wichtiger Termin?«, fragte Alessia. Sie sah etwas blass aus, was nach allem, was wir erlebt hatten, natürlich kein Wunder war. Ansonsten wirkte sie allerdings erstaunlich gefasst für jemanden, der vor weniger als einer halben Stunde beinahe erschossen worden wäre. Vielleicht war ihr aber auch noch gar nicht ganz bewusst geworden, wie knapp sie dem Tod entgangen war und dass sie ohne mein Eingreifen vermutlich längst tot wäre. Oder sie vermied es momentan ganz bewusst, daran zu denken, und machte stattdessen lieber ein bisschen Smalltalk mit mir. Sie saß mit dem Rücken zur Wand und konnte jeden sehen, der das Starbucks betrat oder sich unserem Tisch näherte, während ich mich dazu umdrehen und über die Schulter schauen musste.

Ich nickte und steckte mein Handy wieder weg. »Ein möglicher Auftrag für einen Werbetrickfilm. In der Arbeitsmappe befindet sich das Storyboard, das ich gezeichnet habe.«

»Interessant. Dann sind Sie also Trickfilmzeichner.«

»Auch. Hauptsächlich aber Comiczeichner und Illustrator. Und Sie?«

Sie antwortete nicht sofort, sondern sah in ihren Caffè Latte, als müsste sie erst darüber nachdenken und könnte die Antwort darin finden. »Ich arbeite im Gastronomiebereich.«

»Aha«, sagte ich und hob die Augenbrauen in der Erwartung, dass sie noch etwas ins Detail gehen würde. Das hatte sie jedoch anscheinend nicht vor. Vielleicht schämte sie sich ja, weil sie nur Kellnerin war. So genau musste ich es aber auch gar nicht wissen. Stattdessen wechselte sie plötzlich das Thema, als wäre es ihr unangenehm, und stellte die Frage, vor der ich mich die ganze Zeit gefürchtet hatte, da ich darauf ebenfalls ausweichend oder mit einer faustdicken Lüge reagieren musste.

»Warum sind Sie mir eigentlich von der U-Bahnstation bis zu meiner Wohnung gefolgt?«

Ich entschied mich für die Unwahrheit, die ich mir bereits auf dem

Weg zu ihrer Wohnung überlegt hatte, als ich von dem Mann mit der Pistole noch nichts geahnt hatte. Ich spürte, dass es ihr nicht genügen würde, wenn ich ihrer Frage auswich, und sie vermutlich nachbohren würde. »Sie haben meine Schmerztabletten mitgenommen. Die wollte ich wiederhaben. Ich hatte heftige Kopfschmerzen und brauchte die Tabletten. Deshalb bin ich Ihnen nachgegangen.«

Sie nickte. »Und warum haben Sie mich dann nicht schon auf der Straße eingeholt und darauf angesprochen, wenn Sie die Tabletten schon so dringend benötigten?«

Ich zuckte mit den Schultern. »Sie waren schon zu weit vor mir, als ich beschloss, Ihnen zu folgen, um meine Tabletten zurückzubekommen. Und ich wollte nicht rennen, weil manche Leute das missverstehen könnten. Man hätte mich für einen Dieb auf der Flucht halten können.«

Sie schmunzelte, sah aber nicht so aus, als wäre sie von meiner Erklärung wirklich überzeugt.

»Ich wollte keine Aufmerksamkeit erregen, deshalb folgte ich Ihnen einfach bis zu Ihrer Wohnung. Und als ich dann klingeln wollte, sah ich, dass die Tür nur angelehnt war. Das kam mir merkwürdig vor. Deshalb schob ich die Tür auf und sah den Mann mit der Pistole in Ihrem Flur.«

»Und da beschlossen Sie kurzerhand, sich mit einem Bewaffneten anzulegen und mein Leben zu retten. Wer sind Sie? Batman?«

Ich schüttelte den Kopf. »Ich muss zugeben, dass ich in diesem Moment gar nicht viel darüber nachgedacht habe, was ich tue, sonst wäre ich vermutlich sofort wieder verschwunden. Ich handelte eher instinktiv und ohne zu überlegen.«

»Zum Glück«, sagte sie und atmete einmal ganz tief durch. »Und vermutlich wird es langsam Zeit, dass ich mich bei Ihnen bedanke und Sie nicht länger mit Fragen löchere, Rex. Vielen Dank also, dass Sie nicht wieder verschwunden sind, sondern das Richtige getan haben. Sie haben mir vermutlich das Leben gerettet. So hätte nicht jeder reagiert.«

»Ich bin froh, dass ich es getan habe. Allerdings wäre ich noch glücklicher, wenn ich meine Arbeitsmappe wiederhätte.«

»Natürlich.« Sie sah auf ihre Armbanduhr, die silbern und mit glitzernden Steinen besetzt war und ein schmales weißes Lederband besaß. Ich wusste nicht, ob die Steine echt waren, die Uhr sah allerdings sehr teuer aus.»Aber wir sollten noch mindestens zehn Minuten warten, bevor wir zurückgehen.«

»Wir?«

»Selbstverständlich. Ich lasse Sie doch nicht allein dorthin gehen. Schließlich handelt es sich um meine Wohnung. Außerdem wären Sie ohne mich gar nicht in diesen Schlamassel geraten. Es ist das Mindeste, was ich tun kann, nachdem Sie mein Leben gerettet haben.«

Ich nickte, denn sie hatte erneut recht. Und der Mann mit der Waffe war vermutlich schlau genug und hatte längst das Weite gesucht, weil er damit rechnen musste, dass wir so schnell wie möglich die Polizei informieren würden.

»Sie sollten die Polizei benachrichtigen«, sprach ich den Gedanken aus, der mir soeben zum ersten Mal gekommen war, seit wir vor dem Killer geflohen waren.

Sie sah mich überrascht an und runzelte dann die Stirn, als wäre sie bislang ebenfalls noch nicht auf diesen Gedanken gekommen. »Die Poli-zei?«, fragte sie gedehnt, als wäre das Wort neu für sie.

»Ja. Immerhin hatte dieser Typ die Absicht, Ihnen etwas anzutun und Sie vielleicht sogar zu töten. Und mich hätte er ebenfalls beinahe umgebracht. Wir sollten die Polizei darüber informieren, damit nach dem Kerl gefahndet wird, denn unter Umständen versucht er es erneut. Und solange er sich auf freiem Fuß befindet, sind Sie weiterhin in tödlicher Gefahr. Die Polizeibeamten könnten darüber hinaus Ihre Wohnung checken. Wenn die Luft rein ist, können Sie zurück in Ihr Heim, und ich kann meine Mappe holen. Vielleicht bekommen Sie sogar Polizeischutz, solange der Killer auf freiem Fuß ist.«

Sie dachte mit gerunzelter Stirn über meine Worte nach, während sie ihren Blick durch das Café schweifen ließ. Sogar ihr Stirnrunzeln sah apart aus, als hätte sie es tausendmal vor dem Spiegel geübt, um es mit dieser Perfektion hinzukriegen.

»Ich glaube, das ist keine so gute Idee.«

Nun war es an mir, die Stirn zu runzeln und sie nachdenklich anzusehen. Die Frage, warum es ihrer Meinung nach *keine so gute Idee* wäre, war mir vermutlich so deutlich ins Gesicht geschrieben, dass ich sie nicht laut stellen musste.

»Im Grunde ist ja gar nichts Schlimmes passiert, oder?«

Ich hob überrascht die Augenbrauen. Gar nichts Schlimmes passiert? Aber hallo!

Doch wenn man einmal davon absah, dass ein fremder Mann mit der übelsten Gaunervisage, die ich seit Langem außerhalb eines Comics gesehen hatte, und einer schallgedämpften Schusswaffe in der Hand in ihre Wohnung eingedrungen war, um sie zu erschießen, und dann mehrere Schüsse auf uns abgefeuert hatte, war vermutlich tatsächlich nicht viel passiert, denn im Endeffekt waren nur drei Löcher in ihrer Flurwand und eine unbekannte Anzahl von Durchschüssen in ihrer Wohnungstür übrig geblieben. Der tatsächliche, materielle Schaden war also vergleichsweise gering. Es war eben alles nur eine Frage der richtigen Perspektive. Im Grunde hatte sie also gar nicht so unrecht. Dennoch musste meiner Meinung nach noch mehr hinter ihrer Weigerung stecken, die Polizei einzuschalten.

Ich fragte mich zum ersten Mal, warum der Mann sie hatte töten wollen, denn ohne Grund dringt niemand bewaffnet in fremde Wohnungen ein, um die Bewohner möglichst geräuschlos um die Ecke zu bringen. Und nach einem Raub hatte es für mich nicht ausgesehen, denn als Alessia im Bad gewesen war, hätte der Mann die halbe Wohnung ausräumen können, ohne dass sie es überhaupt bemerkt hätte und ohne dass er sie hätte töten müssen. Doch so, wie sich der Mann verhalten hatte, erschien es mir wahrscheinlicher, dass sein vordringlichstes Ziel Alessias Ermordung gewesen war. Allenfalls hätte er hinterher die Wohnung verwüstet, um es für die Polizei wie einen Raubmord aussehen zu lassen. Aber wenn sie tatsächlich ermordet werden sollte, wer war der Mann dann? Jemand, der sie tot sehen und den Job selbst erledigen wollte, oder ein gedungener Mörder, hinter dem ein Auftraggeber steckte, der sich die Hände nicht schmutzig machen wollte. Dass Alessia *Carlo* nicht zu kennen schien, sprach eher für die zweite Alternative. Und auch die Benutzung eines Schalldämpfers, die Reaktionsschnelligkeit des Mannes und sein lässiges Verhalten vor der Konfrontation mit seinem Opfer ließen auf einen Profi schließen.

»Ich habe bis vor Kurzem in einer Nachtbar gearbeitet«, sagte Alessia und unterbrach meine Überlegungen über die Hintergründe des Mordversuchs. »Dort bekam ich Ärger mit der Polizei. Auf eine Wiederholung kann ich gerne verzichten.«

»Weswegen hatten Sie mit der Polizei Schwierigkeiten?«

Sie seufzte. »Es war nichts Ernsthaftes und außerdem völlig aus der

Luft gegriffen. Der Vorwurf lautete *Vortäuschung einer Straftat*. Das Verfahren wurde natürlich eingestellt, weil letztendlich auch der zuständige Staatsanwalt einsehen musste, dass an der Geschichte nichts dran war. Aber wenn ich jetzt erneut die Polizei informiere und behaupte, jemand sei in meine Wohnung eingedrungen und habe versucht, mich zu töten, werden sie mich bestimmt nicht ernst nehmen, sobald sie meinen Namen in ihren Polizeicomputer eingeben und auf das damalige Verfahren stoßen.«

»Aber ich kann doch bezeugen, dass Sie die Wahrheit sagen. Außerdem gibt es die Einschusslöcher in Ihrem Flur und in der Wohnungstür.«

»Die werden sagen, dass wir die Einschusslöcher selbst verursacht haben und dass Sie ebenfalls lügen. Und am Ende haben Sie ebenfalls ein Verfahren wegen *Vortäuschung einer Straftat* oder *Falschaussage* am Hals. Ich will aber nicht, dass Sie noch mehr in diese Geschichte hineingezogen werden, als es ohnehin schon der Fall ist. Deshalb lautet meine Entscheidung, dass wir die Polizei vorerst noch nicht einschalten. Und das ist mein letztes Wort! Versuchen Sie also besser nicht, mich umstimmen zu wollen.«

»Na gut, wie Sie wollen. Es ist Ihre Entscheidung. Aber falls Sie noch einmal in eine derart lebensgefährliche Situation geraten, sollten Sie meiner Meinung nach keinen Moment länger als nötig zögern und sofort die Behörden einschalten. Alles andere könnte Sie nämlich leicht das Leben kosten. Sie wissen schon, dass wir vorhin nur mit unglaublich viel Glück lebend davongekommen sind, oder?«

»Natürlich weiß ich das. Und ich verspreche Ihnen hoch und heilig, in Zukunft vorsichtiger zu sein und sofort die Polizei zu rufen, wenn ich das Gefühl habe, dass etwas nicht in Ordnung oder mein Leben in Gefahr ist. Zufrieden?«

Ich nickte. »Sie sollten die Geschichte trotzdem nicht auf die leichte Schulter nehmen, Alessia. Das nächste Mal haben Sie vielleicht nicht mehr so viel Glück. Ich glaube nämlich nicht, dass der Kerl sein Vorhaben aufgegeben hat. Er kam vermutlich in der Absicht in Ihre Wohnung, Sie zu töten. Und da ihm das beim ersten Mal nicht gelungen ist, wird er es bestimmt erneut versuchen. Haben Sie denn gar keine Ahnung, weswegen jemand Sie tot sehen will?«

Sie zuckte mit den Schultern. »Ich habe natürlich schon selbst darüber nachgedacht, aber mir fällt beim besten Willen nichts ein. Wie schon gesagt, war ich bis vor Kurzem in einem Nachtclub tätig. Dort kommt man auch mit dem einen oder anderen zwielichtigen Typen mit kriminellem Hintergrund in Kontakt. Aber ich kann mir trotzdem nicht vorstellen, wieso einer von denen mich umbringen lassen sollte.«

»Vielleicht hat es ja mit der Geschichte zu tun, wegen der Sie damals Ärger mit der Polizei hatten.«

Sie dachte kurz darüber nach und nahm einen Schluck von ihrem Caffè Latte. Ich nutzte die Pause und trank ebenfalls etwas. Dann stellte sie die Tasse ab und schüttelte den Kopf. »Nein! Ich kann mir nicht vorstellen, dass es da einen Zusammenhang gibt.«

»Dennoch muss es einen Grund für den Mordversuch geben. Vielleicht haben Sie im Nachtklub etwas gesehen, das Sie nicht sehen sollten.«

»Vielleicht war es auch nur eine Verwechslung.«

Ich schmunzelte, obwohl ich die Sache nicht im Mindesten komisch fand. »Natürlich, das ist die Erklärung. Warum bin ich da nicht gleich draufgekommen? Der Profikiller, den jemand engagierte, um einen kaltblütigen Mord zu begehen, hatte heute vermutlich seine Brille zu Hause vergessen und war, als er die Adresse seines Opfers aus dem Telefonbuch abschrieb, auch noch in der Zeile verrutscht und nur deshalb ganz zufällig in Ihrer Wohnung gelandet. Vermutlich bemerkt er genau in diesem Moment seinen Irrtum und denkt sich: Verflixt, wie konnte mir so ein Fehler nach 20 Jahren als hauptberuflicher Mörder bloß passieren? Also lässt er 200 Euro auf Ihrer Flurkommode zurück, um den Schaden zu ersetzen, den er angerichtet hat, und verlässt Ihre Wohnung, um sich auf die Suche nach dem richtigen Mordopfer zu machen.«

Alessia schmunzelte ebenfalls. »Sie haben wirklich eine blühende Fantasie, Rex. Kein Wunder, dass Sie sich Comics und Trickfilme ausdenken. Wenn Sie genauso gut zeichnen, wie Sie sich solche Geschichten ausdenken, würde ich gern mal ein paar Ihrer Arbeiten sehen.«

»Vermutlich haben Sie das schon, ohne dass Sie es wussten. In einem Werbespot, einer Zeitungsanzeige oder einem Comic in einer Zeitschrift. Aber um zum Thema zurückzukommen. Ich glaube noch immer, dass es ein großer Fehler ist, die Polizei nicht zu informieren.

Vielleicht sogar ein Fehler, der Sie letzten Endes das Leben kosten könnte. Denken Sie also lieber noch einmal darüber nach.«

»Okay, okay. Da Sie in dieser Sache anscheinend partout keine Ruhe geben wollen, verspreche ich Ihnen, dass ich zumindest noch einmal darüber nachdenken werde. Aber erst, nachdem wir in die Wohnung zurückgekehrt sind und uns angesehen haben, was der Mann dort angerichtet hat. Einverstanden?«

Ich nickte und trank meinen Kaffeebecher leer. »Dann lassen Sie uns endlich aufbrechen.«

»Warten Sie!«

Ich sah sie mit hochgezogenen Augenbrauen überrascht an. »Wieso?«

»Weil ich, nachdem Sie mich gerade wie ein mittelalterlicher Inquisitor ausgefragt haben, ebenfalls ein oder zwei Fragen an Sie habe. Außerdem muss ich mich noch kurz frisch machen, bevor wir gehen.«

Ich seufzte und nickte. »Okay. Fragen Sie!«

Ich ahnte, was nun kommen würde, weil ich schon wesentlich früher damit gerechnet hatte. Mit der Frage, die immer kam, wenn ich mich mit anderen Leuten unterhielt, seit ich beschlossen hatte, in der U-Bahn Handschuhe zu tragen. Die Bestätigung meiner Ahnung bekam ich schon einen Augenblick später, als sie den Blick senkte und auf meine Hände sah, die rechts und links von meinem leeren Becher auf dem Tisch lagen.

»Warum trugen Sie in der U-Bahn Handschuhe? Und wieso haben Sie mich in der U-Bahnstation so entsetzt angesehen, nachdem ich Ihre bloße Hand berührt hatte? Sie sahen aus, als hätten Sie ein Gespenst oder dem Tod ins Auge gesehen.«

Ich nahm unwillkürlich die Hände vom Tisch, verschränkte die Arme vor der Brust und schob die Hände in meine Achselhöhlen, wie ich es seit Kurzem oft tat, wenn ich sie sowohl vor den Blicken anderer als auch vor zufälligen Berührungen schützen wollte. Ich wusste nicht, ob sie mir meine Reaktion auf ihre Worte ansah, denn mich hatte erschreckt, was sie gesagt hatte. Nicht die Fragen nach den Handschuhen und meinem merkwürdigen Verhalten in der U-Bahnstation. Damit hatte ich gerechnet. Nein, es ging um ihren letzten Satz und die darin enthaltene Feststellung, da diese erschreckend nah an der Wahrheit gewesen war. Denn ich hatte dem Tod buchstäblich ins Auge gesehen.

Allerdings nicht meinem Tod oder dem Tod als abstraktem Schreckgespenst, sondern Alessias Tod. Aber das konnte ich ihr natürlich nicht sagen, ohne in ihren Augen wie ein komplett durchgeknallter Irrer zu wirken. Also musste ich ihr eine weitere Lüge auftischen, die ich mir schon zurechtgelegt hatte, nachdem ich meine Gabe erkannt hatte, um anderen Menschen zu erklären, warum ich ihnen zur Begrüßung nicht die Hand geben konnte.

Ich seufzte schwer, bevor ich antwortete:»Ich leide unter Berührungsangst. Das ist die Angst vor Körperkontakt mit anderen Menschen. Der medizinische Fachausdruck dafür lautet *Aphenphosmophobie*.« Meist reichte diese knappe und glaubwürdig klingende Ausführung in Verbindung mit dem zungenbrecherischen Fremdwort, um andere zu überzeugen und mein sonderliches Verhalten zu erklären.

Alessia runzelte nachdenklich die Stirn, als hätte sie insgeheim eine andere Antwort erwartet. Dann nickte sie und sagte:»Verstehe.«

»Wären damit alle Fragen geklärt?«

Sie nickte erneut.»Für den Moment schon. Ich geh dann nur noch rasch, um mich frischzumachen. Danach können wir aber sofort gehen.«

Sie stand auf und machte sich auf den Weg zu den Toiletten. Ich sah ihr nachdenklich hinterher, bis sie aus meinem Sichtfeld verschwand. Dann ließ ich den Blick durch das Starbucks schweifen, ob ich ein bekanntes Gesicht entdeckte. Zum Glück war das nicht der Fall.

8

Ich ging die Stufen, die wir über eine Stunde zuvor heruntergerannt waren, als wäre uns der leibhaftige Teufel auf den Fersen, um unsere Seele zu rauben, nun ganz langsam nach oben. Ich war völlig angespannt und bereit, mich jederzeit herumzuwerfen, um wieder nach unten zu rennen. Mein Herz schlug schneller, und ich schwitzte leicht, während sich meine Knie etwas schwammig anfühlten, als bestünden sie nicht aus Fleisch und Knochen, sondern aus Weichgummi, und sogar leicht zitterten.

Alessia ging direkt hinter mir. Das mit dem Herumwerfen und Hinunterrennen würde also gar nicht so einfach werden, falls sie nicht ebenso schnell wie ich reagierte und mir unter Umständen im Weg stand. In dem Fall könnte uns *Carlo*, der mutmaßliche gedungene Killer, sofern er immer noch hier war und uns auflauerte, vielleicht sogar mit einem einzigen gut gezielten Schuss erledigen. Zwei auf einen Streich! Dennoch war ich dankbar, dass Alessia in meiner Nähe war. So konnte ich nicht doch noch im letzten Moment einen Rückzieher machen, ohne vor ihr als Feigling dazustehen. Sie stärkte mir den Rücken und hätte mir vermutlich sogar beruhigend die Hand auf die Schulter gelegt, wenn ich ihr nicht von meiner angeblichen Berührungsangst erzählt hätte.

Ich atmete ganz tief ein, bevor ich den letzten Treppenabsatz vor dem Stockwerk mit ihrer Wohnung betrat, drehte mich zur Seite und warf einen vorsichtigen Blick nach oben. Ich entließ die angehaltene Luft, als ich niemanden sah, der auf uns wartete und mit einer schallgedämpften Pistole auf mich zielte.

Im Haus war es, obwohl es hier zehn Mietwohnungen gab, erstaunlich still. Als ich Alessia nach dem Betreten des Hauses flüsternd nach ihren Nachbarn gefragt hatte, hatte sie geantwortet, dass sie die meisten gar nicht kennen würde, weil sie noch gar nicht lange hier wohnte. Ihrer Meinung nach waren allerdings ohnehin alle berufstätig und hatten entweder gar keine oder erwachsene Kinder, die schon aus dem Haus waren, was die unnatürliche Ruhe im Haus um diese Uhrzeit erklärte. Und deshalb war auch niemand auf die Verfolgungsjagd im Treppenhaus und die Löcher in Alessias Wohnungstür aufmerksam geworden.

Ich wandte den Kopf und nickte Alessia zu, um ihr zu signalisieren, dass das Treppenhaus vor ihrer Wohnung frei war. Dann ging ich weiter und nahm die letzten Stufen in Angriff.

Ich war noch immer angespannt und schreckhaft, rechnete aber nicht wirklich damit, dass der Mann noch hier war. Schließlich musste er damit rechnen, dass wir in Begleitung der Polizei zurückkehrten. Allerdings musste man meiner Meinung nach immer alle Eventualitäten in seine Überlegungen miteinbeziehen, wenn man nicht unangenehm überrascht werden wollte. Schließlich war ich nur ein Comiczeichner und hatte keine Ahnung, was im Gehirn eines Profikillers vorging, sofern der knollennasige Typ tatsächlich ein solcher und nicht nur ein übermotivierter Inkassomitarbeiter war, der zu viele Quentin-Tarantino-Filme gesehen hatte und deshalb ab und zu übers Ziel hinausschoss.

Ich musste schlucken, obwohl mein Hals ganz ausgetrocknet war, und hatte das Gefühl, das Geräusch könnte im ganzen Haus zu hören sein, während ich meinen Fuß auf die fünftletzte Stufe setzte. Durch das Treppengeländer konnte ich schon Alessias Wohnungstür sehen. Sie schien geschlossen zu sein. Ich konnte allerdings ein paar Löcher im Holz erkennen, an deren Rändern das Holz gesplittert und Späne nach außen gebogen worden waren. Noch war ich allerdings nicht nah genug, um alle Durchschüsse sehen und zählen zu können.

Ich blieb stehen und drehte Kopf und Oberkörper nach rechts, um einen Blick nach oben zu werfen, wo die Treppe in die höheren Etagen führte.

Alessia hatte nicht damit gerechnet, dass ich so abrupt anhielt, und prallte gegen mich, sodass ich für einen Moment ihre Brüste an meinem Rücken spüren konnte. Ich erschauderte wohlig.

»Tschuldigung«, flüsterte sie ganz nah an meinem rechten Ohr. Ich konnte ihren warmen Atem fühlen, ehe sie wieder auf Distanz ging.

Ich warf ihr aus den Augenwinkeln einen kurzen Blick zu und nickte. Einerseits, um ihre Entschuldigung anzunehmen, andererseits aber auch als Zeichen, dass uns niemand auf den höher gelegenen Stufen auflauerte. Dann wandte ich den Kopf wieder nach vorn und stieg die letzten Stufen hoch, bis ich auf dem Absatz vor den beiden Wohnungstüren stand.

Als ich mich Alessias Tür näherte, sah ich noch einmal die Stufen hoch, konnte aber noch immer niemanden entdecken. Beruhigt atmete ich auf. Wenn der Killer uns dort aufgelauert hätte, wäre er sicherlich schon in Erscheinung getreten, um uns zu erschießen. Wieso sollte er warten, bis wir wieder in der Wohnung waren, wenn er die Sache auch ganz kurz und schmerzlos im Treppenhaus erledigen konnte. Schließlich war niemand im Haus, der ihn dabei beobachten konnte.

Die Tür war tatsächlich zu. Der Mann musste sie ins Schloss gezogen haben, als er gegangen war. Vielleicht war sie auch hinter ihm zugefallen, als er uns ins Treppenhaus nachgelaufen war, und er war gar nicht mehr in die leere Wohnung zurückgekehrt.

Ich zählte insgesamt sechs Löcher im Türblatt, die von den Kugeln stammten, die der Mann bei unserer Flucht auf mich abgefeuert hatte. Ich schluckte erneut, als mir bewusst wurde, wie knapp ich den Projektilen entgangen war.

»Alles in Ordnung?«, fragte Alessia, die neben mich getreten war, nachdem ich zwei Schritte vor der Tür angehalten hatte, ohne mir dessen bewusst geworden zu sein. Sie legte eine Hand auf meinen Unterarm und sah mich besorgt an.

Ich sah auf ihre Hand. Natürlich bestand keine Gefahr, dass meine unheimliche Fähigkeit ausgelöst wurde, da sie nur den Ärmel meiner Lederjacke berührte und kein unmittelbarer körperlicher Kontakt bestand. Ich fragte mich in diesem Augenblick dennoch, ob ich in dem Fall immer noch ihr Totengesicht sehen würde, nachdem ich verhindert hatte, dass der Killer sie tötete. Ich wagte es allerdings nicht, sie zu berühren, da man mir meine Enttäuschung und mein Entsetzen gewiss vom Gesicht ablesen konnte, falls ich noch immer das Antlitz des Todes in ihren Zügen sehen würde, und das wollte ich momentan nicht riskieren. Außerdem würde es nicht zu meiner Lügengeschichte über die Berührungsphobie passen, wenn ich von mir aus Körperkontakt herstellen würde.

Sie sah meinen Blick und zog ihre Hand sofort zurück. »Entschuldigen Sie, Rex. Ich hatte ganz vergessen, dass Sie …«

»Ist schon okay, Alessia. Solange es keinen direkten Körperkontakt gibt, ist es kein Problem.«

Sie nickte, trat einen Schritt zurück und sah zur Tür. »Ich glaube nicht, dass er noch immer da ist.«

»Ich auch nicht. Aber wir sollten dennoch weiterhin vorsichtig sein, bis wir uns dessen ganz sicher sind. Haben Sie Ihren Schlüssel dabei?«

Sie nickte und griff gleichzeitig in die rechte Außentasche ihrer Jeansjacke. »Zum Glück hab ich ihn sofort wieder eingesteckt, nachdem ich die Wohnung betreten hatte, und nicht im Badezimmer irgendwo hingelegt. Ich wollte ja nur kurz ins Bad, um mich frischzumachen, und dann gleich wieder gehen, weil ich noch etwas zu erledigen hatte.« Sie brachte ein Schlüsseletui aus braunem Leder zum Vorschein, schüttelte es, bis ein Ring mit einem halben Dutzend Schlüsseln klirrend herauspurzelte, und ging dann zur Tür.

Ich blieb, wo ich war, warf noch einmal einen Blick die Stufen hinauf und hinunter und sah mich dann auf dem Treppenabsatz um. Ich sah Löcher im Verputz der Wand, wo die Kugeln eingeschlagen waren. Auch in der Wohnungstür des Nachbarn, der laut Namensschild Wolfgang Kramer hieß, befanden sich zwei Einschusslöcher. Ich hoffte, dass die Projektile nicht mehr genug Durchschlagskraft gehabt hatten, um auch das Holz dieser Tür komplett zu durchdringen. Und falls doch, dann hatte hoffentlich nicht gerade Wolfgang Kramer dahinter gestanden, um durch den Türspion nachzusehen, wer im Treppenhaus so viel Lärm verursachte.

Ich richtete meinen Blick wieder nach vorn, wo Alessia noch immer mit ihrem Schlüsselbund und dem Türschloss beschäftigt war. Normalerweise hätte sie die Tür schon längst aufgesperrt haben müssen. Aber allem Anschein nach gab es Schwierigkeiten. Ich hörte das Klirren der Schlüssel und dann einen kaum hörbaren, gezischten Laut, der sich für mich ganz so anhörte, als hätte sie soeben *Fuck* gesagt.

»Probleme?«

»Nein, nein! Ich hab's gleich.«

Vielleicht hatte der Bewaffnete, als er in Alessias Wohnung eingedrungen war und dazu offensichtlich das Schloss geknackt hatte, es dabei irgendwie beschädigt, sodass es sich nun nicht mehr problemlos öffnen ließ. Oder er hatte, bevor er verschwunden war, einen Gegenstand in den Schließzylinder gesteckt, um seinen Frust über den fehlgeschlagenen Mord loszuwerden und uns zu ärgern. Ich wusste zwar nicht, wieso er so etwas hätte tun sollen, aber hey, dieser Typ tötete andere Menschen, ohne mit der Wimper zu zucken, und war schon aus diesem Grund nicht ganz richtig in der Birne.

Doch so irre, dass er aus reiner Bosheit das Türschloss blockiert hätte, war er dann wohl doch nicht, denn ein klickendes Geräusch verriet mir, dass Alessia es endlich geschafft hatte, die Tür zu öffnen.

Sie stieß die Wohnungstür ganz weit auf, sodass sie beinahe gegen die Wand prallte, trat jedoch nicht ein.

»Lassen Sie mich vorgehen«, sagte ich, drängte mich an ihr vorbei zur Tür und machte den ersten Schritt über die Schwelle. Ich hörte es erneut klirren, als Alessia hinter mir die Schlüssel zurück ins Etui schob, bevor sie es wieder einsteckte. Dann war es mit Ausnahme meines rascher schlagenden Herzens und des pochenden Pulsschlags in meiner Schläfe wieder still, sodass ich mich darauf konzentrieren konnte, ob ich aus der Wohnung verdächtige Geräusche hörte. Doch alles, was ich vernahm, war ein regelmäßiges Ticken, das vermutlich von einer großen Wanduhr in der Küche oder im Wohnzimmer stammte. Ansonsten war es jedoch völlig still.

Ich machte zwei weitere Schritte in den Flur, bevor ich erneut stehen blieb, mich umsah und lauschte. Doch ich spürte instinktiv, dass die Wohnung verlassen war. Das hatte allerdings nichts mit meiner Gabe zu tun, sondern war nur ein rein intuitives Gefühl, das viele Menschen beim Betreten einer Wohnung oder eines Hauses haben. Man spürt einfach, ob jemand da ist oder nicht, weil sich eine menschenleere Wohnung ganz anders anfühlt.

Ich wandte mich um und sah Alessia an, die noch immer im Treppenhaus stand und mich mit gerunzelter Stirn aufmerksam beobachtete. Ich nickte. »Ich denke, es ist niemand mehr da.«

Ihr Stirnrunzeln verschwand und machte einem zaghaften Lächeln Platz. Obwohl auch ihr Stirnrunzeln ganz zauberhaft war, hatte man das Gefühl, die Sonne ginge auf, sobald sie lächelte, was sie in der Zeit, seit wir zusammen waren, allerdings nur selten getan hatte. Angesichts der dramatischen Umstände war das natürlich nachvollziehbar.

»Gut.« Sie trat ein, betätigte den Lichtschalter, da es im Flur ein bisschen düster war, und schloss die Wohnungstür. »Wo haben Sie Ihre Arbeitsmappe denn hingelegt?«

Ich erinnerte mich wieder an den eigentlichen Grund, weswegen ich überhaupt mit ihr hierher zurückgekommen war, wandte mich um und sah zu der Stelle unterhalb der afrikanischen Masken, wo ich die Mappe mit dem Storyboard abgelegt hatte, um nach der Elefantenmaske zu greifen. »Sie ist weg!«

»Wirklich?« Alessia kam an meine Seite und folgte meinem Blick. »Wo lag sie denn zuletzt?«

»Genau dort drüben.« Ich hob die Hand und deutete mit dem Zeigefinger auf die Stelle. »Sie lag direkt unter den Masken auf dem Teppich. Verdammter Mist!« Ich hob beide Hände und bedeckte die untere Hälfte meines Gesichts damit, während ich überlegte. »Der Killer hat sie! Er muss sie gefunden und mitgenommen haben.«

»Das wissen wir nicht mit Sicherheit, Rex«, widersprach Alessia. »Vielleicht hat er die Mappe auch nur aufgehoben, um nachzusehen, was drin ist. Und als er sah, dass sie nur Zeichnungen enthält, legte er sie irgendwo anders hin. Kommen Sie! Lassen Sie uns danach suchen.«

Ich nahm die Hände vom Gesicht und nickte. »Sie haben recht. Wir müssen die Wohnung durchsuchen! Außerdem können wir uns auf diese Weise gleichzeitig davon überzeugen, dass dieser kaputte Typ wirklich nicht mehr hier ist.«

»Sie suchen im Wohnzimmer, im Bad und in der Toilette«, sagte Alessia und deutete auf eine geschlossene Tür links von mir, hinter der sich vermutlich das Wohnzimmer befand, und dann den Gang hinunter. Wo das Bad und die Toilette waren, wusste ich ja schon von meinem ersten Besuch an diesem Ort.»Ich übernehme die Küche, das Arbeitszimmer und mein Schlafzimmer. Da es meine Wohnung ist, fällt es mir vermutlich eher auf, wenn irgendwo etwas herumliegt, was vorher nicht da war.«

Wir setzten uns gleichzeitig in Bewegung. Während sie die erste Tür auf der rechten Seite des Flurs öffnete und in die Küche ging, machte ich die Tür zum Wohnzimmer auf und trat ein. Ich sah zuerst hinter der Tür nach, ob sich dort jemand versteckt hielt. Natürlich stand dort keiner. Aber obwohl mir mein Gefühl sagte, dass außer Alessia und mir niemand da war, ging ich dennoch auf Nummer sicher. Allerdings konnte ich mir auch nicht vorstellen, dass der Killer sich hinter Türen versteckte. Schließlich hatte er eine Waffe mit Schalldämpfer, konnte auch aus der Ferne nahezu lautlos töten und musste daher niemandem auflauern. Ich war mir sicher, dass wir längst tot wären, wenn er sich noch immer in der Wohnung aufgehalten hätte.

Ich sah mich im Wohnzimmer um, das wie unzählige andere Wohnzimmer auch eingerichtet war, sodass sich eine nähere Beschreibung erübrigt, konnte jedoch meine Arbeitsmappe nirgendwo entdecken. Also verließ ich den Raum schon bald wieder, ließ hinter mir die Tür offen stehen und ging durch den Flur in Richtung Bad. Im Vorbeigehen kontrollierte ich die Kommode, doch auch auf ihr lag meine Mappe nicht.

Ganz allmählich verlor ich allerdings die letzte Hoffnung, dass sie noch hier sein könnte, denn ich bezweifelte, dass ich sie im Bad oder in der Toilette finden würde. Warum hätte sie der Kerl mit dorthin nehmen sollen? Außer natürlich, er hatte sich ihren Inhalt in aller Ruhe angesehen, während er auf dem Klo gesessen hatte. Aber das konnte ich mir bei einem Profi nicht vorstellen. Die Gefahr, dabei Spuren zu hinterlassen, und das sogar in zweifacher Hinsicht, war einfach zu groß. Und falls man auch noch seine Waffe irgendwo liegen ließ, lief man ernsthaft Gefahr, wie der von John Travolta gespielte *Vincent Vega* in Quentin Tarantinos Film *Pulp Fiction* mit der eigenen Waffe nach dem Scheißen erschossen zu werden.

Während ich durch den Flur marschierte, sah ich mir die drei Einschusslöcher an und erschauderte bei dem Gedanken, wie knapp mich die Projektile möglicherweise verfehlt hatten. Aber obwohl zum ersten Mal in meinem Leben mit scharfer Munition auf mich geschossen worden war, stand ich deswegen nicht unter Schock oder litt an einem Trauma. Vielleicht kam das ja noch, sobald sich die Erkenntnis in meinem Bewusstsein verwurzelt und mein Verstand damit begonnen hatte, sie zu verarbeiten. Momentan ging es mir allerdings noch relativ gut, und meine größte Sorge galt meiner Mappe.

Ich betrat das Badezimmer, dessen Tür noch immer weit offen stand, und sah mich um. Es waren allerdings nicht viele Stellen vorhanden, an denen meine Mappe liegen konnte. Es gab keine Dusche, sondern nur eine Badewanne mit Duschvorhang, der vorgezogen war, sodass ich nicht in die Wanne sehen konnte. Ich ging als Erstes zum Waschbecken und begutachtete mein Ebenbild im Spiegel. Ein ganz passabel aussehender 35-Jähriger mit kurz geschnittenen, dunkelbraunen Haaren, Dreitagebart und braunen Augen sah mich an. Ich strich mein Haar glatt, obwohl es bei der Auseinandersetzung mit dem Killer und der anschließenden Flucht kaum in Unordnung geraten war. Dann hob ich den Kopf und begutachtete meinen Hals, um den *Carlo* seine kräftigen Hände gelegt hatte, um mich zu erwürgen. Die Haut war gerötet, ansonsten hatte der Mordversuch jedoch keine sichtbaren Spuren hinterlassen. Es tat auch nicht mehr weh, nicht einmal beim Schlucken.

Zufrieden senkte ich den Blick, kontrollierte die Ablage unter dem Spiegel und erstarrte, während mir gleichzeitig der Atem stockte, als ich sah, was dort lag.

9

Das darf doch nicht wahr sein!

Ohne bewusst darüber nachzudenken, nahm ich die Pistole von der Ablage, schwenkte die Hand hin und her und beäugte die Schusswaffe argwöhnisch von allen Seiten. Sie war groß, unhandlich und ziemlich schwer, was vermutlich auch an dem Schalldämpfer lag, der am Lauf befestigt worden war. Ich hatte nicht den geringsten Zweifel, dass es sich um die Waffe des Mannes handelte, der auf uns geschossen hatte. Aber wieso lag sie hier so herrenlos im Badezimmer herum? Hatte Carlo sie vergessen, als er vor dem Gehen noch rasch aufs Klo gegangen war und sich danach die Hände gewaschen hatte? Nicht sehr wahrscheinlich. Doch wenn seine Waffe hier lag, wo war dann ihr Besitzer? Gewiss ganz in der Nähe …

Als mir schon einen Sekundenbruchteil später die Antwort auf die letzte Frage einfiel, hob ich langsam den Blick und sah erneut in den Spiegel, durch den ich über meiner rechten Schulter den vorgezogenen Duschvorhang hinter mir sehen konnte. Ich schluckte, während das Herz in meiner Brust einen neuen Geschwindigkeitsrekord aufstellte, der vermutlich für die Ewigkeit war, denn jede weitere Steigerung musste unweigerlich zum Herzinfarkt führen.

Ich fixierte den Duschvorhang, der aus silbergrauem Polyester bestand und völlig undurchsichtig war. Ich erschrak und zuckte zusammen, als er sich bewegte. Doch dann erkannte ich, dass es gar keine Bewegung des Vorhangs gewesen war, sondern nur ein Lichtreflex, der über seine Oberfläche gehuscht war. Wie aus weiter Ferne konnte ich Geräusche aus einem anderen Teil der Wohnung hören, die vermutlich von Alessia stammten. Doch meine ganze Aufmerksamkeit galt in diesem Moment dem Duschvorhang und dem, was sich möglicherweise dahinter befand, sodass ich alles andere ausblendete und nur am Rande wahrnahm.

Ich schluckte laut. Meine Kehle war so ausgedörrt, als wäre ich durch eine Wüste an diesen Ort gelangt. Gern hätte ich einen Schluck Wasser zu mir genommen. Dazu hätte ich nur den Wasserhahn vor mir aufdrehen und mich nach unten beugen müssen. Doch erst musste ich mir Gewissheit verschaffen, was hinter dem Vorhang war. Außerdem wollte ich ihn unter keinen Umständen auch nur eine einzige Sekunde aus den Augen lassen.

Da der Vorhang sich nicht von allein öffnete und keine Bewegung dahinter zu erahnen war, was mir vermutlich beides einen Riesenschreck eingejagt und meinem galoppierendem Herzen den Rest gegeben hätte, musste ich wohl oder übel selbst Hand anlegen. Ich schloss für zwei Sekunden die Augen und atmete einmal ganz tief ein, bevor ich sie sofort wieder aufriss aus Angst, etwas könnte genau in diesem Moment den Vorhang zur Seite reißen und mich von hinten anspringen. Anschließend wandte ich mich rasch um und ging, ehe ich es mir anders überlegen und schreiend aus dem Bad rennen konnte, entschlossen zur Badewanne.

Erst als ich mit der linken Hand nach dem Vorhang griff, entsann ich mich wieder der Pistole in meiner Hand. Ich hob sie und richtete den mattschwarzen Zylinder des Schalldämpfers auf den Polyester vor mir. Dann riss ich den Vorhang mit einem einzigen herzhaften Ruck zur Seite.

Ich schrie vor Schreck laut auf, als ich mich der schwarz gekleideten Gestalt des Killers gegenübersah, der mich mit überraschtem Gesichtsausdruck anglotzte.

10

Beinahe hätte ich reflexartig den Abzug der Pistole gedrückt und auf ihn geschossen, ehe mir bewusst wurde, dass das gar nicht mehr nötig war.

Er war bereits tot!

Irgendjemand, vermutlich sein Mörder, hatte ihm den Schlauch der Duschbrause um den Hals geschlungen, sodass der Mann nun an der Brausestange hing und es so aussah, als wäre er noch immer am Leben und stünde halbwegs aufrecht in der Badewanne. Er war allerdings nicht mit dem Schlauch erdrosselt worden, sondern an einer Kugel gestorben, die so exakt zwischen seinen dichten, schwarzen Augenbrauen platziert worden war, als hätte der Mörder dafür Lineal und Zirkel benutzt. Die Augen des Toten, die mich bei unserer ersten Begegnung noch so zornig und bösartig angefunkelt hatten, wirkten nun so leblos wie Glasmurmeln, sahen mich unter den halb geschlossenen Lidern aber dennoch an, als wäre er vom Tod überrascht worden und machte mich für seinen momentanen Zustand verantwortlich.

Mein Blick fiel erneut auf das schwarz gerändertе Loch in seiner Stirn, aus dem nur ein einzelner Tropfen Blut gequollen und an seinem Nasenrücken nach unten gelaufen war, wo er nun an seiner knollenartigen Nase hing wie zu Eis erstarrter, blutiger Rotz. Von der tödlichen Wunde wanderte mein Blick wie unter Zwang zu der Pistole in meiner

Hand. Ich realisierte, dass ich möglicherweise die Tatwaffe in der Hand hielt, aus der der tödliche Schuss abgefeuert worden war. Entsetzt ließ ich sie fallen und beobachtete, wie sie zu Boden fiel. Zu spät fiel mir ein, dass sie beim Aufprall losgehen und ich mir versehentlich einen Zeh oder einen Hoden wegschießen könnte. Die Welt war schließlich gemein und voller verrückter Unglücksfälle. Und bei alldem, was mir heute schon widerfahren war, hätte es mich auch gar nicht verwundert. Doch die Waffe entlud sich zum Glück nicht, sondern landete nur mit einem in dem gekachelten Raum extrem lauten Scheppern auf den Bodenfliesen.

Alessia kam, entweder durch meinen Schrei oder den Lärms alarmiert, ins Bad und fragte mich vermutlich, was passiert sei. Ich hörte sie jedoch nicht und wurde mir ihrer Anwesenheit erst in dem Moment bewusst, als sie mich am Oberarm packte und heftig schüttelte. Ich zuckte so erschrocken zurück, als hätte die Leiche ihren Arm ausgestreckt und nach mir gegriffen, entzog mich ihrem Griff und trat unwillkürlich einen Schritt zurück. Erst dann erkannte ich, dass es nur Alessia war, entspannte mich und ließ mit einem zischenden Laut, in den sich ein leises Seufzen schlich, den Atem entweichen, den ich seit Entdeckung des Leichnams angehalten hatte.

Alessia entschuldigte sich ausnahmsweise nicht dafür, dass sie mich angefasst hatte. Sie sagte überhaupt nichts, während ihr Blick von mir zu der Waffe am Boden und dann zu der reglosen Gestalt wanderte, die am Schlauch der Brause hing.

Der Anblick schien sie nicht so sehr zu schockieren wie mich, was vermutlich vor allem daran lag, dass meine Reaktion sie darauf vorbereitet hatte, dass ich etwas Schreckliches entdeckt hatte. Außerdem hatte mich wahrscheinlich auch der *Psycho*-Effekt zusätzlich geschockt, weil ich den Duschvorhang zur Seite gezogen und dahinter einen lebenden Menschen und keine Leiche erwartet hatte.

»Scheiße! Was ist denn hier passiert?«, sagte Alessia und sah dann wieder zu mir. »Hast du ihn erschossen? Oder hat er das selbst getan?« Sie war vom sperrigen Sie zum einfacheren Du übergegangen, was mir in dieser Situation auch völlig angemessen erschien. Uns weiterhin zu siezen, während wir vor dem Leichnam des Mannes standen, der uns vor Kurzem noch das Lebenslicht hatte ausblasen wollen, wäre geradezu lächerlich gewesen.

Ich reagierte im ersten Moment wie ein kleiner Junge, der bei etwas Verbotenem erwischt worden war, schüttelte heftig den Kopf und sagte: »Ich war das nicht!«

Sie sah mich misstrauisch an, als glaubte sie mir nicht so recht, doch dann nickte sie. »Natürlich nicht.« Vermutlich war sie zu der korrekten Ansicht gelangt, dass ich nicht der Typ von Mann war, der andere Leute mit gezielten Kopfschüssen tötete. »Dann muss er Selbstmord verübt haben. Aber wieso?«

Ich schüttelte den Kopf und kam wieder einen Schritt näher. »Das war kein Selbstmord!«, sagte ich und deutete auf die Pistole am Boden. »Außer, er hat sich vor dem Spiegel erschossen, die Waffe auf die Ablage gelegt, ist dann in die Wanne gestiegen, hat den Vorhang zugemacht und sich anschließend den Brauseschlauch um den Hals geschlungen.«

»Die Pistole lag auf der Spiegelablage?«

»Ja! Das sagte ich doch gerade.«

»Dann kann er sich wirklich nicht selbst erschossen haben.«

»Meine Rede.« Ich verdrehte die Augen und hob die Schultern.

»Aber wenn du ihn nicht erschossen hast, und er es auch nicht selbst getan hat, wer war es dann?«

Ich schüttelte ratlos den Kopf, während mein Blick wieder zum Gesicht des Toten wanderte, das bleich war und mit jedem verstreichenden Moment mehr wie eine Totenmaske aussah. Er konnte noch nicht lange tot sein, doch das Blut in seinem Körper floss bereits, der Schwerkraft folgend, in die tieferen Regionen, nachdem es nicht länger von einem schlagenden Herzen in einem funktionierenden Blutkreislauf durch die Adern und Venen gepumpt wurde, um die absterbenden Zellen mit Sauerstoff und Nährstoffen zu versorgen. Was ich vor mir sah, war das wahre Totengesicht des Mannes. Der totenschädelartige Schatten über seinen Zügen, den ich zuvor gesehen hatte, als er versucht hatte, mich zu erdrosseln, war nur ein Vorzeichen seines Todes gewesen, gewissermaßen ein tödliches Omen. Dennoch hatte meine verfluchte Gabe erneut tadellos funktioniert. Ich hatte das Antlitz des Todes im Gesicht des Mannes gesehen, und gerade einmal eine Stunde später war er auch schon mausetot. Irgendwie hatte ich das Gefühl, dass es immer schneller ging. Beim nächsten Mal würde die Person vielleicht schon unmittelbar nach unserem körperlichen Kontakt aus den Latschen kippen.

Ich erschauderte, wandte rasch den Blick ab und sah Alessia an, die selbst dann einen zigfach angenehmeren und schöneren Anblick geboten hätte, wenn der Killer noch am Leben gewesen wäre. »Woher soll ich wissen, wer ihn umgebracht haben könnte?«, sagte ich und dachte darüber nach, was während unserer Abwesenheit geschehen sein mochte. Es kam mir beinahe so vor, als würde ich mir die Handlung für einen Kriminalcomic überlegen, den ich zeichnen wollte. »Vielleicht war es ein Komplize oder sein Auftraggeber. Immerhin hatte er die Sache vermasselt und seinen Auftrag nicht ausgeführt. Darüber hinaus kannten wir sein Gesicht und hätten der Polizei eine ganz gute Beschreibung liefern können. Ich glaube nämlich nicht, dass hier momentan allzu viele Typen mit so einer Gangstervisage herumlaufen. Vermutlich wollte der Komplize oder der Mann, der hinter dem Mordauftrag steckt, nicht riskieren, dass die Polizei ihm über die Identität des Killers auf die Spur kommt.«

Alessia runzelte die Stirn, während sie zuhörte, als würde sie intensiv darüber nachdenken. Nachdem ich geendet hatte, nickte sie langsam. »Vermutlich hast du recht, Rex. Es muss so oder ganz ähnlich gewesen sein, denn eine andere Möglichkeit sehe ich momentan auch nicht.«

Ich nickte, sagte allerdings nichts, denn mir war noch eine weitere Möglichkeit eingefallen. Allerdings hätte diese Alternative das Eingreifen einer weiteren, bislang unbekannten Partei bedeutet, die ganz andere Ziele als der Killer und sein Auftraggeber verfolgte und den Mann getötet hatte. Allerdings hätte das unsere ohnehin schon nicht ganz einfache Situation nur unnötig verkompliziert, und darauf hatte ich jetzt überhaupt keine Lust, nachdem ich erst vor wenigen Minuten die Leiche eines mutmaßlichen Berufskillers gefunden hatte. Ich behielt die Option einer dritten Partei im Hinterkopf, allerdings nicht als echte Alternative, sondern nur als Handlungsidee für einen Comic, den ich vielleicht demnächst, inspiriert durch die Realität, zeichnen würde.

Jäh fiel mir wieder ein, weswegen ich überhaupt ins Bad gegangen war. »Hast du wenigstens meine Arbeitsmappe gefunden?«

Alessia hatte mit nachdenklicher Miene die Leiche angesehen, wandte nun den Kopf und sah mich verwirrt an, als wüsste sie nicht, wovon ich sprach. Dann hellte sich ihre Miene auf, als ihr dämmerte, was ich meinte. Sie schüttelte den Kopf. »Tut mir wirklich leid, Rex, aber ich hab die Mappe nirgends gefunden. Hast du schon im Wohnzimmer und auf der Toilette nachgesehen?«

Ich nickte zuerst, schüttelte dann aber den Kopf, als mir einfiel, dass ich meine Suche gar nicht beendet hatte, nachdem ich die Pistole entdeckt hatte. »Im Klo hab ich noch nicht nachgesehen. Aber ich glaube nicht, dass meine Mappe dort ist.«

Alessia nickte. »Wir sehen trotzdem nach, bevor wir gehen.«

»Gehen?« Ich sah sie irritiert an.

»Natürlich. Ich packe ein paar Sachen zusammen, und dann verschwinden wir schleunigst von hier. Oder glaubst du etwa, ich bleibe hier und leiste dem da Gesellschaft?« Sie deutete auf den toten Killer, sodass ich ihn unwillkürlich ansah. Er sah beleidigt aus, als hätte sie ihn mit ihren Worten gekränkt, aber das war natürlich Blödsinn. Wahrscheinlich war er nur zum Zeitpunkt seines Todes stocksauer und überrascht darüber gewesen, dass ihn, den Killer, jemand anderes gekillt hatte. Und dieser Gesichtsausdruck würde ihm jetzt erhalten bleiben, bis er vollständig verwest war. »Außerdem werde ich nicht hierbleiben und darauf warten, dass derjenige, der das getan hat, zurückkommt, den vermasselten Job zu Ende bringt und mich ebenfalls mit in die Badewanne packt.«

Ich runzelte die Stirn. Komisch, wie schnell wir es doch als Tatsache akzeptiert hatten, dass jemand Alessia umbringen wollte und dafür einen Killer engagiert hatte, obwohl wir uns nicht einmal erklären konnten, wieso. Eigentlich geschahen solche Dinge nur in Filmen oder erfundenen Geschichten und nicht in der Realität gewöhnlicher Menschen. Doch irgendwie war ich heute, ohne es zu bemerken, aus meiner Realität in exakt so eine Geschichte gepurzelt, in der sich derartige Dinge ereigneten und anscheinend völlig normal waren, zumindest in Alessias Augen. Andererseits war ich aufgrund meiner Gabe vermutlich alles andere als gewöhnlich und hatte in den letzten Monaten schon mehr Todesfälle als üblich miterlebt. Ich beendete den Gedanken, denn wenn ich zu lange darüber nachdachte und mir erst so richtig bewusst machte, in welcher Gefahr ich geschwebt hatte und mich augenscheinlich noch immer befand, würde ich vermutlich nur verrückt werden.

»Und was machen wir mir ihm?« Diesmal war ich es, der mit dem

Zeigefinger auf den toten Mann am Brauseschlauch deutete.

Alessia sah mich mit gerunzelter Stirn an und zuckte dann mit den Schultern. »Was willst du denn mit ihm tun, Rex? Einpacken und mitnehmen etwa?«

Ich schüttelte den Kopf. »Natürlich nicht.« Ich kam mir in diesem Moment reichlich doof und naiv vor. Alessia schien mit der Situation viel besser klarzukommen als ich, dabei gehörte ich zum angeblich stärkeren Geschlecht und sollte sie vor derartigen Dingen beschützen. Vielleicht war sie von Haus aus kaltherziger oder durch ihre Arbeit in einem Nachtklub und den Kontakt mit kriminellen Elementen abgestumpfter und hatte schon früher Gewalt und Verbrechen erlebt, sodass sie leichter damit umgehen konnte, während ich derartige Dinge – Auftragsmorde und erschossene Auftragskiller in der Badewanne – nur aus dem Kino oder Kriminalromanen kannte und bis heute nicht gedacht hatte, dass ich selbst einmal damit in Berührung kommen könnte. »Aber vielleicht sollten wir jetzt doch besser die Polizei rufen.«

Sie sah mich an wie eine Lehrerin, die von ihrem Lieblingsschüler maßlos enttäuscht worden war. »Und wie sollen wir der Polizei deiner Meinung nach erklären, warum ein toter Mann in meiner Badewanne liegt? Die werden nicht lange nach anderen Verdächtigen Ausschau halten, sondern sich sofort auf die einzigen beiden Leute stürzen, die sie in Reichweite haben, und das sind dann dummerweise wir. Außerdem befinden sich deine Fingerabdrücke auf der möglichen Tatwaffe.«

Ich erschrak, weil ich Idiot überhaupt nicht daran gedacht hatte. Als Krimineller wäre ich vermutlich die größte Niete gewesen und sofort im Knast gelandet. »Ich wische sie einfach ab«, sagte ich und nahm ein weißes Handtuch vom Halter neben dem Waschbecken. Dann bückte ich mich, hob die Pistole mithilfe des Handtuchs auf und wischte sie überall ab.

»Und was ist mit den Abdrücken im Rest der Wohnung? Weißt du denn noch, was du alles angefasst hast.«

Ich runzelte die Stirn, während ich wie besessen jede einzelne glatte Fläche der Pistole und des Schalldämpfers polierte. »Wir sagen einfach, wir wären befreundet und ich hätte dich gelegentlich hier besucht. Dass sich meine Fingerabdrücke in der Wohnung befinden, bedeutet doch nicht automatisch, dass ich diesen Mann ermordet habe.«

»Da ist richtig. Aber hast du eigentlich die afrikanische Maske irgendwo gesehen, mit der du den Kerl hier geschlagen hast?«

Ich überlegte, während ich die Schusswaffe wieder vorsichtig auf den Boden legte und mich aufrichtete. Erst jetzt, nachdem Alessia sie erwähnt hatte, dachte ich wieder an die Elefantenmaske. Ich erinnerte mich, dass ich sie im Flur vor dem Badezimmer fallen gelassen hatte. Aber als ich vorhin an der Stelle vorbeigekommen war, war sie nicht mehr da gewesen. Ebenso wenig wie der kaputte Föhn, mit dem Alessia *Carlo* niedergeschlagen hatte. Und der Haken an der Wand, an dem die Maske aufgehängt gewesen war, war immer noch leer gewesen. Es hätte mich auch gewundert, wenn der Killer sie wieder dort hingehängt hätte, nachdem ich ihn damit geschlagen hatte. So ordnungsliebend hätte ich ihn auch gar nicht eingeschätzt.

Ich schüttelte den Kopf, während ich, ohne dass es mir richtig bewusst war, den Badewannenrand abwischte, obwohl ich ihn gar nicht berührt hatte. »Sie ist nicht mehr da, wo ich sie fallenließ!«

Alessia nickte mit unheilvollem Gesichtsausdruck. »Ich hab sie ebenfalls nirgendwo gesehen. Und auch mein Föhn ist spurlos verschwunden.«

»Das heißt …« Ich verstummte und schluckte schwer, als mir klar wurde, was das bedeutete.

»Ja. Das heißt, dass der Mann, der ihn erschossen hat, sowohl deine Arbeitsmappe als auch die afrikanische Maske mit deinen Fingerabdrücken und den Föhn mit meinen Abdrücken mitgenommen haben muss.«

»Aber wieso sollte er das getan haben?« Ich erinnerte mich, dass ich den Duschvorhang angefasst hatte, um ihn zurückzuziehen, und wischte hektisch über den Bereich, in dem sich vermutlich meine Fingerabdrücke befanden.

»Vielleicht will er sich die Möglichkeit offenhalten, dir und mir diesen Mord in die Schuhe zu schieben. Wenn die Polizei nachweisen kann, dass der Killer vor seinem Tod mit der Maske und dem Föhn geschlagen wurde, und diese Gegenstände mit unseren Abdrücken anschließend zugespielt bekommt, nützt uns auch der beste Strafverteidiger nichts mehr. Zusammen mit deinen Abdrücken in der restlichen Wohnung reicht das vermutlich schon für einen Schuldspruch. Und vielleicht hat dich sogar jemand gesehen, als du mir von der U-

Bahnstation bis hierher gefolgt bist. Dann wäre sogar bewiesen, dass wir zum Zeitpunkt seines Todes hier waren. Willst du also wirklich, dass wir in einer derartig beschissenen Lage die Polizei rufen?«

Ich schüttelte den Kopf. Natürlich wollte ich das nicht! Sie hatte ja auch vollkommen recht. Für die ermittelnden Beamten der Mordkommission würden wir sofort zu den Mordverdächtigen Nummer eins und zwei avancieren, sobald die Elefantenmaske und der Föhn auftauchten, mit denen der tote Killer geschlagen worden war und auf denen sich zahlreiche Fingerabdrücke von uns befanden. Vermutlich konnten die Experten von der Spurensicherung anhand der Position der Abdrücke sogar feststellen, wie ich die blöde Maske gehalten und wie ich damit zugeschlagen hatte. Verdammter Mist!

Alessia nickte, als hätte sie nichts anderes erwartet. Sie richtete ihren Blick wieder auf den Leichnam und erschauderte sichtlich. »Wir sollten nachsehen, ob er etwas bei sich hat, das uns einen Hinweis auf seine Identität oder seinen Auftraggeber gibt.«

Ich erschauderte bei der Vorstellung, den Toten nun auch noch berühren zu müssen. »Wieso das denn?«

Alessia sah wieder zu mir und runzelte die Stirn, als fragte sie sich, was sie nur mit diesem Blödmann an ihrer Seite anstellen sollte. »Willst du denn nicht wissen, wer das getan hat?«

Ich hob die Schultern und ließ sie wieder fallen. »Eigentlich nicht. Was hab ich denn schon mit dieser Geschichte zu tun. Ich bin schließlich nur ganz zufällig hier hineingeraten. Und je weniger ich darüber weiß, desto besser.«

Sie schüttelte den Kopf. »Du steckst doch schon viel tiefer drin, als du denkst, Rex! Wer auch immer diesen Mann ermordet hat, hat die Mappe mit deinen Zeichnungen und kennt daher deinen Namen und deine Anschrift. Nachdem er – aus welchen Gründen auch immer – mich erledigt hat, wird er auch alle anderen losen Enden abtrennen, um alle Spuren, die möglicherweise zu ihm führen können, zu beseitigen. Was glaubst du wohl, was er mit dir tun wird?«

Ich zuckte erneut mit den Schultern, obwohl mir, wenn ich es nur versucht hätte, sicherlich genügend geeignete Antworten eingefallen wären, eine furchtbarer als die andere, denn in meinem Job brauchte man viel Fantasie. Ich versagte es mir jedoch, genauer darüber nachzudenken, um mich damit nicht weiter zu quälen.

Diese Aufgabe übernahm Alessia. »Ich könnte mir zwei Möglich-keiten vorstellen. Vielleicht schickt er den Killer, den er sicherlich anheuern wird, um den Auftrag abzuschließen und mich zu erledigen, anschließend einfach zu deiner Adresse. Schließlich kannst du dich nicht ewig irgendwo verkriechen und musst irgendwann nach Hause zurück. Oder er hängt dir, falls du die Polizei einschaltest, diesen Mord und unter Umständen auch noch den Mord an mir in die Schuhe und sieht anschließend genüsslich zu, wie du in den Knast wanderst, wo dir ein paar angeheuerte Insassen dann den Rest geben.«

Ich seufzte bei diesen alles andere als erfreulichen Zukunftsaussich-ten und sah erneut zu dem toten Killer, der zu all diesen Dingen aller-dings nichts mehr zu sagen hatte.

»Ich für meinen Teil würde schon ganz gern erfahren, wer es auf mich abgesehen hat und mich tot sehen will«, sagte Alessia. »Viel-leicht finden wir einen Hinweis. Und sobald wir seine Identität kennen und wissen, wer diesen Mann beauftragt und anschließend erschossen hat, können wir damit auch zur Polizei gehen.«

Was sie sagte, klang vernünftiger als alles, was mir durch den Kopf gegangen war. Vor allem das letzte Argument gab den Ausschlag. Denn ich wollte nichts lieber, als die Polizei einzuschalten und diese ganze Geschichte in die professionellen Hände von Leuten zu legen, die sich damit weitaus besser auskannten. Da ich momentan aber zum sehr überschaubaren Kreis der beiden Hauptverdächtigen gehörte und derjenige, der die Elefantenmaske in seinem Besitz hatte, diese Trumpfkarte nach Einschalten der Behörden sicherlich sofort ausspie-len würde, war es tatsächlich vernünftiger, noch etwas zu warten. Auch wenn wir dadurch noch immer in großer Gefahr schwebten. Aber viel-leicht brachte die Durchsuchung der Leiche uns einen Hinweis auf den Mörder, auch wenn ich ernsthaft befürchtete, dass dieser sein Opfer bereits gefilzt hatte, bevor oder nachdem er den Brauseschlauch um seinen Hals geknotet hatte, und alles mitgenommen hatte, was ihn belastete. Dennoch nickte ich. »Du hast recht. Wir sollten ihn unbe-dingt durchsuchen. Aber wie … ähm, wie machen wir das?« Ich emp-fand noch immer eine gehörige Portion Widerwillen bei der Vorstel-lung, den toten Mann berühren zu müssen.

»Ich schlage Arbeitsteilung vor.«

Ich nickte begeistert. Arbeitsteilung klang in meinen Ohren wunderbar, denn es hieß, dass ich mich nicht allein daran machen musste, *Carlos* Kleidung zu durchsuchen, während dieser sie noch am minütlich kälter werdenden Leib trug. Arbeitsteilung hieß geteiltes Leid. Außerdem wären wir dann auch in der Hälfte der Zeit damit fertig.

Doch Alessia hatte eine ganz andere Vorstellung, wie unsere Arbeitsteilung aussah. »Ich muss noch ein paar Sachen zusammenpacken. Während ich das tue, durchsuchst du unseren toten Freund.«

Ich erschauderte und warf erneut einen Blick auf den toten Killer, als wollte ich mich davon überzeugen, was er von dem Vorschlag hielt. Und ehrlich gesagt sah auch er nicht unbedingt begeistert aus.

Alessia musste meinen Widerwillen erkannt haben. Vermutlich war mein Abscheu deutlich auf meinem Gesicht abzulesen. »Ich würde dir ja helfen, Rex. Aber wir sollten nicht länger als nötig hierbleiben. Denn vielleicht kehrt der Mörder ja zurück.«

Der Gedanke war mir noch gar nicht gekommen. Ich wandte erschrocken den Kopf und sah sie entsetzt an. »Du meinst …«

Sie nickte. »Vielleicht war er in der Zwischenzeit in deiner Wohnung, um zu überprüfen, ob wir dorthin gegangen sind. Und als er uns dort nicht fand, dachte er sich, dass wir vielleicht hierher zurückgekommen sind. Wir sollten uns daher wirklich beeilen und nicht länger als unbedingt nötig hier sein.«

»Du hast recht.« Ich wusste nicht, wie oft ich diesen Satz in den letzten Minuten gesagt hatte. Aber es stimmte nun einmal. Ich musste immer mehr einsehen, dass ich, wäre ich auf mich allein gestellt gewesen, in einer derartigen Situation überfordert und aufgeschmissen gewesen wäre. Gut, dass ich Alessia an meiner Seite hatte, die im Gegensatz zu mir in der Lage war, alle Eventualitäten zu berücksichtigen und vernünftige Entscheidungen zu treffen. Andererseits wäre ich ohne sie erst gar nicht in diese Situation geraten, sondern würde jetzt gemütlich im Büro eines Mitarbeiters der Werbeagentur sitzen und mein Storyboard erläutern.

»Ich weiß, dass es nicht angenehm ist, einen Toten zu durchsuchen. Aber wir müssen uns Gewissheit verschaffen.«

»Ich weiß. Ich schaff das schon. Geh du lieber schon mal deine Sachen zusammenpacken.«

»Am besten ziehst du deine Handschuhe an«, sagte Alessia, bevor sie sich abwandte, und fügte, als sie das Badezimmer verließ, hinzu:

»In fünf Minuten bin ich fertig.«

Sie hatte schon wieder recht. Ich schüttelte den Kopf, weil ich nicht selbst an meine Handschuhe gedacht hatte. Aber vermutlich trug ich sie noch nicht lange genug bei mir, um mir ihrer Gegenwart ständig bewusst zu sein. Außerdem wollte ich sie nicht pausenlos tragen, sondern nur als Vorsichtsmaßnahme im dichtesten Gedrängel in allen öffentlichen Verkehrsmitteln, wo es meist eng zuging und Körperkontakt in der Regel unvermeidbar war. Deshalb trug ich in diesem Jahr sogar im Sommer immer langärmlige Shirts und Hemden.

Ich hängte das Handtuch wieder ordentlich über den Halter und zog meine Handschuhe aus der Jackentasche. Wenn ich sie bereits getragen hätte, als ich die Wohnung das erste Mal betreten hatte, hätte ich mir um Fingerabdrücke auf der Elefantenmaske und in der restlichen Wohnung überhaupt keine Gedanken machen müssen und sofort die Polizei einschalten können. Vielleicht sollte ich sie von nun an immer tragen, sobald ich aus dem Haus ging, auch wenn ich dann noch öfter irritierte Blicke meiner Mitmenschen erntete.

Ich streifte die Handschuhe über, überprüfte ihren Sitz und zog sie noch einmal glatt. Mir war allerdings klar, dass ich damit nur Zeit schinden und den Zeitpunkt, an dem ich mich dem Leichnam widmen musste, hinauszögern wollte. Doch es half ja nichts. Ich musste den Toten durchsuchen und hatte dafür nur ungefähr viereinhalb Minuten Zeit, weil wir uns beeilen mussten. Also sollte ich besser nicht länger zögern.

Ich seufzte, bevor ich mich auf den Badewannenrand setzte, den ich vorhin erst sauber gewischt hatte, und meine Aufmerksamkeit auf die Leiche richtete. Die Kleidung des Mannes – Rollmütze, Rollkragenpulli, Jogginghose und Turnschuhe, alles in schwarz – erwies sich für mich nun als Glücksfall, denn da er keine Jacke und Jeans so wie ich trug, gab es nicht viele Taschen, in die ich meine Hände stecken und die ich durchwühlen musste, ohne zu wissen, was ich darin finden würde. Ich hoffte, dass er nicht der Typ war, der angelutschte Bonbons oder gekaute Kaugummis in die Hosentasche steckte.

Die Jogginghose hatte nur vorn zwei Taschen, der Pulli überhaupt keine. Wenn ich mich endlich dazu aufraffen könnte, anzufangen, wäre ich vermutlich bald fertig und könnte die Leiche und das Bad verlassen.

Ich streckte beide Hände nach vorn, fasste mit der linken zaghaft nach dem Saum des Pullis und zog ihn ein Stück nach oben, damit ich in die rechte Hosentasche fassen konnte. Ich verzog angeekelt das Gesicht, als ich meine rechte Hand langsam in den Schlitz der Tasche schob. Ich bewegte vorsichtig meine Finger, konnte jedoch nichts ertasten. Also schob ich sie tiefer hinein, bis sie auf den unteren Saum der Tasche stießen und es nicht weiterging. Ich tastete ein bisschen hin und her, fand jedoch rein gar nichts. Die Tasche war leer. Entweder hatte der Typ, weil er ein Profi war, nichts bei sich gehabt, das den Behörden für den Fall, dass er gefasst wurde, einen Hinweis auf seine Identität liefern könnte, oder derjenige, der ihn umgebracht hatte, hatte ihn schon durchsucht und alles mitgenommen.

Ich zog meine Hand aus der Tasche, war froh über die Handschuhe und wiederholte die ganze Prozedur dann auf der anderen Seite. Doch auch hier war das Ergebnis dasselbe. Obwohl ich durch den Stoff der Handschuhe nicht so gut fühlen konnte wie mit bloßen Fingern, fand ich nicht einmal einen Krümel in den Taschen der Jogginghose.

Ich zog die Hand wieder heraus und war erleichtert, den Kontakt – auch wenn es kein Hautkontakt war – beenden zu können. Eigentlich hätte ich jetzt aufstehen und gehen können. Ich hatte ihn durchsucht und nichts gefunden. Aufgabe erledigt! Allerdings konnte ich mir vorstellen, dass Alessia mich fragen würde, ob ich den Toten wirklich gründlich durchsucht hatte. Wenn ich ihr dann sagen musste, wo ich gesucht hatte, würde sie mich vermutlich wieder ansehen, als hätte ich sie über alle Maßen enttäuscht.

Ich seufzte, bevor ich beide Hände ausstreckte und den Körper des Toten systematisch abtastete, um zu überprüfen, ob er unter der Kleidung etwas bei sich trug. Die Leiche bewegte sich dabei ein bisschen, und der Schlauch, an dem sie hing, raschelte.

Als die Leiche plötzlich ein lautes Stöhnen von sich gab, zuckte ich erschrocken zusammen und riss meine Hände zurück. Im ersten Moment dachte ich, Alessia und ich hätten uns geirrt und der Kerl wäre trotz des Lochs in seiner Stirn gar nicht tot, sondern nur bewusstlos gewesen und würde in diesem Augenblick wieder zu sich kommen. Doch ein kurzer Blick in seine Augen verriet mir, dass er noch immer mausetot war. Sein Mund stand jetzt allerdings ein wenig offen und entließ einen üblen Geruch, der mich angeekelt das Gesicht verziehen ließ. Anscheinend hatten sich noch Luftblasen in seinem Magen oder seiner Speiseröhre befunden und waren durch die leichte Bewegung des Körpers gelöst worden und nach oben gestiegen, um durch seinen Mund zu entweichen – ein postmortales Bäuerchen gewissermaßen.

Obwohl es alles andere als witzig war, musste ich dennoch grinsen. Ich überlegte, ob ich die Leiche überhaupt noch weiter abtasten sollte. Vermutlich würde ich ohnehin nichts finden. Doch dann vergegenwärtigte ich mir Alessias missbilligenden Blick und machte weiter. Den Oberkörper hatte ich vor dem übelriechenden Rülpser bereits abgeklopft. Den Unterleib ließ ich aus. Selbst wenn er dort einen Ausweis, ein schriftliches Geständnis und eine Wegbeschreibung zu seinem Auftraggeber aufbewahren sollte, würde es mich dennoch nicht dazu bringen, an seinem Hintern oder seinem Intimbereich herumzufummeln. Igitt!

Also klopfte ich die Beine ab, so wie ich es Polizisten im Fernsehen bei Leibesvisitationen hatte tun sehen. Erst das linke und dann das rechte Bein. Ich war allerdings nur noch halbherzig bei der Sache, da ich mir ohnehin nichts davon versprach.

»Und? Was gefunden?«

Ich erschrak, als Alessia mich so unvermittelt ansprach, denn ich hatte sie gar nicht hereinkommen gehört, und wandte ruckartig den Kopf. Sie stand in der offenen Badezimmertür, hatte eine kleine Reisetasche in der Hand und sah mich fragend an.

Ich schüttelte den Kopf. »Wenn er überhaupt etwas bei sich hatte, dann muss es der Mörder mitgenommen haben.«

Alessia sah enttäuscht aus. »Schade. Ich habe gehofft, wir würden etwas finden, das Licht ins Dunkel bringt und uns weiterhilft.«

Ich zuckte mit den Schultern. »Tut mir leid.«

»Tja. Da kann man nichts machen. Aber jetzt sollten wir uns beeilen und zusehen, dass wir von hier verschwinden.«

Ich erhob mich, warf einen letzten Blick auf den Toten und zog dann den Duschvorhang wieder zu, ehe ich mich der Tür näherte. »Hast du schon in der Toilette nachgesehen, ob meine Arbeitsmappe da liegt?«

Alessia nickte. »Leider auch dort Fehlanzeige. Sie befindet sich also definitiv nicht mehr in der Wohnung. Und auch von der Maske und meinem Föhn fehlt jede Spur.«

»Dann muss der Mörder die Sachen mitgenommen haben.«

Alessia sagte nichts, sondern zuckte nur mit den Schultern. »Komm schon! Lass uns von hier verschwinden!« Sie wandte sich ab und setzte sich in Bewegung.

Ich folgte ihr ohne ein weiteres Wort, und wir verließen die Wohnung. Während sie die Tür abschloss, wartete ich auf dem Treppenabsatz und überlegte, ob ich die Handschuhe anbehalten sollte. Ich entschied mich allerdings dagegen, denn mit den Handschuhen würde ich nur unnötige Aufmerksamkeit erregen. Und das wollte ich momentan lieber vermeiden, denn möglicherweise wurden wir bereits von einem weiteren Killer gesucht.

11

Als ich gemächlich an der Eingangstür des Hauses vorbeiging, in dem ich wohnte, spürte ich ein Prickeln im Nacken und zwischen den Schulterblättern, als würde mich jemand aus dem Verborgenen durch das Zielfernrohr eines Scharfschützengewehrs anvisieren. Aber vermutlich war es nur Alessias Blick, den ich spürte, denn sie behielt mich durch die Fenster eines Cafés auf der anderen Straßenseite ein gutes Stück entfernt im Auge.

Nachdem wir Alessias Wohnung verlassen hatten, ohne auf einen weiteren Menschen zu stoßen, der uns umbringen wollte, waren wir zur nächsten U-Bahnstation gegangen und hatten dabei darüber beratschlagt, was wir als Nächstes tun sollten.

»Wir müssen uns einen sicheren Unterschlupf suchen«, sagte Alessia, die neben mir ging, während ich ihre Reisetasche trug, die erstaunlich leicht war. Anscheinend hatte sie wirklich nur das Allernötigste eingepackt. Oder sie rechnete damit, dass die Sache bald ausgestanden war und sie demnächst wieder in ihre Wohnung zurückkehren konnte.

»Wie wäre es mit einem Hotel?«

Sie schüttelte den Kopf. »Das ist nicht sicher genug.«

»Warum?«

»Wenn diejenigen, die hinter dem Mordauftrag stecken, alle Hotels anrufen und sich nach einem Pärchen erkundigen, das erst heute eingecheckt hat, finden sie uns vermutlich schneller, als uns lieb sein kann.«

»Was sollen wir dann tun?«

»Wir sollten stattdessen versuchen, bei Freunden oder Bekannten unterzukommen. Das ist diskreter und anonymer.«

Ich nickte.

»Allerdings«, fuhr Alessia fort, »befürchte ich, dass diejenigen, die mich ermorden wollen, auch alle meine Freunde und Bekannten kennen und möglicherweise überwachen lassen. Außerdem weiß ich nicht, wem von ihnen ich überhaupt noch vertrauen kann. Schließlich habe ich noch immer keine Ahnung, warum mich jemand töten will. Vielleicht steckt sogar eine Person aus meinem Bekanntenkreis dahinter, von der ich es momentan gar nicht vermute. Und wenn ich mich nun versehentlich ausgerechnet an denjenigen wende, könnte ich mich genauso gut gleich selbst umbringen. Aber was ist mit dir? Kennst du vielleicht jemandem, bei dem wir für ein paar Tage Unterschlupf finden? Da du ja nur durch Zufall in diese Geschichte hineingestolpert bist, können die Leute, die uns suchen, unmöglich deinen Freundes- und Bekanntenkreis kennen.«

Ich überlegte lange.

»Was ist mit Eltern oder Geschwistern?«, fragte Alessia ungeduldig. »Hast du überhaupt Geschwister, oder bist du etwa ein Einzelkind?«

»Meine Eltern sind schon seit ein paar Jahren tot.«

»Oh. Das tut mir leid.«

»Ich habe eine Schwester, die zwei Jahre älter ist. Sie ist geschieden und hat zwei Kinder. Allerdings werde ich sie und die Kinder auf keinen Fall in die Sache hineinziehen.«

»Okay. Das verstehe ich. Fällt dir sonst noch jemand ein?«

»Wir könnten es bei meinem Kumpel Alex versuchen. Er ist Architekt und lebt seit ein paar Wochen wieder ganz allein in seinem großen Haus. Er hat bestimmt nichts dagegen, wenn wir ein paar Tage bei ihm wohnen.«

»Prima! Dann lass uns doch gleich zu deinem Kumpel Alex gehen.«

»Ich werde ihn anrufen. Er ist bestimmt noch in der Arbeit. Aber vorher muss ich kurz in meine Wohnung.«

Sie wandte den Kopf in meine Richtung und sah mich überrascht an. »Warum? Das ist doch viel zu gefährlich. Wenn derjenige, der die Leiche in meiner Wohnung zurückgelassen hat, aus deiner Mappe deine Adresse erfahren hat, sitzt er möglicherweise schon in deinem Wohnzimmer und wartet nur darauf, dass wir dort auftauchen. Dann muss er sich gar nicht erst die Mühe machen, nach uns zu suchen, sondern kann uns gleich dort erledigen.«

»Vorhin meintest du noch, dass er wieder in deine Wohnung zurückkehren würde, nachdem er bei mir war und uns dort nicht gefunden hat.«

Alessia zuckte mit den Schultern. »Ich weiß doch auch nicht, wo er steckt und was er vorhat, und kann nur Vermutungen darüber anstellen. Er könnte theoretisch an allen Orten sein, die er kennt und von denen er weiß, dass wir dorthin gehen könnten. Und genau deshalb sollten wir vor allem diese Orte meiden.«

Ich nickte. »Schon verstanden. Ich glaube allerdings gar nicht, dass es tatsächlich so gefährlich sein soll, wenn ich kurz in meine Wohnung zurückkehre und rasch ein paar Sachen für die nächsten Tage zusammenpacke.«

»Und wie kommst du auf diesen Gedanken?«

»Weil diese Leute gar nicht damit rechnen, dass wir so etwas Verrücktes tun und in meine Wohnung gehen könnten, obwohl wir genau wissen, dass sie meine Adresse kennen und uns dort möglicherweise auflauern. Und weil wir von nun an nur noch Dinge tun sollten, mit denen sie am wenigsten rechnen.«

Alessia sagte daraufhin erst einmal nichts, sondern runzelte nur in ihrer ganz eigenen reizenden Art die Stirn, während wir die Rolltreppe betraten, die uns unter die Erde zur U-Bahnstation bringen würde.

»Ich glaube nämlich nicht, dass derjenige, der den Mann in deiner Wohnung erschossen hat, die ganze Zeit untätig in meiner Wohnung hockt, Däumchen dreht und darauf wartet, dass wir endlich dort auftauchen«, fuhr ich fort. »Denn dabei besteht die Gefahr, dass er ewig warten muss und alt und grau wird. Und er hat ja an seinem Vorgänger gesehen, was sein Auftraggeber mit Leuten tut, die bei der Ausführung ihres Auftrags versagen. Sie haben kein sehr langes Leben und enden möglicherweise an einem Brauseschlauch in einer Badewanne. Ergo darf er nicht darauf vertrauen, dass wir von selbst zu ihm kommen, sondern muss von sich aus aktiv werden und sich auf die Suche nach uns machen.«

»Vielleicht stimmt das ja alles, was du gesagt hast«, sagte Alessia, als wir den U-Bahnsteig betraten und uns eine Stelle etwas abseits der übrigen Fahrgäste suchten, wo wir uns ungestört unterhalten konnten.

»Trotzdem bin ich der Meinung, dass es momentan noch viel zu gefährlich für uns ist, in deine Wohnung zu gehen. Was, wenn der Mörder entgegen deinen Überlegungen noch immer dort ist, weil er noch nicht weiß, wo er sonst nach uns suchen soll?«

Ich nutzte die Wartezeit, um mir meine Handschuhe anzuziehen. »Ein Restrisiko besteht natürlich immer. Aber wenn wir diese Geschichte heil überstehen wollen, müssen wir auch bereit sein, Risiken einzugehen. Aber selbstverständlich werde ich besonders vorsichtig und wachsam sein, wenn ich meine Wohnung betrete. Beim geringsten Anzeichen, dass ich nicht allein bin, trete ich augenblicklich die Flucht an.«

»Willst du etwa allein gehen?«

»Es ist besser, wenn ich allein bin«, sagte ich und sah sie mit entschlossener Miene an, nachdem ich ein letztes Mal den Sitz meiner Handschuhe überprüft hatte. »Der Mörder kennt dich vermutlich, oder er hat zumindest ein Foto oder eine genaue Personenbeschreibung von dir. Ich bin für ihn hingegen noch immer ein Unbekannter. Vielleicht hat er von dem Typen in deiner Wohnung eine Beschreibung von mir erhalten, bevor er ihn umbrachte, aber ich bezweifle, dass die so exakt ausgefallen ist, dass er mich sofort erkennt, sobald er mich sieht, schließlich sehe ich nicht viel anders aus als zahlreiche andere Männer in meinem Alter. Vor allem, wenn ich meine Lederjacke ausziehe und bei dir lasse. Außerdem bin ich allein flexibler und kann rascher und ohne mich mit dir abzusprechen auf eine mögliche Gefahr reagieren.«

»Und was ist mit mir? Was soll ich solange tun?«

»Du kannst in einem Café in der Nähe auf mich warten. Von dort kannst du die Eingangstür des Hauses, in dem ich wohne, im Auge behalten, und mich notfalls mit einem Anruf auf mein Handy warnen, sobald jemand das Haus betritt, der dir nicht geheuer ist. Hast du ebenfalls ein Handy bei dir?«

Sie nickte.

»Gut! Dann lass uns schon mal unsere Nummern austauschen.«

Wir holten unsere Mobiltelefone hervor und programmierten die Nummer des jeweils anderen ein.

»Und wenn dein Hauseingang von außen überwacht wird und jemand dir folgt, sobald du das Haus betrittst?«, fragte Alessia währenddessen.

»Keine Sorge, daran habe ich bereits gedacht. Ich werde nämlich gar nicht durch die Eingangstür, sondern durch einen Laden für antiquarische Bücher im Erdgeschoss ins Haus gelangen.«

Damit war das Thema fürs Erste erledigt und es beschlossene Sache gewesen, dass ich in meine Wohnung ging, um mir ein paar Sachen zu holen, die ich während meiner Abwesenheit, von der momentan noch niemand wusste, wie lange sie dauern würde, vermutlich benötigte.

Während ich nun die Haustür passierte, die ich nicht nehmen wollte, um ins Haus zu gehen, sah ich mich möglichst unauffällig um. Auf den Bordsteinen vor den Altstadthäusern zu beiden Seiten der Straße waren zahlreiche Menschen unterwegs, doch alle schienen ein konkretes Ziel und es eilig zu haben. Keiner interessierte sich augenscheinlich besonders für mich, und keiner lungerte irgendwo herum und behielt das Haus im Auge. Auch in den geparkten Fahrzeugen konnte ich niemanden sitzen sehen. Die Luft schien tatsächlich rein zu sein. Dennoch blieb ich weiterhin vorsichtig, wurde nicht leichtsinnig und ging wie geplant vor, indem ich die Tür des Erdgeschossladens ansteuerte, öffnete und das Geschäft betrat.

12

Die alte, verbeulte Glocke über der Tür schepperte unmelodisch, um den Inhaber darüber zu informieren, dass jemand seinen Laden betreten hatte. Das misstönende Scheppern wiederholte sich, als ich die Tür hinter mir wieder zumachte.

Im Innern roch es wie in einem alten Schrank, der schon jahrelang nicht mehr geöffnet und gelüftet worden war. Eine Mischung aus Moder, Schimmel, alten Socken und feuchten Lumpen. Ich rümpfte unwillkürlich die Nase, während ich mich umsah. Ich war in den letzten Jahren gewiss nicht öfter als zwei Dutzend Mal hier drin gewesen und wunderte mich immer wieder aufs Neue, wie sich der Laden überhaupt über Wasser halten konnte, denn ich hatte bei meinen seltenen Besuchen noch nie einen Kunden angetroffen. Und auch sonst hatte ich kein einziges Mal gesehen, dass jemand den Laden betreten hatte. Ich selbst hatte kein Interesse an Büchern, die schon unzählige Vorbesitzer gehabt hatten und oftmals auch genauso aussahen und rochen, selbst wenn es sich um seltene Erstausgaben handelte. Deshalb war ich nie hier gewesen, um einen der alten wurmstichigen Bücher in den Regalen käuflich zu erwerben, sondern um entweder ein Paket abzuholen, das der Zusteller während meiner Abwesenheit abgegeben hatte, oder um durch den Laden ins Treppenhaus zu gelangen, weil ich wieder einmal meinen Schlüssel in der Wohnung vergessen hatte. Da das leider viel zu oft vorkam, hatte ich Maximiliane Fleischhack, meiner bald 85-jährigen Wohnungsnachbarin im ersten Stock des Hauses, einen Ersatzschlüssel anvertraut.

Bevor ich die alte Ladentheke mit der antiken Registrierkasse – beides vermutlich die wertvollsten Gegenstände im ganzen Laden – erreichte, teilte sich der dunkle Vorhang hinter dem Tresen, und der Inhaber des Geschäfts tauchte auf.

Er sah aus, als wäre er noch wesentlich älter als die Theke, die Kasse und sämtliche Folianten in den Regalen, hatte langes schlohweißes Haar, das ungekämmt war, als wäre er gerade erst aufgestanden, teilweise von seinem Kopf abstand und ansonsten über seine Schultern fiel, und einen langen ebenso weißen Bart. Der kleine Teil seines Gesichts, den man sehen konnte, war genauso faltig und zerfurcht wie die schmalen, langfingrigen Hände. Eine Nickelbrille mit winzigen Gläsern balancierte auf seiner Nasenspitze und erweckte den Eindruck, sie könnte jeden Moment herunterfallen. Wäre nicht die Brille und er zwei Köpfe größer gewesen, hätte er als Double des Zauberers *Gandalf* aus dem *Herrn der Ringe* auftreten können. Allerdings trug er keine weiße Robe, sondern eine braune Cordhose, ein kariertes Hemd und eine dunkelblaue Cordweste.

Er trat hinter die Ladentheke, legte beide Hände auf die Platte und sah mich dann erwartungsvoll an. Schon einen Augenblick später legte er den sichtbaren Teil seiner Stirn noch mehr in Falten, als es ohnehin schon der Fall war, während ein nachdenklicher Ausdruck in seine Miene und seine Augen trat, die mich über die kleinen Gläser seiner unmittelbar vor dem Abgrund hängenden Brille hinweg ansahen.

Ich wollte ihm auf die Sprünge helfen und öffnete bereits den Mund, als ich deutlich erkennen konnte, wie ihm die Erkenntnis kam, wer ich war. Ein verschmitztes Lächeln trat in sein Gesicht, während er die rechte Hand hob und mit dem ausgestreckten Zeigefinger wie mit einer Schusswaffe auf mich zielte. »Wohl wieder mal den Schlüssel vergessen, junger Mann?«

Ich nickte und grinste unwillkürlich dümmlich zurück, da sein Lächeln, das die gesamte Physiognomie in Bewegung versetzt und komplett verändert hatte, ansteckend zu sein schien. »Leider«, log ich, seufzte theatralisch und zuckte mit den Schultern. »Tut mir leid, dass ich Sie wieder einmal belästigen muss, Herr ... Schlumprecht.« Zum Glück war mir gerade noch rechtzeitig sein Name eingefallen – Korbinian Schlumprecht.

Er hob die Hand, mit der er auf mich gedeutet hatte, und machte eine Geste des Abwinkens. »Kein Grund, sich zu entschuldigen, junger Mann. Außerdem bin ich froh, wenn ich euch jungen Leuten ab und zu mal helfen kann. Gibt mir das schöne Gefühl, noch nicht zum alten Eisen zu gehören.« Er trat zur Seite und öffnete einen Durchgang im Tresen. Trotz seines biblisch anmutenden Alters war er noch immer erstaunlich beweglich und flink. »Kommen Sie schon! Sie kennen ja inzwischen den Weg.«

»Vielen Dank, Herr Schlumprecht.« Während ich den Durchlass in der Verkaufstheke passierte, beschloss ich, dem alten Herrn demnächst eine Flasche Wein vorbeizubringen. Natürlich nur, sofern ich das Abenteuer, in das ich am heutigen Tag geraten war, unbeschadet überstand. Obwohl mir die Zeit unter den Nägeln brannte, weil ich nicht wusste, ob ich beim Betreten des Ladens beobachtet und möglicherweise erkannt worden war, nahm ich mir einen Augenblick Zeit, blieb neben dem alten Ladenbesitzer stehen und fragte: »Und wie geht es Ihnen so?«

Korbinian Schlumprecht nickte. »Danke der Nachfrage, aber mir geht es gut. Ich kann wirklich nicht klagen.«

Ich freute mich für den alten Mann, da er jedes Mal, wenn wir uns begegnet waren, überaus freundlich zu mir gewesen war und kein einziges Mal unwirsch auf die Störung reagiert hatte.

»Und das Geschäft? Läuft es gut?«

Er kicherte, bevor er antwortete. »Das Geschäft lief noch nie gut, junger Mann. Aber das ist auch nicht so wichtig, denn es ist ohnehin nur ein Hobby von mir. So bin ich wenigstens beschäftigt, auch wenn ich am Ende eines jeden Monats draufzahle. Aber das macht nichts, denn ich habe mein Auskommen durch die Rente, die ich bekomme.«

Ich nickte, obwohl mich seine Antwort überraschte. Da ich mir zum ersten Mal ein bisschen Zeit für ihn genommen hatte, hatte ich heute mehr über ihn erfahren als bei all meinen vorherigen Besuchen. Vielleicht war es ja dem Umstand zu verdanken, dass ich am heutigen Tag dem Tod so nah wie nur einmal zuvor in meinem Leben gewesen war, oder der daraus resultierenden Erkenntnis, wie kostbar das Leben war und wie rasch es auch zu Ende sein konnte, dass ich mir die Zeit für ein kurzes Gespräch mit dem freundlichen alten Mann genommen hatte.

»Und wie geht es Ihnen, Herr König? Immer fleißig Comics zeichnen?«

Es überraschte mich, dass Korbinian Schlumprecht wusste, wie ich hieß und womit ich meinen Lebensunterhalt verdiente. Ich zuckte mit den Schultern. »Ich komme über die Runden«, sagte ich wahrheitsgemäß. »Aber jetzt muss ich leider weiter. Ich hab noch einen wichtigen Termin und muss vorher noch kurz in meine Wohnung, um dort etwas zu holen. Nochmals vielen herzlichen Dank für Ihre Hilfe, Herr Schlumprecht.«

Der alte Mann winkte erneut ab und wies dann zum Durchgang in der hinteren Wand, der von einem Vorhang verdeckt wurde. »Gehen Sie nur, Herr König. Sie kennen ja den Weg. Und besuchen Sie mich doch mal, wenn Sie mehr Zeit haben.«

»Das will ich gerne tun«, sagte ich und meinte es auch so, ehe ich mich abwandte und den Vorhang teilte. »Versprochen. Auf Wiedersehen.«

Als ich den Durchgang passiert und der Vorhang sich wieder hinter mir geschlossen hatte, hörte ich noch sein »Leben Sie wohl, Herr König«. Ich war in einem kurzen, schmalen Gang gelandet, von dem Türen zu den Privaträumen von Korbinian Schlumprecht abgingen. Ich folgte dem Gang und öffnete die Tür an seinem anderen Ende, die ins Treppenhaus führte, einen Spaltbreit. Nachdem ich mich vergewissert hatte, dass sich niemand in der Nähe aufhielt, schlüpfte ich nach draußen und stieg leise die Stufen nach oben.

So vorsichtig und verstohlen hatte ich mich in dem Haus, in dem ich seit einem Jahr wohnte, noch nie bewegt. Trotzdem konnte ich es nicht verhindern, dass die alten, vor Kurzem gebohnerten Holzstufen unter meinen Schritten knarrten. Zum Glück musste ich nur in den ersten Stock. Dort angelangt, blieb ich stehen und lauschte aufmerksam, während ich einen Blick nach oben warf. Ich hatte ein starkes Gefühl von Déjà-vu und fühlte mich in das Gebäude zurückversetzt, in dem Alessia wohnte. Musste ich jetzt etwa jedes Mal, wenn ich ein Haus betrat, erst überprüfen, ob mir jemand auflauerte, weil er mich umbringen wollte? Ich hoffte, dass es nicht so weit kommen würde und ich demnächst wieder in mein normales Leben zurückkehren konnte, denn dies hier war kein Leben, wie ich es führen wollte.

Ich hörte nichts. Keine knarrenden Stufen, weder von unten noch von oben. Kein Geräusch aus Frau Fleischhacks Wohnung, deren Radio oder Fernseher oft ohrenbetäubend laut lief, weil sie schwerhörig war. Und auch keinen einzigen Laut aus meiner Wohnung.

Ich atmete noch einmal tief durch, bevor ich meinen Schlüsselbund aus der Tasche meiner Jeans holte und dabei ausnahmsweise darauf achtete, dass die Schlüssel nicht laut klirrten, indem ich sie mit der Hand umfasste, sodass sie nicht gegeneinanderstießen. Während ich die letzten zwei Schritte hin zu meiner Wohnungstür machte, suchte ich den richtigen Schlüssel heraus. Die Bohlen knarrten laut unter meinen Füßen. Ich verzog bei dem Laut, der durchs Treppenhaus hallte und sicherlich im ganzen Haus zu hören war, gequält das Gesicht. Falls tatsächlich jemand in meiner Wohnung war und darauf wartete, dass ich zurückkehrte, wusste er jetzt, dass jemand kam. Genauso gut hätte ich vorher anrufen oder klingeln können, um meine Rückkehr anzukündigen.

Ich horchte noch einmal ergebnislos auf Geräusche von jenseits der Tür, bevor ich den Schlüssel ins Schloss schob und entschlossen herumdrehte. Beinahe rechnete ich damit, dass das Holz der Tür vor mir von Kugeln durchlöchert werden würde, die sich anschließend in meinen Körper bohrten und Herz, Lunge und Magen perforierten.

Bang! Bang! Bang!

Doch meine comicbildhafte und äußerst detailgetreue Vorstellung wurde zum Glück nicht Wirklichkeit, und so war ich körperlich noch immer unversehrt, als ich das Türschloss entriegelte, den Schlüssel herauszog und dem Türblatt einen wohldosierten Stoß versetzte, der es weit aufschwingen ließ, bis es nur wenige Zentimeter vor der Wand zum Stillstand kam.

Ich hielt den Atem an, als ich den ersten Schritt über die Schwelle in den finsteren Flur machte. Erneut hatte ich das deutliche Gefühl, nur die Wiederholung eines früheren Geschehens zu erleben. Ich spürte aber auch, dass ich allein und außer mir niemand hier war, und entließ daher stoßartig die angehaltene Luft. Ich schloss rasch die Tür hinter mir, sodass ich plötzlich im Dunkeln stand, weil auch die Türen zu den anderen Räumen zu waren, griff nach dem Lichtschalter, den ich auch in der Finsternis zielgenau fand, und machte Licht.

Schon die Tatsache, dass alle Türen geschlossen waren, hatte mich stutzig gemacht, denn ich ließ sie mit Ausnahme der Tür zum Badezimmer grundsätzlich immer offen stehen. Dass sie nun allerdings allesamt geschlossen waren, ließ nur eine logische Erklärung zu: Jemand war während meiner Abwesenheit in meiner Wohnung gewesen. Der erste Blick, den ich nun im Licht der Deckenlampe in den Flur warf, bestätigte diese Vermutung, denn dieser Jemand hatte alle Kleidungsstücke von der Garderobe gerissen und auf den Boden geworfen, das Telefon von der Flurkommode gewischt, die Schubladen herausgerissen und ausgeleert und zu allem Überfluss auch noch jedes einzelne Bild von der Wand gerissen und zerschmettert. Sogar der hohe Wandspiegel war in tausend Scherben zerschlagen worden, die im ganzen Flur verstreut auf dem Boden lagen und im Lampenlicht glitzerten.

Ich war fassungslos angesichts dieser Zerstörungen. Wieso hatte der Eindringling so gewütet und beinahe alles zerstört, was ihm zwischen die Finger geraten war? Hatte er aus purer Frustration so gehandelt, weil er mich und Alessia hier nicht vorgefunden hatte und wir auch nicht aufgetaucht waren, als er auf uns gewartet hatte? Oder hatte er etwas gesucht? Aber was könnte das sein? Schließlich war ich nur durch einen saudummen Zufall in die Sache mit Alessia und dem Killer hineingeschlittert und hatte nichts in meinem Besitz, das mit dieser Geschichte in Zusammenhang stand.

Was in meiner Wohnung geschehen war, war und blieb daher für mich ein Rätsel. Doch endlich überwand ich die Erstarrung, in die mich der unerwartete Anblick versetzt hatte, und ich setzte mich wieder in Bewegung. Schließlich wusste ich nicht, ob der Verursacher dieser Verwüstung noch einmal zurückkommen würde. Schon allein deshalb war höchste Eile angesagt.

Schon nach wenigen Schritten knirschte und knackte es unter meinen Schuhsohlen, als ich den Bereich betrat, in dem die meisten Scherben, Splitter und Bruchstücke der Bilder lagen. Ich öffnete nacheinander die Türen und warf in jeden Raum einen kurzen Blick. Doch überall erwartete mich das gleiche Bild: herausgerissene und ausgeleerte Schubladen, leergeräumte und teilweise sogar umgekippte Schränke und Regale, heruntergerissene Bilder, aufgeschlitzte Polster, zerschlagenes Glas und zersplittertes Porzellan. Na, prima!

Ich stöhnte bei jedem weiteren Anblick aufs Neue vor Kummer, doch am tiefsten traf es mich in mein Herz, als ich mein Arbeitszimmer betrat und sah, dass der Boden mit unzähligen Zeichnungen und Comicseiten übersät war. Meine Knie wurden ganz weich, als ich das Chaos erblickte. Doch dann stellte ich zu meiner grenzenlosen Erleichterung immerhin fest, dass der Eindringling in seiner Zerstörungswut nicht so weit gegangen war, die Blätter in kleine Fetzen zu zerreißen und meine Arbeiten der letzten Jahre auf diese Weise unwiederbringlich zu vernichten.

Ich schüttelte den Kopf, während ich im Arbeitszimmer einen letzten Blick in die Runde warf. Soweit ich es in diesem Chaos überhaupt feststellen konnte, schien nichts zu fehlen. Wonach hatte der Eindringling also gesucht? Ich wandte mich schulterzuckend ab, denn mir brannte natürlich noch immer die Zeit auf den Nägeln. Außerdem war ich mir ständig bewusst, dass Alessia ganz in der Nähe wartete, den Hauseingang vermutlich keine einzige Sekunde aus den Augen ließ und dabei vielleicht sogar an ihren Nägeln kaute. Ich wollte sie nicht länger warten lassen als unbedingt notwendig. Und auch zu meiner eigenen Sicherheit wollte ich den Besuch in meiner Wohnung so kurz wie möglich halten.

Ich seufzte, als ich erneut mit knirschenden Schritten durch den Flur und ins Schlafzimmer lief. Ich stieg über die Matratze, die aufgeschlitzt am Boden lag, und die Bettdecke, um zum Schrank zu gelangen. Die Türen standen sperrangelweit offen, und sämtliche Dinge, die sich im Schrank befunden hatten, als ich vor wenigen Stunden die Wohnung verlassen hatte, lagen nun davor auf dem Boden. Ich bückte mich, schob T-Shirts und Pullis von einem Haufen und zog dann einen Rucksack heraus. Ich öffnete ihn und stopfte einfach eine Handvoll der T-Shirts und Pullis hinein. Es folgte eine Hose und je eine Handvoll Unterhosen und Socken. Ich hoffte, dass ich dabei möglichst viele Paare erwischte, nahm mir aber nicht die Zeit, gezielt danach zu suchen. Falls ich tatsächlich mit zwei unterschiedlichen Socken herumlaufen musste, wäre dies das kleinste meiner augenblicklichen Probleme. Der Rucksack war schon ziemlich voll, als ich das Schlafzimmer verließ und ins Bad eilte, wo ich mir Zahnbürste und Zahnpaste, Deo, Duschgel und Shampoo schnappte und zu den anderen Dingen in den Rucksack steckte.

Als jäh Geräusche ertönten, war ich im ersten Moment überhaupt nicht in der Lage, sie zu identifizieren. Ich fuhr erschrocken zusammen, hätte beinahe den Rucksack fallen gelassen und sah mich alarmiert um. Doch dann realisierte ich, dass die gedämpften Laute aus meiner Hosentasche kamen und nicht nur die Titelmelodie der Paulchen-Panther-Zeichentrickserie, sondern auch der Klingelton meines Handys waren.

Ich schulterte eilig den Rucksack und holte mein Mobiltelefon heraus. Als ich auf den Bildschirm sah, erkannte ich Alessias Namen, den ich erst vorhin zusammen mit ihrer Handynummer einprogrammiert hatte.

»Was gibt's?«, meldete ich mich, nachdem ich das Smartphone ans Ohr gehalten hatte, und ging dabei vom Bad in den Flur.

»Soeben sind zwei Männer ins Haus gegangen. Sieh zu, dass du von da wegkommst!«

Bevor ich nachfragen konnte, hatte Alessia die Verbindung schon wieder beendet. Ich ließ die Hand mit dem Handy sinken, während ich reglos im Flur stand und darüber nachdachte, was ich jetzt tun sollte. Ins Treppenhaus konnte ich nicht, da dort bereits die beiden Männer waren. Und da ich im ersten Stock wohnte, standen sie vermutlich schon im nächsten Moment vor meiner Tür.

Wenn sie überhaupt zu dir wollen, meldete sich die innere Stimme der Vernunft zu Wort. Und recht hatte sie. Schließlich konnte es auch eine ganz harmlose Erklärung für das Auftauchen der beiden Männer geben. Vielleicht kamen sie, um Frau Fleischhack nebenan zu besuchen. Die alte Dame war nur selten außer Haus, da sie nicht mehr so gut zu Fuß war, während die meisten anderen aus dem Haus um diese Zeit arbeiten waren. Deshalb hatte vermutlich auch niemand den Lärm gehört, als der Eindringling meine Wohnung umdekoriert hatte, weil bis auf Frau Fleischhack niemand da war, und die war schwerhörig.

Bevor ich mit meinen Überlegungen zu einem Ergebnis kommen

konnte, knarrten die Stufen und das Holz des Treppenabsatzes unter den Schritten der beiden Männer, die direkt vor meiner Tür zum Stillstand kamen.

Ich schluckte trocken und war überzeugt, dass die Männer auf der anderen Seite der Tür den Laut in der atemlosen Stille gehört hatten.

Als die Türklingel weniger als einen Meter von mir entfernt läutete, zuckte ich zusammen und starrte dann auf das Türblatt, als könnte ich auf die Schnelle *Supermans* Röntgenblick erlernen und durch feste Materie hindurchsehen. Leider gelang es mir nicht, so sehr ich mich auch bemühte, und so musste ich mich zunächst aufs Rätselraten beschränken, um eine Vorstellung davon zu bekommen, wer die beiden Männer waren und was sie von mir wollten. Dabei irritierte mich vor allem, dass sie höflich klingelten und nicht auf der Stelle die Tür eintraten, wie ich es eigentlich erwartet hatte. Handelten so etwa eiskalte und gemeine Killer, die keine Rücksicht auf fremdes Leben und Eigentum nahmen? Andererseits wollten sie vermutlich keine unnötige Aufmerksamkeit erregen, schließlich konnten sie nicht wissen, wer noch im Haus anwesend war und dass Frau Fleischhack beinahe stocktaub war.

Nach einer Pause von schätzungsweise einer halben Minute voller gespenstischer Stille, in der weder die beiden Männer noch ich einen einzigen Laut erzeugten, ertönte die Türklingel ein zweites Mal. Da ich dieses Mal besser darauf vorbereitet war, erschrak ich nicht mehr. Weiterhin lauschend senkte ich den Blick und sah, dass ich noch immer mein Handy umklammert hielt. Ich steckte es weg, bevor ich es kaputt machte oder fallen ließ.

»Herr König, machen Sie bitte sofort die Tür auf! Wir wissen, dass Sie da sind. Hier ist die Kriminalpolizei.«

Kriminalpolizei?

Ich zweifelte keine Sekunde daran, dass ich richtig gehört und der Mann vor der Tür *Kriminalpolizei* gesagt hatte. Aber war das auch die Wahrheit oder nur eine dreiste Lüge, um mich zu veranlassen, die Tür zu öffnen? Und sobald ich das getan hatte, sah ich womöglich in das tödlich finstere Loch eines Schalldämpfers, und das Letzte, was ich in meinem Leben hörte, war das Lachen der beiden Kerle, weil ihr Trick so gut funktioniert hatte, und der gedämpfte Knall eines Schusses.

Ich überlegte fieberhaft, während erneut eine Stille einkehrte, die für die Anwesenheit von drei Personen zu tief war und schon allein deshalb an meinen Nerven zerrte. Denn drei Männer, die nur von einer Tür getrennt wurden, waren nur dann so lautlos, wenn sie einander belauerten. Obwohl ich keine laut tickende Uhr in meiner Wohnung hatte, glaubte ich zu hören, wie die Sekunden herunterticken, während ich nachdachte.

Sollte ich den Worten des Mannes Glauben schenken oder lieber auf Nummer sicher gehen und misstrauisch bleiben? Ich hätte ihm zu gern geglaubt und wäre froh gewesen, wenn er und sein Begleiter tatsächlich Polizisten wären, denn die Polizei versprach Sicherheit in einer Welt, die in den letzten Stunden irgendwie aus den Fugen geraten und zu einer ständigen Bedrohung geworden war. Vielleicht, so überlegte ich mir, war Alessia letzten Endes doch vernünftig geworden und hatte die Behörden eingeschaltet. Aber wieso hatte sie mich dann vor den beiden Männern gewarnt? Und warum war sie nicht mit ihnen hochgekommen? Also hatte nicht sie die Polizei informiert. Aber warum waren die beiden vorgeblichen Kriminalbeamten dann hier aufgetaucht? Waren sie von einem Nachbarn – möglicherweise sogar von der schwerhörigen Frau Fleischhack – über den Lärm informiert worden, der bei der Verwüstung meiner Wohnung unweigerlich entstanden sein musste? Aber warum war dann die Kriminalpolizei hier und nicht nur eine Streifenwagenbesatzung?

Erst als ich das Knirschen unter meinen Schuhen hörte, wurde mir bewusst, dass ich während meinen Überlegungen unwillkürlich zwei oder drei Schritte von der Tür zurückgewichen war, als fürchtete ich mich unterbewusst davor, sie könnte im nächsten Moment aufgesprengt werden und mich unter sich begraben.

Auch die beiden Männer vor der Tür mussten das Geräusch gehört haben, denn sie reagierten schon einen Lidschlag später darauf. Allerdings benutzten sie nun nicht mehr die Türklingel, sondern einer von ihnen hämmerte mit der geballten Faust gegen die Tür, sodass sie heftig in ihrem Rahmen erzitterte und erbebte. Und auch die Anweisungen wurden knapper, denn der Sprecher der beiden rief nur noch: »Aufmachen! Polizei!«

Ich ahnte, dass die beiden Männer allmählich die Geduld verloren und demnächst drastischere Maßnahmen ergreifen würden, um die Tür zu öffnen. Mir blieb also nicht mehr viel Zeit, um zu reagieren. Allerdings konnte ich mir unter Umständen noch etwas zusätzliche Zeit verschaffen. Ich bemühte mich, mich möglichst lautlos zu bewegen, als ich ins Schlafzimmer schlich, nach dem Stuhl griff, auf den ich vor dem Schlafengehen meine Klamotten legte und den der Eindringling umgekippt, aber zum Glück nicht zertrümmert hatte, und damit zur Wohnungstür zurückkehrte. Ich stellte den Stuhl mit den hinteren Füßen schräg auf den Boden, klemmte die Rückenlehne unter den Türgriff und schob den Stuhl dann ruckartig nach vorn, sodass er sich zwischen Griff und Fußboden verkeilte. Diese Maßnahme würde die beiden Männer natürlich nicht endgültig davon abhalten, sich gewaltsam Zutritt zu meiner Wohnung zu verschaffen. Es würde sie allerdings kostbare Zeit kosten, und das war alles, was ich brauchte. Außerdem wollte ich ja, dass sie es nach ein paar Minuten schafften, die Tür aufzubrechen und hereinzukommen, denn das war ein Teil meines Fluchtplans.

Da ich nicht hatte verhindern können, beim Verkeilen des Stuhls scharrende Geräusche zu erzeugen, reagierten die beiden Besucher im Treppenhaus erneut darauf. Das Hämmern, mit dem die Faust eines der Männer auf die Tür traf, hörte sich noch lauter und wuchtiger an als zuvor. Allerdings hatte ich das Gefühl, dass die Tür, abgestützt durch den Stuhl, jetzt nicht mehr so stark erbebte wie zuvor.

Ich grinste zufrieden und wich erneut zurück. Das Klopfen übertönte alle Geräusche, die ich erzeugte, sodass ich mich nicht länger um Lautlosigkeit bemühen musste, sondern schnell fortbewegen konnte. Ich lief ins Wohnzimmer und ließ im Vorbeirennen meinen Blick über den zerschmetterten Flachbildfernseher und die anderen Geräte schweifen, die überall auf dem Parkettboden lagen und wie ein Haufen Elektroschrott aussahen. Wären die Furcht vor den Männern vor der Tür und die Dringlichkeit der Flucht aus meiner Wohnung nicht so groß gewesen, hätte ich gewiss ein gehöriges Maß an Bedauern, Kummer und Wut über die Zerstörung meiner Habe und die Verwüstung meines Heims empfunden, doch dafür fehlte mir momentan nicht nur der Sinn, sondern auch die Zeit.

Das Poltern an der Wohnungstür wurde immer lauter. Inzwischen hörte es sich nicht mehr nach Faustschlägen, sondern eher so an, als würde sich ein massiger Kerl mit der Schulter dagegen werfen. Ich hoffte, dass sich das Arschloch dabei wenigstens richtig wehtat, mindestens eine Schulterfraktur davontrug und ein Fall für den Orthopäden wurde. Ich eilte über das Durcheinander, das den Boden bedeckte und vor Kurzem noch meine Wohnzimmereinrichtung gewesen war, zur Balkontür, riss sie auf und trat hinaus.

Der Balkon lag an der Rückseite des Hauses, wo wir uns mit den angrenzenden Häusern einen Hinterhof teilten, in dem zahlreiche Mülltonnen – Restmüll-, Papier- und Biotonnen – und die Fahrräder vieler Bewohner herumstanden. Ich trat an die Brüstung und sah nach unten. Zum Glück war der Hof im Augenblick verlassen, sodass mich niemand sah. Unmittelbar unter meinem Balkon standen Fahrräder, manche noch relativ neu und oft in Gebrauch. Andere wurden hingegen nur noch vom Rost zusammengehalten, hatten zwei platte Reifen und standen schon dort, seit ich hier eingezogen war. Obwohl es bis zum Boden nicht sehr tief war, konnte ich also nicht einfach hinunterspringen, ohne auf einem Fahrrad zu landen und mir möglicherweise entsetzlich wehzutun. Aber das hatte ich ohnehin nicht vorgehabt.

Ich streckte meinen Kopf noch einmal ins Wohnzimmer und konzentrierte mich ganz auf meinen Gehörsinn. Das Wummern von der Tür war immer noch zu hören, was mich beruhigte, denn es bewies, dass die beiden Männer noch immer voll und ganz mit dem Aufbrechen beschäftigt und noch nicht in der Wohnung waren. Allerdings hörte ich auch das Splittern von Holz, was mir verdeutlichte, dass es vermutlich nicht mehr allzu lange dauern würde, bis die Typen meine Wohnungstür, die der erste Eindringling noch heil gelassen hatte, zu Kleinholz verarbeitet hatten. Zum Glück gehörte die Tür nicht mir, sondern dem Vermieter. Das rigorose Vorgehen der Kerle bestätigte mich jedoch in meiner Einschätzung, dass sie nie und nimmer von der Kripo waren, da Polizisten nur im Kino und im Fernsehen, aber nicht in der Realität so rabiat vorgingen. Ohne akute Gefahr in Verzug oder einen richterlichen Durchsuchungsbeschluss würden rechtschaffene deutsche Beamte doch nie gewaltsam in eine Wohnung eindringen.

Ich zog meinen Kopf wieder nach draußen und anschließend die Balkontür zu. Die Typen würden zwar früher oder später draufkommen, dass ich über den Balkon entkommen war, es würde mir allerdings entgegenkommen, wenn es erst später geschah und sie vorher noch die ganze Wohnung absuchten. Denn je mehr Zeit sie damit verplemperten, desto größer wäre der Vorsprung, den ich herausschlagen konnte.

Ich wandte mich nach links und ging bis zum Ende des Balkons. Der Balkon meiner Nachbarin war weniger als zwei Meter entfernt. Ich war schon einmal hinübergesprungen, als die Tür hinter Frau Fleischhack zugefallen war und ihr Schlüssel innen gesteckt hatte. Da es Feiertag gewesen war und ein Schlüsselnotdienst für die alte Dame mit ihrer schmalen Rente zu teuer geworden wäre, hatte ich mein Leben riskiert, um ihr zu helfen. Zum Glück war die Frau Frischluftfanatikerin und ließ jeden Tag – außer natürlich im tiefsten Winter – die Balkontür offen stehen.

Ich zögerte nicht länger, da ich jetzt jede Sekunde damit rechnen musste, dass die Männer in meine Wohnung eindrangen und rasch herausfanden, wohin ich geflüchtet war, und kletterte über das Balkongeländer, bis ich an der Außenseite meines Balkons stand, mit den Füßen teilweise auf einem schmalen Vorsprung, und mich mit einer Hand am Geländer festklammerte. Ich sah nicht nach unten. Es war zwar nicht weit bis zum gepflasterten Hof, doch unter mir standen mehrere Fahrräder – unter ihnen ein paar der ältesten Schrotthaufen – besonders dicht. Ein Sturz auf diese Phalanx aus Drahteseln wäre im besten Fall nur sehr schmerzhaft, konnte im ungünstigsten Fall aber auch tödlich enden. Dennoch hatte ich keine große Angst, denn ich hatte diesen Stunt schon einmal gemeistert und war mir sicher, dass es mir erneut gelingen würde.

Bevor ich noch länger darüber nachgrübeln konnte, welche Verletzungen ich davontragen konnte, sollte ich doch fallen, ging ich leicht in die Knie, stemmte mich dann wieder wie eine gespannte Feder ruckartig hoch und stieß mich mit den Füßen ab, während ich gleichzeitig das Geländer losließ und nach vorn schnellte. Meine Arme flogen nach vorn und bekamen als Erstes Kontakt mit dem Geländer des Nachbarbalkons. Ich griff reflexartig zu. Im nächsten Moment prallte mein Oberkörper schmerzhaft gegen das Eisengeländer und mein Unterleib noch schmerzhafter gegen die Plattform aus Beton. Ich stöhnte leise, als mir die Luft aus den Lungenflügeln gepresst und die Hoden gequetscht wurden. Doch ich ließ mich davon nicht irritieren – durfte mich dadurch nicht irritieren lassen –, spannte die Armmuskeln und zog mich nach oben, während ich gleichzeitig die Beine anzog und mit den Füßen nach Halt auf dem Beton suchte.

Ich schnappte nach Luft, als ich es endlich geschafft und wieder festen Boden unter den Füßen und sicheren Stand hatte. Rasch kletterte ich über die Brüstung und verzog das Gesicht, als meine malträtierten Hoden dabei noch einmal besonders heftig schmerzten. Als ich auf der anderen Seite stand, sah ich mich um, doch der Balkon meiner Wohnung war noch immer leer. Von den beiden Männern aus dem Treppenhaus war nichts zu sehen. Ich atmete auf und lief schnell zur Balkontür, die wie erwartet weit offen stand, um frische Luft in die Wohnung zu lassen.

»Frau Fleischhack!«, rief ich, nachdem ich meinen Kopf in ihr Wohnzimmer gestreckt hatte. Laut genug, dass sie es möglicherweise hörte, falls sie in der Nähe war, aber wiederum nicht so laut, dass es die Männer hören konnten, falls sie noch immer vor meiner Tür standen und sich fragten, wie sie in meine Wohnung kamen. Ich sah mich im Wohnzimmer der alten Frau um, konnte sie aber nirgends entdecken, also trat ich ein. Der Fernseher, der ansonsten oft den ganzen Tag in voller Laufstärke lief, war ausgeschaltet. Vielleicht war Frau Fleischhack gar nicht zu Hause, was mir sehr entgegengekommen wäre, denn dann müsste ich ihr nicht erklären, warum ich auf ihren Balkon gesprungen und in ihre Wohnung eingedrungen war. Das wäre selbst dann schwierig gewesen, wenn die gute Frau nicht schwerhörig gewesen wäre und ich nicht laut schreien müsste, um mich ihr verständlich zu machen, was unter Umständen auch die Aufmerksamkeit meiner beiden Besucher erregte.

Ich verließ das Wohnzimmer und trat in den Flur, der hell genug war, da fast alle Türen offen standen. Von der Bewohnerin war auch hier nichts zu sehen. Falls sie doch in der Wohnung war, hielt sie sich vielleicht in einem der anderen Räume auf, doch ich hatte nicht vor, nach ihr zu suchen. Vielleicht konnte ich durch die Eingangstür ins Treppenhaus schlüpfen, ohne dass Frau Fleischhack überhaupt bemerkte, dass ich hier gewesen war. Allerdings mussten dazu erst die beiden Männer verschwunden sein.

Der Lärm, den die beiden Typen bei dem Versuch verursacht hatten, meine Wohnungstür einzurennen, war mittlerweile verstummt, ohne dass mir der Moment, als es geschehen war, richtig bewusst geworden war. Es musste passiert sein, als ich draußen auf einem der Balkone gestanden und die Geräusche aus dem Haus nicht gehört hatte.

Ich schlich lautlos zur Tür, presste mein rechtes Ohr gegen das Holz und lauschte aufmerksam. Leider gab es wie auch bei meiner Wohnungstür keinen Spion, durch den ich einen Blick auf den Treppenabsatz vor der Tür hätte werfen können. So musste ich mich auf das beschränken, was ich hörte, und das war momentan nicht viel. Im Treppenhaus war es still, allerdings konnte ich nicht sagen, ob das auch bedeutete, dass es leer war.

Um mir Gewissheit zu verschaffen, musste ich die Tür öffnen und einen Blick riskieren. Schließlich konnte ich nicht ewig hier herumstehen, da die beiden Männer möglicherweise schon entdeckt hatten, wohin ich geflüchtet war, und auf dem Weg zu mir waren. Während der eine vielleicht denselben Weg nahm wie ich, könnte der andere mir den Weg abschneiden, sodass ich in der Falle saß und ihnen nicht mehr entkommen konnte.

Ich nahm mein Ohr von der Tür, legte die Hand auf die Klinke und begann diese dann langsam nach unten zu drücken.

In der Wohnung hinter mir ertönte plötzlich ein Geräusch. Ich war überzeugt, dass mir einer der Männer gefolgt war und sich direkt hinter mir befand. Mein Herz übersprang zwei Schläge und pochte dann in einem anderen, viel schnelleren und schmerzhafteren Rhythmus weiter. Ich wartete auf das Kribbeln zwischen meinen Schulterblättern, das mir signalisieren würde, dass ein feindseliger Blick oder sogar eine Schusswaffe auf mich gerichtet war, doch ich spürte nichts dergleichen. Dann, mit reichlicher Verspätung, erkannte ich erst, was ich gehört hatte und was das Geräusch verursacht hatte.

Das Rauschen fließenden Wassers stammte von einer Toilettenspülung. Da öffnete sich auch schon im Flur hinter mir eine Tür, und ich wandte mich um.

Die 84-jährige Maximiliane Fleischhack kam aus der Toilette in den Flur. Sie war klein und zierlich, ging leicht nach vorn gebeugt und trug ein einfarbiges braunes Kleid.

Als sie mich in ihrer Wohnung stehen sah, reagierte sie weder überrascht noch entsetzt. »Nanu, Herr König. Was machen Sie denn hier?«, fragte sie in einem Ton, als würde ich jeden Tag wie der Geist eines Verstorbenen in ihrer Wohnung auftauchen, um ein bisschen zu spuken, und schloss die Toilettentür hinter sich.

Ich wusste nicht, wie ich ihr die Situation erklären sollte. Außerdem hätte ich dazu laut schreien müssen, und das wollte ich nach Möglichkeit vermeiden. Da mir nichts anderes einfiel, nahm ich die Hand von der Türklinke, legte den Zeigefinger an die Lippen und machte mit weit aufgerissenen Augen: »Pscht!«

Ihr schmales Gesicht, unter dessen faltiger Haut man jeden Schädelknochen deutlich erkennen konnte, hellte sich sofort auf. »Verstehe!,« flüsterte sie. »Sie spielen mit den anderen Jungs Verstecken.«

Ich runzelte irritiert die Stirn, nickte dann jedoch rasch.

Sie kam zwei Schritte näher und blieb dann wieder stehen. »Soll ich mich auch verstecken?«

Ich dachte an die beiden Männer, die möglicherweise herausfanden, wohin ich geflüchtet war und mir folgen könnten. Erst jetzt wurde mir bewusst, dass ich die alte Frau in Gefahr gebracht hatte. Wenn die Typen schon keine Rücksicht auf meine Wohnungstür und darauf nahmen, ob sie jemand hörte, was würden sie dann mit einer hilflosen und schwerhörigen alten Frau anstellen. Deshalb antwortete ich auf die geflüsterte Frage der alten Dame mit einem Nicken und reckte zusätzlich den Daumen nach oben, um ihr wortlos zu zeigen, dass ich das für eine ganz ausgezeichnete Idee hielt.

Frau Fleischhack kicherte mädchenhaft, legte ihren knochigen Finger an die dünnen Lippen und machte ebenfalls: »Pscht!« Dann drehte sie sich um und verschwand durch eine offene Tür aus dem Flur. Da unsere Wohnungen spiegelverkehrt waren, musste es das Schlafzimmer sein, in dem sie sich verstecken wollte. Ich hoffte, dass sie mindestens so lange in ihrem Versteck blieb, bis die beiden Männer verschwunden waren, und dass sie nicht allzu enttäuscht wäre, wenn niemand nach ihr suchte und sie fand.

Ich wandte mich wieder zur Tür, atmete tief durch und drückte dann entschlossen die Klinke nach unten, bevor ich es mir doch noch anders überlegen konnte. Aber je länger ich zögerte, desto größer war die Gefahr, dass mich die beiden Typen erwischten. Außerdem war das Überraschungsmoment momentan noch auf meiner Seite, solange sie nicht erkannt hatten, wie ich aus meiner Wohnung verschwunden war. Denn sicherlich rechneten sie nicht damit, dass ich versuchen würde, durchs Treppenhaus zu entkommen.

Ich riss die Tür auf und erkannte auf einen Blick, dass der Treppenabsatz leer war. Die Tür zu meiner Wohnung stand einen Spaltbreit offen. Ich sah, dass das Holz um das Türschloss herum zersplittert war und sich die Tür gar nicht mehr ganz schließen ließ. Außerdem konnte ich jetzt auch gedämpfte Geräusche aus meiner Wohnung hören, ein Poltern, gefolgt von einem lauten Fluch.

Nichts wie weg hier, solange die Typen noch mit Suchen beschäftigt sind!, dachte ich, schlüpfte nach draußen und zog die Tür hinter mir so leise wie möglich ins Schloss. Dann lief ich los und rannte die Stufen nach unten, ohne mich darum zu scheren, wie viel Lärm ich dabei verursachte. Sollten die beiden Kerle ruhig wissen, dass ihr Opfer ihnen entwischt war. Dann ließen sie wenigstens Frau Fleischhack in der Nachbarwohnung in Frieden.

13

Bis ins Erdgeschoss war es nicht weit, und da ich rannte, als wäre ein Lynchmob hinter mir her, kam es mir vor, als würde ich nach unten fliegen, ohne die Stufen zu berühren. Wahrscheinlich kam es mir entgegen, dass ich diese Treppe jeden Tag mindestens einmal hinunter- und wieder hochstieg und mir ihre Stufen, sowohl die Abmessungen als auch die Beschaffenheit, so vertraut waren, dass ich sie vermutlich auch mit verbundenen Augen herunterrennen hätte können und kein einziges Mal ins Straucheln geriet.

Zwei Stufen vor dem Erdgeschoss hörte ich, dass die Tür zu meiner Wohnung ein Stockwerk über mir aufgerissen wurde und gegen die Wand krachte, was ihr vermutlich den Rest gab. Dann polterten schwere Schritte ins Treppenhaus, gefolgt von den gerufenen Worten: »Polizei! Bleiben Sie sofort stehen!«

Ja, ja, und ich bin dann der Weihnachtsmann!, dachte ich, grinste über meine geglückte List und riss die Tür auf. Noch bevor ich die lärmenden Schritte der beiden Männer auf den Stufen hören konnte, war ich bereits aus dem Haus geflitzt und wich im letzten Moment einem älteren Herrn aus, dessen Dackel gerade direkt vor der Tür auf dem Gehsteig kauerte und mit voller Konzentration sein großes Geschäft verrichtete. Beinahe wäre ich noch auf das Tier getreten, dabei hätte eher das Herrchen einen Tritt verdient gehabt, weil es seinen Köter hier mitten auf den Weg kacken ließ und anschließend die Scheiße nicht entfernte. Ich sprang über den Hund, der sich darüber so erschreckte, dass er sein Geschäft abbrach und wie irre zu bellen und im Kreis zu laufen anfing.

»Kannst ned aufpassen, du Depp?«, rief mir der Mann über das Gebell seiner Töle hinterher, doch ich kümmerte mich nicht darum, sondern wandte mich augenblicklich nach rechts und rannte über den Bürgersteig, wobei ich auf meinem Weg immer wieder anderen Passanten ausweichen musste, die sich bedeutend langsamer voran bewegten.

Ich hörte zwar, dass der Hundehalter mir noch etwas hinterherschrie, während sein Dackel weiterhin hysterisch kläffte, verstand jedoch nicht, was es war. Wahrscheinlich war es auch besser so, da es sicherlich nur eine weitere Beleidigung gewesen war. Überall blieben Leute stehen, wandten sich um und sahen mir neugierig nach oder entgegen. Vermutlich hielten sie mich für einen Taschendieb auf der Flucht. Ich hoffte nur, dass niemand den Helden spielen wollte und sich mir entgegenstellen oder mir ein Bein stellen würde.

Nach fünfzig Metern wandte ich mich nach links, trat vom Bürgersteig und zwischen zwei geparkten Fahrzeugen hindurch auf die Straße und lief auf die andere Seite. Ein Kleinlaster, der meiner Meinung nach ohnehin viel zu schnell unterwegs war, musste stark abbremsen. Der Fahrer gestikulierte hinter dem Steuer und drohte mir mit der geballten Faust. Ich konnte sein Gezeter allerdings nur gedämpft hören, da die Fenster des Wagens zu waren. Ich winkte ihm zu – eine neutrale Geste, aus der er herauslesen konnte, was immer er wollte –, quetschte mich auf der gegenüberliegenden Seite zwischen zwei Autos hindurch und wandte mich, sobald ich den Gehsteig betrat, wieder nach rechts. Ich wollte nicht nur möglichst schnell einen möglichst großen Abstand zwischen mich und das Haus bringen, in dem ich wohnte, sondern auch das Café an der Straßenecke erreichen, in dem Alessia auf mich wartete.

Bevor ich um die Ecke bog, warf ich einen letzten, kurzen Blick über die Schulter und sah dorthin zurück, wo ich das Haus verlassen hatte. Der alte Mann stand noch immer am selben Fleck und gab eine Flut von Worten von sich, die auf diese Entfernung unverständlich blieben. Dabei wedelte er mit seinem erhobenen Gehstock, den ich vorher gar nicht bemerkt hatte. Ein Glück, dass er mir den nicht übergezogen hatte. Auch der Hund bellte noch immer und drehte sich wie ein überdrehtes Aufziehspielzeug im Kreis, als suchte er immer noch nach dem Übeltäter, der ihn beim Scheißen gestört hatte. Im selben Moment, als ich nach hinten sah, öffnete sich die Haustür, die ich erst vor wenigen Augenblicken passiert hatte. Ein überaus großer, breitschultriger Mann mit kurzen, blonden Haaren, der einen hellgrauen Anzug und ein weißes Hemd trug, kam aus dem Haus gelaufen und rannte den zeternden Hundehalter um, sodass beide zu Boden gingen.

»Autsch«, sagte ich laut, als ich um die Ecke verschwand und das Geschehen aus den Augen verlor.

14

Alessia stand bereits vor dem Eingang des Cafés und wartete auf mich. Zweifellos hatte sie durch das große Fenster nicht nur die Ankunft der beiden Männer, sondern auch meine filmreife Flucht gesehen.

»Alles in Ordnung?«, fragte sie, als ich auf sie zugerannt kam.

»Ja«, sagte ich etwas außer Atem und kam vor ihr zum Stehen. »Aber wir müssen sofort verschwinden.«

»Haben die beiden Männer etwa gesehen, in welche Richtung du gelaufen bist?«

Ich schüttelte den Kopf. »Ich glaube nicht. Aber der Mann mit dem Dackel. Und der wird es ihnen sicherlich verraten.«

»Der Mann mit dem Dackel?«

Vermutlich hatte sie den Hund wegen der parkenden Fahrzeuge gar nicht sehen können. »Der ältere Herr, der seinen Gehstock geschwungen hat. Er hat einen Dackel an der Leine. Ich hätte beinahe den Mann umgerannt und den Hund getreten, als ich aus dem Haus gelaufen kam.«

»Ach so, den Typen meinst du.«

Ich nickte und sah mich um. »Aber jetzt nichts wie los!«

Da ich sie nicht am Arm packen oder an der Hand nehmen und hinter mir her schleifen wollte, marschierte ich einfach los und vertraute darauf, dass sie mir dann schon folgen würde, was sie auch tat. Wir entfernten uns vom Eingang des Cafés und gingen zur nächsten Straßenkreuzung. Ich nahm während dem Gehen den Rucksack herunter und zog meine Jacke an, die Alessia für mich aufbewahrt hatte. Den Rucksack trug ich anschließend in meinen Armen vor der Brust, damit er von hinten nicht zu sehen war. Mit Jacke und ohne Rucksack würden mich die beiden Männer vielleicht gar nicht erkennen.

»Soll ich deine Tasche nehmen?«, fragte ich Alessia, die ihre Reisetasche trug.

»Nein, das geht schon. Sie ist ja nicht schwer. Aber wo gehen wir eigentlich hin? Zu deinem Freund?«

»Ja. Aber zuerst gehen wir zu meinem Auto. Das habe ich vorgestern in einer Querstraße in der Nähe geparkt, nachdem ich das Glück hatte, dort den einzigen freien Parkplatz in der näheren Umgebung zu finden.«

»Du hast ein Auto?«

»Natürlich. Was ist denn daran so ungewöhnlich?«

»Nichts. Ich dachte nur, du wärst einer dieser Großstädter, die kein Auto brauchen, weil sie ohnehin überall mit öffentlichen Verkehrsmitteln hinkommen und der Großstadtverkehr zu nervenaufreibend ist.«

»Manchmal bin ich auch außerhalb von München unterwegs. Und das ist mit Auto besser. Hast du denn keins.«

»Doch. Aber das steht in einer privaten Tiefgarage in der Nähe meiner Wohnung. Vermutlich wissen diejenigen, die mich töten wollen, davon und lassen den Ort überwachen.«

»Nun, den Ort, wo mein Auto steht, kennen sie bestimmt nicht«, sagte ich, als wir die nächste Straßenkreuzung erreichten, und sah mich rasch um. Ich entdeckte jedoch weder den Mann im grauen Anzug, der aus dem Haus gelaufen war, noch sonst jemanden, der besondere Eile an den Tag legte oder jemanden zu verfolgen schien. »Lass uns hier links abbiegen und die nächste Seitenstraße nach rechts nehmen.«

»Einverstanden.«

Wir bogen ab und waren damit erst einmal wieder außer Sicht, falls die beiden Männer uns tatsächlich verfolgten.

15

Fünfzehn Minuten später erreichten wir, nachdem wir uns im Zickzack über diverse Seitenstraßen voran bewegt und sogar einen kleinen Umweg in Kauf genommen hatten, mein Auto.

»Der ist ja süß«, sagte Alessia verzückt und nahm das schwarze VW-Käfer-1302-Cabrio aus dem Jahr 1970 mit dem roten Verdeck genauer in Augenschein. »Wo hast du denn den her?«

»Von meinem Opa geerbt«, sagte ich und öffnete die Beifahrertür, um meinen Rucksack und Alessias Reisetasche auf dem Rücksitz zu verstauen. Der Vater meiner Mutter war vor sieben Jahren gestorben und hatte mir den Wagen vermacht, weil er wusste, dass ich ihn genauso liebte, wie er es bis dahin getan hatte. Seitdem hatte ich den Wagen gehegt und gepflegt, sodass er noch immer tipptopp in Ordnung war.

»Los, steig ein!«, sagte ich und hielt Alessia die Tür auf, als wäre ich ihr Chauffeur.

»Gerne.«

Ich schlug die Tür zu, nachdem sie Platz genommen hatte, umrundete das Fahrzeug und schloss die Fahrertür auf, da der alte Wagen natürlich nicht mit einer Zentralverriegelung ausgestattet war. Ich setzte mich hinters Lenkrad und schlug die Tür zu.

Alessia sah sich suchend um. »Wo ist denn der Anschnallgurt?«

»Es gibt keinen.«

»Ich dachte, das wäre Pflicht.«

»Das ist ein Oldtimer«, sagte ich, während ich den Zündschlüssel ins Schloss schob. »Als der gebaut wurde, gab es in Deutschland noch keine Anschnallpflicht.«

»Muss man dann nicht nachrüsten?«

Ich schüttelte den Kopf, blinkte und sah in den Rückspiegel. Da kein Auto kam, konnte ich aus der Parklücke fahren. »Das wäre viel zu aufwendig und teuer, da so etwas bei der Produktion dieses Fahrzeugs noch gar nicht vorgesehen war.«

Sie nickte und warf dann über die Schulter einen Blick nach hinten, während ich Gas gab. »Fahren wir jetzt zu deinem Freund? Wie hieß er gleich noch?«

»Alex. Ich werde ihn anrufen, bevor wir zu ihm fahren. Aber erst will ich von hier weg.«

Sie sah noch immer durchs rückwärtige Fenster im Fahrzeugverdeck nach hinten.

»Gibt es da hinten etwas Interessantes zu sehen?«, fragte ich und warf einen Blick in den Rückspiegel. Ich sah allerdings nur einen lavagrauen Audi Q7 hinter uns. »Hast du etwa die Typen gesehen, die in meine Wohnung eingedrungen sind?«

Ich richtete meinen Blick ganz kurz auf sie, bevor ich wieder vor uns auf die Straße schaute, und sah, dass sie mit den Schultern zuckte, während sie weiter mit konzentriertem Gesichtsausdruck und gerunzelter Stirn nach hinten schaute.

»Nein, die beiden Kerle, die kurz nach dir ins Haus gegangen sind, hab ich nirgendwo gesehen. Aber als du aus der Parklücke gefahren bist, ist gleichzeitig zwanzig Meter hinter uns ein anderes Auto ausgeschert. Vielleicht ist es ja nur ein Zufall, aber …«

»… vielleicht auch nicht!«, ergänzte ich. »Und in unserer momentanen Situation sollten wir besonders vorsichtig und misstrauisch sein.«

»Glaubst du, dass die dein Auto überwacht und auf uns gewartet haben?«

Ich zuckte mit den Schultern, aber vermutlich sah Alessia es nicht, weil sie noch immer durchs Rückfenster schaute. »Ich weiß nicht«, sagte ich deswegen und warf selbst einen weiteren Blick in den Innenspiegel. Der Audi folgte uns in gleichbleibendem Abstand, was allerdings nichts zu bedeuten hatte, denn wir fuhren mit einer Geschwindigkeit von 35 km/h durch eine 30er-Zone. Vom Fahrer und etwaigen Mitfahrern war nichts zu erkennen, weil sich in der Windschutzscheibe der Spätnachmittagshimmel widerspiegelte. »Aber wie hätten sie so schnell herausfinden sollen, welches Auto ich fahre und wo ich es vorgestern abgestellt habe. Es ist ja nicht so, als hätte ich so wie du einen festen Stellplatz für den Wagen. Ganz im Gegenteil, es ist jedes Mal aufs Neue purer Zufall, wo ich einen freien Parkplatz finde. Manchmal weiß ich es ja selbst nicht mehr so genau, wo ich den Wagen zuletzt abgestellt habe, und muss mich auf die Suche machen. Schon allein deshalb halte ich es für höchst unwahrscheinlich, dass jemand in der Nähe des Autos auf uns gewartet haben soll. Wahrscheinlich ist es wirklich nur purer Zufall, dass der Fahrer zum selben Zeitpunkt wie wir losgefahren ist.«

»Und wenn nicht?«

Ich seufzte. Obwohl ich mir relativ sicher war, dass der Q7 uns nicht verfolgte, sondern nur zufälligerweise hinter uns fuhr, geriet ich dennoch ins Schwitzen. »Pass auf!«, sagte ich. »Ich wechsle einfach ein paar Mal überraschend die Fahrtrichtung. Dann sehen wir ja, ob er dann immer noch hinter uns ist.«

»Okay.«

Ich beschleunigte ein wenig und bog bei der nächsten Gelegenheit, ohne zu blinken, nach links ab. Als ich die schmale Einbahnstraße hinter uns durch den Rückspiegel im Auge behielt, hielt ich unwillkürlich den Atem an. Der Audi tauchte kurz nach uns auf, und noch bevor er ebenfalls abbog und uns folgte, erkannte ich seine Absicht an seinem gesetzten Blinker.

»Er fährt uns immer noch hinterher«, sagte Alessia.

»Ich sehe es.« Ich sah wieder nach vorn, wo die Einbahnstraße in eine größere, deutlich stärker befahrene Straße mit jeweils zwei Spuren in jede Richtung mündete. Da die Ampel Rot zeigte, musste ich anhalten. Ich schaute in den Rückspiegel und beobachtete, wie der Audi die Distanz verkürzte und zwei Meter hinter uns anhielt. »Kannst du durch die Scheibe etwas erkennen?«

»Nein. Es spiegelt zu sehr.«

Ich seufzte und sah zur Ampel, die in diesem Moment die Farbe wechselte. Ich fuhr los und bog, erneut ohne zu blinken, nach rechts ab. Der Wagen hinter uns hatte bislang ebenfalls nicht geblinkt, doch plötzlich leuchtete der rechte Blinker in regelmäßigen Abständen auf und signalisierte die Absicht des Fahrers, auch nach rechts abzubiegen. Allmählich wurde mir doch etwas mulmig. Konnte das noch Zufall sein?

»Der verfolgt uns!«

Ich schüttelte den Kopf, nicht aus Überzeugung, sondern weil ich es nicht glauben wollte. »Das hat nichts zu bedeuten. Pass auf!«

Da wir die Tempo-30-Zone verlassen hatten, konnte ich jetzt schneller fahren. Ich gab Gas, und der Boxermotor beschleunigte gemächlich, aber gehorsam, bis wir siebzig fuhren. Da auf unserer Fahrspur mehrere langsamere Fahrzeuge vor uns auftauchten, schwenkte ich nur wenige Zentimeter vor einem silbernen BMW auf die rechte Spur. Der BMW-Fahrer musste abbremsen, war darüber nicht sehr erfreut und äußerte seinen Unmut, indem er mehrmals die Hupe betätigte.

Ich hob kurz die rechte Hand, um mich zu entschuldigen, und biss die Zähne aufeinander, dass sie knirschten. Es war mir selbst unangenehm, dass ich so rücksichtslos gefahren war, aber was blieb mir anderes übrig. Doch ich hatte ohnehin keine Zeit, mir länger über den Fahrer des BMW den Kopf zu zerbrechen, weil ich mich auf unseren vermeintlichen Verfolger und seine Reaktion auf unseren Spurwechsel konzentrieren musste.

Ich stieß die angehaltene Lust aus, als der Audi keine Anstalten machte, uns zu folgen.

»Du hattest recht«, sagte Alessia. »Alles nur ein Zufall.«

Doch wir hatten uns zu früh gefreut, denn plötzlich beschleunigte der Q7, der gewiss mindestens dreimal so viele Pferde unter der Haube hatte wie mein Oldtimer mit seinen mickrigen 50 PS. Es sah so aus, als würde der schwere SUV wie ein Raubtier einen Satz nach vorn machen. Dann schwenkte der Wagen ruckartig auf unsere Spur und in die schmale Lücke zwischen dem BMW und uns. Sogar über den Verkehrslärm hinweg konnte ich es krachen hören. Gesehen hatte ich es zwar nicht, aber ich war mir sicher, dass das Heck des Audi die Front des BMW touchiert hatte. Bremsen kreischten laut auf, als der BMW und alle anderen Fahrzeuge hinter ihm abrupt zum Stehen kamen. Ich fuhr weiter, und auch der Audi-Fahrer machte keine Anstalten anzuhalten.

»Scheiße! Der hat es tatsächlich auf uns abgesehen!«

Ich sagte nichts, denn genau dasselbe hatte ich mir soeben gedacht und es hätte nichts gebracht, Alessias Worte zu wiederholen. Stattdessen beobachtete ich den Verkehr vor uns und überlegte, was wir nun tun konnten, nachdem wir Gewissheit hatten, dass wir wirklich verfolgt wurden. Außerdem fragte ich mich, wer in dem Wagen hinter uns saß. War es derjenige, der auch den Killer in Alessias Wohnung umgebracht hatte? Aber wer waren dann die beiden Kerle gewesen, die mir ins Haus gefolgt und meine Wohnungstür eingerannt hatten? Ich hatte natürlich nicht die geringste Chance, momentan Antworten auf diese Fragen zu bekommen, da mir im Grunde noch überhaupt keine Fakten zur Verfügung standen, aus denen sich diese Antworten hätten ergeben können. Ich wusste ja noch nicht einmal, wer bei dieser Geschichte alles seine Finger im Spiel hatte. Allerdings war es momentan auch gar nicht so entscheidend, die Hintergründe dessen zu kennen, was mir widerfuhr. Viel wichtiger war es, richtig darauf zu reagieren und einen Ausweg aus der im wahrsten Sinne des Wortes verfahrenen Situation zu finden.

»Was sollen wir nur tun?«, fragte Alessia, als hätte sie meine Gedanken gelesen und in fünf knappen Worten zusammengefasst.

»Sie abhängen!«, sagte ich, als wäre es das Einfachste der Welt und als würde ich so etwas jeden Tag tun, obwohl ich innerlich nicht einmal ein Zehntel so überzeugt war, dass es tatsächlich funktionieren könnte. Der moderne Wagen hinter uns war nicht nur viel besser motorisiert und ausgestattet, sondern auch viel schwerer und robuster. Im Vergleich zu meinem putzigen Käfer wirkte der Audi wie ein Panzer, der uns mühelos überrollen konnte. Außerdem konnten wir uns nicht einmal anschnallen, was ich bislang kaum vermisst hatte, bei einer Verfolgungsjagd jedoch definitiv nachteilig, um nicht zu sagen, lebensgefährlich war. Allerdings hatte ich gar nicht vor, mir mit unserem Verfolger ein Wettrennen zu liefern, bei dem wir ohnehin den Kürzeren ziehen würden. Wenn ich schon nicht mit PS und Tempo punkten konnte, dann vielleicht mit Wendigkeit und Ortskenntnis.

»Festhalten!«, sagte ich, schaltete herunter und gab Gas, nachdem ich mich kurz umgesehen und orientiert hatte, wo wir uns überhaupt befanden. Der Käfer machte im Gegensatz zum Q7 keinen raubtierhaften Sprung nach vorn, sondern beschleunigte so langsam, dass es kaum spürbar war. Dennoch sah ich im Rückspiegel, dass die Lücke zu dem Audi hinter uns allmählich größer wurde. Vermutlich nahmen uns dessen Insassen gar nicht für voll und amüsierten sich über unseren untauglichen Versuch, ihnen davonfahren zu wollen. Der Fahrer musste nur einmal kurz aufs Gaspedal tippen, schon würden sie wieder an unserer Stoßstange kleben.

Ich beobachtete die beiden Fahrspuren vor uns, konnte jedoch keine Lücke entdecken. Außerdem sprang in diesem Moment fünfzig Meter vor uns die Ampel auf Rot, sodass alle Autos vor uns anhalten mussten. Der Audi-Fahrer hinter uns war sich seiner Sache so sicher, dass er sogar den Fuß vom Gas nahm und langsamer wurde. Die Lücke zwischen uns wurde stetig größer, weil ich noch immer beschleunigte. Bald würde ich aber ebenfalls abbremsen müssen, wollte ich nicht in den Toyota vor uns knallen. Ich beobachtete den Verkehr auf allen Fahrspuren. Der Gegenverkehr hatte an der Kreuzung vor uns ebenfalls Rot. Es kamen nur noch ein paar Nachzügler. Dann kam der Verkehr aus der Querstraße ins Rollen, und zahlreiche Fahrzeuge bogen auf unsere Straße ein.

Der Toyota hatte nur wenige Meter vor uns angehalten, während der Abstand zum Audi hinter uns auf mindestens zehn Meter angewachsen war. Der letzte Nachzügler aus der Gegenrichtung würde uns in der nächsten Sekunde auf der Spur neben uns passieren. Hinter ihm gab es eine kleine Lücke von gerade einmal einer Wagenlänge, bevor die Rechtsabbieger aus der Querstraße kamen, ein steter Zug dicht hintereinander fahrender Fahrzeuge, während die ganz linke Spur relativ frei war, weil ein einparkendes Auto unmittelbar nach der Kreuzung sie blockierte.

Ich hielt den Atem an, als ich das Steuer ruckartig nach links riss und mein Auto über die erste Gegenfahrbahn auf die zweite steuerte. Bevor der Fahrer des ersten Fahrzeugs aus der Gegenrichtung überhaupt reagieren konnte, hatten wir bereits vor ihm die Spur gekreuzt. Es fehlten nur wenige Zentimeter, dann hätten sich unsere Autos berührt, was nicht nur meinen geliebten Käfer demoliert, sondern vermutlich auch unserer Flucht ein vorzeitiges Ende beschert hätte. Doch dazu kam es zum Glück nicht, und der andere Fahrer musste nicht einmal bremsen. Stattdessen hupte er wie ein Wahnsinniger und gab Gas, als wollte er die Lücke vor seinem Wagen schließen, bevor der nächste Irre auf dieselbe Idee wie ich kam. Das war mir allerdings nur recht, denn so blockierte er den Weg für den Audi.

Ich konnte mich nicht damit beschäftigten, was im Anschluss hinter uns geschah, da ich mich vollauf auf das Geschehen vor uns konzentrieren musste. Die äußere Spur der Gegenfahrbahn war noch immer bis zur Kreuzung frei, weil das Fahrzeug, das sie zuvor blockiert hatte, inzwischen erfolgreich eingeparkt hatte und die Ampel zur Querstraße mittlerweile Rot zeigen musste. Ich beschleunigte, sofern man bei meinem Oldtimer überhaupt von Beschleunigung sprechen konnte, um die Kreuzung zu erreichen, bevor der Gegenverkehr Grün hatte und mir entgegenkam.

Passanten auf den Bürgersteigen, die auf das Geschehen aufmerksam geworden waren, waren stehen geblieben, hatten sich zu uns umgedreht und starrten uns an, als wären wir Marsmenschen, die völlig überraschend in ihrer Mitte aufgetaucht waren, um das Oktoberfest zu besuchen. Ich hätte ihnen gern eine lange Nase gezeigt oder die Zunge herausgestreckt, wenn ich nicht gerade mit anderen Dingen beschäftigt gewesen wäre.

Ich warf einen kurzen Seitenblick auf Alessia, die noch immer zur Seite gedreht auf ihrem Sitz saß und nach hinten sah.

»Was macht der Audi? Folgt er uns noch immer?«

»Ich glaube, er …«

Das Quietschen durchdrehender Reifen, das sie unterbrach, war so laut, dass es beinahe in den Ohren schmerzte.

»… er versucht, durchzubrechen.«

Das charakteristische Geräusch zweier gegeneinanderprallender Fahrzeuge, ein lautes Krachen, trat an die Stelle des Reifenquietschens.

Ich wagte es nicht, in den Rückspiegel zu sehen, um mir selbst ein Bild zu machen, weil ich den Verkehr vor mir nicht aus den Augen lassen wollte, denn im selben Moment, als wir die Kreuzung erreichten, schalteten die Ampeln auf Grün.

»Hat er es geschafft?«

Aus den Augenwinkeln registrierte ich, dass Alessia den Kopf bewegte, wusste allerdings nicht, ob es ein Nicken oder ein Kopfschütteln war.

»Sag was, verdammt noch mal!«

»Nein!«

Nach dem Lärm des Zusammenpralls war Stille eingekehrt, als hielten alle den Atem an, obwohl natürlich weiterhin das stete Brummen der Motoren zu hören war. Doch nun hörte man wieder das Quietschen von Reifen, die über den Asphalt radierten.

»Jetzt setzt er zurück«, kommentierte Alessia die Ereignisse hinter uns wie ein Radiomoderator ein spannendes Fußballspiel. »Ich glaube, er versucht es noch einmal.«

In meinem Kopf entstanden Comicbilder dessen, was sich hinter uns abspielte, während ich mich auf die Fahrzeuge konzentrierte, die uns entgegenkamen, und gleichzeitig auf den richtigen Moment wartete, das Steuer erneut herumreißen und abbiegen zu können. Und da behaupte noch jemand, Männer wären nicht multitaskingfähig. Ich hoffte, dass der richtige Moment kam, bevor die ersten entgegenkommenden Fahrzeuge uns erreichten.

Das enervierende Reifenquietschen verstummte. Stattdessen war zu hören, wie ein starker Motor aufheulte, als der Audi vermutlich enorm beschleunigt wurde, um auf kurze Distanz eine möglichst hohe Geschwindigkeit und große Wucht zu erreichen.

Das vorderste Fahrzeug, das uns auf unserer Spur entgegenkam, war ein Mercedes. Der Fahrer – ich hatte den Eindruck, es handelte sich um einen älteren Herrn mit Hut, neben dem eine mindestens ebenso betagte Dame saß – machte keinerlei Anstalten, abzubremsen oder auszuweichen, sondern schien im Gegenteil zu beschleunigen, während er mit plärrender Hupe und aufblitzender Lichthupe stur auf uns zuhielt. Anscheinend gab es immer noch Mercedes-Fahrer, die der Meinung waren, ihr Wagen hätte eine eingebaute Vorfahrt und alle anderen Verkehrsteilnehmer müssten ihnen gefälligst Platz machen. Aber selbst wenn ich gewollt hätte, hätte ich ihm nicht ausweichen können, da ich nicht wusste, wohin ich fahren sollte. Erst wenn ich die Kreuzung zur Hälfte passiert hatte, konnte ich nach links abbiegen. Warum kapierte der Typ das nicht?

Ich hupte ebenfalls, während es hinter uns erneut ohrenbetäubend laut krachte, als der Audi seinen zweiten rabiaten Durchbruchsversuch unternahm.

»Was machst du?«, fragte Alessia, wandte sich um und sah nach vorn. »O Scheiße. Was hat der denn vor?«

»Das weiß ich auch nicht«, quetschte ich zwischen zusammengebissenen Zähnen hervor, während ich den Druck aufs Gaspedal verstärkte, obwohl es bereits bis zum Boden durchgedrückt war, und mit kalkweißen Fingern das Lenkrad umklammert hielt. »Sag mir lieber, was mit dem Audi los ist!«

Aus dem Augenwinkel konnte ich sehen, wie ihre Haare wirbelten, als sie den Kopf herumwarf und wieder durchs Heckfenster sah.

»Er hat's geschafft! Gib endlich Gas!«

Was ... glaubst ... du ... wohl, ... was ... ich ... hier ... mache?, hätte ich beinahe gesagt, sparte mir jedoch die Worte, um mich ganz aufs Fahren und den Mercedes vor uns konzentrieren zu können. Wenn der alte Mann nicht bald bremste oder wenigstens vom Gas ging, würde es gleich ziemlich laut krachen. Und dabei hatte der Käfer nicht einmal einen Airbag. Vermutlich würde der große Mercedes mein Auto um die Hälfte seiner Länge verkürzen, bevor wir zehn Meter hinter uns wieder zum Stehen kamen.

Ich schluckte trocken, während ich mich bereits auf den Aufprall vorbereitete und mich gleichzeitig fragte, ob ich nicht doch bremsen sollte, da der Klügere bekanntlich nachgab. Dem Klügeren saßen aber in der Regel auch keine Amok laufenden Killer in einem lavagrauen SUV im Nacken.

Beinahe hätte ich dennoch meinen rechten Fuß vom Gaspedal genommen und wäre aufs Bremspedal gestiegen, wenn der betagte Fahrer des Mercedes nicht vor mir exakt dasselbe getan hätte. Das Fahrzeug vor uns bremste so stark ab, dass die Oberkörper der älteren Herrschaften in geradezu anmutiger Synchronizität nach vorn wippten und dann wieder zurückfederten. Gerade noch rechtzeitig, denn jetzt hatte ich den entscheidenden Meter Platz, den ich für mein nächstes Manöver brauchte. Unmittelbar vor dem zum Stehen gekommenen Mercedes bog ich nach links und fuhr in die Querstraße, die zum Glück auf lange Sicht frei war. Die beiden alten Leute sahen uns aus weit aufgerissenen Augen an, als wir sie passierten. Ich hob die rechte Hand, als wollte ich ihnen winken. Ich wollte mich mit dieser Geste aber nur für meine rücksichtslose Fahrweise entschuldigen, die sonst nicht meine Art war, und mich gleichzeitig dafür bedanken, dass sie schlussendlich doch nachgegeben und angehalten hatten. In Zukunft würde ich nie wieder etwas Schlechtes über Mercedes-Fahrer sagen, das schwor ich mir.

Der Käfer wurde noch immer langsam, aber stetig schneller, doch ich wusste, dass der Audi-Motor viel mehr Kraft und eine enorme Beschleunigung hatte.

»Was macht der Audi?«, fragte ich Alessia, während ich die Straße vor mir nach der schmalen Einmündung absuchte, in die ich einbiegen wollte.

»Der fährt gerade auf die Kreuzung.«

Ich bemühte mich, die Situation und die Distanz zwischen uns im Kopf bildlich darzustellen, um eine bessere Vorstellung zu bekommen, während ich gleichzeitig noch immer nach der Abzweigung suchte, die ich zu unserer Rettung auserkoren hatte. Ich war schon einmal hier in der Gegend unterwegs gewesen und hatte mich auf der Suche nach einer bestimmten Anschrift ganz schrecklich verfahren. Dabei war ich durch alle möglichen Seitenstraßen und winzigen Gassen geirrt, obwohl die eine oder andere eigentlich für Autos gesperrt war.

Dann sah ich, wonach ich suchte, und atmete erleichtert auf. Die Erleichterung währte jedoch nicht lange, denn hinter uns heulte ein Motor auf. Es klang wie das Gebrüll eines mordlüsternen, urzeitlichen Monsters, das uns auf den Fersen war.

Anstatt Alessia zu fragen, wie weit der Audi hinter uns war, warf ich selbst einen Blick in den Rückspiegel und erschrak, als ich sah, wie schnell der lavagraue SUV näherkam. Der andere Wagen wurde immer größer und würde uns vermutlich von der Straße fegen, wenn kein Wunder geschah.

Ich sah wieder nach vorn. Wir näherten uns nun ebenfalls sehr rasch der schmalen Einmündung. Doch würde es reichen? Ich sah wieder in den Rückspiegel und bezweifelte, dass wir es schaffen würden, denn der Audi war schon sehr nah und riesengroß.

Noch zehn Meter bis zur Abzweigung. Ich umklammerte das Lenkrad mit eiskalten, blutleeren Händen und machte mich bereit, es erneut herumzureißen. Ich fragte mich, wie ich mich in den letzten Minuten zum Stuntfahrer entwickeln konnte und warum ich keine Angst davor hatte, in eines der Häuser rechts und links der Einmündung zu krachen.

Du schaffst das!, machte ich mir selbst Mut, während ich den engen Durchlass zwischen den beiden Häusern ins Auge fasste. Ich wagte es nicht mehr, in den Rückspiegel zu schauen. Einerseits wollte ich die Abzweigung nicht aus den Augen verlieren, weil ich fürchtete, ich könnte sie sonst nicht genau genug treffen. Andererseits würde mich der Anblick des Audi hinter uns, der vermutlich jeden Moment an unserer Stoßstange klebte, nur ablenken und möglicherweise lähmen. Die beiden Verkehrsschilder neben der schmalen Durchfahrt, die den Verkehrsteilnehmern signalisierten, dass es sich um einen Weg ausschließlich für Fußgänger und Radfahrer handelte und die Durchfahrt für Kraftfahrzeuge verboten war, nahm ich nur beiläufig wahr, denn es erschien mir irgendwie nicht der richtige Augenblick zu sein, sich stur an alle Verkehrsregeln zu halten, während man von einem viel größeren, schnelleren und schwereren Fahrzeug gejagt wurde.

»Tu doch was, der rammt uns gleich!«, rief Alessia.

»Jaaaaaaa!«, sagte ich und dehnte das Wort zu einem ganzen Satz, während wir die letzten Meter zurücklegten, auf denen die Einfahrt geradezu auf uns zuzufliegen schien, und ich entweder auf den richtigen Moment wartete, das Steuer herumzureißen, oder darauf, dass uns der SUV von hinten rammte, je nachdem, was davon zuerst geschah.

Der Motor des Audi hinter uns jaulte plötzlich auf, als würde der Fahrer noch einmal fester aufs Gaspedal treten, um uns mit noch größerer Geschwindigkeit zu rammen. Ich konnte mir vorstellen, dass die Front des großen Fahrzeugs mittlerweile das ganze Rückfenster ausfüllte. Ich sah Passanten, die auf dem Bürgersteig standen und uns mit großen Augen ansahen. Aber zum Glück stand niemand vor der Einfahrt.

Ich riss das Lenkrad nach rechts und hoffte, dass uns der Audi nicht ausgerechnet jetzt rammte, weil wir dadurch vermutlich ins Schleudern geraten und gegen die Hausecke gekracht wären. Die Reifen des Käfer kreischten erbärmlich, als wir scharf nach rechts abbogen, wurden aber im nächsten Augenblick von den blockierenden Rädern des SUV hinter uns übertönt, dessen Fahrer meine Absicht erkannt hatte und scharf abbremsen musste, um die Einfahrt nicht zu verpassen.

Mein Auto fuhr einen ganz engen Viertelkreis, und es hätte mich gar nicht gewundert, wenn die rechten Räder dabei von der Straße abgehoben hätten. Dann fuhren wir in die Einfahrt und eckten zu meiner Erleichterung nirgends an. Wenn ich meinen Weg vorher mit Zirkel und Lineal abgemessen und markiert hätte, hätte ich es vermutlich nicht besser hinkriegen können. Da wir noch immer ziemlich schnell fuhren, flogen die Wände der beiden Häuser rechts und links an uns vorbei. Zwischen ihnen und den Seitenspiegeln war sicherlich nicht mehr als zwanzig Zentimeter Platz.

»Gut gemacht!«, sagte Alessia.

Ich warf einen Blick in den Rückspiegel und sah, dass der Audi-Fahrer es nicht so gut gemacht hatte, weil sein Auto vermutlich einen viel größeren Wendekreis hatte. Der Fahrer hatte anhalten müssen, sonst wäre er in die Hausecke gefahren. Er setzte zurück und folgte uns dann in die enge Einfahrt, die eigentlich nur für Fußgänger und Fahrradfahrer gedacht war. Wir hatten ihn zwar nicht abgehängt, aber immerhin wieder einen kleinen Vorsprung gewonnen.

»Zu früh gefreut«, sagte Alessia. »Der ist uns immer noch auf den Fersen.«

»Wart's ab«, sagte ich und behielt die enge Gasse vor uns im Auge, die achtzig Meter weiter vorn wieder in eine größere Straße mündete. Ich vermied es bewusst, nach rechts oder links zu schielen, wo die Hauswände immer näher an die Seitenspiegel heranrückten, sondern hielt den Blick stur nach vorn gerichtet und versuchte, den Wagen dennoch exakt in der Mitte zwischen den Häusern zu halten und nirgends anzuecken.

»Pass auf!«, rief Alessia. »Er kommt wieder näher!«

»Soll er ruhig«, knirschte ich zwischen meinen zusammengebissenen Zähnen.

Erneut brüllte der Motor des Audi hinter uns auf. Ich konnte mir bildhaft vorstellen, wie der große, schwere und breite Wagen einen Satz nach vorn machte, als wollte er sich wie ein hungriges Raubtier auf uns stürzen. Doch da hörte ich ein lautes Krachen. Ich warf nun doch einen Blick in den Rückspiegel und sah, dass unser Verfolger schon wieder weniger als fünf Meter hinter uns war. Allerdings waren soeben die Rückspiegel auf beiden Seiten des Fahrzeugs an die immer enger beieinanderstehenden Hauswände gestoßen, mit voller Wucht eingeklappt worden und gegen das Fahrzeug geknallt. Der Fahrer schien endlich zu begreifen, dass die Gasse entschieden zu eng für sein Fahrzeug wurde, das auch ohne Seitenspiegel mindestens 40 Zentimeter breiter als der Käfer war. Nur ein kleines Stück vor dem Audi verengte sie sich ziemlich abrupt wie ein Flaschenhals. Doch da er zu schnell fuhr, war es bereits zu spät, um noch rechtzeitig anhalten zu können.

Es knirschte, als der raue Verputz der Hauswände zunächst nur wie besonders grobes Schmirgelpapier über die Seitenwände des abbremsenden SUV schabte. Dann wurde es allerdings selbst dafür zu eng. Die Karosserie wurde zwischen den noch weiter aufeinander zu strebenden Häusern eingezwängt, und das Fahrzeug kam daraufhin zu einem so abrupten, laut krachenden Halt, dass im Inneren sicherlich die Airbags ausgelöst wurden.

»*Ja!*«, rief ich und grinste bestimmt bis über beide Ohren, weil ich meine Schadenfreude nicht verhehlen konnte. Ich ging ein wenig vom Gas, sah wieder nach vorn und korrigierte das Lenkrad um eine Winzigkeit nach links, um die rechte Hauswand nicht zu berühren, der wir bedenklich nahe gekommen waren. Von meinem früheren, eher unfreiwilligen Ausflug in diese Gasse wusste ich allerdings, dass der Käfer im Gegensatz zum Q7 hindurchpasste.

»Gut gemacht!«, sagte Alessia noch einmal und klopfte mir anerkennend auf die rechte Schulter, worauf ich mich noch ein bisschen mehr wie ein Held fühlte. Ich atmete ein paar Mal ganz tief durch, lockerte den Griff meiner schweißnassen Hände ums Lenkrad und erlaubte mir einen weiteren Blick in den Rückspiegel, um zu sehen, was der Fahrer oder die Insassen des Audi machten, die mit dem Wagen weder nach vorne noch nach hinten fahren und noch nicht einmal die Türen öffnen konnten.

Der Fahrer versuchte dennoch, das Fahrzeug von der Stelle zu bewegen, indem er kräftig aufs Gaspedal stieg. Doch mehr als das Durchdrehen der Reifen, das von starker Rauchentwicklung begleitet wurde, erreichte er nicht, denn der Wagen hatte sich unverrückbar zwischen den Hauswänden verkeilt. Ich grinste noch immer schadenfroh, als ich mir den Fahrer und seine etwaigen Mitfahrer vorstellte. Was sollten sie tun? Sie konnten ja auch nicht aus dem Fenster klettern. Die einzige Möglichkeit bestand vermutlich darin, über die Sitze in den Gepäckraum zu steigen und die Heckklappe von innen zu öffnen.

Dass es noch eine weitere Möglichkeit gab, an die ich nicht gedacht hatte, zeigte sich einen Augenblick später, als die Frontscheibe von mehreren Schüssen aus dem Fahrzeuginneren durchlöchert und milchig weiß wurde, weil sich das Sicherheitsglas in unzählige kleine Krümel verwandelte, die nur noch von der reißfesten Folie zwischen den Glasschichten zusammengehalten wurden. In der nächsten Sekunde flog die komplette zerstörte Scheibe aus ihrem Rahmen und landete auf der Motorhaube des Audi, weil der Fahrer oder der Beifahrer mit dem Fuß dagegen getreten hatte.

Nachdem die Frontscheibe weg war, konnte ich erkennen, dass zwei Männer im Wagen saßen, die nun durch die neu geschaffene Ausstiegsöffnung nach draußen und auf die Motorhaube kletterten. Der Beifahrer hatte etwas in der linken Hand, das für mich verdächtig nach einer Maschinenpistole aussah. Damit musste er die Scheibe zerstört haben.

Ich schluckte, da ich bis soeben geglaubt hatte, wir hätten das Schlimmste überstanden, nun aber realisieren musste, dass es durchaus noch schlimmer kommen konnte.

»Fahr schneller!«, rief Alessia.

Es hätte nicht ihrer drängenden Worte bedurft, denn mein rechtes Bein hatte sich schon einen Sekundenbruchteil vorher automatisch gestreckt und das Gaspedal bis zum Anschlag durchgetreten. Dieses Mal glaubte ich sogar, die Beschleunigung spüren zu können, als hätte auch das Auto erkannt, in welcher Gefahr wir schwebten, was natürlich absoluter Blödsinn war und nur verdeutlichte, auf welch irre Gedanken man in derartigen Stresssituationen kommen kann.

Es waren noch ungefähr fünfundzwanzig Meter, bis die Gasse endete und in die größere Querstraße vor uns mündete. Das war entschieden zu weit, wenn der Beifahrer des Audi sich entschloss, seine Maschinenpistole auf uns zu richten und zu schießen.

Und das hatte er allem Anschein nach auch vor, denn als ich wieder in den Rückspiegel sah, hob er die Hand mit der Schusswaffe und zielte auf uns.

»Scheiße!«, sagte Alessia tonlos, was eine hervorragende Zusammenfassung meiner eigenen wirren Gedanken in diesem Moment war.

Ich sah kurz nach vorn – noch fünfzehn Meter – und dann ganz schnell wieder in den Rückspiegel, als wollte ich den Moment, in dem die Maschinenpistole ihre tödliche Ladung auf uns abfeuern würde, nicht verpassen, auch wenn es mir letzten Endes nichts bringen würde, wenn ich den Mündungsblitz sah, der die Kugeln ausspuckte. Denn die Projektile selbst wären so schnell, dass ich sie gar nicht zu sehen bekommen würde, bevor sie mich trafen und mein Leben beendeten. Ich konnte mich nicht erinnern, dass vor dem heutigen Tag jemand eine echte Schusswaffe auf mich gerichtet hatte. Und heute war es bereits zum dritten Mal der Fall. Das aberwitzige Gefühl, durch einen Kaninchenbau in ein verrücktes Paralleluniversum gepurzelt zu sein, in dem andere Naturgesetze galten, verstärkte sich erneut in mir. Gleichzeitig kribbelte es nicht nur zwischen meinen Schulterblättern, sondern am ganzen Körper, als würde ich überall den Einschlag der todbringenden Kugeln erwarten. Und was die Schüsse mit meinem schönen Auto anrichten würden, darüber wollte ich gar nicht erst nachdenken.

Im gleichen Moment, als ich fest damit rechnete, dass der groß gewachsene, in einen dunklen Anzug gekleidete Mann auf der Motorhaube des Audi den Finger am Anzug krümmen und auf uns schießen würde, griff der Fahrer nach dem Arm des Bewaffneten und drückte ihn nach unten. Der Beifahrer wandte den Kopf und sagte etwas, das wir natürlich nicht verstehen konnten. Dann redete der Fahrer, der eine schwarze Jeans und einen dunkelgrauen Kapuzenpulli trug, und schüttelte den Kopf. Der Beifahrer richtete den Blick wieder nach vorn und sah uns hinterher, hob allerdings zum Glück nicht noch einmal die Hand mit der Maschinenpistole. Der Fahrer griff in die Bauchtasche seines Pullis, holte ein Handy heraus, betätigte eine Taste und hielt es sich dann ans Ohr.

»Das war verdammt knapp!«

»Das kannst du laut sagen«, sagte ich und konnte nicht verhindern, dass meine Stimme ein bisschen zittrig klang. Ich richtete den Blick wieder nach vorn, versuchte meine verkrampften Muskeln zu entspannen, was mir aber nicht vollständig gelang, und nahm den Fuß vom Gas, um die Geschwindigkeit zu verringern, nachdem wir nun nicht mehr in akuter Gefahr schwebten, hinterrücks abgeknallt zu werden.

Als wir das Ende der Gasse erreichten, bremste ich nur kurz ab und bog dann, weil gerade kein Auto kam, ohne anzuhalten, nach rechts ab.

16

Erst als wir um die Hausecke gebogen und damit aus dem Sichtfeld der beiden Männer verschwunden waren, gelang es mir, mich vollends zu entspannen, obwohl meine Knie und Unterschenkel noch immer zitterten.

Alessia drehte den Oberkörper und richtete ihre Aufmerksamkeit ebenfalls wieder nach vorn. Während sie sich mit beiden Händen durchs Haar strich, fragte sie: »Und? Können wir jetzt zu deinem Freund fahren?«

Ich warf ihr einen überraschten Blick zu, denn nachdem wir soeben beinahe erschossen worden wären, hätte ich nicht erwartet, dass sie das so locker wegsteckte.

Ich musste schlucken, weil mein Mund ganz ausgetrocknet war, bevor ich antworten konnte. »Ich fahr erst noch ein Stück, um aus dieser Gegend wegzukommen. Denn falls der Fahrer des Audi mit seinem Handy gerade Verstärkung angefordert hat, sind wir hier nicht sicher.«

Sie nickte, sagte aber nichts.

»Sobald wir weit genug gefahren sind, halte ich an und rufe Alex an, um zu klären, wann er heute nach Hause kommt und ob wir für die nächsten zwei oder drei Tage bei ihm unterkommen können. Bis dahin sollten wir allerdings eine Lösung für dieses … dieses Problem gefunden haben, auch wenn das im Endeffekt bedeutet, dass wir die Polizei einschalten müssen.«

»Okay«, sagte Alessia und nickte. »Du hast ja recht. Wenn wir bis dahin nicht herausgefunden haben, wer hinter allem steckt und mich tot sehen will, gehen wir zur Polizei. Großes Indianerehrenwort.«

»Wenn wir dann überhaupt noch am Leben sind.«

»Wir müssen eben noch vorsichtiger sein.«

»Noch vorsichtiger?«, fragte ich ungläubig, während ich an der nächsten Kreuzung nach links abbog. »Diese Typen ...« Ich deutete mit dem ausgestreckten Daumen über die Schulter nach hinten, um zu verdeutlichen, wen ich meinte. »... kannten nicht nur mein Auto, sondern wussten sogar, wo ich es abgestellt hatte. Wie ist so etwas überhaupt möglich, wo ich doch erst wenige Stunden zuvor zufällig in diese verdammte Geschichte hineingestolpert bin? Und wie sollen wir noch vorsichtiger sein, wenn diese Kerle anscheinend schon nach kurzer Zeit alles über mich wissen? Und wo wir schon einmal dabei sind, wer waren eigentlich die Typen, die meine Wohnungstür aufgebrochen haben? Gehören die etwa alle zum gleichen Verein? Und hat einer von denen den Auftragsmörder in deiner Wohnung gekillt?«

Alessia hatte geduldig gewartet, bis mein Wortschwall verebbt war, ehe sie sich zu Wort meldete: »Dieselben Fragen habe ich mir auch schon gestellt, doch leider kenne auch ich nicht die Antworten? Ich habe keinen dieser Männer jemals zuvor gesehen, weder die beiden, die in deine Wohnung eingedrungen sind, noch die Kerle aus dem Audi. Außerdem tut es mir wirklich furchtbar leid, dass du in diese Sache hineingezogen wurdest, Rex, das musst du mir glauben. Allerdings habe ich dich auch nicht darum gebeten, mich bis zu meiner Wohnung zu verfolgen und diese dann ohne meine Einwilligung zu betreten. Das hast du dir schon selbst zuzuschreiben. Aber natürlich bin ich froh, dass du es getan hast, denn damit hast du mir vermutlich das Leben gerettet. Ich hoffe nur, dass du das nicht schon wieder bereust.«

Ich schüttelte den Kopf. »Ich bereue zwar einiges, was heute geschehen ist, aber das gehört nicht dazu.«

»Freut mich zu hören. Nochmals vielen Dank, dass du mein Leben gerettet hast. Und zwar nicht nur, als dieser Killer mich in meiner Wohnung töten wollte, sondern auch gerade eben, als uns die beiden Kerle im Audi verfolgt haben. Wenn sie uns erwischt hätten, hätten sie uns bestimmt mitgenommen, um uns an einem abgeschiedenen Ort ohne Zeugen umzubringen und irgendwo zu verscharren, wo wir vermutlich nie gefunden worden wären.«

»Aber wenn sie uns ohnehin töten wollten, warum hat der Fahrer den Beifahrer dann daran gehindert, auf uns zu schießen?«

Alessia zuckte mit den Schultern. »Woher soll ich wissen, wie solche Typen ticken. Vermutlich wollen sie uns ohne Aufsehen erledigen. Immerhin steckt ihr Wagen in dieser Gasse fest. Wenn sie uns dort hinterrücks erschossen hätten, wäre die Polizei ihnen möglicherweise über den Audi auf die Spur gekommen. Und das wollten sie wahrscheinlich nicht riskieren. Nun können sie in aller Ruhe das Autowrack verschwinden lassen und sich erneut auf die Suche nach uns machen, um einen weiteren Versuch zu unternehmen.«

»Das sind ja schöne Aussichten.«

»Herzlich willkommen in der Realität.«

Ich schnaubte. »Das ist nicht meine Realität. Zumindest war sie es nicht, bis ich heute Mittag aus dem Haus und zur U-Bahn gegangen bin, um zu meinem Termin bei der Werbeagentur zu fahren.«

»Du meinst, bevor du mich in der U-Bahnstation getroffen hast und wir uns berührt haben.«

Ich antwortete nicht, sondern presste die Lippen aufeinander, als wollte ich sie daran hindern, unabsichtlich etwas auszuplaudern, was ich hinterher bereuen würde. Doch mein Schweigen war für sie Antwort genug.

»Was hast du eigentlich in dem Moment in meinem Gesicht gesehen, als wir uns berührten, Rex?«, fragte Alessia. Aus dem Augenwinkel konnte ich sehen, dass sie mir dabei ihr Gesicht zuwandte und mich ansah. »Es muss auf jeden Fall etwas Schreckliches gewesen sein, denn du sahst mich an, als wäre ich ein Monster.«

Ich vermied es, ebenfalls den Kopf in ihre Richtung zu wenden, sondern starrte stur geradeaus auf die Straße, um mich auf den Verkehr zu konzentrieren. »Ich hab nur dein Gesicht gesehen«, log ich, »und das hat nichts von einem Monster an sich. Was mich in jenem Moment in Angst und Schrecken versetzte, war nicht das, was ich sah, sondern die Berührung selbst. Denn wie ich dir schon sagte, leide ich unter *Aphenphosmophobie*. Deshalb kann ich es nicht ertragen, von anderen Menschen berührt zu werden.« Jetzt wandte ich doch den Kopf und sah sie an, um zu sehen, wie sie auf meine erneute Lüge reagierte.

Sie sah mich abschätzend an und schien über meine Worte nachzudenken. Sie öffnete den Mund und leckte sich mit der Zunge über die

Lippen. Ich glaubte für einen kurzen Augenblick, etwas Berechnendes in ihren Zügen erkennen zu können, und war überzeugt, dass sie gerade darüber nachdachte, mich hier und jetzt noch einmal zu berühren, um zu sehen, was dann geschah.

Ich wusste selbst nicht, was dann passieren würde. Entweder sah ich erneut das Antlitz des Todes, weil sie noch immer dem Tode geweiht war und mein Eingreifen letztlich nur einen Aufschub bewirkt hatte, oder es geschah gar nichts. Allerdings wagte ich nicht vorherzusagen, wie ich reagieren würde, wenn ich noch einmal mit ihrem Totengesicht konfrontiert wurde. Womöglich verriss ich vor Schreck das Steuer, und wir rammten einen der anderen Verkehrsteilnehmer.

Ich musste unwillkürlich zurückgeschreckt sein, denn der berechnende Ausdruck, sofern er überhaupt vorhanden gewesen war und nicht nur in meiner Einbildung existiert hatte, war wieder verschwunden.

Alessia nickte und richtete den Blick wieder nach vorn.

Auch ich konzentrierte mich wieder aufs Fahren und war froh, dass der heikle Moment verstrichen war, ohne dass es zu einem weiteren Körperkontakt mit ungewissem Ausgang gekommen war. Ich beschloss, das Thema zu wechseln und wieder auf unser grundsätzliches Problem zu sprechen zu kommen, und das waren die Männer, die zwar in erster Linie hinter Alessia, mittlerweile aber auch hinter mir her waren.

»Wie sahen die beiden Männer, die nach mir ins Haus gingen und vor denen du mich telefonisch gewarnt hast, eigentlich aus? Einen hab ich vermutlich noch gesehen, denn er kam aus dem Haus geschossen und hat den alten Mann mit dem Hund über den Haufen gerannt. Er war ziemlich groß und breitschultrig, hatte kurzes, hellblondes Haar und trug einen hellgrauen Anzug und ein weißes Hemd.«

»Ja, das war einer von ihnen. Der andere war ein gutes Stück kleiner, hatte dunkelbraunes Haar und einen Vollbart und trug einen beigefarbenen, zweiteiligen Anzug.«

»Und wo kamen sie her?«

»Keine Ahnung, wo sie so plötzlich herkamen. Ich sah nur, wie sie ein paar Minuten, nachdem du in diesem Laden verschwunden warst, das Haus betraten. Ob sie aus einem parkenden Fahrzeug ausgestiegen sind oder zu Fuß kamen, weiß ich nicht. Ich griff sofort zum Telefon und rief dich an.«

»Zum Glück, denn so war ich auf ihr Auftauchen vorbereitet.«

»Was haben sie getan?«

»Zuerst klingelten sie, und einer sagte, sie seien von der Kriminalpolizei.«

»Kriminalpolizei?«, fragte Alessia und wandte den Kopf, um mich überrascht anzusehen.

Ich sah sie ebenfalls kurz an, zuckte mit den Schultern und hob die Augenbrauen. »Ja. Zumindest behaupteten sie das. Aber ich fiel nicht darauf herein.«

»Wieso hast du ihnen nicht geglaubt?«

»Wieso sollte die Kriminalpolizei bei mir klingeln? Derjenige, der den Killer getötet und meine Mappe mitgenommen hat, wird wohl kaum die Polizei darüber informieren. Außerdem wurden sie, als ich nicht öffnete, sehr schnell überaus rabiat und zeigten ihr wahres Gesicht, als einer von ihnen, vermutlich der Riese, sich mit der Schulter gegen meine Tür warf.«

»Und wie hast du es dann geschafft, ihnen zu entkommen?«

Ich erzählte ihr von meinem Sprung von meinem Balkon zu dem meiner Nachbarin, meinem Aufeinandertreffen mit Frau Fleischhack und wie ich anschließend die Treppe hinuntergerannt war. Möglicherweise übertrieb ich dabei die Gefahr, in der ich geschwebt hatte, und die Distanz zwischen den beiden Balkonen, die ich zu überwinden hatte, aber nur um eine Winzigkeit.

Alessia nickte schmunzelnd, nachdem ich meine Geschichte beendet hatte. Sie hob die Hand und deutete auf den Parkplatz eines Supermarkts auf der rechten Seite der Straße. »Ich glaube, wir sind jetzt weit genug gefahren. Hier finden sie uns bestimmt nicht so schnell. Warum fährst du nicht auf den Parkplatz und rufst von dort deinen Freund an?«

»Okay«, sagte ich und setzte nach einem argwöhnischen Blick in den Rückspiegel den Blinker. Ich hatte allerdings während der ganzen Fahrt den Verkehr hinter uns aufmerksam im Auge behalten und kein weiteres verdächtiges Fahrzeug entdeckt. Aus diesem Grund war ich mir ziemlich sicher, dass wir nicht verfolgt wurden. Ich bog auf den Parkplatz und suchte nach einer freien Parklücke hinter den anderen Fahrzeugen, sodass wir von der Straße nicht so leicht entdeckt werden konnten.

17

Zwanzig Minuten später saßen Alessia und ich in einem McDonalds-Restaurant, das sich auf der gegenüberliegenden Straßenseite befand. Ich hatte einen Big Mac, Pommes und eine große Cola vor mir stehen, während Alessia sich mit einem Chef-Salat und einem Mineralwasser begnügte. Wenigstens hatte es uns nicht den Appetit verdorben, dass in den letzten Stunden mehrere Leute vergeblich versucht hatten, uns das Lebenslicht auszupusten.

Ich hatte Alex angerufen, erfahren, dass er erst in anderthalb Stunden, also gegen halb sechs, nach Hause kommen würde, und seine Zustimmung erhalten, dass wir ein paar Tage bei ihm unterkommen konnten. Sein Haus sei schließlich groß genug, meinte er und hatte damit vollkommen recht, denn er lebte in einer riesigen Villa, die er selbst entworfen hatte. Vor ein paar Wochen hatte er sich von seiner letzten Freundin getrennt, einer jungen, überaus gutaussehenden Frau aus der Model- oder Schauspielbranche, die ich nur einmal getroffen und deren Namen ich mir nicht gemerkt hatte, da Alex seine Freundinnen ungefähr so oft wechselte, wie andere Leute zum Friseur gingen, alle paar Monate also.

Da ich vor Alex' Haus nicht über eine Stunde untätig im Wagen herumsitzen wollte, was in der exklusiven Wohngegend, in der mein Freund residierte, stets verdächtig wirkte, und weil wir darüber hinaus beide Hunger hatten, hatten wir uns kurzerhand entschlossen, dem Burger-Brater auf der anderen Straßenseite einen Besuch abzustatten.

Ich nahm den Big Mac aus der Schachtel, biss hinein, kaute und sah zu, wie Alessia Salatblätter mit ihrer Plastikgabel aufspießte.

Sie führte die Gabel zum Mund, ließ sie aber erst darin verschwinden, nachdem sie eine Frage gestellt hatte: »Hast du eigentlich eine Frau oder Freundin?«

Ich war froh, dass ich gerade den Mund voll hatte und nicht sofort antworten konnte, denn so hatte ich Zeit, über ihre Frage und die richtige Antwort darauf nachzudenken. Ich erinnerte mich, dass wir auf dem Weg von ihrer Wohnung zur U-Bahn über meine Familie gesprochen hatten, dabei war es aber nur um Eltern und Geschwister, nicht um Frau oder Freundin gegangen. Ich deutete auf meinen kauenden Mund, um Alessia zu bedeuten, dass sie sich noch etwas gedulden musste, und zuckte entschuldigend mit den Schultern.

Sie nickte lächelnd und stocherte dann wieder in ihrem Salat herum.

Was soll ich ihr antworten?, fragte ich mich, während ich langsam kaute, um Zeit zu gewinnen. *Wie wäre es mit der Wahrheit?*, fragte meine eigene innere Stimme, mit der ich mich heute schon einmal unterhalten hatte. Und erneut hatte sie vollkommen recht. Wieso sollte ich ihr nicht die Wahrheit sagen, schließlich hatte ich nichts zu verbergen? Doch obwohl die Frage auf den ersten Blick völlig unverfänglich wirkte, führte sie, wenn man das Thema vertiefte – und ich war mir sicher, dass Alessia genau das tun würde –, in ein Minenfeld, das ich in den letzten 18 Monaten höchst ungern betreten hatte. Außerdem fiel es mir nicht leicht, mit jemandem darüber zu reden, den ich noch nicht lange und kaum kannte.

Ich schluckte und trank einen Schluck von meiner Cola, ehe ich mich räusperte und wahrheitsgemäß sagte: »Ich war nie verheiratet und habe momentan auch keine Freundin.«

Sie nickte, schluckte und stellte, wie ich es nicht anders erwartet hatte, sofort die nächste Frage: »Und warum nicht? Ich meine, ein junger, gutaussehender Mann wie du, noch dazu mit einem coolen Job, da müssen die Frauen doch eigentlich Schlange stehen.«

Ich zuckte mit den Schultern. »Falls sie das tatsächlich tun, dann hab ich bislang nichts davon bemerkt. Außerdem bin ich gern allein und ohnehin ständig unter Termindruck, weil ich zu viele Aufträge annehme und zu viel arbeite. Deshalb hatte ich in den letzten anderthalb Jahren kaum Gelegenheit, jemanden kennenzulernen. Und dann ist da ja noch mein kleines Problem mit der Berührungsangst, was einer Beziehung zu einer Frau nicht gerade förderlich ist.«

»Ach ja«, sagte Alessia und sah mich abschätzend an, als nähme sie mir die Geschichte mit der Berührungsphobie noch immer nicht ab. »Dann hattest du wohl noch nie eine Freundin?«

Ich schüttelte den Kopf. »So ist es auch wieder nicht. Ich hatte eine Freundin, bis vor 18 Monaten. Wir wollten sogar heiraten.«

»Und wie war das mit deiner Phobie vereinbar? Ich dachte, du erträgst keine Berührung durch andere Menschen. War das bei ihr etwa anders?«

Ich zuckte mit den Schultern. »Damals litt ich noch nicht unter der

Berührungsangst. Die kam erst danach.«

»Wonach? Nach eurer Trennung?«

»Nein, nach dem Unfall ...«

18

Die Sicht wurde immer schlechter. Der Schnee fiel mittlerweile in großen, samtig wirkenden Flocken und so dicht, dass er wie ein Vorhang wirkte, der die Welt außerhalb des Wagens vor unseren Augen verbarg, das Licht der Scheinwerfer reflektierte und alles in unserer Umgebung mit einer weißen, an Zuckerguss erinnernden Schicht überzog.

Ich wandte den Blick und sah besorgt zu Sanja, die hinter dem Steuer des Ford Fiesta saß und angestrengt nach vorn starrte, während sie das Lenkrad ganz fest umklammert hielt. Als weiteres Zeichen ihrer hohen Konzentration war ihre Stirn zu mehreren kleinen Runzeln verzogen, während sie gleichzeitig mit den oberen Schneidezähnen an ihrer Unterlippe knabberte.

Ich lächelte, während ich sie noch ein bisschen länger musterte und alle Einzelheiten ihrer Erscheinung förmlich in mich aufsaugte, als müsste ich morgen eine Prüfung darüber schreiben und Fragen über ihr Aussehen beantworten. Dabei kannte ich alles an ihr ohnehin schon in- und auswendig und konnte mich dennoch nicht sattsehen. Angefangen bei ihren kurzen, rotblonden Haaren, ihren grünen Augen, den Sommersprossen und ihrem blassen Teint, was sie in meinen Augen immer wie einen frechen, aber liebenswerten Kobold aussehen ließ, bis zu ihrem kleinen, schlanken und eher zierlichen Körper. Ich liebte alles, was ich sah, ohne Ausnahme. Sogar die Runzeln auf ihrer Stirn, wenn sie angestrengt nachdachte oder sich auf etwas vollständig konzentrierte, und das Knabbern an ihrer Unterlippe oder an ihren Fingernägeln. Letzteres ließ sie in diesem Moment zum Glück bleiben, um beide Hände am Lenkrad zu haben.

Ich seufzte, während ich das Gefühl hatte, vor Liebe zu ihr förmlich überzuquellen, und schüttelte den Kopf über den Überschwang an Gefühlen, der mich so plötzlich überkommen hatte, ohne dass ich sagen konnte, wieso.

Wir waren zur Hochzeit einer Kollegin von Sanja eingeladen gewesen, die außerhalb von München stattgefunden hatte, und waren nun, um kurz nach Mitternacht, wieder auf dem Weg zu unserer gemeinsamen Wohnung.

Sanja arbeitete in einer Werbeagentur im Herzen von München. Dort hatte ich sie vor zwei Jahren auch kennengelernt, als ich mehrere einseitige Comics für eine Werbekampagne gezeichnet hatte. Und ich hatte mich sofort unsterblich in sie verliebt.

Liebe auf den ersten Blick, wie kitschig ist das denn?, fragte ich mich manchmal, wenn ich am Wochenende vor ihr wach wurde und anschließend für eine Weile nichts anderes tat, als sie anzusehen, während sie noch schlief.

Dennoch hatte ich mich lange nicht getraut, sie zu fragen, ob sie mit mir essen oder etwas trinken gehen wollte, aus Angst, sie könnte mir einen Korb geben oder sagen, sie habe schon einen Freund. *Bestimmt ist sie nicht nur zu mir, sondern zu jedem so freundlich und hat ohnehin unzählige Verehrer*, dachte ich, denn sie erschien mir der Typ zu sein, den jeder sofort mochte und der im Gegenzug auch zu allen anderen nett war. Dass dem allerdings nicht so und dass sie zu mir freundlicher war als zu allen anderen, weil sie sich ebenfalls sofort in mich verliebt hatte, fand ich erst Wochen nach unserem Kennenlernen heraus, als ich eine günstige Gelegenheit nutzte, über meinen Schatten sprang und sie fragte, ob sie mit mir essen gehen wolle, nachdem sie mich gefragt hatte, wo man gut bengalisch essen könnte.

Ich hatte mich bis dahin nie besonders für die bengalische Küche interessiert und gar nicht vorgehabt, sie zu erproben, sah nun jedoch meine einmalige Chance, sie um ein Date zu bitten. Denn zufälligerweise hatte mir mein Freund Alex vor Kurzem von einem bengalischen Restaurant erzählt und es in den höchsten Tönen gelobt. Alex hatte ungefähr alle drei Monate eine neue Freundin und die Marotte, das erste Rendezvous mit seiner aktuellsten Eroberung stets in einem anderen Restaurant stattfinden zu lassen. Als ich ihn irgendwann einmal gefragt hatte, warum er das machte, hatte er mir erzählt, dass er sich die Frauen auf diese Weise besser merken konnte, weil er jeden Namen und jedes Gesicht mit einem anderen Restaurant in Verbindung bringen konnte. Die Lokale waren gewissermaßen die Eselsbrücken, mit deren Hilfe er sich seine Ex-Freundinnen in Erinnerung rufen konnte.

Dank Alex konnte ich daher Sanja guten Gewissens das bengalische Restaurant empfehlen und bot ihr gleichzeitig an, es noch an diesem Abend mit ihr gemeinsam zu testen. Zu meiner Überraschung und Erleichterung lachte sie mich nicht aus und gab mir auch keinen Korb, sondern stimmte sofort zu. Erst hinterher, nachdem wir uns zum ersten Mal geküsst hatten, gestand sie mir, dass sie schon die ganze Zeit darauf gewartet hatte und beinahe schon von sich aus die Initiative ergriffen hätte. Allerdings hatte auch sie Angst vor einer Zurückweisung gehabt und sich gedacht, dass ich vermutlich schon eine Beziehung hatte.

Seitdem waren wir zusammen, bewohnten mittlerweile sogar gemeinsam eine Dreizimmerwohnung und konnten uns vorstellen, zu heiraten und – je nachdem, wen von uns man fragte – zwei bis vier Kinder in die Welt zu setzen. Konkrete Pläne für all das gab es zwar noch nicht, wir hatten uns allerdings schon ganz allgemein und unverbindlich über diese Themen unterhalten und wussten daher ungefähr, wie der andere sich eine gemeinsame Zukunft vorstellte. Außerdem wusste ich, dass Sanja – ganz der romantische Typ – von mir erwartete, dass ich ihr einen formellen Heiratsantrag machte.

Genau darüber hatte ich mir in der letzten Zeit Gedanken gemacht. Es sollte schließlich kein 08/15-Antrag werden, sondern ein einmaliges Ereignis, das wir beide nie vergessen würden. Und nachdem ich erst einmal begonnen hatte, darüber nachzudenken, kristallisierte sich aus der Ideenflut allmählich ein konkreter Gedanke heraus, der allmählich heranwuchs und deutlichere Konturen annahm. Doch noch war es nicht so weit. Es gab noch eine Reihe von Vorbereitungen, die ich in Angriff nehmen musste, bevor ich zur Tat schreiten konnte, aber spätestens in zwei bis drei Wochen sollte es so weit sein.

»Was ist?«

Sanjas Frage riss mich aus meinen Gedanken. Ich spürte, dass ich immer noch ein breites Grinsen im Gesicht hatte, während ich sie ansah. Sie musste trotz ihrer Konzentration aus dem Augenwinkel bemerkt haben, dass ich sie so lange angesehen hatte, wandte aber nicht den Kopf in meine Richtung, sondern hielt ihren Blick durch die Frontscheibe auf die Straße vor uns gerichtet, die hinter dem Vorhang aus durcheinanderwirbelnden Schneeflocken nur anhand der Begrenzungspfosten rechts und links zu erkennen war. Wenigstens schafften es die Scheibenwischer, die Scheibe schneefrei zu halten.

»Nichts. Ich sehe dich nur an.«

»So lange?«

»Ich kann mich eben nicht an dir sattsehen.«

Ihr Lächeln währte nur kurz, denn das Fahren und die schlechte Sicht forderten ihr zu viel Konzentration ab, um es länger aufrechterhalten zu können. »Sieh nicht mich an! Schau lieber auch nach vorn! Vier Augen sehen mehr als zwei.«

»Soll ich fahren?«, fragte ich, während ich ihrer Aufforderung Folge leistete, meinen Blick von ihrem Gesicht löste und nach vorn richtete. Es war nicht so, dass ich es ihr nicht zutraute, uns sicher nach Hause zu bringen, oder mich mit ihr am Steuer unsicher fühlte. Ganz im Gegenteil! Entgegen der vor allem unter Männern verbreiteten Ansicht, Frauen würden schlechter Auto fahren, fuhr Sanja mindestens ebenso sicher und gut wie ich. Aber wenn sie sich angesichts der widrigen Witterungsbedingungen unsicher fühlte, würde ich das Steuer natürlich übernehmen, denn Unsicherheit konnte zu Fehlern führen. Und Fehler im Straßenverkehr konnten tödlich enden.

»Nicht nötig«, lehnte Sanja mein Angebot allerdings ab. »Das Fahren ist ja auch nicht das Problem, sondern eher die schlechte Sicht. Außerdem hast du getrunken.«

Sie hatte recht. Wegen der Kälte und des Schnees hatten wir darauf verzichtet, meinen betagten VW Käfer zu nehmen, und waren in ihrem Wagen gefahren. Und da sie sich bereiterklärt hatte, sich auch auf der Rückfahrt wieder hinters Steuer zu setzen, hatte ich im Laufe des Abends drei Bier getrunken. Allerdings hatten wir nicht damit gerechnet, dass es bei unserer Rückfahrt plötzlich so heftig schneien würde.

»Wir haben's ja nicht eilig«, sagte ich. »Wenn wir eine halbe Stunde später nach Hause kommen, ist das auch nicht schlimm. Hauptsache, wir kommen heil nach Hause. Fahr also nur so schnell, wie es die Sichtverhältnisse erlauben.«

Ich sah ihr Nicken aus dem Augenwinkel, wandte jedoch nicht den Kopf, sondern starrte ebenfalls angestrengt durch die Windschutzscheibe auf das Schneegestöber, das durch das Licht unserer Scheinwerfer wirbelte, als wäre es ein aus Schneekristallen bestehendes lebendes Wesen, das uns umkreiste und belauerte. Von der schneebedeckten Landstraße, auf der wir fuhren, war nur ein kurzes Stück – nicht einmal zehn Meter – zu sehen. Und nur die Begrenzungspfosten, die regelmäßig auftauchten und dann rechts und links von uns wieder in der Dunkelheit und im Schneegestöber verschwanden, sobald wir sie passiert hatten, bewiesen, dass wir uns noch immer auf einer asphaltierten Straße befanden. Außerdem wurde die Sicht zusätzlich beeinträchtigt, weil die durch die Luft tanzenden Eiskristalle das Licht reflektierten, sodass es schmerzhaft in den Augen stach. Ich ahnte bereits, dass ich Kopfschmerzen bekommen würde, wenn ich länger in das Schneetreiben starrte.

Ich warf einen Blick auf das beleuchtete Armaturenbrett und sah, dass wir jetzt schon länger unterwegs waren als bei der Hinfahrt. Und dabei hatten wir gerade mal die Hälfte der Strecke geschafft, weil man bei diesen Sichtverhältnissen einfach nicht schneller fahren konnte, ohne sein Leben und das der anderen Verkehrsteilnehmer zu riskieren. Allerdings waren wir nun schon seit mindestens 30 Minuten keinem anderen Fahrzeug mehr begegnet. Alle, die in dieser Nacht nicht unbedingt irgendwohin mussten, waren anscheinend zu Hause in ihren behaglichen vier Wänden geblieben. Richtig so! Vermutlich wäre es auch für uns vernünftiger gewesen, wenn wir uns ein Zimmer in dem Landgasthof genommen hätten, in dem die Hochzeitsfeier stattgefunden hatte, und erst im Laufe des nächsten Tages zurück nach München gefahren wären. Doch hinterher ist man bekanntlich immer schlauer.

»Und?«, fragte Sanja so unvermittelt, dass ich zusammenzuckte, und brach damit das Schweigen im warmen Fahrzeuginneren, das nur vom monotonen, einschläfernden Brummen des Motors und dem Surren des Scheibenwischermotors untermalt wurde. »Wie fandest du's?«

»Was denn?«

»Na, was wohl? Die Hochzeit natürlich, Dummerchen.«

»Ach so. Ja, die war ganz nett.«

»Ganz nett?«

»Na gut. Die Hochzeit war super. Besser?«

»Auf jeden Fall. Und Carolas Brautkleid war auch ganz toll, findest du nicht auch?«

Ich zuckte mit den Schultern, während ich mich zu erinnern versuchte, wie das Brautkleid überhaupt ausgesehen und worin es sich von den anderen Brautkleidern unterschieden hatte, die ich bislang gesehen hatte. Doch alles, was mir dazu einfiel, war, dass es weiß gewesen war. Wie originell! »Ja, fand ich auch!«

»Wenn ich …« Sanja stockte, und ich bemerkte, dass sie kurz zu mir herübersah, bevor sie den Blick rasch wieder nach vorn wandte und fortfuhr: »… ich meine, wenn wir vielleicht irgendwann mal heiraten, dann soll alles mindestens genauso schön werden.«

Sollte das etwa ein Wink mit dem Zaunpfahl gewesen sein? So nach dem Motto: Mach mir endlich einen Heiratsantrag, du Idiot! *Ich arbeite ja schon daran*, hätte ich am liebsten gesagt, biss mir jedoch gerade noch rechtzeitig auf die Zunge, um nichts zu verraten. Sonst hätte sie mich wahrscheinlich so lange gelöchert und nachgebohrt, bis ich ihr alles verraten hatte. Und dann wäre die ganze Überraschung im Eimer gewesen. Also brummte ich nur zustimmend.

Für mehrere Augenblicke kehrte wieder Ruhe ein, während jeder von uns seinen Gedanken nachhing und auf den Tanz der Schneeflocken starrte. Ich war müde und musste gähnen. Als ich die Augen wieder öffnete und die Hand vom Mund nahm, spürte ich, dass der Wagen abgebremst wurde.

»Was ist?«, fragte ich, riss die Augen auf und sah alarmiert nach vorn.

»Eine Kreuzung«, antwortete Sanja.

Jetzt sah ich es auch. Allerdings war die Straßenkreuzung nur an den zusätzlichen Begrenzungspfosten der zugeschneiten Querstraße und den Verkehrsschildern zu erkennen. »Wir haben Vorfahrt.«

»Mmh«, machte Sanja nur und konzentrierte sich ganz aufs Fahren.

Wir fuhren nun fast im Schritttempo und krochen auf die Kreuzung zu. Ich sah nach rechts und nach links, konnte jedoch keine Autoscheinwerfer erkennen, die ich trotz des heftigen Schneegestöbers hätte sehen müssen, wenn sich ein anderes Fahrzeug der Kreuzung genähert hätte.

»Da kommt keiner«, sagte ich.

»Ja, sieht so aus.«

Ich hob die linke Hand und legte sie auf Sanjas Schulter, während sie wieder Gas gab und der Wagen beschleunigte. »Alles wird gut!«

Sie neigte den Kopf und schmiegte ihre Wange an meinen Handrücken.

Ich wandte den Kopf und sah sie an. Ein Schatten schien auf ihrem Gesicht zu liegen. Ich runzelte die Stirn und wollte etwas sagen. Doch in diesem Moment fuhren wir auf die Kreuzung. Und da sah ich durchs

Fahrerfenster den dunklen Umriss, der rasend schnell größer wurde, während etwas mit irrsinniger Geschwindigkeit aus dem Schneetreiben heraus auf uns zuraste und uns dann mit unvorstellbarer Wucht rammte.

Von einem Augenblick zum nächsten ertrank die ganze Umgebung in einem Inferno aus ohrenbetäubendem Lärm – das Kreischen von Metall, das aufgeschlitzt wurde, das Krachen zweier Karosserien, die aufeinanderprallten, das Klirren von Glas, das zerbarst, und das Knallen der Airbags, die sich explosionsartig aufbliesen – und heftiger, Übelkeit erregender Bewegung, als unser Auto herumgeschleudert und von der Kreuzung gerissen wurde, bevor es sich in einem angrenzenden Feld mehrmals überschlug. Sogar über den infernalischen Lärm hinweg hörte ich Sanjas Schrei, der mir durch Mark und Bein fuhr und das Schlimmste erahnen ließ. Dann bekam ich einen fürchterlichen Schlag gegen den Kopf, der zwar in dem Moment überhaupt nicht wehtat, aber dennoch so heftig war, dass ich das Bewusstsein verlor. Und während alles um mich herum in nachtschwarzer Finsternis versank, ahnte ich bereits, dass ich in diesem Moment weitaus mehr verlor als nur die Besinnung.

19

»Und was geschah dann?«

Ich blinzelte, als erwachte ich aus einem intensiven Tagtraum, sah zuerst Alessia an und dann den zur Hälfte verzehrten, vergessenen Big Mac in meiner Hand, als müsste ich mich erst orientieren, wo ich war. Ich legte den Big Mac in die Schachtel zurück, da ich keinen Hunger mehr hatte, und nahm stattdessen einen Schluck von der Cola, weil sich mein Mund und meine Kehle ganz trocken anfühlten, als hätte ich stundenlang geredet. Ich sah wieder zu Alessia und bemerkte, dass sie ihren Salat gegessen und die leere Plastikschale zur Seite geschoben hatte.

»Zum Glück kam nur wenige Minuten später ein Autofahrer vorbei, bemerkte die Fahrzeugwracks, weil bei unserem Auto noch immer die Scheinwerfer brannten, und rief Polizei und Notarzt. Ansonsten wäre ich wahrscheinlich in jener Nacht erfroren. Ich bekam davon aber nichts mit und erwachte erst zwei Wochen später aus dem Koma.«

»Und … deine Freundin.«

Ich schüttelte den Kopf. »Sie hatte keine Chance. Der andere Wagen rammte uns an der Fahrerseite. Sie muss auf der Stelle tot gewesen sein. Ich weiß nicht, ob sie überhaupt noch schreien konnte oder ob ich mir nur eingebildet habe, sie schreien zu hören.«

»Das tut mir furchtbar leid, Rex.«

Ich zuckte mit den Schultern und wandte den Blick ab. »Danke.«

»Aber was war mit dem anderen Fahrer? Sag bloß nicht, dass das Arschloch überlebt hat! Und wieso war er bei dem heftigen Schneefall überhaupt so schnell und ohne Licht unterwegs?«

Ich seufzte, bevor ich meinen Blick wieder auf ihr Gesicht richtete. »Der Kerl war stockbesoffen. Keine Ahnung, warum er ohne Licht fuhr. Andernfalls hätten wir ihn ja sehen müssen und hätten angehalten. Aber so sah ich ihn erst, als es schon zu spät war. Er selbst hat vermutlich auch nicht sehr viel sehen können. Wahrscheinlich kannte er die Strecke auswendig und fuhr mehr nach Gefühl als nach Sicht. Auf jeden Fall hat er den Unfall ebenfalls nicht überlebt. Glück für ihn, sonst hätte ich ihn vermutlich umgebracht. Und das wäre bestimmt nicht so schnell gegangen wie sein Unfalltod, als er ohnehin vom Alkohol betäubt war.«

Alessia machte eine Bewegung, als wollte sie ihre Hand tröstend auf meine legen. Da ich keine Handschuhe trug, zuckte ich zurück. Daraufhin änderte ihre Hand die Richtung und griff nach ihrem Mineralwasserbecher, als hätte sie das schon von Anfang an beabsichtigt.

»Und wann hast du festgestellt, dass du unter dieser Phobie, dieser Berührungsangst leidest?«, fragte Alessia und nahm einen Schluck von ihrem Wasser.

»Schon bald nach meinem Erwachen«, sagte ich, was natürlich gelogen war, da die Phobie nur eine Erfindung war. Und meine Befähigung, die Totengesichter todgeweihter Leute zu sehen, sobald wir uns berührten, hatte ich erst vier oder fünf Wochen nach dem Erwachen aus dem Koma entdeckt.

20

Als ich die Bäckerei betrat, hatte ich noch keine Ahnung, dass die nächsten Minuten mein Leben beinahe ebenso nachhaltig verändern würden wie der Unfall. Ich war erst vor Kurzem aus der Klinik entlassen worden. Da mein Haar noch nicht lang genug nachgewachsen war, um die Narbe zu überdecken, die ich als einziges physisches Andenken an den Unfall davongetragen hatte, trug ich eine Pudelmütze. Zum Glück war es dafür noch immer kalt genug, obwohl längst kein Schnee mehr lag.

»Guten Morgen, was darf's denn sein?«, fragte die Verkäuferin hinter der Theke freundlich und sah mich mit hochgezogenen Augenbrauen an.

»Morgen«, erwiderte ich und sah mir die Auslage an. Ich wusste noch nicht, was ich nehmen sollte, da ich mich ganz spontan dazu entschieden hatte, die Bäckerei zu betreten, als ich an ihr vorbeigekommen war. Ich war vor dem Unfall zwar schon mehrmals hier gewesen, um Brot, Semmeln, Brezen oder Gebäckstücke für Sanja und mich zu kaufen, da der Laden nicht weit von meiner Wohnung entfernt war, doch wiederum nicht so oft, dass man mich hier kannte. Außerdem schien die Verkäuferin neu zu sein, denn ich hatte sie noch nie gesehen.

In der Wohnung hatte ich es an diesem Vormittag einfach nicht mehr ausgehalten, da mich dort zu viele Dinge an Sanja erinnerten. Anstatt mich an den Schreibtisch zu setzen und konzentriert zu arbeiten, um nach der mehrwöchigen Pause wieder Fuß zu fassen und Geld zu verdienen, verfiel ich in Trübsal und verlor mich in schwermütigen Erinnerungen, die mir die Tränen in die Augen trieben, bis ich Sanjas Namen flüsterte und sie, Gott oder mich selbst fragte, warum ausgerechnet ich überlebt hatte und nicht an ihrer Stelle gestorben war. Ohne sie erschien mir alles so sinnlos zu sein. Die Tage, die ohnehin grau und wolkenverhangen waren, erschienen mir noch farbloser, als wäre mit Sanjas Tod ein Teil der Wirklichkeit verblasst. Nach einer weiteren völlig vermurksten Zeichnung zerriss ich das Papier in unzählige kleine Fetzen, zog mir Jacke, Mütze und Schuhe an und lief los. Anfangs war mir überhaupt nicht bewusst, dass ich ein Ziel hatte, denn ich hatte eigentlich nur vor, frische Luft zu schnappen und den quälenden Erinnerungen in der Wohnung zu entkommen. Erst nach zwanzig Metern erkannte ich, dass mich meine Schritte in Richtung U-Bahnstation führten. Mir wurde schlagartig bewusst, dass ich nicht nur einen Spaziergang machen, sondern zum Westfriedhof fahren wollte, um Sanjas

Grab zu besuchen, obwohl das beinahe noch quälender war als der Aufenthalt in der Wohnung, die wir bis zu ihrem Tod gemeinsam bewohnt hatten. Dennoch zog es mich immer wieder dorthin, nachdem ich wegen des Komas schon ihre Beerdigung verpasst hatte. Und im selben Moment, als ich mir über mein Ziel klar geworden war, hatte ich auch bemerkt, dass ich gerade an der Bäckerei vorbeigekommen war, und mich deshalb entschlossen, mit eine Kleinigkeit zu essen mitzunehmen, da ich oft stundenlang an Sanjas Grab stand.

»Ich hätte gern zwei Laugensemmeln.«

»Zwei Laugensemmeln«, wiederholte die Verkäuferin, nahm eine Papiertüte und füllte sie mit den Semmeln, während ich mir überlegte, ob ich mir auch ein Gebäckteil mitnehmen sollte. Sanja hatte immer gern Nussschnecken gegessen. Doch dann verwarf ich den Einfall wieder, denn erstens hatte ich Nussschnecken noch nie so gern gemocht und zweitens würde mir vermutlich schon der erste Bissen im Hals steckenbleiben. Denn so wie Sanjas Tod in meinen Augen die Farben in der Welt hatte verblassen lassen, so hatte er vermutlich auch ihr Lieblingsgebäckteil seines Geschmacks beraubt, sodass sie jetzt nur noch nach Asche schmeckten.

»Darf's sonst noch was sein?«

Ich blinzelte irritiert, als mich die Worte der Verkäuferin aus meinen Überlegungen rissen. »Nein danke, das wäre alles.«

»Das macht dann ein Euro zehn.«

Ich hielt meinen Geldbeutel schon in der Hand, holte die passenden Münzen heraus und legte sie über den Verkaufstresen hinweg in die Handfläche der Verkäuferin. Dabei berührten zwei meiner Finger ihre Hand. Es gab weder eine elektrische Entladung, noch sprang ein Funke von einem zum anderen über, dennoch zog ich meine Hand genauso blitzartig wieder zurück, als hätte ich eine Starkstromleitung berührt, denn von einer Sekunde zur anderen hatte sich ihr Gesicht dramatisch verändert.

Ich erschauderte, als ich den dunklen Fleck sah, der die Umrisse eines menschlichen Totenschädels besaß und ihr Gesicht bedeckte, sodass ich ihre Gesichtszüge nicht mehr erkennen konnte.

»Was ... was ist denn mit Ihrem Gesicht passiert?«, fragte ich und trat unwillkürlich einen Schritt zurück, als hätte ich Angst, es könnte etwas Ansteckendes sein, das schon im nächsten Moment auf mich überspringen würde.

»Mein Gesicht?«, fragte die Verkäuferin erschrocken, obwohl ich nicht wusste, was sie mehr erschreckt hatte, meine Reaktion oder meine Worte, und fasste mit der linken Hand an ihr Gesicht. »Wieso? Was ist mit meinem Gesicht?« Ihre Stimme zitterte und spiegelte nun die Panik wider, in die ich sie versetzt hatte. Sie war noch jung und vor dem Auftauchen des Schattens auf ihrem Gesicht relativ gut aussehend gewesen. Kein Wunder, dass sie Angst davor hatte, sie könnte plötzlich entstellt worden sein.

»Da ist ein Schatten«, sagte ich und hob die Hand, um mit dem Finger darauf zu zeigen, bis mir einfiel, dass man das nicht tat. Also hob ich stattdessen die Hand zu meinem eigenen Gesicht und zeichnete mit dem Finger die Umrisse des schattenhaften Gebildes nach, das ich sah. »Über … über Ihrem Gesicht.«

Ich konnte ihren Gesichtsausdruck nicht erkennen, als sie mich ansah. Doch dann wandte sie sich ohnehin ruckartig ab, beugte sich nach vorn und musterte die Reflexion ihres Gesichts in einer silbern glänzenden Metalloberfläche der Verkaufstheke. Sie neigte den Kopf nach rechts und links, strich mit der Hand über ihre Wangen, ihr Kinn und ihre Stirn und hob dann wieder den Blick, um mich anzusehen. »Ich seh aber gar nichts«, sagte sie, und ich konnte deutlich die Erleichterung aus ihrer Stimme heraushören.

Ich sah, dass der Schatten auf ihrem Gesicht allmählich verblasste, und konnte nun wieder ihre Gesichtszüge erkennen, die eine Mischung aus Zorn und Verwirrung zeigten.

»Ich …« Ich wusste nicht, was ich sagen sollte, während sich in meinem Kopf die Gedanken jagten und immer neue Fragen aufwarfen. Wieso hatte ich den totenkopfförmigen Schatten gesehen, sie aber nicht? Worum handelte es sich dabei überhaupt? Wodurch war es ausgelöst worden? Was hatte er zu bedeuten? Und warum verblasste die merkwürdige Erscheinung nun wieder, bis sie nach wenigen Augenblicken vollständig verschwunden war, als hätte sie nie existiert?

Die Antworten auf diese Fragen blieben für mich größtenteils ein Rätsel. Nur hinsichtlich der Frage nach dem Auslöser hatte ich die Vermutung, dass die Berührung ihrer Handfläche mit meinen Fingern, dieser kurze Körperkontakt dafür verantwortlich gewesen sein könnte. Aber damit war ich auch nicht viel schlauer.

Während sie mich ansah und auf eine Erklärung für mein merkwürdiges Verhalten wartete, veränderte sich das Verhältnis von Zorn und Ratlosigkeit auf ihrem Gesicht, bis der Zorn eindeutig überwog.

»Ich ...«, begann ich erneut, schluckte dann und überlegte fieberhaft, was ich ihr sagen sollte. Mir war rasch klar geworden, dass sie mir die Wahrheit vermutlich nicht glauben würde. Ich konnte es ja, nachdem das Phänomen mittlerweile komplett verschwunden war, selbst kaum noch glauben. Und selbst wenn sie mir geglaubt hätte, wie sollte ich erklären, was geschehen war, wenn ich es selbst nicht einmal ansatzweise kapierte. Es war also besser, wenn ich ihr eine glaubhafte Lüge erzählte. »Tut mir leid! Ich muss mich getäuscht haben. Vermutlich hat mir nur das Licht einen Streich gespielt und einen Schatten auf Ihr Gesicht geworfen. Entschuldigen Sie bitte vielmals, dass ich Sie so erschreckt habe.«

Sie schüttelte den Kopf, allerdings nicht aus Unglauben über meine Worte, sondern weil sie mich vermutlich für einen merkwürdigen Kauz hielt, der nicht mehr alle Birnen im Kronleuchter hatte. Der Zorn wich aus ihrer Miene und machte einem Ausdruck von Verachtung Platz, mit dem sie wahrscheinlich auch eine Kakerlake gemustert hätte, die sich zwischen die Dänischen Plunder verirrt hatte.

»Verschwinden Sie auf der Stelle! Und vergessen Sie Ihre Laugensemmeln nicht.«

Ich nickte, machte ein angemessen betretenes Gesicht, griff nach der Tüte auf dem Tresen und trat den Rückzug an, ohne noch etwas zu sagen. Ich wusste, dass jedes weitere Wort die Situation nur verschlimmern würde.

Nachdem ich die Ladentür hinter mir geschlossen hatte, warf ich noch einen letzten Blick zurück und sah, dass sie sich nicht von der Stelle bewegt hatte und mir noch immer hinterher sah. Ihre Stirn war gerunzelt, als würde sie intensiv über etwas nachdenken, während in ihrem Gesicht weder Zorn noch Verachtung zu sehen waren, sondern nur noch nackte Angst.

Ich wandte mich ab und ging weiter in Richtung U-Bahn. Trotz dieses Zwischenfalls hielt ich an meinem ursprünglichen Plan fest und besuchte Sanjas Grab auf dem Westfriedhof. Allerdings beschäftigte mich der Vorfall noch immer, und ich grübelte ständig, was dieser schädelartige Schatten auf ihrem Gesicht zu bedeuten hatte.

Eine Andeutung seiner wahren Bedeutung erhielt ich jedoch erst zwei Tage später, als mich mein Weg zufällig erneut an der Bäckerei vorbeiführte. Zuerst wollte ich beschämt den Blick abwenden, um von der Verkäuferin, falls es dieselbe war, nicht erkannt zu werden. Doch dann erregten ein Blatt Papier an der Ladentür und die heruntergelassenen Rollos vor den Schaufenstern meine Aufmerksamkeit. Neugierig ging ich näher heran und blieb vor der Ladentüre stehen, um zu lesen, was auf dem Papier stand, das von innen an die Scheibe der Tür geklebt worden war. Es handelte sich nur um drei Worte, die aus leicht schiefen Druckbuchstaben bestanden, die jemand mit einem dicken schwarzen Filzschreiber auf das Blatt geschrieben hatte. Dennoch trafen mich die Worte wegen der Endgültigkeit, die in ihnen zum Ausdruck kam, mit der gleichen Wucht wie ein Fausthieb in den Magen.

Wegen Todesfall geschlossen!

Ich musste natürlich sofort an die Verkäuferin und den Schatten auf ihrem Gesicht denken, den ich gesehen hatte, nachdem wir uns berührt hatten, und der mich gleich an einen Totenschädel erinnert hatte. Es gehörte nicht viel Fantasie dazu, dieses Phänomen und das Schild miteinander in Verbindung zu setzen und daraus eine Geschichte zu weben, schließlich gilt ein Totenkopf als Sinnbild des Todes.

Ich hatte die Verkäuferin berührt und einen Schatten auf ihrem Gesicht gesehen. Und nun war die Bäckerei geschlossen, weil jemand gestorben war. War es also der Schatten des Todes gewesen, den ich im Gesicht der jungen Frau gesehen hatte? Es klang völlig verrückt, machte aber gleichzeitig auch einen aberwitzigen Sinn. Doch dann kam mir ein neuer Gedanke, der mich erschreckte. Was, wenn die Berührung der Auslöser für ihren Tod gewesen war? Wenn sie nur deshalb gestorben war, weil ich sie berührt hatte? Brachte ich etwa, nachdem ich selbst dem Tod nur knapp entronnen war und zwei Wochen im Koma gelegen hatte, nun anderen Leuten den Tod? War ich eine Art moderner König Midas, nur mit dem entscheidenden Unterschied, dass sich diejenigen, die ich berührte, nicht in Gold verwandelten, sondern starben?

Während ich noch immer vor der geschlossenen Bäckerei stand und blicklos auf das Blatt Papier starrte, schüttelte ich allerdings den Kopf.

Blödsinn! Es konnte nicht sein, dass ich demjenigen, den ich berührte, den Tod brachte, da ich seit meinem Erwachen schon zahlreiche Leute berührt hatte. Und dabei hatte ich weder einen Schatten auf ihrem Gesicht gesehen, noch waren sie kurz danach gestorben. Also konnte ich auch nicht der Auslöser dieses Todesfalles sein. Dennoch konnte der Schatten, den ich gesehen hatte, durchaus der des bevorstehenden Todes gewesen sein. Aber wieso widerfuhr mir so etwas? Warum war ich plötzlich dazu in der Lage, das Antlitz des Todes auf den Gesichtern anderer zu sehen, sobald es zu einem körperlichen Kontakt kam?

Stopp!, bremste ich mich und meine ausufernden Gedanken in diesem Moment selbst. Schließlich war es ja noch gar nicht erwiesen, dass tatsächlich die junge Verkäuferin gestorben war, die mich vorgestern bedient hatte. Denn soweit ich wusste, arbeiteten in dieser Filiale des Bäckers mehrere Verkäuferinnen an den verschiedenen Wochentagen, da die meisten als geringfügig Beschäftigte tätig waren. Also musste ich mir erst Gewissheit verschaffen, wer gestorben war, bevor ich voreilige und unter Umständen falsche Schlüsse zog.

Ich eilte sofort zurück in meine Wohnung und holte die heutige Ausgabe des *Münchner Merkur* aus dem Altpapierstapel in der Abstellkammer. Obwohl die Tageszeitung von Montag bis Samstag in meinem Briefkasten lag, blätterte ich sie meistens nicht einmal durch, weil mich kaum noch interessierte, was darin stand. Ich hatte mir in letzter Zeit lediglich die Anzeigen für Vermietungen angesehen, weil ich auf der Suche nach einer kleineren Wohnung war, die nicht mit so vielen schmerzhaften Erinnerungen verbunden war, hatte bis jetzt aber noch nichts Passendes gefunden.

Ich setzte mich an den Esstisch im Wohnzimmer und blätterte die Zeitung durch, bis ich auf die Todesanzeigen stieß. Obwohl anderthalb Seiten damit gefüllt waren, fiel mein Blick augenblicklich auf die Anzeige, die ich befürchtet hatte, da ich die junge Frau auf dem Foto sofort erkannte, die gestern gestorben, nur sechsundzwanzig Jahre alt geworden war und mir noch vor zwei Tagen zwei Laugensemmeln verkauft hatte.

»Ach du Scheiße!«, sagte ich, was die Situation meiner Meinung nach eigentlich ganz gut umschrieb.

21

»Rex? Alles in Ordnung mit dir?«

Alessias Stimme riss mich aus meinen Erinnerungen, und die Todesanzeige verblasste vor meinem geistigen Auge.

»Was?«

»Bist du okay? Du warst eine Zeitlang ganz gedankenverloren und hast am Ende total traurig ausgesehen. Hast du an deine Freundin denken müssen?«

»Ja«, log ich und nickte mit ernster Miene. Das Erlebnis mit der Bäckereiverkäuferin hatte ich nur in meiner Erinnerung noch einmal miterlebt, Alessia aber nichts davon erzählt. Es passte nicht zu meiner Lüge über die Berührungsangst. Außerdem hätte ich Alessia dann auch über meine wahre Fähigkeit, den Tod in den Gesichtern anderer sehen zu können, aufklären müssen. Dazu war ich aber noch immer nicht bereit. Zum einen kannte ich sie noch nicht lange genug, auch wenn die dramatischen Dinge, die wir in den letzten Stunden gemeinsam erlebt hatten, mir das Gefühl gaben, wir würden uns schon viel länger kennen. Zum Zweiten hatte ich Angst, sie würde mir nicht glauben und mich für verrückt halten.

»Willst du das noch essen, oder bist du auch fertig?«, fragte Alessia und zeigte auf den angebissenen, mittlerweile erkalteten Big Mac und die unangetasteten Pommes vor mir. Ich sah das Essen an und verzog das Gesicht. Komisch, aber sobald man Fastfood eine Weile herumliegen ließ, sah es total unappetitlich aus, und man fragte sich unwillkürlich, wie man sich so etwas in den Mund schieben und herunterschlucken konnte.

»Nein, ich bin fertig. Außerdem ist es ohnehin Zeit, dass wir loskommen und zu Alex fahren.«

22

Alex wohnte in Grünwald, einer Gemeinde südlich von München, die zu den exklusivsten Adressen in Deutschland gehört und als Nobelvorort der bayerischen Landeshauptstadt vor allem wegen der vielen Reichen und Prominenten bekannt ist, die hier beheimatet waren und sind. Außerdem befindet sich im Norden der Gemeinde die Bavaria

Filmstadt am Geiselgasteig, eines der größten Film- und Fernsehzentren in Europa, das von zahlreichen Touristen besucht wird.

Das Haus, das Alex dort erst vor ein paar Jahren nach seinen ganz eigenen Vorstellungen errichtet hatte, lag in der Nähe des Grünwalder Freizeitparks auf einem großzügigen parkähnlichen Grundstück. Es handelte sich um ein strahlend weißes, zweistöckiges Gebäude mit platingrauen Dachziegeln und dank der vielen großen Fenster lichterfüllten Räumlichkeiten. Das Grundstück war ungefähr zweieinhalbtausend Quadratmeter groß, während die Wohnfläche des Hauses etwa 400 Quadratmeter betrug. Alex hatte mir voller Stolz mehr Daten genannt, als ich mir hatte merken können, als er mich kurz nach seinem Einzug durch das über 100 Quadratmeter große Wohnzimmer, in dem meine komplette Wohnung Platz gefunden hätte, die drei Schlafzimmer, drei Bäder, zwei Gästezimmer, die Schwimmhalle, die Sauna und den Weinkeller geführt und mir den riesigen offenen Kamin, die exklusive Küche, die vermutlich jeden Sternekoch vor Neid erblassen ließ, den Wintergarten und die riesige, von weißen Säulen gesäumte, überdachte Terrasse gezeigt hatte.

Abgesehen davon, dass ein derartiges Anwesen für mich unerschwinglich war und vermutlich auch mein Leben lang bleiben würde, wäre es mir auch viel zu groß gewesen, doch Alex, der es nur mit seinen häufig wechselnden Freundinnen und einer Haushälterin teilte, fühlte sich darin wohl, und das war die Hauptsache.

Wir hatten uns während unserer Studienzeit in der Mensa kennengelernt und sofort verstanden, da wir beide große Comicfans waren. Alex stand allerdings eher auf franko-belgische Comics wie *Tim und Struppi*, *Asterix*, *Lucky Luke*, *Spirou und Fantasio*, *Gaston* und *Leutnant Blueberry*, während ich amerikanische Comics aus den Häusern *Marvel*, *DC* und natürlich *Disney* bevorzugte. Außerdem verfügten wir auch über einen ähnlichen Humor. Darüber hinaus konnten die Unterschiede zwischen uns allerdings kaum größer sein. Alex war nicht nur ein Lebemann mit einer Vorliebe für teure Autos und Armbanduhren, exklusive Restaurants, Champagner und Zigarren, sondern auch ein sexsüchtiger Weiberheld und daher ständig auf der Suche nach der nächsten Schönen, die er erobern konnte. Ich hingegen war eher schüchtern und treu und hatte ihn lange Zeit für die Natürlichkeit und Lässigkeit beneidet, mit denen er mit dem anderen Geschlecht umging.

Außerdem stammte er im Gegensatz zu mir aus reichem Haus und trat nach Abschluss seines Architekturstudiums in das erfolgreiche weltweit agierende Architekturbüro seines Vaters ein, wo er natürlich nach kurzer Zeit Juniorchef wurde. Anders hätte er sich seinen aufwendigen Lebensstil, die ständig wechselnden Frauen an seiner Seite und dieses Anwesen, das mehrere Millionen Euro wert war, gar nicht leisten können.

Doch trotz aller Unterschiede waren wir Freunde geblieben und trafen uns noch immer gelegentlich, um uns über Comics zu unterhalten oder ins Kino zu gehen, wo wir uns natürlich mit Vorliebe die neuesten Comic-Adaptionen auf der Leinwand ansahen. Ich war mir sicher, dass Alex mich mit Vergnügen unterstützen würde, sollte ich einmal in eine finanzielle Notlage geraten, hatte aber bislang trotz gelegentlicher Engpässe nie darauf zurückgegriffen, weil ich ahnte, dass unsere Freundschaft ernsthaften Schaden erleiden würde, sollten Finanztransaktionen ein Teil davon werden. Denn bekanntlich hört beim Geld die Freundschaft auf.

Ich parkte den Käfer vor dem rechten Tor der Doppelgarage und zog den Zündschlüssel ab. Der dichte Verkehr und ein kleiner Stau hatten uns ein wenig aufgehalten, sodass wir eine Viertelstunde hinter der Zeit waren, die Alex uns für seine Heimkehr genannt hatte.

»Schicke Hütte«, sagte Alessia, als wir nebeneinander über das Pflaster zur Haustür gingen. Als Gentleman trug ich natürlich nicht nur meinen Rucksack, sondern auch ihre Reisetasche. »Hier werde ich es bestimmt ein paar Tage aushalten.«

Ich fragte mich, wie lange es dauern würde, bis Alex begann, Alessia anzubaggern. Aber vermutlich hielt er sich zurück, weil er annahm, wir wären zusammen oder zwischen uns würde sich etwas entwickeln.

Das war möglich. Allerdings wusste ich momentan nicht einmal selbst, was ich für Alessia empfand. Ich fand sie sympathisch, keine Frage, und in manchen Momenten sogar mehr als das. Immer dann beispielsweise, wenn mich ihr zauberhaftes Stirnrunzeln entzückte oder sie mich anlächelte. Gleichzeitig scheute ich in diesen Augenblicken aber auch davor zurück, tiefere Gefühle für sie zuzulassen oder überhaupt erst zu entwickeln, da nicht nur meine unheimliche Gabe, sondern auch die Erinnerung an Sanja wie eine Trennwand zwischen uns stand. Ich konnte mir nämlich noch immer nicht vorstellen, eine neue Partnerin an meiner Seite zu haben, die nicht Sanja war, nicht wie Sanja aussah, nicht wie Sanja redete und nicht wie Sanja an der Unterlippe knabberte. Außerdem hatte ich auch Bedenken, ich könnte jemand, den ich liebte, berühren und müsste dann das Antlitz des Todes auf dessen Gesicht erblicken. Schon die Vorstellung war so grausam, dass ich erschauderte und das Grinsen auf meinem Gesicht erstarrte.

Ich war froh, dass wir in diesem Moment die Tür erreichten, da es mich von weiteren Grübeleien über dieses Thema abhielt, stellte die Reisetasche ab und drückte auf die Türklingel. Wir warteten schweigend. Als nach zwei Minuten nichts passiert war, sah ich Alessia an, zuckte ratlos mit den Schultern und drückte den Klingelknopf noch einmal. Ich befürchtete bereits, dass Alex noch gar nicht zu Hause und auch seine Haushälterin nicht da wäre, doch dann hörte ich Schritte aus dem Hausinnern, die sich rasch der Tür näherten. Schon aufgrund der Schrittgeräusche ging ich davon aus, dass uns nicht Frau Gemeinholzer, die Haushälterin, sondern Alex höchstpersönlich aufmachen würde.

Er riss schwungvoll die Tür auf und sah uns lächelnd entgegen.

»Da seid ihr ja. Wartet ihr schon lange? Ich stand unter der Dusche und hab nur das letzte Klingeln gehört.«

»Wir stehen uns hier schon mindestens eine halbe Stunde die Beine in den Bauch«, sagte ich mit gespielter Empörung. »Was treibst du eigentlich so lange unter der Dusche? Bei deinem Aussehen lohnt sich das doch ohnehin nicht mehr.«

»Er lügt«, sagte Alessia. »Es waren nicht einmal fünf Minuten.«

Ich wandte den Kopf und warf einen Blick auf Alessia. Sie sah Alex an und lächelte breit. Zweifellos gefiel ihr, was sie sah, aber das ging vielen Menschen und schätzungsweise 99,9 Prozent der Frauen so. Ich fühlte einen schmerzhaften Stich in der Brust, weigerte mich aber, es für einen Anflug von Eifersucht zu halten, während ich den Blick wieder nach vorn auf meinen Freund richtete.

Alex war in der Tat eine große und stattliche Erscheinung. Mit seinen 36 Jahren war er nur ein paar Monate älter als ich. Er hatte den durchtrainiert wirkenden, muskulösen Körper eines Sportlers – völlig unverdient, da er nie Sport betrieb –, und war ein Meter fünfundneunzig groß, womit er mich beinahe um einen ganzen Kopf überragte. Sein kurzes hellblondes Haar war zerzaust. Das glatt rasierte, makellose

Gesicht war von markanter rechteckiger Form mit einer deutlich ausgeprägten Kinnpartie, die ihm zusammen mit der schmalen, geraden Nase und den dünnen Lippen das Aussehen eines Comic-Superhelden verlieh. Er trug einen Bademantel, der wie Seide aussah, augenscheinlich nichts darunter und hatte Badeschlappen an den Füßen.

»Kommt rein!«, sagte er, lächelte von einem Ohr zum anderen und machte den Weg frei, indem er zur Seite trat.

Ich ließ Alessia den Vortritt, nahm ihre Reisetasche und folgte ihr in den Hausflur, der ebenso wie die meisten anderen Teile des Hauses überdimensioniert war, so als wäre alles hier für Leute entworfen worden, die doppelt so breit wie der durchschnittliche Deutsche waren. Ich stellte Alessias Tasche und meinen Rucksack neben die Garderobe und wartete, bis Alex die Tür geschlossen und sich zu uns gesellt hatte, bevor ich das Wort ergriff: »Alex, das ist Alessia Engel. Alessia, dieser unverschämt gut aussehende Riesentölpel hört auf den Namen Alexander Feldmann.«

»Hallo, Alessia. Freut mich, Sie kennenzulernen.« Alex trat vor und reichte ihr die Hand.

»Ganz meinerseits«, sagte sie, während sie sich die Hände schüttelten. »Sind Sie und Rex schon lange befreundet?«

Alex zuckte mit den Schultern. »Kann man sagen. Keine Ahnung, wie lange genau. Kommt mir aber vor wie eine Ewigkeit. Und Sie?«

»Wir haben uns erst heute kennengelernt«, sagte Alessia. »Aber Rex hat mir das Leben gerettet.«

Alex wandte den Kopf und sah mich mit hochgezogenen Augenbrauen überrascht an. »Tatsächlich?«

»Mhm-mmh!«, sagte ich und fühlte mich ein bisschen verlegen. »Geschah aber eher zufällig.«

»Von wegen zufällig!«, wandte Alessia ein. »Er hat einen Mann niedergeschlagen, der mich sonst in meiner eigenen Wohnung erschossen hätte. Und dann hat er in einer engen Gasse einen Audi abgehängt, dessen Insassen uns ebenfalls töten wollten. Rex ist ein richtiger Held. Ohne ihn wäre ich längst tot.«

»Ich bin beeindruckt«, sagte Alex. »Von dieser Seite kenne ich meinen alten Kumpel Rex ja gar nicht. Heldentaten kannte er bislang nur aus Comics. Sie müssen mir unbedingt mehr darüber erzählen, Alessia, denn am Telefon war Rex ziemlich einsilbig. Aber kommt doch erst einmal ins Wohnzimmer. Dort können wir es uns gemütlich machen und plaudern.« Er wandte sich ab und ging voraus. »Wollt ihr etwas trinken? Bier, Wein, Champagner?«

»Eine Tasse Kaffee wäre nicht schlecht«, sagte ich, als ich Alex und Alessia in das riesige Wohnzimmer und dort zu einer Ansammlung gemütlicher Couchen und Sesseln vor dem offenen Kamin folgte, in dem allerdings kein Feuer brannte.

»Und was darf ich Ihnen bringen, Alessia?«

»Was trinken Sie, Alex?«

»Ich werde mir ein Glas Rotwein genehmigen. Wollen Sie auch eins, Alessia?«

»Gern.«

»Macht es euch doch so lange bequem.«

»Ist Frau Gemeinholzer denn nicht da?«, fragte ich, da solche Pflichten normalerweise seine Haushälterin übernahm.

»Leider nicht. Ihre Schwester in Nürnberg ist plötzlich schwer krank geworden. Deshalb hat sie sich ein paar Tage freigenommen, um sie zu besuchen. Setzt euch doch. Ich bin gleich wieder zurück.«

23

Vierzig Minuten später waren Alessia und Alex nicht nur beim Du, sondern auch schon beim dritten Glas Wein angelangt, und wir hatten Alex alles erzählt, was wir an diesem Tag gemeinsam erlebt hatten.

Auf der Fahrt hierher hatten Alessia und ich noch darüber diskutiert, was und wie viel wir Alex erzählen wollten. Alessia war der Ansicht gewesen, wir sollten Alex eine Lügengeschichte auftischen und so wenig wie möglich von dem offenbaren, was tatsächlich geschehen war. Da sie ihn nicht kannte, wusste sie natürlich nicht, wie vertrauenswürdig er war. Außerdem, meinte sie, könne es auch für ihn gefährlich werden, wenn er zu viel wisse. Ich war anderer Meinung, denn Alex brachte sich schon allein dadurch in Gefahr, dass er uns bei sich aufnahm. Deshalb verdiente er es nach meinem Dafürhalten auch, die ganze Wahrheit zu erfahren. Denn dann konnte er sich besser auf eine mögliche Gefährdung einstellen und war wachsamer. Und an Alex' Vertrauenswürdigkeit hegte ich ohnehin keinen Zweifel. Am Ende hatte ich mich durchgesetzt, und so hatten wir ihm in der letzten halben

Stunde gemeinsam eine gekürzte Version unserer Erlebnisse berichtet.

Wir spekulierten gerade darüber, was hinter den Mordanschlägen auf Alessia stecken könnte, als mein Handy klingelte.

»Entschuldigt mich bitte einen Moment«, sagte ich, stand auf und ging ein paar Schritte, während ich mein Mobiltelefon hervorholte. Da das Wohnzimmer so groß war, musste ich nicht aus dem Raum, sondern nur in eine andere Ecke gehen, um ungestört telefonieren zu können.

Ich warf einen Blick auf das Display, auf dem der Name *Annika* stand. Ich stöhnte leise, als ich den Namen meiner Schwester las. Nicht dass ich sie und ihre beiden Kinder nicht liebte, aber im Augenblick konnte ich sie weniger gut gebrauchen. Während ich den Anruf entgegennahm und das Handy ans Ohr hob, fragte ich mich, warum sie anrief.

»Richard?« Annika war seit dem Tod unserer Eltern die einzige Person in diesem Universum, die mich nicht Rex, sondern so nannte, wie ich getauft worden war.

»Hallo, Schwesterherz. Was gibt's?«

»Du hast es vergessen! Stimmt's?«

»Vergessen?« Ein mulmiges Gefühl begann sich, ausgehend vom Magen, in meinem ganzen Körper auszubreiten. »Ach du Scheiße!«, sagte ich dann, als mir jäh einfiel, dass ich Annika vor ein paar Tagen versprochen hatte, auf Maxi und Lena aufzupassen. »Ist das etwa heute?«

»Mhm-mmh!«

»Tut mir wirklich leid, Annika, aber mir ist da heute …«

»Versuch's erst gar nicht, Richard.«

»Was denn?«

»Dich davor drücken zu wollen. Du hast es versprochen!«

»Ja, ich weiß. Aber mir ist da heute echt etwas ganz Saudummes passiert.«

»Ich will's gar nicht hören. Sag mir lieber, wann du hier sein kannst? Spätestens in einer Dreiviertelstunde muss ich nämlich los.«

»Los? Wohin denn?«

Sie stöhnte so laut, dass ich das Handy ein Stück vom Ohr weghalten musste. »Das hab ich dir doch schon alles erklärt. Aber du hörst mir ja nie zu!«

»Tut mir leid, Annika. Erkläre es mir bitte noch einmal.«

»Okay. Heute Abend ist in Maxis Schule Elternabend.« Sie sprach extra besonders langsam und deutlich, als müsste sie einem Idioten einen schwierigen Sachverhalt verdeutlichen. »Und da Maxis Leistungen in letzter Zeit enorm nachgelassen haben und er vor drei Wochen einen anderen Schüler in die Hoden getreten hat, muss ich dort unbedingt hin. Das ist wirklich wichtig, Richard! Sei also ein guter, lieber Bruder und Onkel und komm so schnell wie möglich zu uns. Außerdem hast du's mir versprochen.«

»Er hat ihm in die Eier getreten?«

»Ja. Und das ist nicht witzig, Richard!«

»Das kommt wohl ganz darauf an, ob man derjenige ist, dem in die Eier getreten wurde, oder derjenige, der getreten hat.«

Annika schnaufte. Ich konnte aber heraushören, dass sie dabei schmunzeln musste.

»Wieso hat Maxi das getan? Er hatte sicherlich einen guten Grund dafür.«

»Der andere hat gesagt, Maxi wäre der Sohn einer Hure.«

Ich lachte leise. »Also hat der kleine Scheißer den Eiertritt mehr als verdient. Und Maxi hat nur deine Ehre verteidigt. Du solltest ihn dafür loben und nicht schimpfen.«

»Trotzdem tritt man einem anderen deswegen nicht gleich in die Hoden. Es gibt andere Wege der Konfliktbewältigung.«

»Aber nicht für einen Zehnjährigen. Glaub mir, ich spreche da aus Erfahrung.«

»Dass Gewalt keine Lösung ist, auch nicht für einen Zehnjährigen, sage übrigens nicht nur ich, dieser Ansicht sind auch Maxis Lehrer, die Schulleitung und die Eltern des anderen Jungen. Und deshalb muss ich heute Abend unbedingt dorthin und mit diesen Lehrern sprechen. Also, wann kannst du hier sein?«

Während ich nachdachte, sah ich zu Alessia und Alex, die auf der Couch saßen, sich angeregt unterhielten und Wein tranken. Ich wollte die beiden heute Abend eigentlich nur ungern allein lassen, und das nicht unbedingt, weil ich befürchtete, die beiden könnten zusammen in einem Bett landen. Ich vertraute eher darauf, dass mein Freund die günstige Gelegenheit nicht ausnutzte und zum Angriff überging, solange ich ihm nicht ausdrücklich gesagt hatte, dass ich kein Interesse an

Alessia hatte. Meine Befürchtungen galten eher den Leuten, die hinter ihr her waren. Was, wenn sie uns trotz aller Vorsichtsmaßnahmen bis hierher gefolgt waren? Oder wenn sie auf anderem Weg herausgefunden hatten, dass Alex und ich befreundet und Alessia und ich in sein Haus geflüchtet waren?

Aber in dem Fall würde auch meine Anwesenheit nichts bewirken, denn wie sollte ich bewaffnete, zu allem entschlossene Männer aufhalten. Dass ich Alessia heute vor *Carlo* gerettet und den Audi Q7 abgehängt hatte, war eher einer unverschämten Portion Glück als irgendeiner besonderen Befähigung meinerseits zum Leibwächter zu verdanken. Von daher konnte Alex, der noch viel eher die Statur und das Aussehen eines Bodyguards hatte, Alessia vermutlich mindestens genauso gut, wenn nicht sogar besser beschützen.

Außerdem rechnete ich nicht wirklich damit, dass unsere Verfolger hier auftauchen könnten, denn Alex und ich trafen uns nur selten. Das letzte Mal hatten wir uns vor anderthalb Monaten gesehen und waren zuerst zusammen ins Kino und hinterher in eine Diskothek gegangen. Und in meiner Wohnung, die irgendjemand durchsucht und systematisch zerstört hatte, war ebenfalls kein Hinweis auf Alex zu finden gewesen, da ich seine Telefonnummern nur in meinem Handy gespeichert hatte und teilweise sogar auswendig kannte. Die Chancen, dass während meiner Abwesenheit, die ohnehin nur zwei bis drei Stunden dauern würde, eine wild um sich schießende Mörderbande hierherkommen und Alex' Haus stürmen könnte, erschienen mir daher eher verschwindend gering bis nicht messbar.

»Richard? Bist du noch dran? Wenn du nämlich aufgelegt hast, dann gnade dir Gott, weil ich ...«

Ich seufzte, was meine Schwester augenblicklich zum Verstummen brachte.

»In spätestens dreißig Minuten bin ich da.«

»Danke, Bruderherz. Du rettest damit unser Familienleben. Dafür hast du was bei mir gut. Außerdem freuen sich Maxi und Lena schon darauf, dich wieder mal zu sehen.«

Ich schmunzelte, als ich an meine achtjährige Nichte und meinen zehnjährigen Neffen dachte. Ich liebte sie, hatte mich aber, seit ich von meiner Gabe wusste, rar gemacht. Sie und meine Schwester wussten genauso wenig wie jeder andere, zu was ich seit dem Unfall fähig war.

Und da sie unweigerlich eine Erklärung verlangen würden, wenn ich bei meinen Besuchen Handschuhe trug, verzichtete ich darauf und bemühte mich stattdessen, direkten Körperkontakt zu vermeiden. Allerdings war das bei Verwandten und vor allem Kindern, die mit ihrem Onkel spielen und herumtoben wollten, extrem schwierig. Deshalb war es bei meinen Besuchen stets zu Berührungen gekommen, die aber bislang – toi, toi, toi! – ohne Folgen geblieben waren. Dennoch grauste mir vor der Vorstellung, ich müsste eines Tages in das Totengesicht von Lena, Maxi oder meiner Schwester sehen, sodass ich mich in letzter Zeit immer seltener mit ihnen getroffen und dafür die viele Arbeit verantwortlich gemacht hatte. Heute konnte ich mich allerdings nicht davor drücken, da ich es versprochen hatte und es für sie wichtig war, dass ich kam, damit Annika mit Maxis Lehrern sprechen konnte. Allem Anschein nach war ich heute der Retter der Nation, nachdem ich schon Alessia das Leben gerettet hatte. Ich hoffte inständig, dass ich, wenn ich morgen früh in Alex' Gästezimmer aufwachte, niemanden mehr retten musste und mein normales, wenngleich etwas langweiliges und eintöniges Leben fortsetzen konnte. Aber Langeweile war ganz okay, wenn ich an die Alternativen dachte, die in Gestalt von *Carlo* und den beiden Männern aus dem Q7 daherkamen.

»Ich mach mich dann auf den Weg. Bis gleich.«

Ich unterbrach die Verbindung und steckte das Handy ein, bevor ich zu Alessia und Alex ging, die bei meinem Kommen ihr Gespräch unterbrachen und mich fragend ansahen.

»Ich muss leider noch mal weg.«

»Hältst du das für klug?«, fragte Alex. »Immerhin wurdet ihr heute von irgendwelchen Gangstern verfolgt, die euch töten wollten.«

Alex hatte das, was wir ihm erzählt hatten und manch anderer nicht geglaubt hätte, mit der Begeisterung eines kleinen Jungen für Detektivgeschichten, der noch immer in ihm steckte, aufgenommen. Er hatte uns natürlich empfohlen, zur Polizei zu gehen, die nicht nur die Verbrecher verfolgen, sondern uns auch schützen konnte, Alessias Gründe, damit noch etwas zu warten, allerdings schlussendlich akzeptiert.

»Diese Typen können doch nicht alle Straßen kontrollieren. Und wenn es dich beruhigt, meide ich eben alle Hauptverkehrsstraßen und fahre über Nebenstrecken.«

»Ich habe eine bessere Idee«, sagte Alex und stand auf.

»Und die wäre?«

»Ich wollte ohnehin schon vorschlagen, dass wir deinen Käfer in die Garage stellen, wo ihn niemand sehen kann. Stattdessen fährst du einfach mit meinem Porsche, den kennen die bösen Buben nämlich nicht.«

Ich nickte. »Gute Idee. Außerdem bin ich damit viel schneller unterwegs.«

»Ich will wegen dir aber keine Strafzettel, hast du verstanden? Ich hab ohnehin schon zu viele Punkte in Flensburg. Wenn da noch ein paar dazukommen, wird's allmählich kritisch.«

»Ja, ja«, sagte ich und winkte ab. »Ich pass schon auf. Aber jetzt muss ich wirklich los.«

»Wohin fährst du überhaupt, Rex?«, fragte Alessia, die auf der Couch sitzen geblieben war.

»Zu meiner Schwester. Sie muss heute unbedingt auf einen Elternabend und braucht jemanden, der so lange auf die Kinder aufpasst. Ich hatte es ihr versprochen, aber ganz vergessen. In spätestens drei Stunden bin ich allerdings wieder zurück.«

Sie stand nun doch auf. Ich befürchtete schon, sie wollte mir zum Abschied einen Kuss auf die Wange geben, und sämtliche Muskeln in meinem Körper verspannten sich. Einerseits hätte ich mich zwar gern von ihr küssen lassen, andererseits fürchtete ich aber die Folgen, die der erneute körperliche Kontakt haben könnte. Vielleicht hatte sich mein Entsetzen in meiner Mimik abgezeichnet, denn Alessia verzichtete darauf, sich mir zu nähern. Sie verschränkte die Arme, als wüsste sie nicht, wo sie sonst mit ihren Händen hinsollte. »Pass auf dich auf, Rex!«

Ich nickte. »Mach ich.« Ich wandte mich um und sah Alex an. »Und du passt gefälligst auf Alessia auf, solange ich nicht da bin!«

»Auf jeden Fall. Komm, ich hol die Schlüssel für den Porsche, dann begleite ich dich nach draußen. Wenn du mir die Schlüssel für deine Klapperkiste anvertraust, fahr ihn sie anschließend in die Garage.«

»Du?«, fragte ich, während wir losmarschierten. »Ich dachte, Volkswagen sei unter deiner Würde. Außerdem hast du doch schon mindestens vier Gläser Wein getrunken.«

»Waren das wirklich schon vier?«

»Ja.«

»Was soll's? Sind ja nur ein paar Meter. Da wird schon nichts passieren. Und falls doch, machen ein paar Dellen mehr in deinem rollenden Schrotthaufen auch nichts mehr aus.«

»Mein Auto ist kein rollender Schrotthaufen, sondern ein Oldtimer. Außerdem hat er keine einzige Delle. Also gib mir den Schlüssel für deinen albernen Penisersatz und mach das Garagentor auf. Den Rest erledige ich schon selbst.«

24

Obwohl ich den Porsche vorhin noch verächtlich als Penisersatz bezeichnet hatte, machte es mir dennoch Spaß, ihn zu fahren. Ich kam mir dabei allerdings vor wie ein untreuer Ehemann, der seine langjährige Partnerin mit einer jüngeren Geliebten betrog, und hatte ein schlechtes Gewissen.

Dank der 350 munteren Pferdchen im Heck des schwarzen Porsche 911 Carrera 4 schaffte ich es trotz des dichten Verkehrs von Grünwald bis zum Münchner Stadtteil Großhadern in Rekordzeit, ohne geblitzt oder angehalten zu werden. Meine Schwester arbeitete als Krankenschwester im Klinikum Großhadern und lebte mit den Kindern in einer Dreizimmerwohnung ganz in der Nähe. Der Vater von Lena und Maxi, ein ebenso ambitionierter wie erfolgloser Schauspieler, hatte sie unmittelbar nach Lenas Geburt verlassen und war spurlos verschwunden. Angeblich war er einer brasilianischen Schönheit in ihre Heimat gefolgt und dort gestrandet. Wie auch immer, niemand weinte ihm eine Träne hinterher. Nicht einmal Maxi erinnerte sich noch an ihn.

Annika war sichtlich überrascht, als ich vor der versprochenen Zeit klingelte. »Das ging aber schnell«, sagte sie, nachdem sie mir die Tür geöffnet und mich in die Wohnung gelassen hatte.

»Ich bin geflogen«, sagte ich, was nicht einmal völlig wahrheitswidrig war.

Sie wollte mich auf die Wangen küssen, weil sie mich immer auf diese Weise begrüßte, doch im selben Moment kam zum Glück Maxi aus dem Wohnzimmer gerannt und flog auf mich zu, sodass ich einen Vorwand hatte, mich abzuwenden und zu bücken, um den Jungen aufzufangen, bevor er in mich hineinkrachte.

Ich packte ihn unter den Armen und hob ihn ächzend hoch. »Meine Güte, du wirst ja immer schwerer.«

»Und stärker«, sagte er, zeigte mir seine Fäuste und schlug damit spielerisch in die Richtung meines Gesichts. Ich wich den angedeuteten Schlägen aus und tat schließlich so, als hätte mich ein schwerer Treffer erwischt. Ich taumelte einen Schritt nach hinten und setzte ihn dann ab, weil er mir auf Dauer zu schwer wurde. Insgeheim war ich erleichtert, dass ich bis jetzt jeden körperlichen Kontakt hatte vermeiden können. Die Handschuhe hatte ich zwar bei mir, sie steckten allerdings in meiner Jackentasche.

»Ich hab schon gehört, wie stark du bist, Maxi, und dass du …«

»Gar nichts hast du gehört«, schaltete sich meine Schwester ein.

Ich grinste Annika frech an, bevor ich mich wieder an Maxi wandte: »Und wo steckt deine kleine Schwester?«

»Die guckt Fernsehen«, sagte Maxi. »Kommst du auch gucken, Onkel Rex?«

»Ich komm gleich nach, Maxi. Lass mich nur noch kurz mit deiner Mama reden.«

»Okay.« Und schon flitzte er wieder davon und verschwand im Wohnzimmer, von wo der Fernseher zu hören war. Kinder in seinem Alter kannten anscheinend nur zwei Geschwindigkeiten: rennen oder trödeln.

»Danke noch mal, dass du auf die beiden aufpasst«, sagte Annika, die schon Schuhe und eine leichte Jacke trug, während sie in ihrer Handtasche wühlte, um nachzusehen, ob sie auch alles dabeihatte. »Sorg bitte dafür, dass sie spätestens um acht im Bett liegen, auch wenn sie noch so sehr betteln oder weinen.«

»Mach ich.«

»Wir können ja noch etwas trinken und ein bisschen reden, wenn ich wieder zurück bin. Wir haben uns ja jetzt schon eine ganze Weile nicht mehr gesehen.«

Ich verzog das Gesicht zu einer Miene des Bedauerns. »Tut mir leid, Annika, aber das müssen wir ein andermal nachholen. Heute geht`s leider nicht, weil ich gleich wieder wegmuss, wenn du zurückkommst.«

Sie hob überrascht die Augenbrauen. »Ich hoffe, es ist nicht wieder die Arbeit, die dich ruft, sondern zur Abwechslung vielleicht mal eine

Frau, die dich endlich aus deinem Schneckenhaus lockt. Wir haben Sanja alle furchtbar gern gehabt und vermissen sie auch, aber irgendwann muss das Leben doch weitergehen, Richard. Auch für dich. Andernfalls gehst du irgendwann kaputt.«

Ich zuckte mit den Schultern. »Na ja. Es ist tatsächlich eine Frau.«

Sie lächelte. »Das freut mich für dich. Ehrlich! Wie heißt sie, wie ernst ist die Sache und wann können wir sie kennenlernen?«

»Immer schön langsam und alles der Reihe nach«, sagte ich und hob abwehrend die Hände. »Wir haben uns nämlich erst heute kennengelernt. Sie heißt Alessia.«

»Alessia. Was für ein wunderschöner Name. Wieso hast du sie nicht mitgebracht?«

»Ich denke mal, es ist noch viel zu früh, dass ich sie meiner Familie vorstelle. Ich hab sie bei Alex gelassen.«

»Wie konntest du sie nur bei diesem alten Schwerenöter lassen? Hast du denn keine Angst, dass er die günstige Gelegenheit schamlos ausnutzt und sie anbaggert? Oder ist er etwa momentan wieder für ein paar Wochen in festen Händen?«

»Er ist zurzeit solo, also gewissermaßen auf der Pirsch. Trotzdem vertraue ich ihm. Außerdem habe ich einen guten Tausch gemacht, denn er hat mir dafür seinen Porsche gegeben.«

»Männer!«, sagte sie und schüttelte ungläubig den Kopf. »Ich glaube, ich werde euch nie verstehen. Aber jetzt kapiere ich wenigstens den Witz mit dem Fliegen.« Sie warf einen Blick auf ihre Armbanduhr. »Jetzt muss ich aber los.«

Ich trat zur Seite, um ihr den Weg frei zu machen und sie nicht in Versuchung zu führen, mir ein Abschiedsbussi zu geben.

»Viel Erfolg bei den Lehrern.«

Sie nickte mit sorgenvollem Gesichtsausdruck, als sie an mir vorbeiging und die Wohnungstür öffnete. »Danke. Ich werde trotzdem zusehen, dass ich bald wieder zu Hause bin, damit du zu deiner Alessia zurückkommst. Bis später.«

»Bis dann.« Ich schloss die Tür hinter ihr und atmete einmal tief durch, bevor ich ins Wohnzimmer ging, um mich meinen Pflichten als Onkel und ehrenamtlicher Babysitter zu stellen.

25

Als ich den Porsche wieder vor Alex' Doppelgarage abstellte, war es kurz nach halb elf und längst dunkel. Ich schaltete Scheinwerfer und Motor aus und blieb noch ein paar Augenblicke sitzen, bevor ich ausstieg.

Annikas Gespräche mit Maxis Lehrern hatten länger gedauert als erwartet. Nachdem ich mit den Kindern zuerst irgendwelche Kindersendungen geguckt und anschließend mehrere Runden *Kniffel* gespielt hatte, die ich allesamt haushoch verloren hatte, war es Zeit gewesen, sie ins Bett zu bringen. Sie bettelten zwar, ausnahmsweise noch etwas länger aufbleiben zu dürfen, doch ich blieb hartnäckig. Nachdem ich zuerst Lena und anschließend Maxi etwas vorgelesen und die Lichter in ihren Zimmern gelöscht hatte, holte ich mir aus der Küche eine Flasche Cola und eine Tüte Chips und setzte mich im Wohnzimmer vor den Fernseher. Ich sah mir eine Folge *CSI: Vegas* an, nickte aber schon nach wenigen Minuten ein. Mein neuer Job als Retter schöner Frauen und zehnjähriger Schüler war eben anstrengend und forderte schließlich seinen Tribut. Erst als Annika um kurz nach zehn nach Hause kam, wurde ich wieder wach. Ich fühlte mich zwar steif und spürte fast alle Muskeln nach dem einstündigen Nickerchen auf der Couch, hatte aber trotzdem das Empfinden, dass mir der Schlaf gutgetan hatte. Nach Annikas Rückkehr hielt ich mich auch nicht mehr länger auf, sondern ging nur kurz aufs Klo und verabschiedete mich dann eilig von ihr, um dem sonst so unvermeidlichen Abschiedsküsschen zu entgehen. Annika ließ mich sogar ausnahmsweise ohne davonkommen, weil sie vermutlich dachte, ich wäre scharf auf einen Kuss von Alessia, der weniger schwesterlich, dafür aber umso leidenschaftlicher ausfallen würde. Als ich aus dem Haus und zum Porsche ging, war ich erleichtert, dass ich an diesem Abend jeden körperlichen Kontakt zu den Kindern und meiner Schwester erfolgreich vermieden hatte, ohne ihren Argwohn zu erregen. Aber ich hatte ja inzwischen Übung und wurde immer geschickter darin.

Auf der Fahrt hielt ich nach Verfolgern Ausschau und fuhr sogar mehrere Umwege, um wirklich ganz sicherzugehen, dass mich niemand verfolgte. Fast wünschte ich mir, die beiden Typen vom Nachmittag würden in einem neuen Q7 auftauchen, denn dann hätte ich ihnen dank Alex' Sportwagen lässig eine lange Nase zeigen und davonbrausen können. Doch das war natürlich Blödsinn, und ich war letzten Endes froh, dass sie nicht auftauchten, denn die Kerle waren nicht nur bewaffnet und gefährlich, sondern vermutlich auch hundsgemein und skrupellos.

Als ich nun im Wagen vor Alex' Haus saß, sah ich mich erst in alle Richtungen um, bevor ich die Tür öffnete und aus dem Auto stieg. Doch es war alles ruhig. Die Straße, von der man nur wenige Häuser und Villen sehen konnte, da die meisten hinter hohen Mauern oder Hecken verborgen waren, war verlassen. Ich vermutete, dass in dieser exklusiven Gegend, in der vermutlich mehr reiche Leute wohnten als an den meisten anderen Orten, die Polizei öfter Streife fuhr, weil Reichtum unweigerlich zwielichtige Gestalten anlockte, die auf vermeintlich leichte Art rasch reich werden wollten, indem sie einfach anderen ihr Geld oder ihre Wertgegenstände wegnahmen. Wenn ich also noch länger im Wagen sitzen blieb, würde ich vermutlich nur Argwohn erregen.

Während ich zur Haustür ging, fragte ich mich, ob Alessia und Alex noch wach waren. Alex vermutlich schon, denn er war ein Nachtmensch und benötigte nur wenig Schlaf. Alessia hingegen schlief vielleicht schon, weil sie die aufregenden Ereignisse des zu Ende gehenden Tages möglicherweise ebenso geschlaucht hatten wie mich. Zum Glück hatte mir Alex für den Fall, dass ich später zurückkam und beide schon im Bett waren, einen Hausschlüssel mitgegeben und mir gesagt, in welchem Gästezimmer ich nächtigen konnte.

Ich holte den einzelnen Schlüssel aus der Hosentasche und schob ihn ins Schloss. Die Lampe über der Tür war automatisch angegangen, als ich näher gekommen war, sodass ich genügend Licht hatte. Ich schloss auf, betrat das Haus und machte im Flur das Licht an. Es sah ganz danach aus, als wären Alessia und Alex schon ins Bett gegangen, denn im Haus war alles ruhig und dunkel.

Hoffentlich liegt jeder in seinem eigenen Bett, dachte ich, während ich die Tür hinter mir zumachte.

Nach dem Nickerchen vor dem Fernseher und der Fahrt, auf der ich ständig nach Verfolgern Ausschau gehalten hatte, war ich alles andere als müde, sondern fühlte mich sogar ein bisschen aufgedreht. Wenn ich jetzt ins Bett ginge, würde ich vermutlich noch eine Weile wachliegen, mich herumwälzen und alle Ereignisse des Tages in Gedanken rekapitulieren. Vermutlich war es daher besser, ich genehmigte mir im Wohnzimmer erst noch einen kleinen Schlummertrunk und ließ mich vom Fernseher einlullen, bis ich die notwendige Bettschwere hatte.

Also ging ich ins Wohnzimmer und machte dort Licht. Nachdem ich den Schalter betätigt hatte, erwachten gleich mehrere Lichtquellen in dem riesigen Raum zum Leben.

Als Erstes fielen mir mehrere umgestürzte Stühle am langen Esstisch auf, der für mindestens zwölf Personen Platz bot. Ich grinste und schüttelte den Kopf. Was hatten Alessia und Alex während meiner Abwesenheit nur getrieben? Hoffentlich nicht das, was ich befürchtete. Vermutlich hatten sie aber der ersten Flasche Wein nur eine zweite folgen lassen und im solcherart angetrunkenen Zustand die Stühle umgeworfen. Alles ganz harmlos also.

Trotzdem sah ich mich, während ich zur Ecke strebte, hinter der sich die Sitzgruppe, der offene Kamin, der Fernseher und Alex' gut bestückte Hausbar befanden, aufmerksam um, ob ich nicht doch irgendwo eine Spur zurückgelassener Kleidungsstücke entdecken konnte, die einer dem anderen vom Leib gerissen haben könnte.

Doch anstelle der Kleidungsstücke entdeckte ich das Blut, was mich nicht wirklich erleichterte, sondern sofort in erhöhte Alarmbereitschaft versetzte. Und kaum hatte ich die Abdrücke blutiger Schuhsohlen auf dem Parkett entdeckt, fiel mir auch schon auf, dass es hier drin sehr intensiv nach Blut roch. Und zwar viel stärker, als dass allein die blutigen Spuren, die hinter der Ecke verschwanden, dafür verantwortlich sein konnten.

Ich ging schneller, achtete aber darauf, nicht in die blutigen Abdrücke zu treten. Während ich mich rasch der Ecke näherte, versuchte ich, mich auf den schrecklichen Anblick vorzubereiten, da ich das Schlimmste befürchtete. Denn so, wie es aussah, hatten die Leute, die hinter Alessia her waren, ihr Ziel letzten Endes doch noch erreicht. Irgendwie mussten sie uns bis hierher verfolgt oder auf anderem Wege herausgefunden haben, wo wir uns verkrochen hatten.

Verdammt, wäre ich nur hiergeblieben! Aber vermutlich hätte das auch nichts genützt, und ich wäre jetzt genauso tot wie Alessia und Alex.

Mein Herz klopfte so schmerzhaft schnell und kräftig, als wollte es schon im nächsten Moment zerbersten. Dann hatte ich die Ecke erreicht und machte einen großen Bogen um die Fußabdrücke, die immer blutiger wurden, je näher ich dem Tatort kam.

Das Erste, was ich sah, als ich den Blick hob, war noch mehr Blut. Und zwar so viel Blut, dass mir beinahe schon vom bloßen Anblick des vielen Rots schlecht wurde, das sich von der weißen Couch und dem weißen hochflorigen Teppich besonders gut abhob, sodass das Bild, das ich sah, schon beinahe an das Gemälde eines durchgeknallten Künstlers mit einem Faible für die Farbe Blutrot erinnerte. Erst ganz allmählich erkannte ich wie bei einem Suchbild auch den menschlichen Körper inmitten all dieses Rots, der beim ersten Blick kaum auffiel, weil er ebenfalls blutüberströmt war.

Im ersten Moment war ich sogar ein bisschen erleichtert, dass ich nur einen Körper sah, wo ich doch zwei Leichen erwartet hatte. Doch schon im nächsten Augenblick meldete sich mein schlechtes Gewissen. Denn wie konnte ich auch so etwas wie Erleichterung verspüren, wenn mein bester Freund oder die Frau, die ich zwar erst heute kennengelernt, für die ich aber ganz allmählich zaghafte Gefühle zu entwickeln begonnen hatte, umgebracht worden waren? Und da die Mörder nur einen von ihnen tot zurückgelassen hatten, was war dann mit dem anderen geschehen?

Ich ging so nah an die Leiche heran, wie es mir der blutbesudelte Teppich erlaubte. Ich wollte nicht hineintreten, um keine Spuren zu zerstören. Außerdem wollte ich natürlich auch keine Spuren hinterlassen, die die Polizei auf den hirnrissigen Gedanken bringen könnte, ich hätte etwas mit diesem Mord zu tun.

Der Leichnam saß aufrecht in der Mitte der Couch und hatte den Kopf auf die Rückenlehne gelegt, als würde er zur Decke starren. Der Teppich um seine Füße und das Zentrum der Couch waren von seinem Blut förmlich durchtränkt und glänzten im Licht der vielen Lampen feucht.

Ich schluchzte unwillkürlich, während mir gleichzeitig Tränen in die Augen schossen, und hob die Hand vor den Mund, um den Entsetzensschrei zurückzuhalten, mit dem ich unweigerlich rechnete, als ich schlussendlich erkannte, wen ich vor mir hatte.

Alex' Augen standen weit offen, waren allerdings ohne jegliches Leben. Ich konnte unzählige tiefe Schnittwunden in seinem Gesicht und auf den bloßen Armen erkennen. Doch der größte Teil des Blutes, das seinen Körper, die Couch und den Teppich bedeckte, stammte vermutlich aus dem klaffenden Schnitt an seinem Hals, der ihn letztes Endes vermutlich rasch hatte verbluten lassen.

Der Schrei, den ich befürchtet hatte, kam nicht. Stattdessen taumelte ich einen Schritt zurück und wäre beinahe zusammengebrochen, weil meine Knie ganz weich wurden und unter mir nachgaben. Ich wandte mich von meinem toten Freund ab und stützte mich mit der linken Hand an der Armlehne der zweiten Couch ab, um nicht hinzufallen, während ich leise schluchzte und gleichzeitig die Tränen abwischte, die mir übers Gesicht liefen.

Ich konnte es einfach nicht fassen, auch wenn das Bild seines Leichnams mir noch immer vor Augen stand, aber mein bester Freund war tot. Und ich war schuld, weil ich ihn gebeten hatte, Alessia und mich für ein paar Tage aufzunehmen, da irgendwelche Arschlöcher Alessia umbringen wollten. Doch damit hatte ich die Killer nur hierher geführt und damit auch Alex' Leben aufs Spiel gesetzt. Und jetzt war er tot, und Alessia war spurlos verschwunden. Hatten die Leute, die Alex umgebracht hatten, sie mitgenommen, um sie ganz in Ruhe woanders zu töten und spurlos verschwinden zu lassen, weil ihre Leiche die Ermittler sonst auf die Spur der Mörder oder Auftraggeber geführt hätte?

Ich schüttelte den Kopf, als mir bewusst wurde, dass alles, was ich für Alessia getan hatte, so sinnlos gewesen war. Außerdem wurde mir erneut drastisch vor Augen geführt, dass der Tod letztendlich am längeren Hebel saß und sich nicht betrügen ließ. Ich hatte Alessias Totengesicht gesehen, und nun war sie entweder schon tot oder auf dem besten Weg, einen schrecklichen Tod zu sterben.

Wäre ich ihr doch bloß nicht nachgegangen!, dachte ich erbittert und schwor mir gleichzeitig, mich in Zukunft nie mehr einzumischen und zu versuchen, dem Lauf des Schicksals Knüppel zwischen die Beine zu werfen, wenn ich erneut das Antlitz des Todes im Gesicht eines Menschen sah. Denn so, wie es aussah, war der Knüppel zurückgeschleudert worden und hatte Alex getroffen. Dabei hatte ich, bevor ich Alessia vor dem Killer rettete, mehrere Möglichkeiten gehabt, dem Schicksal seinen Lauf zu lassen, diese aber ungenutzt verstreichen lassen. Ich hätte ihr erst gar nicht nachgehen müssen. Oder ich hätte darauf verzichten können, ihre Wohnung zu betreten, obwohl die Tür offen stand. Und auch als ich den Mann mit der Pistole gesehen hatte, hätte ich mich noch umdrehen und gehen können. Doch all das hatte ich nicht getan. Und als Strafe für meine Einmischung und meinen Versuch, Gevatter Tod um seine nächste Kundin zu betrügen, hatte er sich stattdessen Alex geholt.

Ich spürte, dass mein Schluchzen allmählich nachließ, wischte mir die letzten Tränen vom Gesicht und blinzelte mehrmals, um wieder klar sehen zu können. Dann richtete ich mich auf und atmete einmal tief durch. Der Blutgeruch war in unmittelbarer Nähe des Leichnams besonders durchdringend, sodass ich mich bemühte, durch den offenen Mund zu atmen.

Meine Beine fühlten sich zwar immer noch schwach an, ich rechnete aber nicht damit, dass sie unter mir nachgaben und ich zusammenbrach. So gefühllos es sich auch anhören mochte, aber der erste Schock war vorüber und mir ging es wieder etwas besser.

Ich fühlte mich sogar stark genug, mich umzuwenden und noch einmal einen Blick auf meinen toten Freund zu werfen, während ich bereits überlegte, was ich als Nächstes tun sollte.

»So eine Scheiße aber auch, Alex!«, sagte ich, als ich erneut seine toten, starrenden Augen, die aufgeschlitzte Kehle und das viele Blut überall sah. »Es tut mir so schrecklich leid!«

Aber das machte ihn jetzt auch nicht wieder lebendig. Stattdessen hätte ich vorher anders handeln müssen. Aber ich hatte alles falsch gemacht. Anstatt mich von Alessia bequatschen zu lassen, die Polizei erst einmal außen vor zu lassen, hätte ich darauf drängen sollen, die Behörden einzuschalten. Sie hätten uns Schutz geben können. Dann hätten wir Alex nicht in die Sache hineinziehen müssen, und er wäre noch am Leben. Aber hinterher ist man bekanntlich immer schlauer. Und jetzt musste ich ohnehin die Polizei anrufen und über diesen Mord informieren.

Als ich den Blick von Alex abwandte und nachdenklich über den Couchtisch schweifen ließ, bemerkte ich zum ersten Mal das Blatt Papier, das dort lag. Vermutlich hatten der tote Freund und das viele Blut in meinem Blickfeld und meinem Verstand keinen Platz für andere Dinge gelassen. Ich runzelte irritiert die Stirn, während ich mich gleichzeitig nach vorn beugte, um lesen zu können, was auf dem Blatt stand. Mit breiten Strichen, die vermutlich mit dem Zeigefinger ausgeführt worden waren und wie getrocknetes Blut aussahen, waren zwei knappe Worte und eine Zahlenreihe auf das Papier geschrieben worden. Die Worte lauteten *Ruf an!*, und die Zahlen sahen aus wie eine Mobiltelefonnummer.

Was soll das denn?

Ohne dass ich es beabsichtigt hatte, holte ich mein Handy heraus. Den Zettel mussten die Mörder – irgendwie ging ich davon aus, dass mehrere Täter dies angerichtet hatten – hinterlassen haben. Aber wozu? Warum sollte ich diese Nummer anrufen? Was wollten diese Leute von mir? Schließlich hatten sie sich Alessia geholt und damit erreicht, was sie wollten. Oder wollten sie auch mich und damit den letzten lästigen Zeugen beseitigen, obwohl ich gar nichts wusste, weder, wer hinter den Mordanschlägen steckte, noch, wer *Carlo* und Alex umgebracht hatte?

Vermutlich würde ich es herausfinden und Antworten auf alle anderen Fragen erhalten, wenn ich tatsächlich diese Nummer wählte. Und vielleicht erfuhr ich sogar etwas über Alessias Schicksal. Möglicherweise war sie noch gar nicht tot, und es gab noch immer Hoffnung für sie. Ich wusste zwar nicht, wieso diese Leute Alessia nun doch verschonen sollten, wenn sie von Anfang an vorgehabt hatten, sie zu töten, aber das war mir in diesem Moment ohnehin egal. Ich konnte nämlich gar nicht klar denken und alle Konsequenzen überschauen. Ich hatte nur Alessias Gesicht vor Augen und das drängende Gefühl, sie unter allen Umständen retten zu müssen. Schließlich hatte ich schon meinen besten Freund verloren. Alessia auch noch zu verlieren, wäre zu viel für mich.

Jeder Gedanke, die Polizei anzurufen, war vorerst vergessen. Stattdessen aktivierte ich mit einem Tastendruck das Handy und tippte die Nummer ein, die auf dem Blatt stand. Am anderen Ende der Verbindung klingelte es zweimal, dann meldete sich eine tiefe Stimme, die zu unnatürlich klang, um echt zu sein. Anscheinend benutzte mein Gesprächspartner einen Stimmenverzerrer.

»Das wurde aber auch Zeit!«

Ich erschauderte. Nicht wegen des Inhalts der Worte, die nur ein Zeichen für die Ungeduld des anderen waren, sondern weil sie durch die Verzerrung so unmenschlich klangen.

»Wer sind Sie?«

»Das ist nicht von Belang. Wichtiger ist doch, was ich von dir will, Comiczeichner.«

»Und was wollen Sie von mir? Ich habe mit der ganzen Sache doch gar nichts zu tun.«

»Bist du dir da so sicher?«

Ich war irritiert. Was wollte der andere damit andeuten? Schließlich war ich Alessia heute zum ersten Mal begegnet und hatte auch die Männer, die sie töten wollten, nie zuvor gesehen.

»Was meinen Sie damit?«

»Du besitzt etwas, das wir haben wollen, Comiczeichner. Und wir haben im Gegenzug etwas, das du gern zurückhättest. Ein kleiner Tipp: Es hört auf den Namen Alessia und schreit laut, wenn man es grob anpackt. Na, erraten? Ich schlage vor, dass wir ein kleines Tauschgeschäft machen, dann haben alle etwas davon. Du gibst uns, was wir haben wollen, und wir geben dir dafür die Frau zurück. Was sagst du dazu?«

»Ich weiß nicht, wovon Sie reden«, sagte ich, obwohl in mir bereits eine furchtbare Ahnung heraufdämmerte.

»Bist du dir da so sicher?«, fragte die unmenschliche Stimme erneut. »Dann will ich dir noch einmal auf die Sprünge helfen. Wir wollen die Unterlagen, die sich in der dunkelbraunen Aktentasche befinden. Na, klingelt es bei dir endlich?«

Es klingelte tatsächlich. Und wie! Es war, als würden in meinem Verstand sämtliche Kirchenglocken dieser Welt gleichzeitig läuten und meinen Schädel zum Vibrieren bringen. »Ja«, hauchte ich tonlos.

Der andere hatte mich trotzdem verstanden. »Ich wusste doch, dass du ein kluges Kerlchen bist. Bring uns die Aktentasche! Dann kannst du die Frau mitnehmen und mit ihr glücklich zusammenleben, bis ein natürlicher Tod euch scheidet. Andernfalls werdet ihr allerdings einen sehr schmerzhaften, langsamen und überaus unnatürlichen Tod erleiden. Zuerst Alessia und anschließend du, Comiczeichner. Und glaub bloß nicht, dass du dich irgendwo vor uns verkriechen könntest. Wir finden dich überall! Früher oder später. Und nur fürs Protokoll: Wenn du mit der Polizei sprichst, seid ihr ebenfalls tot. Verstanden?«

»Ja. Aber ...?« Ich schluckte, während meine Gedanken rasten und ich mich bemühte, mit ihnen Schritt zu halten und die richtigen Worte zu finden. »Aber wo ... und wann?«

»Um ein Uhr heute Nacht. Und zwar an folgendem Ort.« Er nannte eine Straße und eine Hausnummer, bevor er fortfuhr: »Geh einfach ums Haus herum und durch die offene Terrassentür ins Wohnzimmer. Wir erwarten dich dort. Und mach bloß keine Dummheiten!«

»Ja«, sagte ich, sprach jedoch mit niemandem mehr, weil er die Verbindung bereits unterbrochen hatte.

Ich ließ die Hand mit dem Handy sinken und starrte es an. Allerdings sah ich nicht das Gerät, sondern die Bilder, die mir meine Erinnerung zeigte, als ich in Gedanken erneut in die Ereignisse eintauchte, die mir vor anderthalb Wochen widerfahren waren. Zum zweiten Mal an diesem Tag erlebte ich mit, wie ich den Mann mit der dunkelbraunen Aktentasche bis in Ebene 3 des Parkhauses und anschließend wieder zur Straße verfolgte, wo er schließlich von einem Auto überfahren wurde.

26

Der Mann, dem ich von der U-Bahn bis hierher gefolgt war, war ohne Zweifel tot. Wieder einmal hatte mir meine furchtbare Befähigung dies schon vorher offenbart, als wir uns für den Bruchteil eines Augenblicks berührt hatten. Und wieder einmal hatte ich es nicht verhindern können.

Obwohl mir bewusst war, dass ich mir deswegen keine Vorwürfe machen durfte, denn was hätte ich schon tun sollen, um das Unausweichliche zu verhindern, hatte ich dennoch ein schlechtes Gewissen. Außerdem kam es mir so vor, als wäre der anklagende Blick des Toten allein auf mich gerichtet.

Ich konnte den Anblick seiner toten Augen nicht länger ertragen, erschauderte und wandte mich ab. Hinter mir drängten sich weitere Schaulustige, die einen Blick auf das Geschehen erhaschen wollten. Ich bahnte mir einen Weg durch die Menge und ging zurück ins Parkhaus. Vor den Kassenautomaten stand kein Mensch mehr. Alle befanden sich an der Straße, um einen Blick auf den Leichnam zu werfen. Ich schüttelte den Kopf, als könnte ich so den Anblick der Leiche aus meinem Verstand bekommen. Doch es gelang mir natürlich nicht, so als hätte sich das Bild unauslöschlich in meine Erinnerung gebrannt.

Um auf andere Gedanken zu kommen, überlegte ich, was ich jetzt tun sollte. Ich hörte Sirenen in der Ferne, die rasch näher kamen, also hatte schon jemand Polizei und Notarzt informiert. Ich wollte nicht bleiben, bis sie hier eintrafen. Und noch weniger wollte ich der Polizei erzählen, dass ich den Mann verfolgt hatte, denn die Beamten würden wissen wollen, warum ich das getan hatte, und mich verdächtigen, dass ich etwas mit seinem Tod zu tun haben könnte.

Plötzlich erinnerte ich mich wieder an sein merkwürdiges Verhalten in der dritten Parkebene und daran, dass er allem Anschein nach seine Aktentasche nicht mehr bei sich gehabt hatte, als er die Straße hatte überqueren wollen und dabei überfahren worden war. Es kam mir fast so vor, als könnte ich ein klickendes Geräusch hören, als diese Informationen sich wie Puzzleteilchen zusammenfügten und als Summe endlich einen Sinn ergaben, der den Einzelteilen bislang gefehlt hatte.

War ich bis dahin eher gedankenverloren geschlendert, hatte ich es nun plötzlich eilig. Ich nahm immer zwei Stufen der Drahtgittertreppe auf einmal, als ich nach oben lief. Ich stieß die Tür auf und sah mich um, aber die Parkebene war noch immer verlassen. Ich rannte zu der Stelle, an der auch der andere Mann vor wenigen Minuten gestanden hatte und sah zum Heck des X6, der noch immer dort parkte. Nach einem weiteren Blick in die Runde näherte ich mich dem Wagen. Ich blieb vor dem Kofferraum stehen und versuchte, ihn zu öffnen, doch der Wagen war verschlossen. Allerdings hatte ich auch nicht damit gerechnet, dass sich der Kofferraumdeckel öffnen ließ. Denn wenn der andere die Aktentasche dort verstaut hätte, hätte ich das hören müssen. Also musste es noch eine andere Möglichkeit geben. Aber welche?

Ich ließ meinen Blick am Heck des schwarzen Wagens nach unten gleiten, bis ich zu Boden sah. Ich runzelte nachdenklich die Stirn, bevor ich mich kurzerhand auf die Knie sinken ließ, mich mit den Händen am Boden abstützte und dann so weit nach vorn beugte, bis mein Kopf knapp über dem schmutzigen, ölverschmierten Beton war und ich unter den BMW schauen konnte.

Und da lag die Aktentasche!

Ich fragte mich erst gar nicht lange, was das alles zu bedeuten hatte, obwohl mir natürlich sofort die haarsträubendsten Szenarien in den Sinn kamen, die vorwiegend aus Filmen oder Büchern stammten, die ich in den letzten Jahren gesehen oder gelesen hatte. Am wahrscheinlichsten erschien mir noch, dass es sich hier um Industriespionage handeln könnte und sich unter dem X6 ein toter Briefkasten befand, an dem der Spion, der soeben überfahren worden war, wichtige Unterlagen deponiert hatte.

Mir war natürlich klar, dass ich auf alle Fälle die Finger von der Aktentasche lassen und sofort von hier verschwinden sollte, wenn ich nicht in Schwierigkeiten geraten wollte. Also stand ich auf, klopfte meine Hände sauber und verließ das Parkhaus, um nach Hause zu gehen und das Erlebte nach Möglichkeit rasch wieder zu vergessen.

Das alles tat ich allerdings nur in meiner Vorstellung!

In der Realität stand ich auf, sah mich um, ob ich noch immer allein war, was tatsächlich der Fall war, und ging zur linken Seite des Wagens, von wo ich die Aktentasche leichter erreichen konnte, da der Mann sie vor seinem Tod ziemlich weit unter das Auto geschleudert hatte. Ich ließ mich erneut zu Boden sinken, griff mit der linken Hand unter den BMW und bekam eine Ecke der Aktentasche zu fassen, worauf ich sie zu mir heranziehen konnte. Dann packte ich sie am Griff, stand auf und verließ die Parkebene durch die Tür, durch die der andere Mann und ich sie beim ersten Mal betreten hatten.

Ich war nervös und fühlte mich wie ein Ladendieb, der beim Verlassen des Geschäfts vom Kaufhausdetektiv ertappt werden könnte. Und im Grunde war ich ja auch ein Dieb, denn die Tasche gehörte mir nicht. Dennoch hatte ich sie an mich genommen. Auch wenn der ursprüngliche Besitzer nun tot war, sah es ganz so aus, als hätte er sie für jemand anderen unter dem X6 deponiert. Die Aktentasche war also nicht herrenlos gewesen, und ich hatte daher kein Recht gehabt, sie einfach an mich zu nehmen.

Trotz meiner Nervosität versuchte ich, einen natürlichen und ungezwungenen Anschein zu erwecken. Ich schlenkerte die Tasche hin und her, als gehörte sie mir schon immer, und pfiff vor mich hin. Vermutlich verhielt ich mich so noch viel auffälliger, als wenn ich einfach aus dem Parkhaus gerannt wäre, aber zum Glück begegnete mir auf dem Weg nach draußen niemand. Darüber war ich sogar doppelt froh, denn bei jedem, der mir entgegengekommen wäre, hätte ich mich bestimmt schuldbewusst gefragt, ob er derjenige sein könnte, für den die Aktentasche bestimmt war, und der sie möglicherweise erkennen und mich zur Rede stellen würde.

Doch ich blieb gänzlich unbehelligt, wurde nicht auf frischer Tat ertappt und brachte meine Beute in meine Wohnung, wo mein Herz vor Aufregung noch immer schneller schlug. Ich atmete erleichtert auf, als ich die Wohnungstür hinter mir schließen konnte, steckte den Schlüssel von innen ins Schloss und sperrte ab, als hätte ich Angst, jemand könnte mir gefolgt sein und versuchen, das Schloss zu knacken.

Als ich mich im Wohnzimmer auf die Couch sinken ließ, wusste ich eigentlich noch immer nicht, warum ich die Aktentasche überhaupt mitgenommen hatte. Als Kind hatte ich eine kurze Phase gehabt, wo ich im Laden Spielsachen, Kaugummi oder Bonbons gestohlen hatte. Doch seit damals hatte ich nichts mehr an mich genommen, das mir nicht gehörte, und war sogar schon ins Schwitzen gekommen, wenn ich nach dem Einkaufen im Supermarkt festgestellt hatte, dass mir die Kassiererin versehentlich ein bisschen zu viel Wechselgeld herausgegeben hatte. Und deshalb war es auch für mich absolut unerklärlich, welcher Teufel mich vorhin im Parkhaus geritten hatte.

Kopfschüttelnd betrachtete ich die Aktentasche, die vor mir auf dem Couchtisch lag. Vermutlich wäre es das Vernünftigste, ich würde sie augenblicklich wieder zurückbringen, damit sie in die Hände ihres rechtmäßigen Eigentümers gelangte. Doch wer war das eigentlich? Der Typ, der sie unter den BMW geworfen hatte? Wenn ja, dann war er jetzt mausetot und konnte mit der Tasche und ihrem Inhalt ohnehin nichts mehr anfangen. Oder gehörte sie in Wahrheit demjenigen, für den sie unter dem Wagen deponiert worden war? Aber weshalb war sie dann nicht einfach übergeben worden? Warum diese an Agentenfilme erinnernde Aktion, sie unter einen geparkten Wagen zu werfen? Ich erinnerte mich, dass der Mann, dem ich gefolgt war, etwas von einem Zettel abgelesen hatte, bevor er sich der Aktentasche entledigt hatte. Vermutlich waren darauf genaue Anweisungen, was er zu tun hatte, und das Fabrikat, das Kennzeichen oder der Stellplatz des Wagens vermerkt gewesen.

Mir wurde klar, dass ich die Aktentasche gar nicht zurückbringen wollte. Aber nicht, weil ich auf ihren Inhalt scharf gewesen wäre und ihn behalten wollte. Ich wusste ja nicht einmal, was drin war, solange ich nicht nachgesehen hatte. Vermutlich nur langweilige Unterlagen, weil es sich tatsächlich um einen Fall von Betriebsspionage handelte.

Aufgrund der Art der Übergabe, die etwas Verbotenes und Heimliches an sich hatte, war ich allerdings zu der Ansicht gelangt, dass ich etwas Illegales beobachtet hatte. Und wenn ich nun dafür sorgte, dass die Aktentasche zu demjenigen gelangte, für den sie bestimmt gewesen war, bekäme ich das Gefühl, ich würde an diesem illegalen Tun teilhaben. Vermutlich hatte ich in erster Linie deshalb die Tasche an mich genommen. Ich hatte erkannt, dass hier etwas Verbotenes im Gange war, und die Möglichkeit, diesem Tun einen Riegel vorzuschieben und rechtschaffene Bürger vor Schaden zu bewahren, indem ich die Aktentasche an mich nahm. Wenn ich schon nicht den Tod betrügen konnte, dann wenigstens irgendwelche fremdländischen Spione oder Gauner.

Hinzu kam, dass es für jede Form von tätiger Reue, indem ich das Diebesgut jetzt einfach wieder zurückbrachte, vermutlich ohnehin zu spät war. Bis ich wieder im Parkhaus war, hatte der Adressat vermutlich längst festgestellt, dass das für ihn bestimmte und von ihm vermutlich sehnsüchtig erwartete Paket verschwunden war. Und falls ich ihn dort antraf und die ganze Sache tatsächlich illegal war, würde er wohl alles andere als freundlich auf mein Erscheinen reagieren. Vermutlich konnte ich froh sein, wenn er mich nur beschimpfte. Mein Gehirn, das sofort alle möglichen Präzedenzfälle aus unzähligen Filmen, Büchern und Comics parat hatte, zeigte mir allerdings noch eine ganze Reihe anderer Möglichkeiten. Und jede einzelne davon war unangenehmer als die vorherige. Die Bandbreite reichte von einer bloßen Ohrfeige bis zu einem nassen Grab in der Isar mit einem hässlichen Betonblock an den Füßen.

Es sprach also im Grunde alles dagegen, die Tasche zurückzubringen. Aber was sollte ich dann mit ihr tun.

»Vielleicht solltest du Superhirn erst einmal nachsehen, ob überhaupt etwas Wichtiges drin ist!«, sagte ich und erschrak selbst ein bisschen, als meine eigene Stimme die Stille in der Wohnung zerriss. Aber es stimmte. Vielleicht enthielt die Aktentasche nur Altpapier, und meine ganze Aufregung war umsonst gewesen. Der Mann, dessen Totengesicht ich in der U-Bahn gesehen hatte, hatte möglicherweise nur seine alte Aktentasche und einen Stoß Altpapier loswerden wollen und sie einfach unter ein parkendes Auto geworfen.

Und dann hat er wohl auch noch sein eigenes Leben loswerden

wollen und sich selbst vor ein fahrendes Auto geworfen? Guter Witz,
hahaha!

Ich wusste selbst, wie unglaubwürdig diese Möglichkeit war. Außerdem sah die Tasche ziemlich neu und unbenutzt aus. Deshalb war es das Beste, ich sah in die Tasche und verschaffte mir Gewissheit. Ich überlegte mir, ob ich die Vorhänge zuziehen sollte, erkannte aber, dass dies der Gipfel der Paranoia gewesen wäre. Schließlich hatte mich niemand gesehen, als ich die Aktentasche an mich genommen und das Parkhaus verlassen hatte.

»Na gut«, sagte ich und griff beherzt nach der Tasche. Im ersten Moment befürchtete ich zwar, der Schnappverschluss, in dem sich ein kleines Schlüsselloch befand, könnte abgeschlossen sein, doch er ließ sich problemlos öffnen. Ich klappte den Überschlag nach oben und sah dann hinein. Die Aktentasche hatte zwei große Fächer. In beiden steckten Schnellhefter aus Pappe, die jeweils einen zwei Zentimeter dicken Stoß Papiere enthielten.

Ich dachte darüber nach, Handschuhe anzuziehen, doch um mir über Fingerabdrücke Sorgen zu machen, war es längst zu spät, denn die Tasche selbst war mittlerweile voll davon. Also holte ich die beiden Hefter mit bloßen Händen heraus und legte die leere Aktentasche zur Seite.

Die Hefter waren nicht beschriftet. Ich blätterte sie durch und entdeckte Unterlagen und Auszüge für mehrere Konten bei unterschiedlichen Banken, teilweise sogar in anderen Sprachen. Auf manchen Auszügen waren Zahlungseingänge oder Zahlungsabgänge mit Textmarker angestrichen und mit handschriftlichen Anmerkungen ergänzt worden.

Ich schüttelte den Kopf, da ich daraus erstens nicht schlau wurde und es mich zweitens nicht interessierte. Ich klappte den Ordner zu, den ich zuletzt durchgesehen hatte, und steckte dann beide Schnellhefter zurück in die Aktentasche, die ich wieder verschloss.

Meine Neugierde war gestillt. Aber was sollte ich jetzt mit der Tasche und ihrem Inhalt tun. In meiner Wohnung wollte ich sie nicht aufbewahren. Aber wohin damit?

Da hatte ich eine gute Idee!

27

Ich blinzelte und wurde mir bewusst, dass ich noch immer das Handy in meiner Hand anstarrte. Und als hätte das Gerät registriert, dass ich seiner wieder gewahr geworden war, wählte es ausgerechnet diesen Moment, um zum Leben zu erwachen.

Ich erschrak und zuckte so heftig zusammen, dass mir das Mobiltelefon beinahe aus der Hand gefallen wäre. Gerade noch rechtzeitig konnte ich meinen Griff festigen und es festhalten.

Ich hatte erwartet, dass der Mann mit der verzerrten Stimme zurückrufen würde, doch auf dem Display stand nicht die Nummer, die ich vorhin angerufen hatte, sondern eine Festnetznummer mit der Vorwahl von München.

Ich nahm das Gespräch entgegen, hob das Handy ans Ohr und fragte vorsichtig: »Ja?«

»Herr König?«

»Wer will das wissen?« Diesen Satz hatte ich schon in vielen Filmen gehört und war froh, dass ich ihn endlich einmal selbst anbringen konnte.

»Mein Name ist Funk. Kriminaloberkommissar Peter Funk vom Kommissariat K 11 der Kripo München, zuständig für vorsätzliche Tötungsdelikte. Mein Kollege und ich würden uns gern einmal mit Ihnen unterhalten.«

Ich sah meinen toten Freund auf der Couch an. »Das ging aber schnell. Können Sie etwa hellsehen?«

»Hellsehen? Was meinen Sie damit?«

»Na, weil mein Freund noch gar nicht so lange tot ist, und plötzlich rufen Sie von der Mordkommission an und wollen mit mir sprechen. Ich wollte Sie auch schon anrufen, aber dann kam mir etwas dazwischen. Wer hat Sie informiert?«

»Wovon reden Sie eigentlich, Herr König.«

»Von Alexander Feldmann natürlich. Er war mein bester Freund. Und jetzt ist er tot, weil ihm jemand die Kehle durchgeschnitten hat. Und ich bin schuld, weil ich hierhergekommen bin und ihn damit in Gefahr gebracht habe. Rufen Sie denn nicht deswegen an?«

»Nein. Aber woher wissen Sie, dass Ihr Freund tot ist?«

»Weil ich, verflucht noch mal, in diesem Moment neben seiner Lei-

che stehe!«

»Okay, okay. Immer mit der Ruhe. Das ist noch lange kein Grund, laut und ausfallend zu werden. Beruhigen Sie sich erst einmal. Dann können wir in Ruhe über alles reden.«

»Ich will aber nicht in Ruhe über alles reden. Ich habe nämlich keine Zeit, um in Ruhe über alles zu reden. Ich wollte Sie nur darüber informieren, dass Alex ermordet wurde, und das habe ich hiermit getan. Aber jetzt muss ich das Gespräch beenden, weil ich noch etwas überaus Wichtiges zu erledigen habe.«

»Warten Sie, Herr König!«

Irgendetwas in seiner Stimme ließ mich zögern.

»Wollen Sie denn gar nicht wissen, warum ich Sie angerufen habe, Herr König?«

Ich war unentschlossen, ob mich das in diesem Moment wirklich interessierte, wo es Wichtigeres zu tun gab. Alessia befand sich in der Gewalt des Typs mit der verzerrten Stimme und würde sterben, wenn ich ihm nicht rechtzeitig die Aktentasche brachte. Andererseits hatte ich dafür noch ein bisschen Zeit.

»Hören Sie zu, Herr …«

»Funk.«

»Okay. Hören Sie zu, Herr Funk. Wenn Sie mich nur am Telefon behalten wollen, um meinen Aufenthaltsort ausfindig zu machen und einen Streifenwagen vorbeizuschicken, dessen Besatzung mich festnimmt, dann wird das nicht funktionieren. Ich gebe Ihnen exakt vier Minuten Zeit, mir zu sagen, was Sie mir sagen wollen, dann lege ich auf und verschwinde von hier. Und um Ihnen die Arbeit zu erleichtern, sage ich Ihnen sogar, dass ich mich im Haus meines Freundes Alexander Feldmann befinde. Aber in spätestens vier Minuten bin ich weg. Also reden Sie, denn die Zeit läuft!«

Ich wandte mich um und behielt den Sekundenzeiger der Designer-Wanduhr neben dem offenen Kamin im Auge.

»Von Herrn Feldmanns Tod wussten wir nichts, Herr König. Aber wir ermitteln in einem anderen Fall. Der Tatort liegt in der Clemensstraße in Schwabing-West. Im Laufe unserer Ermittlungen fanden wir heraus, dass Sie in der Nähe des Tatorts gesehen wurden. Deshalb wollten wir mit Ihnen reden.«

»Ich wurde dort gesehen?«

»Ja.«

»Und wie kamen Sie dann auf meinen Namen?«

»Wir bekamen einen telefonischen Hinweis.«

»Von wem?«

»Der Hinweisgeber nannte seinen Namen nicht. Er sagte nur, dass die Person, nach der wir suchen, Richard König heißt und Comiczeichner ist.«

»Hatte der Typ vielleicht eine verzerrte Stimme?«

»Wie bitte?«

»Egal.« Ich konnte mir ohnehin nicht vorstellen, dass Alessias Entführer mich bei der Polizei angeschwärzt hatte. Schließlich wollte er etwas von mir haben. Und wenn ich heute Nacht verhaftet und verhört wurde, würde er lange darauf warten müssen.

»Auf jeden Fall suchten mein Kollege und ich Sie dann zu Hause auf, um mit Ihnen zu sprechen.«

»Sie waren das also?«

»Natürlich. Wir sagten doch, dass wir von der Polizei sind.«

»Und wieso haben Sie dann meine Wohnungstür eingetreten? Seit wann macht die Polizei, dein angeblicher Freund und Helfer, denn so etwas?«

»Sie haben ja nicht aufgemacht, obwohl wir wussten, dass Sie da sind. Halten Sie das nicht auch für hochgradig verdächtig?«

»Ich dachte, Sie gehören zu den Gangstern, die Alessia umbringen wollen, und geben sich nur als Polizisten aus. Welcher von den beiden sind Sie eigentlich, der Große oder der Kleine.«

»Ich bin der Kleinere von uns beiden. Aber nur körperlich.« Als ich auf seinen Scherz nicht reagierte, ergriff er sofort wieder das Wort, denn die Zeit lief gegen ihn und die Uhr, die ich ständig im Blick behielt, tickte. »Hören Sie zu, Herr König! Wir müssen unbedingt mit Ihnen reden. Haben Sie gesehen, was in der Wohnung in der Clemensstraße passiert ist?«

»Ja. Aber ich hab damit nichts zu tun. *Carlo* ...«

»Carlo?«

»Ich nenne den Typen so, der Alessia umbringen wollte. Keine Ahnung, wie er mit richtigen Namen heißt. Wissen Sie's?«

»Leider auch nicht. Er trug keine Papiere bei sich. Ich hoffte, Sie könnten es mir sagen.«

»Fehlanzeige. Ich bin dem Kerl noch nie zuvor begegnet. Ich kam zufällig dazu, als er Alessia mit seiner schallgedämpften Pistole erschießen wollte. Fragen Sie mich aber nicht, warum ich dort war, denn das würden Sie mir ohnehin nicht glauben. Ich konnte ihn gerade noch davon abhalten, indem ich ihn mit einer Elefantenmaske schlug. Deshalb sind auch meine Fingerabdrücke auf der Maske.«

»Welche Elefantenmaske?«

»Der Mörder muss sie mitgenommen haben. Zusammen mit meiner Arbeitsmappe.«

»Ihre Arbeitsmappe?«

»Unterbrechen Sie mich doch nicht ständig. Immerhin ist es Ihre Zeit, die Sie hier verschwenden. Wenn Ihre vier Minuten um sind, lege ich auf. Und wenn Sie dann noch nicht alles erfahren haben, ist das eben Ihr Pech, verstanden?«

»Ja. Reden Sie schon?«

»Alessia und ich konnten ihm entkommen. Aber als wir später zurückkamen, fanden wir im Bad seine Leiche. Er wurde vermutlich mit seiner eigenen Waffe erschossen. Keine Ahnung, von wem. Aber Alessia und ich haben damit nichts zu tun, das müssen Sie mir glauben.«

»Woher kennen Sie Frau Engel überhaupt?«

»Ich kannte Sie vorher gar nicht. Ich habe Sie erst heute kennengelernt. Wir begegneten uns in der U-Bahnstation, und ich folgte ihr zu ihrer Wohnung.«

»Warum?«

»Hören Sie zu, Herr Funk. Ihre Zeit ist gleich um.«

»Warten Sie, Herr König! Ich würde gern noch über Alessia Engel mit Ihnen reden.«

»Keine Zeit, Herr Funk. Ich habe nämlich wirklich noch etwas Wichtiges zu erledigen. Es geht um Alessias Leben. Wenn alles ein glückliches Ende gefunden hat, dann melde ich mich bei Ihnen, versprochen. Auf Wiederhören.«

»Aber Alessia Engel …«

Ich unterbrach die Verbindung nach exakt 240 Sekunden und wandte mich um, ohne einen weiteren Blick auf Alex' Leiche zu werfen. Ich hätte es nicht ertragen, ihn noch einmal anzusehen. Sein Anblick hätte mich nur gelähmt und davon abgehalten, sofort das Haus zu verlassen. Aber das musste ich tun, denn vermutlich hatte Funk schon mehrere Streifenwagen hierher geschickt.

Während ich mich eilig vom Schauplatz des Mordes entfernte, schaltete ich mein Handy ganz aus, damit Funk mir nicht mit weiteren Anrufen auf die Nerven gehen konnte, und steckte es ein. Ich würde wieder den Porsche nehmen, da mein Käfer in der Garage stand und es zu lange dauern würde, das Tor zu öffnen und ihn herauszufahren. Der Porsche stand hingegen schon abfahrbereit vor der Garage, und der Motor war sogar noch warm. Außerdem hatte ich die Schlüssel für Alex' Wagen noch immer bei mir. Funk und sein Kollege von der Mordkommission würden, wenn sie keinen anderen Verdächtigen hatten und unbedingt mir den Mord anhängen wollten, daraus vielleicht ein erstklassiges Mordmotiv basteln und behaupten, ich hätte Alex ermordet, um an seinen Porsche zu kommen, aber darum konnte ich mich später kümmern.

Ich ließ die Lichter im Wohnzimmer und im Flur brennen, damit die Polizisten sich leichter zurechtfanden und rasch Alex' Leichnam fanden, riss die Haustür auf und erstarrte auf der Schwelle, als ich mich plötzlich zwei Männern gegenübersah, die vor der Tür standen.

Die waren aber schnell!, dachte ich noch, da ich die beiden Männer für Kriminaloberkommissar Funk und seinen nur in körperlicher Hinsicht größeren Kollegen hielt, bevor mich etwas mit brachialer Wucht mitten ins Gesicht traf, das sich bei derart naher Betrachtung als riesengroße Faust entpuppte. Der Schlag ließ mich augenblicklich die Besinnung verlieren und auf der Türschwelle zusammenbrechen. Doch ehe mein Verstand in der bodenlosen Schwärze der Bewusstlosigkeit versank, realisierte ich noch, dass es sich bei den beiden Besuchern nicht um die Kriminalbeamten, sondern um den Fahrer und den Beifahrer des Audi Q7 handelte.

28

Als ich wieder zu mir kam, hatte ich stechende Kopfschmerzen. Es war allerdings ein ganz anderer Schmerz, als ich ihn sonst hatte, wenn mir als Begleiterscheinung meiner Fähigkeit der Schädel wehtat. Außerdem schmerzte auch meine Nase, die mit der geballten Faust des Q7-Fahrers kollidiert war und dabei augenscheinlich den Kürzeren gezogen hatte.

Ich stöhnte leise, während sich mein Verstand mühsam ins Bewusstsein zurückkämpfte. Wie ein alter Motor, der schon lange nicht mehr angelassen worden war, schien er Startschwierigkeiten zu haben, doch ganz allmählich kam er in Schwung, bis die Zahnräder meines Denkens schließlich wieder gleichmäßig und rund liefen.

Ich öffnete die Augen. Mein Kopf war auf die Brust gesunken, weil ich aufrecht auf einem harten Stuhl saß. Als ich den Kopf hob, was unter meiner Schädeldecke einen wahren Tsunami von Schmerzen auslöste, der mein gerade erst erwachtes Bewusstsein beinahe wieder unter sich begraben hätte, sah ich einen zweiten, leeren Holzstuhl vor mir stehen.

Ich wollte meine Hände heben, um Gesicht und Nase abzutasten und zu überprüfen, ob noch alles da war, wo es hingehörte, doch es ging nicht. Ich blickte unter Schmerzen nach unten und sah, dass meine Handgelenke mit Stricken an die Armlehnen des Stuhls gefesselt waren.

Na prima!

Ich hörte, dass eine Tür geöffnet wurde und jemand sagte: »Er ist jetzt wach. Hol den Boss!«

Ich hob den Kopf, blinzelte heftig, weil das Licht der Glühbirne unter der Decke mir in die Augen stach und sie tränen ließ, und hielt nach dem Sprecher Ausschau.

Es handelte sich um den Fahrer des Q7, der mich niedergeschlagen und den Beifahrer davon abgehalten hatte, uns mit einer Maschinenpistole hinterherzuschießen. Ich runzelte die Stirn, aber selbst das tat weh, sodass ich es sofort wieder sein ließ. Dennoch war ich verwirrt, da sein Anblick nicht in das Bild passte, das ich mir bislang von der ganzen Angelegenheit gemacht hatte. Denn ich hatte angenommen, dass die beiden Männer aus dem Audi zu dem Kerl mit der verzerrten Stimme gehörten. Aber wieso hätte er sie losschicken sollen, um mich zu schnappen, wenn wir kurz zuvor vereinbart hatten, dass ich die Aktentasche aus ihrem Versteck holen und zu ihm bringen würde. Trotz des Nebels, der noch immer um meinen Verstand waberte und sowohl von den Schmerzen stammten als auch eine Nachwirkung des Faustschlags sein musste, wurde mir klar, dass hier irgendetwas nicht stimmen konnte. Ich hatte ja schon vorher den vagen Verdacht gehabt, dass bei diesem tödlichen Spiel mehrere Parteien ihre Finger im Spiel haben könnten. Und wie sich nun herausstellte, hatte mich meine Intuition allem Anschein nach nicht getrogen.

Der Q7-Fahrer oder eher Ex-Q7-Fahrer, denn der Wagen war ja nun Schrott, hatte die Tür wieder geschlossen und kam auf mich zu.

Ich nutzte die Zeit, um mich umzusehen. Wir befanden uns in einem Kellerraum. Vor dem einzigen Fenster, das vergittert war, sich dicht unter der Decke befand und zu einem Lichtschacht führte, stand eine Werkbank, auf der allerlei Werkzeug lag. Ansonsten war der Raum bis auf die beiden Stühle in seiner Mitte leer.

Eine Folterkammer.

Der Begriff kam mir ganz ungewollt in den Sinn, und ich wäre froh gewesen, wenn er mir nicht gerade jetzt eingefallen wäre, denn er machte mir Angst. Manchmal ist es schon ein Kreuz, wenn man eine so blühende Fantasie hat.

Das ist keine Folterkammer, sondern ein Werkraum!, versuchte ich mir einzureden, doch es gelang mir selbst dadurch nicht mehr, die Bilder einzudämmen, die mein Verstand mit dem Begriff *Folterkammer* verknüpfte. Und kein einziges davon war besonders schön oder angenehm. Aber wem wollte ich hier eigentlich etwas vormachen? Ein Kellerraum, in dem sich nur eine Werkbank mit Werkzeugen und zwei Stühle befanden, wozu sollte der sonst dienen?

Ich konzentrierte meine Aufmerksamkeit wieder auf den Mann, der noch immer eine schwarze Jeans und einen dunkelgrauen Kapuzenpulli trug. Er musste ungefähr in meinem Alter sein, war aber einen halben Kopf größer, also schätzungsweise eins siebenundachtzig, und anderthalb mal so breit. Er hatte ein kugelrundes Pfannkuchengesicht mit roten Backen und einer kleinen Knopfnase, das mich an eine Playmobil-Figur erinnerte und ihn irgendwie lustig und harmlos aussehen ließ. Dazu passte allerdings nicht der kalte Blick aus seinen hellgrauen Augen, mit dem er mich ansah. Sein Schädel war von dunklen Haarstoppeln übersät, und er trug die größte goldene Uhr, die ich jemals am Handgelenk eines Mannes gesehen hatte.

»Hallo. Wie geht's? Tut mir wirklich wahnsinnig leid, was mit dem Audi passiert ist. Ich hoffe, Sie sind deswegen nicht nachtragend.«

Der andere sah mich weiterhin mit ausdruckslosem Gesicht an und ließ nicht erkennen, ob er meine Worte verstanden oder überhaupt gehört hatte. Entweder war er taub, oder er verstand kein Deutsch.

Vermutlich hatte er aber auch einfach nur keine Lust, mit mir zu reden.

Er ging ohne ein Wort an mir vorbei, wandte schließlich den Blick ab, und trat an die Werkbank. Ich konnte nicht sehen, was er dort trieb, da sein breiter Körper mir die Sicht verstellte. Ich konnte nur anhand der Geräusche vermuten, dass er Werkzeuge in die Hand nahm und wieder hinlegte, als würde er sie für den baldigen Gebrauch sortieren.

Ich musste schlucken, was sich in meinen Ohren viel zu laut anhörte. Mein Mund und meine Kehle waren ganz ausgetrocknet.

»Könnte ich vielleicht ein Glas Wasser haben?«

Keine Reaktion. Ebenso gut hätte ich mich mit der Wand oder dem anderen Stuhl unterhalten können.

Mir fiel wieder ein, dass ich, unmittelbar bevor die Faust des Mannes mich getroffen hatte, ihre Gesichter gesehen und erkannt hatte, dass ich es nicht mit den Polizisten, sondern mit den Typen aus dem Q7 zu tun hatte. Allerdings hatte mich der Fausthieb sofort ausgeknockt, sodass ich sein Gesicht nicht mehr nach dem Körperkontakt zu sehen bekommen hatte. Daher wusste ich auch nicht, ob der Schatten des Todes darüber gelegen hatte. Schade! Irgendwie hatte ich das Gefühl, dass es für mich besser gewesen wäre, wenn ich vor meiner Bewusstlosigkeit sein Totengesicht erblickt hätte.

Ich wollte den Typen gerade noch einmal um etwas zu trinken bitten, weil ich wirklich einen furchtbar trockenen Mund hatte, als sich die Tür öffnete. Der Mann an der Werkbank wandte sich um, und auch ich drehte den Kopf, um zu sehen, wer mich in meinem *Folterkeller* besuchte.

Irgendein hundsgemeiner Teil meines Verstandes schien Gefallen an diesem Wort gefunden zu haben und mich damit quälen zu wollen.

Den Mann, der als Erster den Kellerraum betrat, hatte ich noch nie zuvor gesehen. Er war sicherlich nicht größer als ein Meter fünfundfünfzig, besaß jedoch eine Ausstrahlung, die ihn viel größer wirken ließ. Er strahlte Autorität, Dominanz und eine Spur latenter Gewalttätigkeit aus, was mich unwillkürlich den Kopf ein bisschen einziehen ließ, als wollte ich mich in mich selbst verkriechen, um mich vor seinem stechenden Blick zu verbergen. Ich musste mich schon ziemlich täuschen, wenn er nicht der Boss war, von dem vorhin die Rede gewesen war.

Hinter ihm kam der Beifahrer des Q7 herein, der mindestens drei

Köpfe größer und erheblich breiter als der *Boss* war und diesen wie ein Berg überragte. Er trug wie schon am Nachmittag einen schwarzen einreihigen Anzug, ein weißes Hemd, eine schwarze Krawatte und schwarze Halbschuhe. Wahrscheinlich hatte er eine Sonnenbrille in der Innentasche seines Jacketts stecken und kam sich vor wie *Vincent Vega* aus *Pulp Fiction*, weil er sein dunkles Haar genauso trug und einen silbernen Ohrring im rechten Ohrläppchen hatte. Ob er die Maschinenpistole noch immer bei sich hatte, konnte ich hingegen nicht beurteilen. Ich befand mich allerdings in einer Situation, in der es besser war, vom denkbar Schlechtesten auszugehen.

Vincent machte die Tür hinter sich zu – vermutlich sollten andere Leute im Haus oder die Nachbarn meine Schreie nicht hören –, verschränkte die Arme vor der Brust und lehnte sich gegen das grau gestrichene Metall.

Der Boss kam ohne Eile näher, wischte mit der linken Hand über die Sitzfläche des freien Stuhls vor mir und setzte sich dann. Er legte die Hände in den Schoß, verschränkte die Finger ineinander, als wollte er ein Gebet sprechen, und sah mich nicht unfreundlich, sondern eher mit einem väterlich tadelnden Blick an.

Ich kam mir plötzlich wieder vor wie ein Schuljunge, der ins Büro des Direktors zitiert worden war, weil er etwas angestellt hatte.

Der Mann war bestimmt schon Mitte sechzig, hatte langes graues Haar, das im Nacken zu einem Pferdeschwanz zusammengebunden war und ein ganz schmales graues Schnurrbärtchen, das bei jedem anderem vermutlich affektiert gewirkt hätte, zu seiner gesamten Erscheinung allerdings passte wie das Tüpfelchen auf dem i. Er hatte ein unnatürlich glattes Gesicht ohne jegliches Fältchen, das in mir den Verdacht erweckte, er könnte schon mehrere Schönheitsoperationen hinter sich haben, um der natürlichen Alterung der Haut Einhalt zu gebieten. Die Nase hatte er allerdings allem Anschein nach nicht operieren lassen, denn sie war ein großes gebogenes Gebilde, das eher an einen Schnabel als an ein menschliches Riechorgan erinnerte. Der *Boss* trug eine weiße Jeans und ein schwarzes Hemd. Außerdem war er mit mehr Schmuck behangen als ein durchschnittlicher Christbaum. Neben einer massiven goldenen Panzerkette trug er eine dünne Silberkette um den Hals, an der ein dreieckiger, scharfkantiger Zahn hing, der meiner Meinung nach nur von einem Weißen Hai stammen konnte. Außerdem trug er an beiden Ohren mehrere Ohrringe und -stecker und an jeder Hand mindestens drei Ringe, am rechten Handgelenk einen dicken Armreif und links eine goldene Uhr, die zwar dezenter als die des Fahrers, aber mit Sicherheit um ein Vielfaches teurer gewesen war.

»Weißt du, wer ich bin?«

Ich nickte vorsichtig. »Sie sind der Boss!«

Seine Mundwinkel hoben sich ein paar Millimeter, als hätte er vor zu lächeln, wüsste aber nicht, wie es funktioniert. »Richtig. Und mehr musst du über mich auch gar nicht wissen. Denn je weniger du weißt, desto besser für dich. Du verstehst, was ich meine?«

Ich nickte nur.

»Gut. Ich bin also der Boss. Manche würden mich auch als Gangsterboss, Drogenboss oder Syndikatsboss bezeichnen, aber mir persönlich gefällt der Ausdruck Boss besser. Einfach und bescheiden, drückt dieser Begriff aber gleichzeitig aus, dass ich derjenige bin, der hier das alleinige Sagen hat. Und wer bist du?«

Ich machte schon den Mund auf, um zu antworten, doch der Zeigefinger, den er hob, gebot mir Einhalt, sodass ich augenblicklich den Mund schloss und die Worte wieder hinunterschluckte.

»Ich will keinen Namen von dir hören, denn Namen langweilen mich. Also, wer bist du?«

»Ich bin der … Comiczeichner?«

Die Mundwinkel wanderten noch ein Stück nach oben, sodass sich zumindest die vage Andeutung eines Lächelns bildete. Ich war erleichtert, dass ich die richtige Antwort gegeben hatte, und atmete durch.

»Richtig. Du bist der Comiczeichner. Ein einfacher Begriff, der allerdings eine Menge über dich aussagt. Daraus kann ich sofort viel mehr über dich erfahren, als wenn du mir nur deinen Namen nennst. Denn was sind schon Namen? Nichts anderes als Schall und Rauch. Du bist der Comiczeichner, und ich bin der Boss. Damit hätten wir das schon mal geklärt. Und meine beiden Begleiter hast du ja auch schon kennengelernt. Das da …« Er deutete auf den Fahrer des Q7. »… ist der Chauffeur. Und der an der Tür ist der Bodyguard.«

Ich sah die beiden der Reihe nach an und nickte ihnen freundlich zu. Sie verzogen allerdings keine Miene und blickten mich weiterhin an wie etwas Ekliges, das sie im Profil ihrer Schuhe entdeckt hatten.

»Ich habe auch noch jemanden, den ich den Problemlöser nenne, aber der ist momentan mit einem Spezialauftrag unterwegs.«

Ich musste unwillkürlich an *Carlo* denken, der mit einem Ein-schussloch in der Stirn tot an einem Brauseschlauch gehangen hatte, als ich ihn das letzte Mal gesehen hatte. Mich überkam die furchtbare Ahnung, dass *Carlo* und der Problemlöser, von dem der Boss gespro-chen hatte, ein und dieselbe Person sein könnten. Allem Anschein nach wusste er noch nicht, dass sein Mitarbeiter bei der Erledigung des Spezialauftrags gestorben war. Vermutlich war das auch besser für mich. Deshalb würde ich mich hüten, der Überbringer schlechter Nach-richten zu sein und ihm zu erzählen, dass er den Problemlöser von seiner Lohnliste streichen konnte.

»Nachdem wir jetzt wissen, mit wem wir es zu tun haben, können wir uns wichtigeren Dingen zuwenden. Und damit meine ich zualler-erst die Frage, warum du überhaupt hier bist, Comiczeichner?«

Dieses Mal wusste ich nicht, was ich antworten sollte. Schließlich war ich weder aus freien Stücken noch aus eigenem Antrieb hierherge-kommen, sondern von den beiden Handlangern des Gangsterbosses niedergeschlagen und hierher verschleppt worden. Wo immer dieser Ort auch war. »Tut mir leid, aber …« Ich musste schlucken. »Ich weiß auch nicht, warum ich hier bin.«

Die Mundwinkel wanderten bei dieser Antwort natürlich wieder ein kleines Stück nach unten.

»Bist du dir sicher?«

Ich sah erneut zu Chauffeur und Bodyguard, doch von denen hatte ich auch keine Hilfe zu erwarten. Ganz im Gegenteil.

Ich erinnerte mich an den Anrufer mit der verzerrten Stimme, der die Aktentasche mit den Kontounterlagen im Austausch für Alessia haben wollte. Auch er hatte mich gefragt, ob ich da so sicher wäre, als ich gesagt hatte, ich wüsste nicht, was er von mir wollte.

Ich war mittlerweile der festen Ansicht, dass der Boss nicht der Mann mit der verzerrten Stimme war, sonst hätte er das Telefonat, unseren Tauschhandel und Alessia längst erwähnt. Viel eher sah es für mich jetzt so aus, als wären die beiden Gegenspieler und hätten es auf ein und dasselbe Objekt abgesehen.

»Sie wollen die Aktentasche, nicht wahr?«, ließ ich einen Testbal-lon steigen, der allerdings eher eine begründete Vermutung war.

Doch zu meiner Überraschung schüttelte er den Kopf. »Die Aktentasche interessiert mich nicht. Ich will nur zurückhaben, was in der Tasche ist.«

»Zurückhaben?«

Der Boss nickte. »Es handelt sich um wichtige Unterlagen über all meine Konten im In- und Ausland. Sollten sie in die falschen Hände geraten, dann würde ich entweder wegen Steuerhinterziehung und Geldwäsche für lange Zeit ins Gefängnis wandern, oder jemand könnte mich mit den Papieren erpressen. Beide Alternativen liegen nicht unbedingt in meinem Interesse, wie du dir sicher vorstellen kannst.«

»Und woher wissen Sie, dass ich diese Unterlagen habe?«

Er schnippte mit den Fingern der rechten Hand, worauf augenblicklich Leben in die erstarrte Gestalt des Chauffeurs kam. Er nahm einen Stoß Blätter von der Werkbank, kam zu uns, reichte sie seinem Arbeitgeber und kehrte dann wieder an seinen Platz zurück.

Der Boss hob die Blätter und drehte sie so, dass ich das oberste sehen konnte.

»Das sind Aufnahmen der Kameras aus dem Parkhaus, vor dem mein Buchhalter bedauerlicherweise überfahren wurde.«

»Das war Ihr … Ihr Buchhalter?«

»Ja. Er kümmerte sich um alle finanziellen Transaktionen in meiner Firma. Ich vertraute ihm wie keinem anderen. Doch dann entführte jemand seine Frau und seine kleine Tochter. Und anstatt sich an mich zu wenden und mich um Hilfe zu bitten, gab er den Forderungen der Entführer nach und deponierte die Unterlagen, ihren Anweisungen folgend, unter einem Auto im Parkhaus.«

»Und wer hat ihn dann überfahren, als er wieder herauskam und die Straße überquerte?«

»Na, wer, meinst du, war das wohl? Die Entführer hatten nie vor, seine Familie freizulassen. Vermutlich hat man seine Frau und seine Tochter schon getötet, sobald man sie entführt hatte, und irgendwo verscharrt. Sie sind bis heute spurlos verschwunden. Und weil man nicht wollte, dass der Buchhalter zu mir kommt und mir alles beichtet, wenn seine Familie nicht wieder auftaucht, hat man kurzen Prozess gemacht, nachdem er die Unterlagen am Übergabeort hinterlegt hatte, und ihn kurzerhand mit dem Auto überfahren. Ein Verkehrsunfall erregt nämlich entschieden weniger Aufsehen, als wenn sie ihn erschossen hätten. Anschließend wollten sie sich ihre Beute holen, doch da kamst plötzlich du ins Spiel und hast sie ihnen vor der Nase wegge-schnappt.«

»Woher wissen Sie das alles?«

»Das habe ich mir alles hinterher zusammengereimt, nachdem ich festgestellt hatte, dass wichtige Kontounterlagen aus meinem Tresor gestohlen worden waren, dessen Zahlenkombination außer mir nur mein Buchhalter kannte. Aber der war bereits mausetot und seine Fa-milie spurlos verschwunden. Mir war auch sofort klar, dass nur jemand aus meiner eigenen Organisation hinter der Sache stecken konnte. Deshalb erteilte ich meinem Freund, dem Problemlöser, den Auftrag, herauszufinden, wer hinter meinem Rücken ein falsches Spiel treibt. Gleichzeitig besorgte ich mir Kopien der Aufnahmen aller Überwa-chungskameras des Parkhauses, nachdem ich erfahren hatte, dass der Buchhalter aus dem Parkhaus gekommen war, bevor er überfahren wurde. Ein paar Momentaufnahmen habe ich ausdrucken lassen. Sieh sie dir ruhig an!«

Er hob erneut den Papierstoß und zeigte mir das vorderste Bild, das ich schon vorher gesehen, aber noch nicht genauer angeschaut hatte. Es zeigte den Mann, den ich vor anderthalb Wochen verfolgt hatte, weil ich sein Totengesicht gesehen hatte. Die Aufnahme war zwar nur in Schwarzweiß, aus größerer Entfernung aufgenommen und ein bisschen unscharf, dennoch erkannte ich den Mann, den der Boss als Buchhalter bezeichnet hatte, sofort wieder.

Der Boss zog das vorderste Blatt weg und ließ es neben seinem Stuhl achtlos zu Boden fallen, sodass ich das nächste Bild sehen konn-te. Nach zehn Sekunden wiederholte er diesen Vorgang und setzte ihn daraufhin in gleichmäßigem Rhythmus fort, sodass eine Art verlang-samtes Daumenkino entstand, bei dem viele Zwischenbilder fehlten, sodass keine fließende Bewegung, sondern nur ein ruckartiger Fortlauf der Handlung zu erkennen war.

»Das ist der Buchhalter«, kommentierte er das, was auf den Bildern zu erkennen war, obwohl er selbst sie gar nicht sehen konnte. Aber vermutlich hatte er sie schon unzählige Male angesehen und wusste mittlerweile auswendig, was darauf zu sehen war. »Diese Aufnahmen wurden mit der Überwachungskamera in Parkebene 3 gemacht. Wir haben zwar auch Aufnahmen, wie er den Eingangsbereich und die Kassenautomaten passiert und das Parkhaus auf der anderen Seite wieder verlässt, aber die sind unwichtig. Hier kannst du sehen, wie er die Parkebene durchquert und die Aktentasche umklammert hält. Auf diesem Bild hat er hinter dem Heck des BMW angehalten und studiert einen Zettel, auf dem er zweifellos die Anweisungen der Entführer seiner Frau und seiner Tochter notiert hat, um auch ja nichts falsch zu machen. Dann sehen wir, dass er direkt hinter dem Wagen in die Hocke gegangen ist und die Aktentasche so hält, als wollte er sie unter das Auto schleudern. Auf der nächsten Aufnahme steht er schon wieder aufrecht und hat sich vom BMW abgewendet. Wie man deutlich erkennen kann, sind seine Hände jetzt leer, weil er die Aktentasche nicht mehr bei sich hat.«

Der Boss legte beim Sprechen als auch mit seiner Diashow eine kleine Pause ein, sodass ich unwillkürlich den Kopf hob und ihn ansah.

»Das waren die wichtigsten Fotos, auf denen der Buchhalter zu sehen ist. Daher wusste ich, was er unmittelbar vor seinem Tod getan hatte. Man muss nicht viel Fantasie besitzen, um darauf zu kommen, dass in der Aktentasche, die er unter dem BMW deponierte, die Kontounterlagen gewesen sein müssen, die ich so schmerzlich vermisse. Als meine Männer zwei Tage später nachsahen, stand der BMW natürlich nicht mehr an dieser Stelle. Und auch von der Aktentasche fehlte jede Spur. Wäre ja auch zu schön gewesen. Der BMW erwies sich im Übrigen als Sackgasse. Er gehörte einem Bankangestellten, der seinen Wagen jeden Tag in diesem Parkhaus abstellte, weil er ganz in der Nähe arbeitete. Die Entführer müssen sich einen x-beliebigen Wagen ausgesucht haben, der jeden Tag mehrere Stunden lang dort abgestellt wurde, und dem Buchhalter am Morgen die Parkplatznummer mitgeteilt haben. Der Bankangestellte wusste jedoch weder etwas von der Aktentasche noch von ihrem Inhalt. Und du kannst mir glauben, dass meine Männer ihn sehr gewissenhaft befragt haben. Er saß übrigens genau da, wo auch du jetzt sitzt.«

Ich erkannte eine Drohung, wenn sie mir, so wie in diesem Fall, reichlich unverblümt mitgeteilt wurde. Ich hätte zwar gern gewusst, was mit dem armen Bankangestellten geschehen war, der einfach nur das Pech gehabt hatte, dass sein Wagen von Verbrechern für ihre kriminellen Handlungen missbraucht worden war, traute mich aber nicht zu fragen. Ich ging allerdings nicht davon aus, dass man ihm nach der Befragung auf die Schulter geklopft und ihn dann einfach seines Weges hatte ziehen lassen.

Ich hatte nicht vor, sein Schicksal zu teilen, wusste aber momentan noch nicht, wie ich das anstellen sollte. Denn auch wenn der Boss mir keine Namen genannt hatte, als wollte er mich damit in Sicherheit wiegen, würde er mich wohl kaum am Leben lassen, nachdem er mir die ganze Geschichte haarklein erzählt und ich ihm mitgeteilt hatte, wo die Aktentasche versteckt war. Denn erstens war ich ihm dann nicht länger von Nutzen, und zweitens wusste ich zu viel. Beides für sich genommen war schon unvorteilhaft, wenn man es mit einem Gangsterboss zu tun hatte. Aber in Kombination miteinander war es natürlich absolut tödlich. Denn auch wenn er mir seinen Namen nicht genannt hatte, war es vermutlich kein großes Problem, diesen über das Internet in wenigen Augenblicken herauszufinden.

»Nachdem ich die Aufnahmen mit dem Buchhalter entdeckt hatte, sah ich mir den Rest der Bänder zunächst gar nicht an und konzentrierte mich darauf, den Verräter in den eigenen Reihen zu finden. Allerdings gingen die Ermittlungen des Problemlösers zunächst nur schleppend voran und erzielten kaum Fortschritte. Doch gestern Nachmittag teilte er mir plötzlich mit, dass er endlich eine heiße Spur gefunden habe und diese verfolge. Er wollte sich eigentlich heute Abend wieder bei mir melden, um mir Näheres mitzuteilen, hat aber bis jetzt nichts von sich hören lassen. Allmählich beginne ich mir ernsthafte Sorgen um ihn zu machen, denn mit den Leuten, hinter denen wir her sind, ist nicht zu spaßen. Schließlich haben sie schon beim Buchhalter und seiner Familie gezeigt, dass sie keine Skrupel haben und über Leichen gehen. Ich hoffe nur, dass der Problemlöser nicht dasselbe Schicksal erleiden musste, obwohl er eigentlich jemand ist, der ganz gut auf sich aufpassen kann und eher für andere eine Gefahr darstellt, als selbst in Gefahr zu geraten.«

Ich hätte ihm einiges über den Problemlöser alias *Carlo* erzählen können, hütete mich aber, es zu tun. Und das nicht nur, weil ich nicht der Überbringer schlechter Neuigkeiten sein wollte. Denn wenn ich ihm erzählte, dass sein Mitarbeiter erschossen worden war, würde er natürlich wissen wollen, woher ich das wusste. Und dann hätte ich ihm auch von Alessia erzählen müssen, und das wollte ich ganz bestimmt nicht. Es war mir nämlich lieber, wenn der Boss gar nichts von und über Alessia erfuhr. Denn was mit Leuten geschah, die das Pech hatten, seine Aufmerksamkeit zu erregen, erlebte ich ja gerade am eigenen Leib. Und davor wollte ich Alessia auf jeden Fall bewahren. Außerdem wollte ich nicht, dass der Boss erfuhr, dass sie ebenfalls gekidnappt worden war. Augenscheinlich sogar von denselben Leuten, die schon die Angehörigen des Buchhalters entführt und vermutlich umgebracht hatten. Zumindest waren sie noch immer spurlos verschwunden, und das ließ mich noch mehr um Alessias Leben bangen. Dass diese Leute nicht nur drohten, sondern buchstäblich über Leichen gingen, hatten sie ja schon hinreichend bewiesen, als sie den Buchhalter um die Ecke gebracht hatten. Deshalb war es nach dem, was der Boss mir erzählt hatte, nun noch viel wichtiger, dass ich dem Typen mit der verzerrten Stimme die Tasche mit den Unterlagen brachte, um damit Alessias Leben zu retten. Allerdings hätte der Boss, wenn er davon erfahren sollte, vermutlich etwas dagegen. Schließlich konnte es ihm egal sein, was mit Alessia geschah, die er nicht einmal kannte. Hauptsache, er bekam seine ach so wichtigen Unterlagen zurück, die ihn erpressbar machten oder in den Knast bringen konnten. Ein Grund mehr, ihm nichts von Alessia zu erzählen. Allerdings bedeutete das im Endeffekt auch, dass ich ihm nicht erzählen durfte, wo sich die Unterlagen befanden. Aber was sollte ich dann tun? Und wie sollte ich es in dem Fall schaffen, mich aus meiner derzeitigen Lage zu befreien, um noch rechtzeitig zum Treffen mit Alessias Entführer zu kommen.

Apropos rechtzeitig! Ich hätte in diesem Moment natürlich gern gewusst, wie spät es war, denn durch die Bewusstlosigkeit hatte ich jegliches Zeitgefühl verloren. Wie lange war ich bewusstlos gewesen? Vielleicht war der Zeitpunkt, den mir Alessias Entführer genannt hatte, schon längst vorüber. Und da ich nicht aufgetaucht war, um ihm die Unterlagen zu bringen, hatte er Alessia vielleicht schon getötet.

Ich erschauderte bei dem Gedanken, Alessia könnte bereits tot sein. Allerdings bestand noch immer Hoffnung. Ich überlegte, ob ich den Boss nach der Uhrzeit fragen sollte. Allerdings würde er mit Sicherheit wissen wollen, warum ich fragte und ob ich noch einen wichtigen Termin hätte. Was sollte ich darauf erwidern? Besser war es daher vermutlich, ich versuchte, einen Blick auf das Ziffernblatt seiner goldenen Armbanduhr zu erhaschen.

»Ist dir kalt?«, fragte der Boss, der mein Erschaudern für Frösteln halten musste.

»Ein bisschen«, log ich.

Er nickte nur. Es hätte mich auch gewundert, wenn er einen seiner Handlanger losgeschickt hätte, um einen Heizstrahler oder eine Decke für mich zu holen. Im Endeffekt war es ihm nämlich egal, ob ich fror.

»Lass uns einfach fortfahren, dann wird dir schon noch warm.«

Ich wollte mir lieber nicht vorzustellen, was er damit meinte, da meine lebhafte Fantasie vermutlich nur darauf wartete, weitere Schreckensszenarien auf die Leinwand meines Verstands zu malen. Darauf konnte ich jetzt aber gut und gerne verzichten.

»Da uns der BMW nicht zu den Mördern des Buchhalters führte und auch die Ermittlungen meines Problemlösers zunächst erfolglos blieben, beschloss ich also, noch einmal einen Blick auf die Videobänder der Überwachungskameras zu werfen. Vielleicht fiel uns ja beim nochmaligen Ansehen etwas auf, das wir zuvor übersehen hatten. Und siehe da, wir stießen plötzlich auf Aufnahmen eines Mannes, der den Buchhalter ins Parkhaus, durch die dritte Parkebene und wieder nach draußen gefolgt war.«

Als er das vorderste Blatt wegnahm und zu Boden fallen ließ, kam ein Bild von mir zum Vorschein. Es war ebenso unscharf wie die vorherigen Bilder und aus der Entfernung aufgenommen worden. Vermutlich hätten mich anhand dieses Abbilds nur Leute erkannt, die mich und meine Kleidung sehr gut kannten. Anschließend folgte eine weitere Aufnahme, die mich zeigte, wie ich an derselben Stelle wie zuvor der Buchhalter stand und auf das Heck des BMW sah. Dann ging ich in großen Sprüngen auf die Kamera zu, als ich dem Buchhalter folgte. Die Kamera musste über dem Zugang zum Treppenhaus angebracht gewesen sein, denn bei der letzten Aufnahme war ich von Nahem und relativ deutlich zu erkennen.

»Was danach kam, war sogar noch aufschlussreicher. Denn nach dem tragischen *Unfalltod* …« Er malte mit den Zeige- und Mittelfingern beider Hände Anführungszeichen in die Luft. »… des Buchhalters bist du zurückgekehrt, hast die Tasche mit den Unterlagen unter dem BMW hervorgeholt und dann das Weite gesucht.« Während er sprach, präsentierte er mir eine Reihe von Aufnahmen, die genau das zeigten, was er schilderte.

Er verstummte und ließ mich zwanzig Sekunden lang das letzte Bild ansehen, das mich als kleine, ferne Gestalt zeigte, die die Tür zum gegenüberliegenden Treppenhaus geöffnet hatte und etwas, das man mit viel Fantasie für eine Aktentasche halten konnte, in der Hand hielt. Doch schließlich ließ er auch diese Aufnahme zu Boden fallen. Ich hob den Blick und sah ihn an. Obwohl seine Mundwinkel wieder die Andeutung eines Lächelns zeigten, waren seine Augen voller arktischer Kälte, die mich frösteln ließ.

Ich schluckte betreten, und mir wurde klar, dass dieser Mann alles andere als der nette ältere Herr war, als der er sich möglicherweise in der Öffentlichkeit präsentierte, und dass ich von ihm keine Gnade erwarten durfte, sollte ich ihn enttäuschen. Und vermutlich nicht einmal dann, wenn ich ihn nicht enttäuschte.

»Leider hatten wir von dir zunächst nur diese Bilder, aber keinen Namen. Allerdings gibt es in dieser Stadt eine Vielzahl von Menschen, die mir aus dem einen oder anderen Grund noch einen Gefallen schuldig oder bereit sind, mir für die entsprechende Gegenleistung mit Vergnügen einen kleinen Freundschaftsdienst zu erweisen. Und so erfuhr ich schließlich heute Vormittag, ohne jetzt auf alle Einzelheiten, wie es dazu kam, eingehen zu wollen, deinen Namen und deine Anschrift, Comiczeichner.«

Ich nickte mit verkniffenem Gesichtsausdruck, weil ich mir so etwas schon gedacht hatte. Denn wie hätte er mich in einer Millionenstadt wie München sonst finden sollen, schließlich war ich nicht vorbestraft und mein Bild daher in keiner Verbrecherkartei. Ohne die richtigen Beziehungen hätte er mich vermutlich nie gefunden, weil es wie die Suche nach der Nadel im Heuhaufen gewesen wäre. Schließlich hatte ich mit dem Diebstahl der Kontounterlagen und der Erpressergeschichte nichts zu tun und war nur durch Zufall in die Sache hineingestolpert.

»Nachdem wir nun endlich wussten, wo du wohnst, schickte ich meine beiden Mitarbeiter zu deiner Wohnung. Leider warst du nicht zu Hause. Sie durchsuchten die Wohnung sehr gewissenhaft, konnten die Unterlagen aber dennoch nicht finden. Also suchten sie in der Umgebung nach deinem Wagen – Angaben über Marke, Modell und Zulassungsnummer hatten wir uns besorgt, sobald wir deinen Namen erfahren hatten –, fanden ihn auch und legten sich dann dort auf die Lauer. Und wie klug dieses Vorgehen war, zeigte sich schon kurze Zeit später, als du mit deiner Begleiterin aufgetaucht, in den Wagen gestiegen und weggefahren bist. Leider gelang es dir im Anschluss allerdings, meine Männer auszutricksen und ihnen zu entkommen.« Seine Miene verfinsterte sich, während gleichzeitig seine Mundwinkel nach unten sanken. Zweifellos hatte ihm das Versagen seiner Männer keine Freude bereitet. Und vermutlich hatten die beiden Kerle heute schon einen gehörigen Anschiss von ihm bekommen, weil sie mich entkommen ließen. Kein Wunder, dass sie mich die ganze Zeit so finster ansahen.

»Allerdings haben Ihre Männer mich wiedergefunden.«

Der Boss nickte nur.

»Aber wie ist ihnen das gelungen? Haben Sie etwa herausgefunden, dass Alex und ich befreundet ...« Beinahe hätte ich gesagt »befreundet waren«, konnte mich jedoch gerade noch rechtzeitig korrigieren. Falls er die kleine Pause bemerkt hatte, reagierte er zumindest nicht darauf. »... sind? Ich dachte, das wäre nahezu unmöglich.«

»Ich habe keine Ahnung, wer dieser Alex ist, von dem du sprichst. Wir fanden allerdings heraus, dass du eine Schwester hast und wo sie mit ihren beiden Kindern wohnt. Meine beiden Angestellten fuhren zu ihrer Adresse in Großhadern und warteten darauf, dass du dort auftauchst.«

Ich war mir sicher, dass ich leichenblass wurde, als mir bewusst wurde, wie leicht Annika, Maxi und Lena in diese Geschichte hätten verwickelt werden und Schaden nehmen können. Und es wäre allein meine Schuld gewesen, weil ich nicht einmal darüber nachgedacht hatte, dass ich sie in Gefahr bringen könnte, als ich zu ihnen gefahren war. Doch dann kam mir ein furchtbarer Gedanke.

»Und was hätten Ihre Leute getan, wenn ich heute Abend nicht dorthin gefahren wäre? Manchmal sehe ich meine Schwester und die Kinder nämlich wochenlang nicht.«

»Wenn du heute nicht dort aufgetaucht wärst, hätten sich meine Männer einfach deine Verwandten geschnappt und hierher gebracht. Und da deine Schwester sicherlich die Nummer deines Handys kennt, hätte ich dich anschließend angerufen und mit den Unterlagen hierher bestellt. Um zu verdeutlichen, dass ich es ernst meine, hätte ich dich die Schreie deiner Schwester oder aber eines der Kinder hören lassen. Und vielleicht hätte ich sogar alle drei schreien lassen, wenn ich gerade schlechte Laune gehabt hätte. Aber so weit kam es dann ja glücklicherweise nicht, da du heute Abend deine Schwester besucht hast.

Überraschend war eigentlich nur, dass du nicht in deinem VW Käfer, sondern mit einem Porsche kamst. Gehört der Wagen deinem Freund, von dem du sprachst?«

Ich nickte.

»Und was macht er beruflich?«

»Er ist Architekt.«

»Der Architekt also.« Der Boss legte die Stirn in Falten und dachte nach. Dann nickte er. Vermutlich hatte es mit seiner merkwürdigen Fixierung auf Berufsbezeichnungen anstelle von Namen zu tun, doch das interessierte mich nicht.

»Nachdem du in der Wohnung deiner Schwester verschwunden warst, riefen mich meine Männer an und fragten, ob sie sofort zuschlagen und dich dort herausholen oder noch warten sollten. Schließlich wussten wir nicht, wie lange du dortbleiben wolltest. Wäre ja möglich gewesen, dass du bei deiner Verwandtschaft Unterschlupf suchst, nachdem deine Wohnung durchsucht wurde und meine Männer dich verfolgten. Allerdings wäre meinen Leuten in dem Fall nichts anderes übrig geblieben, als deine Schwester, deine Nichte und deinen Neffen ebenfalls mitzunehmen und herzubringen. Und was hätten wir dann mit ihnen anstellen sollen?« Auf seinem Gesicht zeigte sich ein Ausdruck des Bedauerns, der möglicherweise sogar echt war, während er den Kopf schüttelte. »Also befahl ich ihnen, noch etwas zu warten. Dann kam eine Frau aus dem Haus und fuhr davon, bei der es sich möglicherweise um deine Schwester handelte.«

Ich nickte.

»Also warteten meine Leute, bis sie wieder zurückkam, du aus dem Haus kamst und davonfuhrst, und folgten dir zum Haus des Architekten.«

»Dabei war ich mir so sicher, ich wäre nicht verfolgt worden und hätte etwaige Verfolger abgeschüttelt.«

Der Boss schüttelte den Kopf. »Beim zweiten Mal stellten es meine Männer etwas schlauer an als beim ersten Versuch und hielten sich zurück, sodass du sie nicht bemerkt hast. Und nachdem du im Haus des Architekten verschwunden warst, riefen sie mich erneut an, um neue Instruktionen zu bekommen. Da wir nicht wussten, wie viele Leute und damit unliebsame Zeugen im Haus waren, beschloss ich, noch etwas zu warten. Meine Männer sollten das Haus beobachten und feststellen, wer alles im Haus war. Nach einer Weile kamen sie zu dem Schluss, dass mögliche andere Personen entweder schon vor deinem Eintreffen schlafen gegangen waren oder du ganz allein im Haus warst. Deshalb befahl ich ihnen, zur Tür zu gehen und zu klingeln. Falls du nämlich allein oder als Einziger wach warst, würdest vermutlich du an die Tür kommen und aufmachen. Dann sollten sie dich niederschlagen und zum Auto schleppen, um mit dir hierher zu fahren, damit wir uns in aller Ruhe unterhalten können. Allerdings kamen sie gar nicht mehr dazu, zu klingeln, da du im selben Moment die Tür geöffnet hast, als sie diese erreichten. Der Chauffeur reagierte sofort und schlug dich bewusstlos. Tut es übrigens noch sehr weh?«

Die Frage überraschte mich, deshalb brauchte ich einen Moment, um darüber nachzudenken und meinen Körper zu checken. Erst dabei wurde mir bewusst, dass die stechenden Kopfschmerzen von vorhin zu einem leichten Brummschädel abgeklungen waren. Auch die Nase schmerzte kaum noch, solange ich sie nicht rümpfte oder mit der Hand berührte.

»Es geht schon wieder.«

»Schön. Es gibt nämlich absolut keinen Grund, dass du als mein Gast mehr Schmerzen erdulden musst, als unbedingt nötig ist.« Er sah mich erneut mit diesem väterlich besorgten Blick an, als wünschte er mir tatsächlich nur alles erdenklich Gute. Allerdings konnte er mich damit nicht täuschen, denn ich hatte vorhin schon einen Blick hinter die Fassade werfen können und seinen eiskalten Killerblick zu spüren bekommen, der wenig Aussicht auf Gnade und Milde versprach. Wie recht ich mit meinem Misstrauen hatte, stellte sich heraus, als er das Gesagte in einem Nachsatz einschränkte: »Natürlich nur, solange du in vollem Umfang mit mir kooperierst und all meine Fragen wahrheitsgemäß beantwortest! Apropos Frage. Wer war eigentlich noch im Haus, als meine Männer dich niederschlugen? Der Architekt, nehme ich natürlich an.«

Ich nickte und verdrängte das Bild seiner blutüberströmten Leiche, das sich unweigerlich in meinen Verstand drängte. Im Bemühen, mir nichts von dem Schmerz und der Trauer anmerken zu lassen, die mich jäh erneut erfüllten, als ich an meinen toten Freund erinnert wurde, sagte ich: »Alex war aber schon zu Bett gegangen und schlief. Er bekam gar nicht mit, dass ich zurückgekommen war.«

»Und sonst war niemand da? Was ist mit der Frau, die mit dir in den VW Käfer stieg? Meine Leute konnten sie leider nicht gut genug erkennen, da sie zu weit entfernt geparkt hatten und ein Lieferwagen im selben Moment vorbeifuhr und ihre Sicht blockierte, als ihr eingestiegen seid.«

Ich schüttelte den Kopf. »Nein, sie war nicht da.«

»Ist sie hübsch?«

Ich nickte.

»Und ist sie deine Freundin?«

Ich schüttelte den Kopf.

»Warum nicht? Bist du etwa schwul?«

Ich schüttelte noch einmal den Kopf, dieses Mal eine Spur vehementer. »Nein!«, sagte ich und versuchte, unbeteiligt zu klingen. »Aber ich kenne sie noch nicht lange. Sie ist nur eine Bekannte, mit der ich heute Nachmittag verabredet war. Anschließend wollte ich sie nach Hause fahren. Doch dann wurden wir von Ihren Männern verfolgt.«

»Leider nicht sehr lange. Kompliment übrigens zu deinem Einfall mit der engen Gasse. War vermutlich alles ziemlich aufregend für deine Bekannte.«

»Ja. Sie war natürlich völlig außer sich und mit den Nerven fertig.« Ich fühlte, wie mir der Schweiß ausbrach, als ich der ersten Lüge immer weitere hinzufügen musste und hoffte, dass ich mich in dem Lügengespinst, das ich wob, nicht selbst verstrickte. »Sie wollte zur Polizei, den Vorfall melden und die Männer aus dem Audi anzeigen. Ich erzählte ihr jedoch irgendeine Geschichte, die ich mir rasch ausgedacht hatte. Dass ich Schulden gemacht hätte und die Typen mir jetzt im Nacken säßen, um ihr Geld zu kriegen. Dass ich die Sache aber noch im Laufe des Tages regeln wolle und es besser sei, wenn wir die Polizei vorerst aus dem Spiel ließen. Zum Glück nahm sie mir die Geschichte ab. Und nachdem sie sich wieder halbwegs beruhigt hatte, fuhr ich zunächst sie nach Hause und dann weiter zu Alex, mit dem ich zuvor telefoniert hatte.«

»Ein Glück, dass sie dir glaubte und nicht doch zur Polizei ging. Anscheinend kannst du sehr überzeugend lügen.«

Ich zuckte mit den Schultern. »Wenn es sein muss.«

Seine Mundwinkel hoben sich erneut. »Das glaube ich auch. Aber lass uns doch endlich zum eigentlichen Anlass unseres Zusammentreffens zurückkommen.«

Aus seinem Mund klang es fast so, als wäre ich freiwillig hier, um mit ihm etwas Geschäftliches zu besprechen, und könnte jederzeit wieder gehen. Ich musste keinen Blick auf seine beiden grimmigen Handlanger werfen, um mich daran zu erinnern, dass dem nicht so war.

»Warum hast du damals den Buchhalter verfolgt?«

Ich seufzte. »Sie glauben vermutlich, dass ich zu den Leuten gehöre, die die Angehörigen Ihres Buchhalters entführt haben, um ihn damit zu erpressen. Aber ich ...«

Er hob den Kopf, öffnete den Mund und lachte schallend. Es war das erste Zeichen echten Humors, das ich bei ihm zu Gesicht bekam. Ich hätte gern mitgelacht, in meiner augenblicklichen Lage war mir aber irgendwie nicht danach. Außerdem wusste ich nicht, warum ihn das, was ich gesagt hatte, so erheiterte.

Sein Lachanfall endete schon nach kurzer Zeit wieder. Er sah mich lächelnd an, schüttelte den Kopf und wischte sich dann die Tränen aus den Augen. »Du?«, fragte er, gefolgt von einem weiteren Kopfschütteln. »Ich habe keine einzige Sekunde daran geglaubt, dass du zu denen gehören könntest. Das sind nämlich eiskalte Profis ohne jegliche Skrupel. Andernfalls hätten sie schon längst einen schwerwiegenden Fehler begangen. Du hingegen? Du bist nur ein blutiger Amateur. Immerhin bist du Comiczeichner, das sagt doch schon alles. Du hast doch gar nicht so große Eier in deiner Hose, um Frauen und Kinder zu entführen, spurlos verschwinden zu lassen und einen Mann am helllichten Tag vor den Augen unzähliger Menschen zu überfahren. Dazu muss man ein ganz anderes Kaliber haben.«

Ich überlegte, ob ich beleidigt sein oder seine Worte als Kompliment auffassen sollte. Die Bemerkung mit den Eiern wurmte mich, denn was wusste Don Pferdeschwanz schon über meine Hoden, aber ich sah großzügig darüber hinweg. Immerhin ersparte er mir alle Beteuerungen, dass ich mit der Entführung, der Erpressung und den Morden nichts zu tun hatte.

»Nachdem wir diesen Punkt geklärt hätten, würde ich gern zu meiner ursprünglichen Frage zurückkehren: Warum hast du den Buchhalter verfolgt?«

Ich seufzte noch einmal, bevor ich antwortete: »Er verhielt sich merkwürdig.«

Der Boss nickte. Entweder hatte er mit etwas Derartigem gerechnet, oder er hielt meine Antwort für glaubwürdig. »Gut möglich, dass er sich merkwürdig verhielt. Dazu hatte er schließlich auch allen Grund. Er hatte Angst um seine Frau und seine Tochter, die in der Gewalt skrupelloser Verbrecher waren. Außerdem hatte er mich bestohlen und lieferte meinen Feinden wichtige Unterlagen, die in der Lage sind, mich zu vernichten. Selbst wenn er seine Familie unversehrt zurückbekam, musste er damit rechnen, dass ich ihn für den Diebstahl bestrafen würde. Kein Wunder also, dass er sich merkwürdig verhielt. Aber das erklärt noch lange nicht, warum du ihm gefolgt bist. Ich begegne jeden Tag unzähligen Menschen, die sich in meinen Augen merkwürdig verhalten, aber deshalb renne ich ihnen doch nicht gleich hinterher.«

Er legte den Kopf schräg und sah mich aus zusammengekniffenen Augen an, als wollte er eine andere Sicht von mir gewinnen. Das Lächeln von vorhin war schon längst wieder spurlos verschwunden, als hätte es nie existiert und wäre nur meiner Einbildung entsprungen. Der Gesichtsausdruck, mit dem er mich ansah, erschien mir nun eher argwöhnisch zu sein.

Ich seufzte ein drittes Mal, als würde es mich große Überwindung kosten, seine Frage zu beantworten, ehe ich sagte: »Ich hatte ein komisches Gefühl, als ich ihn sah.«

»Ein komisches Gefühl?«

»Ja. Ich … Wie soll ich es ausdrücken? Ich hatte das Gefühl, er könnte sich etwas antun. Deshalb bin ich ihm nachgegangen.«

Mit dieser Antwort hatte ich es nun doch endlich geschafft, den Boss zu überraschen. Er hob die Augenbrauen, runzelte die Stirn und sah mich verblüfft an. »Du hattest das Gefühl, er könnte sich etwas antun?«

Ich nickte.

»Hast du das öfter? Ich meine dieses Gefühl, jemand könnte sich etwas antun.«

»Ab und zu.«

»Aha. Und bist du den Leuten dann jedes Mal hinterhergelaufen?«

Ich schüttelte den Kopf. »Am Anfang nicht. Aber dann, als es mir das dritte oder vierte Mal passierte, habe ich es schließlich doch getan.«

»Da bist du dem Kerl also nachgelaufen. Und was ist dann passiert? Hat er sich etwa tatsächlich etwas angetan?«

Ein weiteres Kopfschütteln, während ich den Blick senkte und auf den Boden zwischen unseren Füßen sah. »Es war kein Kerl, sondern eine Frau.«

Und es war nicht einmal eine Lüge, sondern die Wahrheit. Gelogen war allerdings, dass ich das Gefühl gehabt hatte, sie könnte sich etwas antun. Stattdessen hatte ich natürlich gewusst, dass sie demnächst sterben würde, weil ich es in ihrem Gesicht gesehen hatte. Ich wusste nur nicht, wie es geschehen würde.

Als genügte allein der Gedanke an diesen Vorfall, erwachte die Erinnerung jäh wieder zum Leben und projizierte das damalige Geschehen, während ich dem Boss davon erzählte, vor meinem inneren Auge auf den schmutzig grauen Betonboden, als wäre dieser die Filmleinwand eines Kinos.

29

Ich holte gerade am Bankautomaten Geld, als es erneut geschah.

Seit dem Vorfall mit der Verkäuferin in der Bäckerei waren vier Monate vergangen. Ich war mittlerweile in eine kleinere Wohnung gezogen, die nicht ständig schmerzhafte Erinnerungen an Sanja in mir wachrief. Ihre Kleidung hatte ich an wohltätige Organisationen übergeben und den Rest ihrer Sachen in Kartons verpackt und zu ihren Eltern gefahren, die mich frostig und mit vorwurfsvollen Blicken empfangen hatten. Ich hätte ihnen natürlich erneut sagen können, dass der andere Autofahrer die alleinige Schuld am Tod ihrer Tochter trug und nicht ich. Ich war ja noch nicht einmal am Steuer gesessen. Doch vermutlich hätte das ohnehin nichts genützt. Sie brauchten jemandem, den sie für den Tod ihrer Tochter verantwortlich machen konnten. Und da der andere Fahrer ebenfalls tot war, blieb nur noch ich übrig. Also übergab ich ihnen nach der einsilbigen Begrüßung die Kartons und verabschiedete mich dann rasch wieder. Vermutlich waren wir alle froh, als das Treffen wieder vorbei war. Außerdem war mir klar, dass ich diese Leute, die ohne den Unfall mit ziemlicher Sicherheit meine Schwiegereltern geworden wären, vermutlich nie wieder sehen würde. Außer natürlich, wir begegneten uns zufällig an Sanjas Grab. Aber daran hatten weder sie noch ich ein Interesse.

Ein paar Erinnerungsstücke, die mir besonders kostbar und wichtig waren, hatte ich allerdings behalten. Ich bewahrte sie in meinem Schlafzimmerschrank auf und holte sie immer dann hervor, wenn ich Sanja nahe sein wollte. Oft geschah das, nachdem ich ihr Grab auf dem Friedhof besucht hatte, was ich immer noch mindestens einmal in der Woche tat.

Doch das Leben ging natürlich auch für mich weiter. Ich konnte längst wieder arbeiten, ohne ständig daran denken zu müssen, was ich verloren hatte, was alles hätte sein können, wenn der Unfall nicht geschehen wäre, und wie ich den Crash hätte verhindern können. Die Arbeit sorgte sogar dafür, dass ich abgelenkt war und nicht immer nur nachdenken und grübeln musste. Also arbeitete ich mehr als je zuvor und nahm mehr Aufträge an, als ich normalerweise bewältigen konnte, sodass ich oftmals gezwungen war, Nachtschichten einzulegen, um meine Zeichnungen und Entwürfe bis zur gesetzten Frist fertig zu bekommen.

Vermutlich waren meine Müdigkeit und Unkonzentriertheit daran schuld, dass ich nicht aufpasste, denn ich hatte die letzte Nacht durchgearbeitet und an diesem Vormittag meine Arbeiten zur Agentur gebracht. Nun war ich auf dem Rückweg und wollte noch schnell Geld holen, um einkaufen zu gehen, weil in meinem Kühlschrank gähnende Leere herrschte.

Nach der Episode in der Bäckerei hatte ich zunächst immer noch nicht glauben können, dass ich den Tod anderer Menschen vorhersehen konnte, nur indem ich sie berührte. Ich redete mir ein, dass es nur eine Sinnestäuschung oder ein Zufall gewesen war, und beschloss, die Probe aufs Exempel zu machen. In den Tagen darauf suchte ich geradezu den Körperkontakt zu anderen Menschen. Ich gab jedem die Hand, mit dem ich privat oder beruflich zu tun hatte. Ich berührte andere Menschen im Gedränge der U-Bahn und ließ es wie zufällig wirken. Doch das Phänomen, wenn es denn tatsächlich geschehen war und ich es mir nicht nur eingebildet hatte, trat nicht noch einmal auf.

Ich war darüber allerdings nicht traurig, sondern erleichtert, da ich eine solche Fähigkeit weniger als Gabe, sondern eher als Bürde und Fluch verstand. Denn wie sollte ich einen anderen Menschen einfach davongehen lassen, ohne ihn retten zu wollen, wenn ich doch genau wusste, dass er demnächst sterben würde. Ich war froh, dass dieser Krug an mir vorbeigegangen war. Und vor allem war ich froh, dass sich die unheimliche Erscheinung nicht bei einem Menschen wiederholte, der mir etwas bedeutete, wobei ich in erster Linie an meine Schwester und ihre beiden Kinder, aber auch an Alex dachte. Ich wusste nämlich nicht, was ich dann getan und wie ich einen weiteren Verlust in so kurzer Zeit verkraftet hätte, nachdem mich Sanjas Tod schon so aus dem Gleis geworfen hatte.

Doch drei Wochen später passierte es erneut. Ich hatte meine absichtlichen Berührungen schon vor ein paar Tagen aufgegeben, die Sache als Zufall abgetan und schon beinahe wieder vergessen. Ich war mit Alex und seiner damaligen Freundin – ich erinnere mich nicht einmal mehr, wie sie hieß – beim Essen gewesen. Als wir das Restaurant verließen, kam uns ein Paar entgegen, das Alex kannte. Also blieben wir kurz stehen, damit mein Freund und sie ein paar Worte wechseln konnten. Ich nickte und sagte höflich Hallo, als Alex mich vorstellte.

»Sie sind also der Comiczeichner, von dem Alex immer erzählt«, sagte die Frau, die etwa in meinem Alter war. Sie war eine gut aussehende, großgewachsene Brünette, hatte allerdings einen verkniffenen Zug um den Mund, der mich vermuten ließ, dass sie eine missgünstige, übellaunige Zicke war. »Freut mich, Sie kennenzulernen«, fuhr sie fort und streckte mir ihre schmale Hand entgegen.

Ich dachte mir nichts dabei und nahm ihre Hand, um sie zu schütteln. Doch kaum hatte ich sie berührt, veränderte sich schlagartig ihr Gesicht. An der Stelle, wo ich einen Sekundenbruchteil zuvor noch ihre Gesichtszüge hatte erkennen können, breitete sich nun der düstere Schatten aus, der mich erneut automatisch an einen Totenschädel denken ließ.

Ich war so erschrocken, dass ich einen leisen Schrei ausstieß und meine Hand zurückzog.

»Was ist los, Rex? Alles in Ordnung mit dir?«, fragte Alex.

»Was?« Ich wandte den Kopf und sah Alex an.

»Was ist denn passiert?«, fragte er.

Ich schüttelte den Kopf und sah wieder die Frau an. Die Erscheinung war noch immer zu sehen, verblasste aber schon wieder, sodass darunter ihr Gesichtsausdruck zu erkennen war. Sie sah mich wütend an, als hätte ich sie beleidigt. Ihr Mund war noch verkniffener und bildete einen nach unten offenen Halbkreis. Um den Mund zeigten sich unzählige kleine Fältchen, die darauf hindeuteten, dass sie diese Miene öfter trug, als gut für sie war.

Aber egal, sie wird ohnehin bald sterben!

Ich hasste mich für diesen Gedanken, der gemein und gefühllos war. Aber in diesem Moment war ich selbst total verwirrt, ängstlich und desorientiert.

Ich sah erneut zu Alex, der mich wie die anderen auch fragend ansah und eine Erklärung für mein merkwürdiges Verhalten haben wollte.

Ich räusperte mich. »Tut mir leid. Ich … Mir wurde nur plötzlich furchtbar übel. Vielleicht hab ich zu viel gegessen. Ich … Ich geh dann schon mal. Ciao.«

Bevor Alex mich zurückhalten oder mir anbieten konnte, mich nach Hause zu fahren, wandte ich mich ab und lief beinahe fluchtartig davon. Ich wollte jetzt nämlich allein sein, um das Erlebnis verarbeiten zu können. Gleichzeitig fragte ich mich, ob die Frau nun tatsächlich sterben würde oder ob der Tod der Bäckereiverkäuferin nur zufällig erfolgt war, nachdem wir uns berührt hatten und ich den Schattenschädel auf ihrem Gesicht gesehen hatte. Immerhin war ich mir inzwischen sicher, dass meine Berührungen keinesfalls den Tod brachten, hatte ich in den letzten Wochen doch zahlreiche Menschen berührt, die noch immer putzmunter waren und sich ihres Lebens erfreuten.

Drei Tage später rief ich Alex an.

»Mensch, Rex, wie geht's dir denn?«, fragte mein Freund. »Ich wollte dich auch schon längst anrufen, aber irgendwie ist mir immer was dazwischengekommen.«

»Danke der Nachfrage. Aber mir geht's wieder gut. War vermutlich nur eine leichte Magenverstimmung. Und wie geht's dir und deiner Flamme?«

»Alles bestens.«

»Und deine Bekannten?« Ich kramte in meinem Gedächtnis nach ihren Namen. »Marion und Holger? Ich hoffe, ich habe ihnen nicht den Appetit und damit ihren Restaurantbesuch verdorben.«

Als Alex seufzte, was er nur selten tat, wusste ich, dass etwas Schlimmes passiert war und meine schrecklichsten Befürchtungen wahr geworden waren.

»Du glaubst es nicht, was passiert ist, Rex.«

Ich schluckte. »Erzähl!«

»Marion hat gestern die Fenster ihrer Wohnung geputzt. Sie wohnen im sechsten Stock. Und dabei muss sie das Gleichgewicht verloren und aus dem Fenster gefallen sein. Sie war sofort tot.«

Ich schloss die Augen, obwohl ich sie nun nicht länger vor der Wahrheit verschließen konnte. Und die hieß, dass ich seit dem Erwachen aus dem Koma die Fähigkeit hatte, zu erkennen, ob ein anderer Mensch demnächst starb, sobald ich ihn berührte. Allerdings wusste ich noch nicht, wie weit ich dabei gewissermaßen in die Zukunft sehen konnte. Schließlich starben alle Menschen irgendwann einmal, und obwohl ich zuletzt viele berührt hatte, hatte sich nur bei zwei Leuten das unheimliche Phänomen eingestellt. Marion war am übernächsten Tag gestorben, die Verkäuferin hingegen schon tags darauf.

»Rex? Bist du noch dran?«

»Ja. Was für eine tragische Geschichte.«

Wir sprachen im Anschluss noch über eine Reihe anderer Dinge, bevor wir Schuss machten. Sobald ich aufgelegt hatte, zog ich Jacke und Schuhe an und fuhr zum Friedhof, um Sanja alles zu erzählen, so wie ich es immer tat. Die Monologe an ihrem Grab taten mir gut. Es war, als würde ich auf der Couch eines Psychiaters liegen und mir alles von der Seele reden, was mich beschäftigte oder belastete. Hinterher fühlte ich mich auf jeden Fall besser. Außerdem half es mir oft, Dinge gedanklich zu ordnen und klarer zu sehen, sobald ich sie laut ausgesprochen hatte.

So auch an diesem Tag. Nachdem ich meiner verstorbenen Freundin alles erzählt hatte, sah ich ein bisschen klarer. Und mir blieb nichts anderes übrig, als zu akzeptieren, dass ich diese ungewollte Gabe besaß. Allerdings konnte ich nicht erkennen, was sie mir bringen sollte. Oder hätte ich etwa den Tod der beiden Frauen verhindern sollen? Und wie hätte ich das bitte schön anstellen sollen, ohne ihnen die Wahrheit über meine Fähigkeit zu erzählen und dass sie mich für verrückt hielten?

Nach diesem Erlebnis wurde ich wieder vorsichtiger, was den körperlichen Kontakt zu anderen anging. Ich trug zwar noch keine Handschuhe, behielt aber meine Hände bei mir und gewöhnte mir Hände-

182

schütteln und Abschiedsküsschen ab, was ich gewöhnlich mit einer Berührungsangst erklärte, über die ich im Internet gelesen hatte.

Trotzdem konnte ich nicht verhindern, dass sich das Erlebnis in den nächsten Wochen noch zweimal wiederholte. Jedes Mal ergriff ich die Flucht und studierte in den nächsten Tagen aufmerksam die Todesanzeigen in diversen Tageszeitungen. Jedes Mal waren die Menschen, deren Totengesicht ich gesehen hatte, innerhalb der darauffolgenden drei Tage gestorben. Und jedes Mal grübelte ich erneut darüber nach, ob es nicht besser gewesen wäre, den Leuten nachzugehen, anstatt davonzulaufen. Vielleicht konnte ich ja doch irgendetwas tun und ihr schreckliches Schicksal verhindern. Außer, wenn sie todkrank waren, dann ging das natürlich nicht. Das war mir klar, schließlich war ich kein Wunderheiler. Aber Unfälle konnten verhindert werden. Nur wie sollte ich das anstellen?

Nach langem Nachdenken beschloss ich, beim nächsten Mal nicht davonzulaufen, sondern der Person zu folgen, obwohl ich natürlich insgeheim hoffte, dass es kein nächstes Mal geben würde.

Doch selbstverständlich gab es ein nächstes Mal, und zwar im Vorraum meiner Bank, in dem der Bankautomat und der Kontoauszugsdrucker standen.

Ich war nicht allein dort. Während ich meine PIN eingab und auf dem Touchscreen des Automaten den Betrag antippte, den ich abheben wollte, stand eine Frau am Kontoauszugsdrucker. Sie war mindestens zwanzig Jahre älter als ich und sah abgehärmt aus, als hätte sie in ihrem Leben zu viele schlimme Dinge erlebt. Ich wollte nicht unhöflich sein und den Eindruck erwecken, ich würde sie anstarren, deshalb richtete ich mein Augenmerk wieder auf den Automaten und nahm meine EC-Karte an mich. Als das Geld ausgegeben wurde und ich danach griff, sah ich aus dem Augenwinkel, dass sie ihre Kontoauszüge nahm und ansah. Ich dachte, sie hätte einen wimmernden Laut von sich gegeben, und sah zu ihr hinüber, doch vielleicht hatte ich mich auch getäuscht. Also steckte ich mein Geld ein und ging an ihr vorbei zur Tür. Als ich die Tür erreichte, konnte ich ihre Schritte hinter mir hören. Ich beschloss, höflich zu sein und ihr die Tür aufzuhalten. Also öffnete ich die Tür, wandte mich ihr zu und sagte: »Bitte sehr.«

Wie ich es erwartet hatte, freute sie sich darüber und sah mich freundlich lächelnd an. Allerdings glänzten ihre Augen, als stünden dort Tränen.

»Das ist wirklich sehr freundlich von Ihnen«, sagte sie, als sie an mir vorbeiging. »Es ist schön, dass es auch noch nette Menschen auf der Welt gibt.«

»Da haben Sie natürlich vollkommen recht.«

»Leben Sie wohl«, sagte sie dann, bevor sie hinausging, und tätschelte im Vorbeigehen meine Hand, die ich auf die Türklinke gelegt hatte.

Zunächst dachte ich noch, alles wäre in Ordnung und der kurze Körperkontakt hätte nichts ausgelöst, doch als sie sich zur Seite wandte, sah ich das Antlitz des Todes, das ihre Gesichtszüge überlagerte.

Ich erschauderte so stark, dass mein ganzer Körper erzitterte. Doch dann erinnerte ich mich wieder daran, dass ich beschlossen hatte, beim nächsten Mal nicht davonzulaufen, sondern der Person zu folgen und zu überprüfen, ob ich ihr Schicksal verändern konnte. Ich hatte heute keine wichtigen Termine mehr, nur einen leeren Kühlschrank und einen knurrenden Magen. Aber die beiden konnten warten.

Ich ließ ihr einen Vorsprung und sah ihr hinterher, während ich so tat, als würde ich vor der Bank auf jemanden warten. Erst als sie um die nächste Ecke gebogen war, ging ich ihr hinterher. Hoffentlich verschwand sie nicht in einem der Wohnhäuser, bevor ich die Ecke erreicht hatte.

Als ich um die Ecke bog, war sie allerdings noch immer zu sehen. Sie ging fünfzig Meter vor mir und hatte die Straße überquert. Ich lief ebenfalls nach drüben und folgte ihr. Schon nach zweihundert Metern bog sie auf einen Weg, der zur Tür eines der Hochhäuser führte, die in dieser Wohngegend in den Himmel ragten.

Ich fragte mich, wie ich bei der Unmenge von Leuten, die in diesem Haus wohnten, herausfinden sollte, wie die Frau hieß, deren Tod ich vorhergesehen hatte. Mein Vorhaben schien schon jetzt zum Scheitern verurteilt zu sein, dabei hatte ich es gerade erst begonnen. Ich konnte sie ja schlecht ansprechen und ihr sagen, dass sie bald sterben würde. Wie sollte ich begründen, woher ich das wusste? Und selbst wenn ich es begründen konnte, würde sie mir nicht glauben. Im günstigsten Fall hielt sie mich nur für einen harmlosen Irren, im schlechtesten Fall für einen gemeingefährlichen Frauenmörder, der sie umbringen wollte und seine Tat vorher ankündigte.

Ich beobachtete, wie sie durch die offen stehende Tür im Haus verschwand. Ich hatte gehofft, sie würde noch nach der Post sehen und mir so noch etwas Zeit geben, um zu überlegen, was ich tun sollte. Ich lief schneller, doch es war vergebens. Bis ich die Haustür erreichte, war sie schon längst im Fahrstuhl verschwunden und fuhr nach oben.

Schwer atmend stand ich vor der geschlossenen Fahrstuhltür und fragte mich, was ich jetzt tun sollte. Da es keine Anzeige gab, in welchem Stock die Kabine hielt, hatte ich keinen Anhaltspunkt, wo die Frau wohnte. Ich hatte lediglich den Eindruck, dass der Lift sehr weit nach oben fuhr, denn er war lange unterwegs, bevor die Aufzuggeräusche verstummten. Wie aus weiter Ferne konnte ich durchs Treppenhaus leise Geräusche hören, als sich die Lifttür weit über mir öffnete.

Ich seufzte. Eigentlich wollte ich nicht länger tatenlos vor der geschlossenen Fahrstuhltür herumstehen. Aber was sollte ich sonst tun? Ich konnte ja nicht aufs Geratewohl nach oben fahren, wenn ich nicht wusste, welches Stockwerk das richtige war. Also wandte ich mich um und verließ das Haus. Ich überlegte, ob ich eine Weile vor dem Gebäude warten sollte. Vielleicht kam die Frau bald wieder nach unten, um nach der Post zu sehen oder einkaufen zu gehen. Aber was, wenn sie mich sah, von der Bank wiedererkannte und misstrauisch wurde. Sie könnte denken, ich wäre ihr gefolgt, um sie auszurauben oder mithilfe eines Tricks um ihr Geld zu bringen. Trickbetrüger taten dies oft genug mit arglosen alten Menschen.

Also stand ich erst einmal tatenlos vor dem Haus und zermarterte mir den Kopf über mein weiteres Vorgehen. Aber was immer mir in den Sinn kam, verwarf ich sofort wieder, sobald ich genauer darüber nachgedacht hatte, denn alles, was mir einfiel, war letzten Endes untauglich.

Deshalb beschloss ich nach einer Weile, wieder zu gehen. Die Frau würde zwar bald sterben, aber im Grunde hatte ich alles mir Mögliche versucht, um es zu verhindern. Der Rest lag nicht mehr in meiner Hand. Damit musste ich mich abfinden, auch wenn es mir schwerfiel.

Ich ging den schmalen Weg zur Straße und wandte mich dort noch einmal um, um einen letzten Blick auf das Haus zu werfen. Ich ließ meinen Blick über alle Fensterreihen nach oben schweifen, als hätte ich noch immer die vage Hoffnung, die Frau könnte in diesem Moment zufällig irgendwo aus dem Fenster schauen.

Und dann sah ich sie tatsächlich. Sie stand jedoch nicht am Fenster einer Wohnung, sondern auf dem Dach. Vermutlich gab es auf dem Flachdach eine niedrige Brüstung, und auf diese war sie geklettert. Sie stand ganz am Rand und sah nach unten. Ob sie mich auch sah, wusste ich nicht, zumindest zeigte sie kein Zeichen des Erkennens. Sie stand völlig gerade, hielt die Arme an den Körper gepresst und hatte den Kopf gesenkt, als würde sie beten.

Ich war wie erstarrt und konnte nicht das Geringste tun, obwohl ich laut schreien und ihr zurufen wollte, es nicht zu tun.

Und dann geschah es.

30

»Und was ist dann passiert?«, fragte der Boss, obwohl er sich das gewiss leicht selbst ausmalen konnte.

Ich hatte in meiner Erzählung innegehalten, weil ich die Bilder in meiner Erinnerung gestoppt hatte, bevor ich noch einmal miterleben musste, was anschließend geschehen war.

»Sie kippte einfach nach vorn und fiel herunter. Ich wollte es nicht mit ansehen, aber ich konnte auch nicht wegsehen, so als müsste ich mich davon überzeugen, dass es tatsächlich geschah. Sie fiel ohne einen einzigen Laut herunter und landete direkt vor der Eingangstür auf dem Weg. Ich war mir sicher, dass es dieselbe Stelle war, an der ich soeben noch gestanden hatte. Das Geräusch, das sie beim Aufprall verursachte, war schrecklich. Mir wurde plötzlich furchtbar übel. Ich wandte mich ab und lief davon, da ich mich nicht hier übergeben wollte. Außerdem wollte ich ohnehin nicht mehr hier sein, wenn die Polizei und der Notarzt kamen, die irgendjemand gewiss bald alarmieren würde. Ich hatte allerdings wenig Hoffnung, dass der Notarzt in diesem Fall noch etwas anderes tun konnte, als den Tod der Frau festzustellen, denn einen Sturz aus dieser Höhe konnte niemand überleben. Ich schaffte es bis zur nächsten Querstraße und schlüpfte dort in eine Hofeinfahrt, wo ich unbeobachtet war und mich ungestört erbrechen konnte. Zum Glück hatte ich an diesem Morgen wegen meines leeren Kühlschranks noch nicht gefrühstückt und nichts im Magen, sodass es rasch vorbei war. Als ich mich hinterher wieder etwas besser und dazu in der Lage fühlte, ging ich schnurstracks nach Hause.«

»Und deine Einkäufe?«, fragte der Boss und offenbarte damit seinen Sinn fürs Praktische.

»Die erledigte ich später an diesem Tag, nachdem ich das Erlebnis halbwegs verarbeitet und der Hunger mich aus der Wohnung getrieben hatte.«

Ich hatte dem Boss zwar die ganze Geschichte mit der Selbstmörderin erzählt, dabei aber die komplette Vorgeschichte über die anderen Todgeweihten, meinen Unfall, Sanjas Tod und meine Gabe ausgelassen. Das alles brauchte er nicht zu wissen. Stattdessen hatte ich ihm erzählt, dass ich, als ich die Frau am Kontoauszugsdrucker gesehen hatte, sofort das Gefühl gehabt hatte, sie könnte sich etwas antun.

»Und als du den Buchhalter sahst, hattest du ebenfalls das Gefühl, er könnte sich etwas antun, und bist ihm deshalb gefolgt?«

Ich nickte. »Genau so war es. Als ich ihn sah, hatte ich dasselbe Gefühl, das ich auch schon bei der Selbstmörderin hatte. Ich wollte es bei ihm besser machen als bei der Frau, konnte aber auch seinen Tod nicht verhindern. Außerdem war es in seinem Fall auch kein Selbstmord, sondern ein Unfall, wie ich damals dachte.«

»Hast du gesehen, wie er überfahren wurde?«

»Nein. Als ich zur Straße kam, war er schon tot und das Auto auf und davon. Ich hörte nur, wie es geschah.«

»Aber du hast zuvor gesehen, wie er die Tasche mit den Unterlagen unter den BMW warf.«

Ich schüttelte den Kopf. »Ich sah nur, dass er sich hinter dem BMW gebückt hatte. Was er dort machte, konnte ich aber nicht sehen, weil ich in Deckung gegangen war, als er sich umgesehen hatte. Erst als ich seine Leiche auf der Straße sah, bemerkte ich, dass die Aktentasche fehlte. Deshalb ging ich zurück und sah nach, wo er sie zurückgelassen haben könnte. Ich fand sie unter dem BMW und nahm sie mit.«

»Warum hast du sie überhaupt mitgenommen? Sie gehörte dir doch gar nicht.«

Ich zuckte mit den Schultern. »Ich hatte damals das Gefühl, dass direkt vor meinen Augen etwas Illegales geschehen war. Ich dachte damals an Betriebsspionage oder etwas Ähnliches. Und vielleicht wollte ich nicht, dass die Bösen gewinnen und die Tasche mit den Betriebsgeheimnissen bekommen, nachdem der Überbringer dabei sein Leben verloren hatte.«

»Wie edel von dir. Hast du die Tasche zu Hause geöffnet und dir die Unterlagen angesehen?«

»Ja. Als ich allerdings sah, dass es nur irgendwelche Kontounterlagen waren, habe ich sie wieder in die Aktentasche gesteckt.«

»Und wieso hast du sie dennoch behalten und nicht weggeworfen oder zur Polizei gebracht?«

»Ich weiß es nicht. Vermutlich hatte ich das Gefühl, dass sie wichtig waren. Außerdem war der Überbringer nach der Übergabe gestorben. Das machte sie zu etwas Besonderem. Und was hätte ich der Polizei erzählen sollen, wenn man mich gefragt hätte, wie ich an die Aktentasche gekommen war?«

»Du und deine Gefühle, Comiczeichner«, sagte der Boss und schüttelte den Kopf. »Allerdings verdanke ich es ihnen, dass die Kontounterlagen sich weder in der Hand meiner Feinde noch in der der Polizei befinden und auch nicht auf dem Müll gelandet sind. Kommen wir also endlich zur alles entscheidenden Eine-Million-Euro-Frage: Wo … befinden … sich … meine … Unterlagen?«

Der eisig kalte Blick war in seine Augen zurückgekehrt, als er mir die Frage stellte, auf die unser ganzes Gespräch letztendlich hinausgelaufen war und auf die ich schon die ganze Zeit über gewartet hatte. Und da ich mit ihr gerechnet hatte, hatte ich mich natürlich lang genug darauf vorbereiten können.

Ich holte noch einmal tief Luft, bevor ich sagte: »Sie sind in Alex' Haus.«

»Beim Architekten also. Das dachte ich mir schon fast. Schließlich waren sie nicht in deiner Wohnung. Und deine Schwester und die beiden Kinder würdest du gewiss nicht in so eine Geschichte hineinziehen wollen. Also blieb nur dein bester Freund übrig. Manche Leute sind so durchschaubar. Deshalb sind Leute wie du mit all ihren Skrupeln und Bedenken auch so ungeeignet, an einem derartig tödlichen Spiel teilzunehmen und am Ende als Sieger oder zumindest ohne ernsthafte Blessuren vom Platz zu gehen. Weiß der Architekt, was sich in der Tasche befindet?«

Ich schüttelte den Kopf. »Er bewahrt nur die Aktentasche für mich auf. Von ihrem Inhalt hat er allerdings keine Kenntnis.«

»Und wo im Haus befindet sich die Tasche? In einem Tresor?«

»Nein. In einem Metallschrank im Keller. Der Schlüssel für den

Schrank hängt an seinem Schlüsselbund.«

Der Boss nickte. »Schön. Und danke, dass du dich so kooperativ gezeigt hast. Es hätte dir allerdings auch nichts gebracht, wenn du verstockt gewesen wärst und dich geweigert hättest, meine Fragen zu beantworten. Meine Männer kennen nämlich Mittel und Wege, selbst aus den verstocktesten Menschen die Wahrheit herauszuholen. Gut für dich, dass wir nicht so weit gehen mussten. Ich hoffe nur, du hast mir auch die Wahrheit erzählt.«

Er fixierte mich mit seinen eisblauen Augen, als lauerte er auf ein verräterisches Zeichen, dass ich ihn angelogen hatte – ein nervöses Blinzeln, das Zucken eines Gesichtsmuskels oder ein schuldbewusstes Wegsehen.

Ich tat nichts von alledem, sondern hielt seinem inquisitorischen Blick mit ausdruckslosem Gesicht stand, als ich sagte: »Es ist die Wahrheit. Ich bitte Sie nur um eins.«

Er sah mich noch zehn weitere Sekunden forschend an, in denen keiner von uns sprach und es für die Anwesenheit von vier Menschen ungewöhnlich still im Raum war. Doch dann verschwand der sezierende Blick aus seinen Augen. Anscheinend war er endlich überzeugt, dass ich ihm tatsächlich die Wahrheit erzählt hatte. Er hob die Augenbrauen. »Und was wäre das?«

»Tun Sie Alex bitte nichts. Er hat mir nur einen Gefallen getan und mit der ganzen Sache nichts zu tun.«

Ich verschwieg ihm, dass Alex längst tot war. Umgebracht von den Leuten, die den Diebstahl der Kontounterlagen in Auftrag gegeben und den Buchhalter und seine Familie getötet hatten. Stattdessen hoffte ich, seine Männer würden, wenn sie zu Alex' Haus fuhren, um die Aktentasche zu holen, direkt der Polizei in die Arme laufen, die sich mittlerweile dort tummeln musste. Und vielleicht – hoffentlich! – würden sie Kriminaloberkommissar Funk vom Kommissariat K 11 nach ihrer Festnahme gestehen, für wen sie arbeiteten und dass ich im Haus ihres Bosses festgehalten wurde. Ich wusste natürlich, dass ich mir keine allzu großen Hoffnungen machen durfte, dass es tatsächlich so geschah, und es ein Spiel mit dem Feuer war, das ich trieb. Wahrscheinlicher war, dass der Chauffeur und der Bodyguard noch rechtzeitig auf die Anwesenheit der Polizei aufmerksam wurden, weil möglicherweise mehrere Streifenwagen und der Notarzt mit rotierenden Blaulichtern vor dem Haus standen. Oder dass sie, falls sie doch festgenommen wurden, schweigen und darauf vertrauen würden, dass der Boss weder Mühen noch Kosten scheute, sie wieder freizubekommen. Denn mit Verrätern hatte er bestimmt kein Verständnis. Und wenn er erfuhr, dass ich versucht hatte, seine Männer in eine Falle zu locken, würde er mit Sicherheit die Samthandschuhe ausziehen und eine härtere Gangart einschlagen. Aber ich musste es einfach versuchen, da es in meinen Augen meine einzige Chance war, diesen Ort lebend zu verlassen. Denn wenn ich ehrlich zu mir selbst war, rechnete ich nicht wirklich damit, dass mich der Boss einfach gehen ließ, sobald er seine Kontounterlagen zurückbekommen hatte. Er konnte mich gar nicht am Leben lassen, denn dafür wusste ich zu viel über ihn und seine schmutzigen Geschäfte.

»Na gut«, sagte er und stand auf. »Als Belohnung für deine Kooperation werden wir dem Architekten nichts tun. Vorausgesetzt, er macht uns keine Schwierigkeiten und gibt mir bereitwillig mein Eigentum zurück.«

»Wir?«

Er nickte. »Ich werde mich gemeinsam mit meinem Chauffeur persönlich darum kümmern, während der Bodyguard dir Gesellschaft leistet und dafür Sorge trägt, dass du nicht auf dumme Gedanken kommst.«

Ich bewegte meine Hände, soweit die Fesselung es zuließ, und fragte: »Was soll ich schon tun? Ich bin gefesselt.«

Seine Mundwinkel hoben sich, als fände er das witzig. »Der Stuhl ist nicht am Boden befestigt. Also könntest du mit ihm zur Werkbank gehen, dir ein Werkzeug schnappen und die Fesseln durchschneiden. Der Bodyguard wird dafür sorgen, dass das nicht passiert.«

»Verstehe.«

»Und falls du mich doch belogen hast, wird dir das unendlich leidtun, sobald wir wieder zurück sind. Hast du das verstanden?«

Ich nickte. »Voll und ganz.«

»Gibt es also noch irgendetwas, das du mir erzählen möchtest, bevor ich dich verlasse?«

Ich überlegte kurz und schüttelte dann den Kopf. »Ich habe Ihnen alles gesagt, was ich weiß.«

»Na gut.« Er wandte sich ab und ging zur Tür.

Der Fahrer stieß sich von der Werkbank ab und folgte ihm.

»Ach, eins noch«, sagte ich.

Er blieb stehen und sah sich über die Schulter nach mir um. Jetzt, wo er wieder stand und seine Männer hinter und neben ihm emporragten, wirkte er erneut viel winziger als auf dem Stuhl. »Ja?«

»Richten Sie Alex bitte aus, dass es mir leidtut.«

Er nickte nur und wandte sich wortlos ab, ehe er und der Chauffeur den Kellerraum verließen und mich mit dem Kerl allein ließen, der einen auf *Vincent Vega* machte und von seinem Arbeitgeber den Spitznamen Bodyguard erhalten hatte. Ich hielt mich erst gar nicht mit der Frage auf, womit er sich diesen Namen verdient hatte, und ob er ihn zu Recht trug.

31

Die nächsten zehn Minuten vergingen in tiefstem Schweigen, weil weder *Vincent*, wie ich ihn lieber nannte, noch ich etwas sagte. Er hatte nach dem Weggang seines Bosses und seines Kollegen seine alte Position vor der Tür wieder eingenommen. Er lehnte sich dagegen, als befürchtete er, ich könnte mich ansonsten mitsamt dem Stuhl, an den ich gefesselt war, an ihm vorbeimogeln und durch die Tür nach draußen rennen. Außerdem starrte er mich ständig mit einem völlig ausdruckslosen Gesichtsausdruck an, der ihn leicht debil wirken ließ und den er sich ebenfalls beim *Vincent-Vega*-Darsteller abgeschaut haben musste.

Es war mir zwar unangenehm, andauernd von ihm angestarrt zu werden, allerdings konnte ich nichts dagegen tun. Und ich bezweifelte, dass er damit aufhören würde, wenn ich ihn darum bat. Also hielt ich den Blick gesenkt und starrte auf den Beton vor meinen Füßen, wo es außer Staub und Dreck nichts Interessantes zu sehen gab. Ich hing meinen Gedanken nach, während die Müdigkeit die Gelegenheit beim Schopf ergriff und sich in mir breitmachte. Kein Wunder, war es doch ein langer, ereignisreicher und anstrengender Tag gewesen. Beinahe kam es mir so vor, als hätte ich an einem einzigen Tag mehr erlebt als in den letzten anderthalb Jahren.

Ich schrak hoch, als mir jäh bewusst wurde, dass mir soeben die Augen zugefallen waren und mein Kinn auf meine Brust gesunken war.

Nicht einschlafen!

Ich hatte nämlich andere Pläne, deshalb wäre ein Nickerchen das Dümmste, was mir jetzt passieren konnte. Denn falls meine Falle für den Boss und seinen Fahrer nicht funktionierte, hatte ich mir einen Plan B ausgedacht. Und der hatte zum Ziel, dass ich gar nicht mehr hier war, wenn der Boss wutschnaubend und mit Schaum vor dem Mund von seinem Ausflug zu Alex' Haus zurückkehrte.

Ich wandte den Kopf und sah zu *Vincent*. Sein leerer Blick war noch immer auf mich gerichtet. Ich bezweifelte jedoch, dass er mich tatsächlich sah.

»Könnte ich vielleicht ein Glas Wasser haben? Mein Hals ist ganz trocken.«

Er blinzelte. Dann kam wieder Leben in seine Augen, als hätte jemand in seinem Schädel das Licht angemacht, und ich konnte förmlich dabei zusehen, wie sein Blick sich langsam auf mich fokussierte. Er runzelte die Stirn, dachte über meinen Wunsch nach und schüttelte dann nur den Kopf.

»Schade.«

Er hörte auf, den Kopf zu schütteln, und kehrte in seine Ausgangsposition zurück. Zweifellos hatte er vor, wieder in seine eigene Gedankenwelt zu versinken, wo er sich vermutlich schöne Dinge vorstellte. Oder zumindest Dinge, die Typen wie er schön fanden. Allerdings hatte ich nicht vor, ihn gewähren zu lassen. Wenn er mir schon kein Wasser bringen wollte, würde ich ihm einfach ein bisschen auf die Nerven gehen.

»Ist Ihnen auch so langweilig?«

Er runzelte erneut die Stirn, und ich fragte mich unwillkürlich, welches meiner fünf Wörter noch nicht Bestandteil seines vermutlich sehr überschaubaren Wortschatzes war, dass er so intensiv darüber nachdenken musste. Dann schüttelte er erneut den Kopf. Der Mann war ja eine richtige Plaudertasche. Wenn man den Begriff *wortkarg* bildlich darstellen wollte, konnte man einfach ein Foto von *Vincent* nehmen.

»Pfft, ist mir langweilig.«

Vincents Augen verengten sich, was ihn zusammen mit seiner eindrucksvollen körperlichen Erscheinung noch bedrohlicher wirken ließ.

Nun hieß es, vorsichtig zu sein. Schließlich wollte ich nicht, dass mir der Kerl einfach eine aufs Maul oder auf meine ohnehin schon lädierte Nase haute, damit ich endlich Ruhe gab. Vielleicht hatte der Boss ihm erlaubt, dass er mich schlagen durfte, falls es sich als notwendig erweisen sollte.

»Wissen Sie, ich bin Comiczeichner.«

Seine Augen verengten sich zwar nicht weiter, allerdings setzte er eine missmutige Miene auf, als hätte er sich notgedrungen von der Idee verabschiedet, in seine Gedankenwelt zurückzukehren. Allerdings blieb er auch weiterhin stumm. Ich hatte aber das Gefühl, als hätte ich nun doch sein Interesse geweckt.

»Vielleicht haben Sie ja schon etwas von mir gesehen. Mein Künstlername ist Rex. Ein großes R, ein kleineres E, ein großes X und über dem E eine dreizackige Krone. Schon mal gesehen?«

Keine Reaktion, weder eine positive noch eine negative.

»Wäre wirklich schön, wenn ich mir die Zeit vertreiben und ein bisschen zeichnen könnte.«

Vincent schnaubte. Ich wusste nicht, ob es ein Laut der Zustimmung oder Ablehnung war, aber da er sich nicht rührte, war es meiner Meinung nach entweder ein *Nein* oder ein *Vielleicht*.

»Ich könnte zum Beispiel Sie zeichnen. Als Comicfigur. Sagen wir als .... Lassen Sie mich kurz überlegen. Ja, genau! Warum nicht als *Vincent Vega*, dem coolen Typen aus *Pulp Fiction*? Haben Sie den Film gesehen? Erstklassig, oder?«

»Finde ich auch.«

Ich hatte schon gedacht, er wäre stumm. Deshalb war ich über seine Worte so überrascht, dass ich bestimmt vom Stuhl gefallen wäre, wäre ich nicht mit den Handgelenken daran gefesselt gewesen.

»Und du kannst das tatsächlich, Comiczeichner? Ich meine, mich als *Vincent-Vega*-Comicfigur zeichnen.«

Ich nickte. »Ja, klar doch. Das ist überhaupt kein Problem. Wenn du mir einen frisch gespitzten Bleistift und einen Zeichenblock besorgst, dann lege ich sofort los.« Wieso sollte ich ihn noch länger siezen, wenn er mich einfach duzte. Bei seinem Boss war das natürlich eine andere Geschichte gewesen. Der Boss war niemand, den man ungestraft zu vertraulich ansprach.

Seine Miene verfinsterte sich wieder, als er mich misstrauisch ansah und dabei sowohl die Stirn runzelte, als auch die Augen verengte.

Ich hätte ihm sagen können, dass er Falten bekam, wenn er das immer wieder machte.

»Hey! Was soll ich mit einem Bleistift und einem Zeichenblock schon Schlimmes anstellen? Sieh außerdem mal dich und dann mich an, dann weißt du, wie viel Chancen ich gegen dich hätte. Ich will mich nur beschäftigen und auf andere Gedanken kommen, und das kann ich am besten, wenn ich zeichne.«

Während er nickte, entspannte sich sein Gesichtsausdruck wieder.

»Okay. Aber komm bloß nicht auf dumme Gedanken, Comiczeichner.«

Ich machte ein Gesicht, als würde mir so etwas nicht einmal im Traum einfallen, und schüttelte heftig den Kopf. »Ich doch nicht.«

»Gut. Nebenan ist ein Büro, in dem der Buchhalter arbeitete, als er noch hier war. Dort gibt es bestimmt einen Bleistift und Papier. Ich lasse die Türen offen. Wenn ich auch nur einen Laut von dir höre, komme ich auf der Stelle zurück und lass dich den Bleistift fressen. Hast du mich verstanden?«

»Natürlich. Ich bin mucksmäuschenstill und bewege mich keinen einzigen Millimeter. Indianerehrenwort!«

Er sah mich noch ein paar Sekunden voller Misstrauen an, als traute er mir nicht so recht über den Weg, dabei war er doch der Ganove, während ich mich bemühte, eine möglichst überzeugende Unschuldsmiene zu zeigen. Es musste funktioniert haben, denn er wandte sich ab, öffnete die Tür und verließ den Raum, ohne sie hinter sich zu schließen.

Nachdem er verschwunden war, wandte ich den Kopf und warf einen sehnsuchtsvollen Blick zur Werkbank, auf dem sich mit Sicherheit auch das eine oder andere scharfe Werkzeug befand, mit dessen Hilfe es mir gelingen konnte, die Stricke zu durchtrennen, die meine Handgelenke an die Stuhllehnen banden. Allerdings würde ich es mit dem Stuhl als lästigem Anhängsel vermutlich nicht bis dorthin schaffen, ohne einen Laut zu erzeugen. Außerdem war es schwierig, mit einer gefesselten Hand ohne großen Bewegungsspielraum nach einem Werkzeug zu greifen und damit dann die Fessel durchzuschneiden. Zumindest nicht in der kurzen Zeit, die mir dafür voraussichtlich nur zur Verfügung stand.

Ich konnte hören, dass *Vincent* nebenan eine Schublade aufriss und darin herumwühlte. Erneut war ich in Versuchung, den kurzen Ausflug zur Werkbank zu wagen, denn über den Lärm, den er selbst verursachte, würde er mich vermutlich gar nicht hören. Doch im selben Moment, als ich die Beinmuskeln anspannte, um mich mitsamt dem Stuhl zu erheben, verstummte der Lärm aus dem Nebenraum, als hätte *Vincent* innegehalten, um zu lauschen.

Ich entspannte meine Muskeln wieder und atmete einmal tief durch. Gut, dass ich nichts unternommen hatte, denn schon konnte ich seine stampfenden Schritte hören, als *Vincent* zurückkam. Ich sah ihm entgegen, als er eintrat und die Tür hinter sich schloss. In seiner rechten Pranke hielt er einen Zeichenblock für Kinder und einen gespitzten Bleistift.

Natürlich fragte ich mich, was ein Kindermalblock im Büro eines Buchhalters zu suchen hatte. Ich musste an die kleine Tochter des Mannes denken, die entführt worden, bis heute spurlos verschwunden und vermutlich tot war. Und das nur, weil sie zwischen die Fronten eines Machtkampfes unter Gangstern geraten war. Der Tod des Buchhalters war möglicherweise nicht völlig unverdient gewesen, da er für einen Verbrecherboss gearbeitet und dessen aus schmutzigen und illegalen Quellen stammenden Einkünfte gewaschen hatte. Doch seine Tochter hatte ihr Schicksal, wie immer es letztendlich ausgesehen hatte, gewiss nicht verdient.

»Hier!«, sagte *Vincent* und legte mir Zeichenblock und Bleistift auf den Schoß. »Zeichne!«

Ich sah auf die Dinge hinunter, runzelte die Stirn und sah dann wieder den anderen Mann an, der neben meinem Stuhl stand und mich auffordernd anblickte.

»Und wie soll ich zeichnen, wenn ich meine rechte Hand nicht bewegen kann?«, fragte ich und musste mich hüten, nicht *du Depp* oder *du Idiot* hinzuzufügen.

Vincent sah auf meine gefesselten Handgelenke und runzelte ebenfalls die Stirn, als hätte er an dieses Problem bislang noch gar nicht gedacht.

»Schneid mich los, damit ich zeichnen kann.«

Er sah mich an und schüttelte den Kopf. »Keine Chance, Comiczeichner. Wenn der Boss zurückkommt und sieht, dass du nicht gefesselt bist, komm ich in Satans Küche.«

»In Teufels Küche!«, korrigierte ich automatisch.

»Was?«

»Nichts. Aber bis der Boss wieder da ist, bin ich längst fertig, und du kannst mich wieder fesseln. Er wird nichts merken, und ich werde ihm nichts verraten, versprochen. Ich will doch nur ein bisschen zeichnen.«

»Okay. Aber nur deine Zeichenhand. Die andere bleibt gefesselt.«

»Einverstanden«, sagte ich nickend. »Eine Hand reicht fürs Zeichnen vollkommen aus.«

»Bist du Rechts- oder Linkshänder, Comiczeichner?

»Rechtshänder.«

»Gut.« *Vincent* griff in die Hosentasche und holte ein Springmesser hervor, dessen Besitz meiner Meinung nach in Deutschland verboten war. Doch was interessierten derartige Verbote jemanden wie ihn? Schließlich hatte er am Nachmittag eine Maschinenpistole gezückt und auf meinen Käfer gerichtet. Ein Springmesser war im Vergleich dazu geradezu ein Kinderspielzeug.

Vincent ließ die Messerklinge aus dem Griff schnellen, umrundete meinen Stuhl hinter meinem Rücken und durchtrennte dann das Seil um mein rechtes Handgelenk knapp unterhalb des Knotens. Nachdem er die scharfe Klinge wieder wie ein Bühnenzauberer hatte verschwinden lassen und das Messer eingesteckt hatte, wickelte er das Seil ab und steckte es ebenfalls in die Hosentasche, um es später noch einmal zu verwenden, wenn er mich wieder fesselte.

»Vielen Dank.«

Zum Glück war die Fesselung nicht so stramm gewesen, dass es wehgetan oder die Blutzirkulation erschwert hätte. Ich ballte die Hand ein paar Mal zur Faust, hatte allerdings keine Probleme, sie zu bewegen.

Vincent zog sich ohne ein weiteres Wort wieder auf seinen Platz vor der Tür zurück. Vermutlich wollte er dort nicht nur den Zugang bewachen, sondern auch auf Geräusche von draußen lauschen, die möglicherweise die Rückkehr seines Arbeitgebers ankündigten.

Ich nahm den Bleistift, hielt ihn hoch und begutachtete die Spitze. Sie war allerdings wirklich gut gespitzt und würde einen schönen dünnen Strich ergeben. Entweder war der Stift schon gespitzt gewesen, oder *Vincent* hatte es getan, weil ich einen spitzen Bleistift verlangt hatte.

Ich sah auf den Block, auf dessen Deckblatt sich ein Clown befand, der zu einem Drittel angemalt und zu zwei Dritteln Schwarzweiß war, um Kinder dazu zu animieren, ihn auszumalen. Ich schluckte betreten, als ich daran dachte, dass das Kind, dem dieser Block gehört hatte, möglicherweise tot war. Ein weiteres sinnloses Opfer dieses Gangsterkrieges, in den auch ich durch Zufall geraten war. Und durch meine Schuld war ihm auch mein bester Freund zum Opfer gefallen. Doch an Alex mochte ich jetzt genauso wenig denken wie an die Tochter des Buchhalters, da ich mich sonst nicht auf das konzentrieren konnte, was ich vorhatte.

Mit einem Seufzen, das so leise war, dass *Vincent* es unmöglich hören konnte, schlug ich das Deckblatt des Malblocks zurück, sodass ich eine leere Seite vor mir hatte. Ich zögerte einen Moment und überlegte, was ich zeichnen sollte, doch sofort kam mir wieder das Bild in den Sinn, als *Vincent* auf der Motorhaube des havarierten Audi Q7 gestanden und den Lauf der Maschinenpistole auf uns gerichtet hatte.

Ich fing an zu zeichnen, konzentrierte mich wie immer völlig auf das, was ich tat, und blendete alles andere um mich herum aus. In diesem Moment hätte ich genauso gut in meinem Arbeitszimmer sitzen und mir einreden können, ich hätte die Ereignisse dieses Tages nur geträumt. Mit wenigen Strichen hatte ich die Hauswände rechts und links und das Autowrack skizziert, die ohnehin nicht so wichtig waren wie die Figur, die auf der Motorhaube stand. Dennoch bemühte ich mich auch hier um Detailgenauigkeit, indem ich die eingebeulten Seiten des Autos und die zertrümmerte Frontscheibe zeichnete. Dann machte ich mich an die Darstellung von *Vincent*. Ich übertrieb alle Merkmale, die an den fiktionalen *Vincent-Vega*-Charakter aus *Pulp Fiction* erinnerten, sodass der Handlanger des Bosses seinem Idol noch ähnlicher war, ohne allerdings zu einem bloßen Abziehbild zu werden. Schließlich sollte sich *Vincent* noch immer selbst darin erkennen können. Außerdem ließ ich die gezeichnete Figur im Gegensatz zur Realität den Abzug der Maschinenpistole durchdrücken, sodass am Ende des Laufs eine Feuerblume erblühte und dem Betrachter des Bildes mehrere Projektile entgegenflogen, während an der Seite die leeren Patronenhülsen ausgeworfen wurden. Schließlich fügte ich noch in fetten, schwarzen Buchstaben die Geräusche hinzu, die die Maschinenpistole verursachte.

Als ich damit fertig war, begutachtete ich die Zeichnung noch einmal. Ich war ganz zufrieden, auch wenn sie kein Meisterwerk war. Aber für die Umstände, unter denen sie entstanden war, war sie mir ganz gut gelungen. Ich besserte noch ein paar Dinge aus, bevor ich meinen Künstlernamen mit der kleinen Krone in die untere rechte Ecke setzte.

Ich hob den Blick und sah zu *Vincent*. Ich ertappte ihn dabei, wie er den Hals reckte, um einen Blick auf die Zeichnung auf meinem Schoß zu erhaschen. Er zuckte zusammen, als hätte ich ihn bei etwas Verbotenem ertappt, und wurde sogar ein bisschen rot. Ich konnte mir nur mit Mühe ein Grinsen verkneifen.

»Fertig!«

Er kam näher, blieb aber einen Meter von meinem Stuhl entfernt stehen und streckte mir seine rechte Hand entgegen. »Gib mir die Zeichnung!«

Ich schüttelte den Kopf. »Tut mir leid, aber das geht nicht. Ich kann sie nämlich mit einer Hand nicht vom Block abreißen, ohne dass sie kaputtgeht. Du musst sie schon selbst herausreißen.«

»Ach so. Verstehe.« Er kam einen weiteren Schritt näher, beugte sich nach vorn und griff nach dem Zeichenblock.

Es war der Moment, auf den ich die ganze Zeit gewartet und so geduldig hingearbeitet hatte.

Unmittelbar bevor sein Gesicht mir am nächsten war, riss ich die Hand mit dem Bleistift hoch, die ich hinter der Stuhllehne verborgen gehalten hatte, damit *Vincent* nicht sah, dass ich den Stift mit der Spitze nach oben in der geballten Faust hielt. Ich hatte auf sein linkes Auge gezielt, bekam aber im letzten Augenblick doch noch Hemmungen, einem anderen ein Auge auszustechen, und korrigierte daher die Richtung meines Stoßes.

Vincents Augen wurden riesengroß, als er meine Absicht erkannte und die Spitze des Bleistifts auf sich zurasen sah. Er zuckte zurück, doch es war zu spät, um auszuweichen.

Anstatt in sein Auge bohrte sich die Bleistiftspitze fünf Zentimeter darunter in seine Backe. Da ich sämtliche Kraft, die mir zur Verfügung stand, in den Stoß gelegt hatte, spürte ich kaum Widerstand, als der Bleistift die Wange durchbohrte, bis die Spitze auf die dahinterliegenden Zähne traf und die Mine abbrach.

Vincent richtete sich mit weit aufgerissenen Augen und entsetztem Gesichtsausdruck kerzengerade auf und taumelte zwei Schritte nach hinten. Mit der rechten Hand griff er nach dem Bleistift, der wie ein merkwürdiger Indianerpfeil aus seiner Backe ragte, und riss ihn heraus.

»Wasch hascht schtu gemascht, Arschlosch?«

Während er sprach, quoll Blut aus der Wunde, die nun, nachdem der Bleistift nicht mehr darin steckte, eher an eine kleine Risswunde als an ein Loch erinnerte.

Ich hielt mich erst gar nicht damit auf, ihm eine Antwort zu geben, die sich ihm selbst offenbaren würde, wenn er nur lange und gründlich genug darüber nachdachte, und setzte mich in Bewegung. Nachdem ich mit den Händen die Lehnen umfasst hatte, stand ich auf und hob den Stuhl, an den ich noch immer mit einer Hand gefesselt war, mit hoch. Der Block mit der Zeichnung fiel zu Boden, doch das interessierte mich nicht. Anschließend rannte ich zur Werkbank. Trotz meiner Last, die mich zum Glück kaum beim Laufen behinderte, benötigte ich nur vier Schritte bis dorthin. Dann ließ ich die rechte Stuhllehne los und sah mich auf der Werkbank nach einem geeigneten Werkzeug um.

Ich konnte bereits *Vincents* stampfende Schritte hinter mir hören, als ich es schließlich entdeckte und danach griff. Beinahe erschien es mir sogar, als würden der Boden und ich mit ihm leicht erbeben, als sich der größere und schwerere Mann näherte.

Als Nächstes spürte ich, dass eine große Hand schwer auf meine Schulter fiel und mich ein Stück in die Knie gehen ließ.

»Dasch wirscht tschu büschen«, sagte Vincent und hörte sich noch immer so an, als hätte er einen nassen Waschlappen im Mund.

Bevor er mich brutal herumreißen konnte, wirbelte ich bereits aus eigenem Antrieb um die eigene Achse und riss gleichzeitig den Hammer hoch, den ich ergriffen hatte und dessen zylindrischer Kopf aus schwarzem Hartgummi bestand. Schließlich wollte ich *Vincent* nicht umbringen, sondern nur lange genug ausschalten, um mich befreien und die Flucht ergreifen zu können. Obwohl ich vor der Drehung nicht genau gewusst hatte, wo sich sein Kopf befand, hatte ich dennoch gut gezielt, denn der Hammer traf seine Schläfe und machte dabei ein Geräusch, als würde man ein großes Schnitzel weichklopfen.

Vincent gab ein unartikuliertes Stöhnen von sich, in dem ich dennoch die Andeutung des Wortes *Arschlosch* zu verstehen glaubte. Anschließend verdrehte er die Augen und kippte wie ein gefällter Baum zur Seite.

32

Ich ließ ihn nicht aus den Augen, als er zu Boden fiel, und wartete mit zum Schlag bereitem, erhobenem Gummihammer, ob er sich wieder erhob oder liegenblieb. Er blieb mit geschlossenen Augen liegen und erweckte den Eindruck, als hätte er tatsächlich das Bewusstsein verloren. Ich wartete zur Sicherheit zehn weitere Sekunden, die ich in Gedanken herunterzählte, und beobachtete aufmerksam sein Gesicht auf der Suche nach einem verräterischen Zucken, weil er unter Umständen nur schauspielerte. Doch er blieb vollkommen reglos. Die einzige sichtbare Bewegung stammte von einem großen Blutstropfen, der aus dem Riss in seiner Wange quoll und an der Seite seines Gesichts nach unten lief.

Ich atmete auf und lockerte die angespannten Muskeln. Ich wagte es allerdings noch immer nicht, ihn völlig aus den Augen zu lassen, deshalb drehte ich mich zur Seite, sodass ich ihn in meinem peripheren Gesichtsfeld behalten konnte und aus dem Augenwinkel bemerken würde, falls er sich rührte. Ich legte den Hammer vor mir auf die Werkbank, sodass ich sofort wieder danach greifen konnte, falls es notwendig werden sollte, und sah mich stattdessen nach einem Gegenstand um, mit dem ich das Seil durchtrennen konnte, das mein linkes Handgelenk noch immer an der Stuhllehne fixierte. Falls ich nichts fand, würde ich, sosehr es mir auch zuwider war, in *Vincents* Hosentasche nach dem Springmesser suchen müssen. Doch das war nicht nötig, denn ich entdeckte rasch das Teppichmesser einer Baumarktkette, das in Reichweite lag. Ich nahm es, schob die Klinge heraus und säbelte dann am Seil herum. Das Ding war so scharf, dass ich nicht nur meine Fessel in Nullkommanichts durchtrennt hatte, sondern mir beinahe noch in den Arm geschnitten hätte.

Nachdem ich meinen linken Arm befreit hatte, war ich den Stuhl endlich los. Ich wog das Teppichmesser in der Hand, sah dann den Gummihammer an und überlegte, welches die bessere Waffe wäre. Schließlich entschied ich mich für das Teppichmesser, da ich es leichter mit mir herumtragen und verbergen konnte, ließ die Klinge verschwinden und steckte es in meine Hosentasche.

Anschließend tastete ich meine Taschen ab und machte eine Bestandsaufnahme, ob ich noch alles bei mir hatte. Es schien tatsächlich fast alles da zu sein, sogar die Schlüssel für den Porsche, auch wenn sie mir hier vermutlich nichts nützten. Allerdings fehlte mein Handy. Ich sah mich auf der Werkbank um, doch dort lag es auch nicht.

Ich wandte mich zur Seite und richtete meine Aufmerksamkeit wieder auf Vincent, der sich noch immer nicht gerührt hatte. Ich sah besorgt auf ihn hinunter und fragte mich, ob ich trotz des Hartgummis nicht vielleicht doch zu fest zugeschlagen und ihn versehentlich getötet hatte. Ich ging neben ihm in die Knie. Da ich mich nicht traute, ihn zu berühren, weil ich befürchtete, ich könnte sein Totengesicht erblicken, beobachtete ich ihn aufmerksam und versuchte zu erkennen, ob er atmete. Ich war grenzenlos erleichtert, als ich sah, dass sein breiter Brustkorb sich gleichmäßig hob und senkte. Na also! Vermutlich waren Typen wie *Vincent* ohnehin wie Unkraut und nicht so leicht umzubringen. Zumindest nicht mit einem Gummihammer.

Aber vielleicht hatte *Vincent* mein Handy eingesteckt. Ich klopfte seine Hosentaschen ab, ertastete aber nur das Springmesser, einen Schlüsselbund, Autoschlüssel und ein Portemonnaie. Als ich diese Prozedur bei den Taschen seiner Anzugjacke wiederholte, stieß ich zwar auf ein Handy, aber nicht auf meins. *Besser als nichts*, dachte ich und schaltete *Vincents* Handy ein. Vermutlich hatte der Boss seinen Männern befohlen, ihre Mobiltelefone auszumachen, damit sie nicht klingelten, während er mich befragte. Doch das Gerät wollte von mir eine PIN, bevor es sich benutzen ließ, und die hatte ich natürlich nicht. Also steckte ich es dorthin zurück, wo ich es gefunden hatte.

Langsam wurde es ohnehin Zeit, dass ich von hier verschwand. Schließlich wollte ich längst über alle sieben Berge sein, wenn der *Boss* zurückkam und sah, was ich während seiner Abwesenheit mit seinem Handlanger angerichtet hatte. Und nach dem, was er bei Alex' Haus vermutlich vorgefunden hatte, würde seine Laune ohnehin nicht die beste sein. Außerdem wusste ich noch nicht einmal, wo ich mich momentan aufhielt und wie ich von hier wegkommen sollte.

Ich erinnerte mich an den Autoschlüssel in Vincents Hosentasche und überwand meinen Widerwillen davor, erneut in die Tasche eines anderen zu greifen, ohne zu ahnen, was mich dort alles für Überraschungen – angerotzte Taschentücher oder angelutschte Hustenbonbons zum Beispiel – erwarteten. Zum Glück ertastete ich sofort den Autoschlüssel und zog ihn heraus. Laut weiß-blauem Markenzeichen auf dem elektrischen Türöffner handelte es sich um einen Wagen aus heimischer Produktion.

»Nur geliehen«, sagte ich zu *Vincent*, obwohl der mich gar nicht hören konnte, und stand auf. Mit dem Autoschlüssel in der Hand öffnete ich die Tür, lauschte auf verdächtige Geräusche, und trat, als ich nichts dergleichen hörte, hindurch. Ich fand mich im erleuchteten Kellervorraum eines Wohnhauses wieder. Als ich die Treppe sah, die nach oben führte, steuerte ich sofort darauf zu, ohne mich um die anderen Kellerräume zu kümmern. Schließlich wollte ich so schnell wie möglich hier raus und keine Hausdurchsuchung durchführen.

Ich nahm immer zwei Stufen auf einmal, als ich nach oben huschte und mich gleichzeitig bemühte, leise zu sein. Oben war es dunkel, weil kein Licht brannte. Im schwachen Lichtschein, der aus dem Keller kam, konnte ich mich allerdings einigermaßen orientieren und zurechtfinden. Falls sich noch jemand im Haus befand, verhielt er sich still. Ich überlegte, ob jemand wie der Boss eine Familie hatte – wahrscheinlich, denn im Film waren die größten Verbrecher auch immer diejenigen mit dem größten Familiensinn –, und fragte mich, wo diese momentan war. Ich ging davon aus, dass die Mitglieder seiner Familie schliefen, schließlich war es mitten in der Nacht.

Rechts von meinem gegenwärtigen Standort entdeckte ich eine Tür, die wie die Haustür aussah. Ich war froh, dass ich auf dem Weg nach draußen nicht durchs ganze Haus geistern musste und womöglich noch jemanden aufweckte. Ich ging vorsichtig weiter, bis ich die Tür erreichte, legte meine Hand auf die Klinke und ... erstarrte, als ich das Geräusch hörte.

Ich wagte mich nicht zu bewegen und hielt unwillkürlich die Luft an, während ich zu ergründen versuchte, woher das Geräusch gekommen war und was es zu bedeuten hatte.

Es hatte sich angehört, als wäre zuerst eine Tür geöffnet und anschließend ein Lichtschalter betätigt worden. Gleichzeitig war es heller geworden, allerdings nur ganz schwach, daher war ich überzeugt, dass sich die Lichtquelle entweder weit weg oder hinter einer Biegung oder

Ecke befand. Ich stieß vorsichtig die angehaltene Luft aus, während ich mich langsam umwandte und dabei um absolute Geräuschlosigkeit bemüht war.

Ich hörte tappende Schritte aus dem oberen Stockwerk und sah, nachdem ich mich halb umgedreht hatte, dass auch der indirekte Lichtschein von oben durch den Treppenschacht kam. Eine weitere Tür wurde geöffnet und noch ein Licht angemacht. Ich hörte jemanden laut gähnen – meiner Meinung nach ein Kind – und dann, wie nicht besonders leise und rücksichtsvoll ein Toilettendeckel geöffnet wurde. Im nächsten Moment plätscherte es laut, sodass ich mehr Gewissheit, als mir lieb war, über das bekam, was sich im Stockwerk über mir abspielte.

Das Plätschern würde das Geräusch der Tür sicherlich übertönen, deshalb wandte ich mich wieder um und öffnete die Haustür. Draußen war es dunkel, und nur das Licht des Mondes sorgte für etwas Beleuchtung. Ich verließ das Haus und zog die Tür hinter mir zu. Es klickte laut, doch das konnte ich nicht verhindern. Als ich nach oben sah, konnte ich einen Dreiviertelmond am Himmel entdecken.

Ich hatte es jetzt eilig, vom Haus wegzukommen, denn vielleicht hatte das Kind im ersten Stock das Schließen der Tür trotz der Geräusche, die es selbst verursachte, gehört und kam nun herunter, um nachzusehen. Als ich mich von der Haustür entfernte, ging das Licht über der Tür automatisch an, weil ich einen Bewegungssensor ausgelöst hatte. Ich lief schneller und folgte dem schmalen Weg, der durch einen Vorgarten zur Doppelgarage neben dem Haus führte. Das linke Garagentor stand offen, und der Stellplatz dahinter war leer. Vermutlich hatte dort der Wagen geparkt, den der Boss und sein Fahrer genommen hatten, um zu Alex' Haus zu fahren. Ich spähte in die Garage und sah, dass auch der zweite Stellplatz verwaist war. Ich konnte mir gut vorstellen, dass dort bis vor Kurzem ein lavagrauer Audi Q7 gestanden hatte, der die Verfolgungsjagd mit meinem Käfer nicht unbeschadet überstanden hatte.

Ich wandte mich nach rechts und lief über die Zufahrt zum zweiflügeligen Tor, hinter dem ich eine Straße sehen konnte. Das Tor war geschlossen und vermutlich nur mit einer elektronischen Fernsteuerung zu öffnen, die sich in den Autos und im Haus befand. Außerdem war es zu hoch zum Überklettern und besaß an seinem oberen Ende fiese

Spitzen, an denen ich mich wahrscheinlich aufspießen würde.

In der hohen Mauer, die das Grundstück umgab, befand sich unweit des Tors eine kleinere Pforte für Fußgänger. Ich lief darauf zu und drückte die Klinke, doch sie war ebenfalls verschlossen.

Verdammter Mist!

Am liebsten hätte ich vor Frust laut geflucht, beherrschte mich aber, um nicht doch noch unliebsame Aufmerksamkeit auf mich zu ziehen. Schließlich wusste ich nicht, ob der Boss nicht noch andere Handlanger oder Hunde besaß, die nachts auf sein Grundstück aufpassten.

Da hörte ich, dass sich auf der Straße vor dem Grundstück ein Wagen näherte. Bevor mich der Lichtschein der Scheinwerfer erfassen konnte, ging ich neben der kleinen Pforte hinter der Mauer in Deckung. Ich spähte vorsichtig nach draußen und sah ein Scheinwerferpaar näher kommen. Der Wagen wurde langsamer, als er sich dem Tor näherte, dessen Flügel im nächsten Moment lautlos nach innen schwangen.

Ach du Scheiße, der Boss kehrt zurück!

Ich überlegte fieberhaft, was ich tun sollte. Wenn ich versuchte, hinter dem Wagen durchs Tor nach draußen zu huschen, bevor es sich wieder geschlossen hatte, würde man mich vielleicht entdecken. Doch welche Möglichkeit gab es sonst, das Grundstück zu verlassen? Ich sah mich um und entdeckte einen Apfelbaum, dessen Äste fast bis zur Mauer reichten. Anscheinend wurde mehr Wert darauf gelegt, jegliches Eindringen von außen zu unterbinden, als eine Flucht nach draußen zu verhindern.

Ich wartete nicht, bis sich das Tor ganz geöffnet hatte und der Wagen aufs Grundstück gefahren war, sondern rannte sofort zum Apfelbaum und kletterte an seinen Ästen nach oben. Sobald ich erst mal oben war, war ich durch die Blätter vor neugierigen Blicken halbwegs geschützt. Ich stieg noch ein Stück weiter nach oben, bis ich auf dem Ast stand, der sich beinahe bis zur Mauer erstreckte. Während ich mich an anderen Ästen festhielt, balancierte ich in Richtung Mauer und sah dabei zum Tor, das jetzt fast ganz offen war.

Der Abstand zur Mauer betrug gerade noch einen halben Meter, als sich der Ast unter meinen Füßen stark verjüngte und unter meinem Gewicht bedenklich knackte. Aus dem Augenwinkel sah ich, dass die Scheinwerfer des Wagens in die Einfahrt schwenkten. Es war also höchste Zeit, dass ich vom Apfelbaum herunter und auf die Mauer kam. Deshalb konnte ich den Ast nicht erst auf seine Tragfähigkeit überprüfen.

Ich beschloss, aufs Ganze zu gehen, ließ den Ast los, an dem ich mich festgehalten hatte, machte einen großen Schritt und sprang dann nach vorn. Zuerst hielt der Ast noch stand, doch dann knackste es laut, und er gab unter mir nach. Doch ich hatte den ersten Widerstand bereits genutzt, um zu springen, flog ein kurzes Stück durch die Luft und landete dann auf der Mauer, die ungefähr dreißig Zentimeter breit war. Zum Glück befanden sich keine einzementierten Glasscherben, Stacheldraht oder andere Gemeinheiten auf der Mauerkrone, was ich einem Gangster wie dem Boss durchaus zugetraut hätte. Kaum spürte ich wieder festen Boden unter den Füßen, ging ich in die Knie und griff mit den Händen nach der Mauer, um mich festzuhalten und nicht herunterzupurzeln.

Ich hob den Blick und sah, dass der Wagen über die gepflasterte Einfahrt zur Doppelgarage rollte, während die Torflügel schon wieder hinter ihm aufeinander zu schwangen. Wenn in diesem Moment einer der beiden Insassen, die undeutlich zu erkennen waren, den Kopf in meine Richtung wandte, würde er mich im Licht des Mondes bestimmt entdecken. Ich sah also zu, dass ich von der Mauer und in Deckung kam, und ließ mich herunterfallen. Ich landete auf dem Bürgersteig neben der Straße. Der Aufprall war hart und stauchte mich gehörig zusammen, doch ich blieb unverletzt.

Ich horchte auf alarmierende Rufe oder das Aufheulen eines Motors. Als beides jedoch ausblieb, war ich überzeugt, dass mich niemand entdeckt hatte. Dennoch musste ich mich sputen, denn sobald der Boss und sein Handlanger den bewusstlosen *Vincent* im Keller entdeckt hatten, würden sie wieder aus dem Haus gerannt kommen und nach mir suchen.

Ich sah mich um und entdeckte am Straßenrand vor der Pforte einen BMW. Ich holte *Vincents* Autoschlüssel heraus, den ich vor meiner Kletterpartie eingesteckt hatte, um ihn nicht zu verlieren, und lief zu dem geparkten Wagen. Als ich zur Pforte kam, hielt ich an und spähte zwischen den Gittern der Tür zum Haus. Ich hörte die Stimme des Bosses und sah zwei Silhouetten, die sich vor dem Licht über der Eingangstür dunkel abzeichneten. Dann wurde die Tür aufgeschlossen, und die beiden Männer verschwanden im Inneren.

Kaum war die Haustür wieder zu, betätigte ich den elektronischen Türöffner und wurde damit belohnt, dass die Blinker des BMW aufleuchteten und sich die Türen mit einem vernehmlichen Klicken entriegelten.

Ich dankte *Vincent* noch einmal im Stillen für seine unfreiwillige Hilfe, bevor ich in den Wagen stieg, den Motor startete und losfuhr.

33

»Sie haben Ihr Ziel erreicht.«

Ich kam viel zu spät, denn es war bereits Viertel vor zwei, als ich die Adresse erreichte, die der Anrufer mit der verzerrten Stimme mir genannt hatte.

Schon als ich in den BMW gestiegen und den Motor angelassen hatte, hatte ich gewusst, dass ich es nicht mehr rechtzeitig zum Treffpunkt schaffen würde, denn da war es bereits kurz vor halb zwei gewesen. Und ich hatte noch immer nicht die geringste Ahnung, wo ich mich befand. Ich wusste nicht einmal, ob ich überhaupt noch in München war. Dennoch fuhr ich zunächst einfach los, denn in erster Linie wollte ich nur weg vom Haus des Bosses, bevor dieser seinen bewusstlosen Handlanger im Keller fand und wutschnaubend wie Rumpelstilzchen aus dem Haus geschossen kam.

Zunächst folgte ich der wie ausgestorben wirkenden Wohnstraße, in der das Haus des Bosses lag und deren Namen mir nichts sagte, bis ich zu einer größeren Straße kam, die mich schließlich zu einer Durchgangsstraße führte. Der Verkehr war aufgrund der späten Stunde überschaubar, und ich war mir schon bald relativ sicher, dass mir niemand folgte. Nachdem ich der zweispurigen Straße eine Weile gefolgt war, bog ich in eine Nebenstraße und fuhr den Wagen in eine leere Parklücke, die sich zwischen zwei Bäumen am Straßenrand befand.

Schon unmittelbar nach Antritt der Fahrt war mir das Navigationsgerät aufgefallen, das am Armaturenbrett befestigt war. Ein ähnliches Modell hatte auch Sanja in ihrem Wagen gehabt, sodass ich mich rasch zurechtfand. Ich schaltete es ein und ließ mir meine eigene Position anzeigen. Ich stellte fest, dass ich mich im Münchener Stadtteil Nymphenburg unweit des Hirschgartens befand. Dann gab ich die Anschrift ein, bei der ich mich vor einer halben Stunde mit Alessias Entführer und Alex' Mörder hätte treffen sollen, denn es war jetzt genau halb zwei Uhr nachts. Die Software des Navi berechnete die Route. Anschließend forderte mich eine sympathisch klingende Frauenstimme auf, den Wagen zu wenden.

»Okay, wenn du mich so nett darum bittest«, sagte ich, startete den BMW und fuhr aus der Parklücke.

Fünfzehn Minuten später ließ ich das Auto unmittelbar vor dem Haus am Straßenrand ausrollen. Ich zog den Schlüssel ab und beobachtete das Gebäude, in dem kein einziges Fenster erleuchtet war. Ich bemühte mich, den Kloß zu schlucken, der mir in der Kehle steckte, doch er erwies sich als hartnäckig.

Natürlich war mir bewusst, dass ich zu spät war, aber es waren doch nur fünfundvierzig Minuten. Alessias Entführer würde sie doch nicht wegen einer läppischen Dreiviertelstunde umbringen, oder etwa doch? Immerhin hatten er und etwaige Komplizen schon vorher bedenken- und rücksichtslos getötet, wenn es ihnen notwendig erschienen war. Angefangen bei der Frau und dem Kind des Buchhalters über ihn selbst, den Handlanger des Bosses mit dem schönen Namen Problemlöser in Alessias Wohnung bis hin zu meinem Freund Alex. All diese Personen und vielleicht sogar noch mehr hatte der Kerl, der hier auf mich wartete, auf dem Gewissen. Wieso sollte er also irgendwelche Skrupel besitzen und Alessia nichts antun, wenn er nicht nur befürchten musste, dass ich zu spät kam, sondern dass ich unter Umständen gar nicht auftauchte? Allerdings würde er dadurch sein stärkstes Druckmittel verlieren. Und es gab genügend Gründe, weswegen ich aufgehalten worden sein konnte. Deshalb rechnete ich nicht unbedingt damit, dass das dunkle Haus verlassen war und ich nur noch Alessias Leichnam finden würde, so wie ich in dieser Nacht bereits über Alex' Leiche gestolpert war. Schließlich wollte der Mann mit der verzerrten Stimme etwas haben, das zum gegenwärtigen Zeitpunkt nur ich ihm beschaffen und übergeben konnte.

Ich stieg aus dem Wagen und sah mich um. Doch in der Umgebung war alles ruhig und verlassen. Das Gartentürchen stand offen, sodass ich ungehindert eintreten und durch den Vorgarten zum Haus gehen konnte.

Obwohl der Mann mir gesagt hatte, dass ich das Haus umrunden und durch die Terrassentür hineingehen sollte, probierte ich es zuerst an der Haustür, die allerdings verschlossen war.

Ich wandte mich ab und ging ums Haus. Da ich kein unangenehmes Kribbeln zwischen den Schulterblättern spürte, wähnte ich mich unbeobachtet. Wie vom Entführer versprochen, stand die Terrassentür offen. Ich trat ein und sah mich um. Auch hier brannte kein Licht, doch durch die Fenster drang genügend Mondlicht von draußen herein, sodass ich mich umsehen konnte. Das Zimmer war völlig leer, sodass das Geräusch meiner Schritte, als ich weiterging, von den Wänden widerhallte. Ich kam in den Flur, von dem drei Türen abgingen. Treppenstufen führten in den Keller und ins Obergeschoss. Zwei der Türen standen offen, sodass ich in die dahinterliegenden Räume sehen konnte. Sie waren ebenfalls leer, sowohl was Menschen als auch die Einrichtung betraf.

Ich ging zur einzigen verschlossenen Tür, hinter der ich die Küche vermutete, und bemühte mich dabei, leise zu sein. Unmittelbar vor der Tür atmete ich noch einmal tief durch, ehe ich die Hand auf die Klinke legte und behutsam nach unten drückte. Die Tür verursachte keinen Laut, als ich sie langsam aufschob.

Der Dreiviertelmond schien durchs Fenster in den Raum und überzog alles mit einem unnatürlichen silbrigen Glanz. Allerdings gab es auch hier nicht viel, das er überziehen konnte, denn die Einbauküche, die sich hier früher einmal befunden haben musste, war ebenfalls entfernt worden.

Vor dem Fenster stand jemand in gebückter Haltung und schien am Heizkörper zu hantieren. Ich konnte nur die Silhouette erkennen. Ich hörte ein metallisches Klicken und das Rascheln von Ketten.

»Alessia?«

Die Gestalt fuhr erschrocken herum und sah mich an.

»Rex?«

»Ja.«

»Endlich bist du da. Aber wo warst du so lange?«

»Ich wurde aufgehalten«, sagte ich nur und ging auf sie zu. »Wo ist der Entführer?«

»Weg. Als du nicht zum vereinbarten Zeitpunkt hier warst, hat er mich allein gelassen und ist weggefahren. Er wollte überprüfen, ob du unter Umständen im Haus deines toten Freundes von der Polizei festgenommen wurdest und deshalb nicht kommen konntest. Tut mir übrigens furchtbar leid wegen Alex. Ich ...«

»Schon gut. Komm lieber und lass uns von hier verschwinden, bevor der Kerl zurückkommt.«

»Das geht nicht. Ich bin mit einer Handschelle an den Heizkörper gefesselt.«

Erst als sie einen Schritt zur Seite machte, konnte ich im Licht des Mondes die silbern glänzende Handschelle erkennen, die ihr Handgelenk mit einem Rohr des Heizkörpers verband. Daher stammte also das metallische Klicken und Kettenrasseln, das ich gehört hatte.

»Ich hab schon versucht, meine Hand durch die Schelle zu quetschen und das Schloss mit einem Nagel zu öffnen, den ich gefunden habe. Doch es hat nicht funktioniert.«

»Wie sollen wir die Handschelle dann aufkriegen? Gibt es hier irgendwo Werkzeug?« Ich dachte an das Teppichmesser in meiner Tasche, mit dem ich in dieser Situation allerdings herzlich wenig anfangen konnte.

»Ich glaube nicht. Aber sieh dich mal im Wohnzimmer um. Dort war der Kerl meistens, als er auf dich wartete. Vielleicht hat er dort ja auch den Schlüssel hingelegt.«

Ich nickte, wandte mich um und kehrte ins Wohnzimmer zurück. Da es leer war, gab es nicht viele Möglichkeiten, denn ich glaubte nicht, dass der Typ den Schlüssel auf den Boden geworfen hatte. Als ich mich dem Fenster näherte, sah ich etwas auf dem Fensterbrett liegen. Es war allerdings kein Schlüssel, sondern ein Handy. Vermutlich war es das Gerät, das ich aus Alex' Haus angerufen hatte. Ich nahm es und steckte es kurzerhand in die Innentasche meiner Jacke. Vielleicht konnte ich es ja noch brauchen. Da entdeckte ich einen kleinen Silberschlüssel, der unter dem Mobiltelefon gelegen hatte. Ich griff danach und kehrte zu Alessia zurück.

»Und? Was gefunden?«

»Ich denke, ich hab den Schlüssel für deine Freiheit«, sagte ich und reichte ihn ihr, damit sie sich selbst befreien konnte.

»War der Kerl, der dich gefangen gehalten hat, allein?«

»Ich glaube schon, zumindest habe ich sonst niemanden gesehen.«

»Aber wie kam er in Alex' Haus?«

Sie zog ihr Handgelenk aus der geöffneten Schelle und massierte es mit der anderen Hand, bevor sie mich ansah. »Ganz einfach: Er hat an der Tür geklingelt. Alex ging nachsehen, wer es war. Als er zurückkam, trieb ihn der Kerl mit einer Schusswaffe vor sich her. Er befahl Alex, auf der Couch Platz zu nehmen. Dann ...« Sie seufzte und schüttelte den Kopf, als könnte sie noch immer nicht glauben, was dann geschehen war, bevor sie fortfuhr. »Dann zog er ein Messer und stach wie ein Irrer auf Alex ein. Ich schrie und flehte ihn an, damit aufzuhören, doch er lachte nur hämisch. Ich konnte nicht länger zusehen und schloss die Augen. Dann hielt ich mir auch die Ohren zu, um das dreckige Lachen des widerlichen Kerls nicht mehr mitanhören zu müssen. Ich glaube, er genoss sogar, was er tat. Nachdem er ... nachdem er Alex umgebracht hatte, befahl er mir, aufzustehen. Ich dachte schon, ich wäre die Nächste, doch er legte mir nur Handschellen an. Anschließend suchte er nach einem Blatt Papier, tauchte seinen Finger in Alex' Blut und schrieb damit eine Nachricht für dich. Danach löschten wir alle Lichter, verließen das Haus und fuhren hierher. Nachdem er mich hier angekettet hatte, ging er ins Wohnzimmer. Kurz danach hörte ich ihn sprechen, konnte aber nicht verstehen, was er sagte.«

»Vermutlich sprach er mit mir, nachdem ich ihn wie gefordert angerufen hatte. Er nannte mir den Ort und die Zeit für den Austausch.«

Alessia nickte. »Er sprach von irgendwelchen Kontounterlagen. Hast du sie bei dir?«

»Nein.«

»Was? Wieso denn nicht? Selbst wenn du rechtzeitig gekommen wärst, hätte er mich dennoch umgebracht, wenn er nicht die Kontounterlagen von dir bekommen hätte.«

Ich schüttelte entschieden den Kopf. »Das hätte er schon nicht getan. Denn dann hätte er nie erfahren, wo sie sich befinden.«

»Also weißt du, wo sie sind?«

»Ja. Aber ich hätte es ihm erst verraten, wenn ich gewusst hätte, dass du in Sicherheit bist.«

Sie nickte. »Okay. Aber komm jetzt. Lass uns von hier abhauen und die Unterlagen holen.«

»Warum? Dort, wo sie sich befinden, sind sie momentan am sichersten.«

»Wir brauchen sie aber, um damit zur Polizei zu gehen.«

»Auf einmal willst du zur Polizei.«

»Natürlich. Verstehst du denn nicht. Die Kontounterlagen sind der Beweis, dass unsere Geschichte der Wahrheit entspricht. Außerdem kann ich den Beamten eine hervorragende Beschreibung des Kerls liefern. Sobald er geschnappt wird, kann er uns nichts mehr anhaben.«

»Da hast du natürlich auch wieder recht«, sagte ich und war erleichtert, dass diese Sache bald ein Ende finden und ich die Kontounterlagen, die mir und allen anderen nichts als Unglück und Verderben gebracht hatten, endlich loswurde. »Dann komm schon! Lass uns endlich von hier verschwinden.«

Wir nahmen denselben Weg, auf dem ich hereingekommen war. Als wir vor dem Haus ankamen, sah ich mich aufmerksam um, konnte jedoch niemanden entdecken.

»Steig ein«, sagte ich und betätigte den Türöffner des BMW.

»Was ist das denn für ein Wagen?«, fragte Alessia, als sie die Beifahrertür öffnete. »Ich dachte, du wärst mit Alex' Porsche unterwegs.«

»Lange Geschichte«, sagte ich, während ich den Wagen umrundete. Ich öffnete die Fahrertür und stieg ein.

»Was ist denn mit dir passiert?«

Im Licht der Innenbeleuchtung musste Alessia erstmals meine ramponierte Nase bemerkt haben, die mir zuletzt zum Glück keine Beschwerden mehr bereitet hatte, sodass ich fast vergessen hatte, dass ich damit einen Faustschlag abgefangen hatte. Ich hob die Hand und griff automatisch danach, was ich besser nicht getan hätte, denn bei der Berührung schoss ein intensiver Schmerzimpuls von meiner Nase direkt ins Schmerzzentrum meines Gehirns, um dort sämtliche Alarmglocken zu läuten. Ich sog zwischen zusammengebissenen Zähnen zischend die Luft ein und drehte den Innenspiegel in meine Richtung, sodass ich mich darin ansehen konnte.

Meine Nase war rot und schien im oberen Bereich ein bisschen angeschwollen zu sein. Vielleicht war sie sogar gebrochen, auch wenn sie nicht schiefer als sonst aussah. Auf meiner Oberlippe und um die Nasenlöcher herum klebte getrocknetes Blut.

»Lass uns erst losfahren, danach erzähl ich dir alles«, sagte ich und drehte den Spiegel zurück. Dann schloss ich die Tür und startete den Wagen.

Als der Wagen anrollte, drehte sich Alessia auf ihrem Sitz, um einen Blick durchs Heckfenster zu werfen. Das Erlebnis mit dem Q7 musste ihr noch immer gegenwärtig sein. Auch ich warf einen Blick in den Rückspiegel, konnte aber weder Scheinwerfer noch einen dunklen Schatten entdecken, der uns folgte.

Alessia schien ebenfalls beruhigt zu sein und wandte sich wieder nach vorn. Aus dem Augenwinkel konnte ich sehen, dass sie zu mir herübersah.

»Also! Erzählst du mir jetzt endlich, wer dir eins auf die Nase gegeben hat?«

»Ich hatte ein Wiedersehen mit den beiden Typen aus dem Audi«, sagte ich. »Der nachtragende Fahrer schlug mich bewusstlos, als ich Alex' Haus verließ. Anschließend brachten sie mich zu ihrem Boss.«

»Zu ihrem Boss? Und wer ist das?«

»Keine Ahnung. Er nannte mir seinen Namen nicht, sagte nur, dass er der Boss sei und manche ihn auch als Verbrecherboss oder so bezeichnen würden. Auf jeden Fall ist er der Eigentümer der Kontounterlagen, hinter denen dein Entführer her ist, und will sie natürlich um jeden Preis zurückhaben.« Ich nahm die Augen von der Straße und erwiderte Alessias Blick. »Hast du eine Ahnung, wer der Typ sein könnte.«

Sie schüttelte den Kopf. »Woher soll ich das wissen? Oder meinst du etwa, dass ich hier jeden Gangster persönlich kenne, nur weil ich mal in einer Bar gearbeitet habe?«

»Nein, natürlich nicht. Aber ich dachte, dass der Kerl, der Alex umgebracht hat, vielleicht den ursprünglichen Eigentümer der Unterlagen erwähnt hat.«

»Nein, hat er nicht. Er hat mir grundsätzlich nicht viel erzählt.«

Ich nickte und sah wieder nach vorn, um nicht in ein parkendes Auto zu krachen.

»Erzähl weiter, Rex! Wie verlief deine Begegnung mit diesem Boss? Hast du ihm gesagt, wo er seine Unterlagen findet? Hat er dich etwa deshalb nicht umgebracht und wieder freigelassen?«

Ich nickte. »Ich sagte ihm, dass sich die Unterlagen in einem Metallschrank im Keller von Alex' Haus befinden.«

»Was? Wie konntest du das nur tun?«

»Er drohte ganz offen damit, mich zu foltern«, rechtfertigte ich mich und warf Alessia einen kurzen Blick zu. Sie sah mich mit zusammengekniffenen Augen wütend an, als hätte ich sie verraten. Ich sah wieder nach vorn. »Ich saß gefesselt auf einem Stuhl im Keller seines Hauses, und der Boss hatte seine beiden Handlanger dabei, die er Chauffeur und Bodyguard nennt. Der tote Kerl in der Dusche deiner Wohnung arbeitete übrigens auch für den Boss. Er bezeichnete ihn als seinen Problemlöser, was mir angesichts dessen, was der Typ mit dir vorhatte, eine zutreffende Bezeichnung zu sein scheint. Auf jeden Fall befand sich in dem Raum, in dem der Boss mich befragte, auch eine Werkbank, und ich hatte Angst, er würde nur zum Spaß sämtliche Werkzeuge an mir ausprobieren, wenn ich ihm nicht sagte, wo sich seine Kontounterlagen befinden.«

Ich bekam mit, dass Alessia den Kopf schüttelte. »Wie konntest du es ihm nur verraten, Rex? Wenn er seine Unterlagen wieder zurückhat, haben wir keinen einzigen Beweis, dass unsere Geschichte wahr ist. Und ohne die Unterlagen hattest du auch nichts in der Hand, was du dem Kerl, der mich gefangen gehalten hatte, im Austausch anbieten konntest. Wie wolltest du da mit ihm verhandeln?«

»Ich sagte dir doch schon, dass ich ihm die Unterlagen ohnehin nicht übergeben, sondern ihm nur gesagt hätte, wo er sie finden kann, sobald er dich freigelassen hätte. Ich bin nämlich überzeugt, dass er uns beide getötet hätte, sobald er bekommen hätte, was er wollte. Er hat nämlich schon eine ganze Menge anderer Leute ermordet, um in den Besitz dieser Unterlagen zu kommen: die Frau und die Tochter des Buchhalters, den Buchhalter selbst, den Killer in deiner Wohnung und schließlich auch noch Alex. Außerdem habe ich den Boss ohnehin in eine Falle geschickt.«

Als ich den Kopf wandte, sah ich, dass Alessia mich nicht länger wütend, sondern verständnislos ansah und die Stirn gerunzelt hatte. »Eine Falle? Was meinst du damit?«

»Nachdem ich mit deinem Entführer gesprochen hatte, rief mich ein Kriminaloberkommissar Funk an, der für Tötungsdelikte zuständig ist. Er wollte sich mit mir in Zusammenhang mit dem Mord an dem Kerl in deiner Dusche unterhalten. Angeblich hat er einen anonymen Hinweis bekommen, dass ich mich zur fraglichen Zeit am Tatort aufgehalten hatte.«

»Und was hast du ihm alles erzählt?«

»Nicht viel. Nur dass ich mit dem Mord nichts zu tun hätte. Außerdem teilte ich ihm mit, dass Alex umgebracht wurde und wo sie seine

Leiche finden könnten. Ich hatte ihm vier Minuten Zeit gegeben, mir zu erklären, was er von mir wollte. Als die Zeit um war, beendete ich das Gespräch und sah zu, dass ich von dort wegkam. Allerdings lief ich direkt in die Faust des Chauffeurs, als ich das Haus verließ, und verlor das Bewusstsein. Ich bin mir allerdings sicher, dass es dort schon wenige Minuten später von Polizei nur so wimmelte. Als der Boss und sein Handlanger später die Unterlagen holen wollten, mussten sie daher vermutlich mit leeren Händen umkehren.«

»Aber wie bist du dann dem Boss entkommen? Er wird dich doch wohl kaum laufen gelassen haben, ohne mit Sicherheit zu wissen, dass du ihn nicht belogen hast.«

Ich erzählte ihr die Geschichte meiner Flucht, während ich *Vincents* Wagen durch die nächtlichen Straßen lenkte.

»Gut gemacht«, sagte Alessia anerkennend. »Das hätte ich einem Comiczeichner gar nicht zugetraut.«

»Ich mir auch nicht, ehrlich gesagt.«

Für ein paar Augenblicke schwiegen wir, und jeder hing seinen Gedanken nach.

Es war Alessia, die das Schweigen schließlich brach. »Rex?«

»Ja?«

»Als du mit dem Kriminalbeamten gesprochen hast, erwähnte er da auch … mich?«

Ich zuckte mit den Schultern. »Eigentlich nur beiläufig, schließlich geschah der Mord in deiner Wohnung. Er fragte, wie lange ich dich schon kenne und warum ich dir gefolgt bin.«

»Und was hast du ihm geantwortet?«

»Dass ich dich erst kennengelernt hätte. Aber dann war die Zeit, die ich ihm gegeben hatte, ohnehin abgelaufen. Er wollte mir noch etwas über dich erzählen, doch ich beendete das Gespräch.«

»Rief er dich auf deinem Handy an?«

Ich nickte, während ich den Wagen um eine Kurve lenkte und auf der Suche nach einem Parkplatz langsamer fuhr.

»Hast du es bei dir? Denn dann könnten wir ihn zurückrufen und über die Kontounterlagen in Alex' Haus informieren.«

Ich schüttelte den Kopf. »Tut mir leid, aber die Handlanger des Bosses haben es mir abgenommen.«

»Schade«, sagte Alessia. Sie schien zu bemerken, dass wir langsamer fuhren, und sah sich irritiert um. »Wo sind wir hier eigentlich? Ich dachte, wir fahren zu Alex' Haus, um die Unterlagen zu holen.«

Ich entdeckte einen freien Parkplatz und lenkte den BMW hinein. Nachdem ich den Motor abgestellt hatte, wandte ich den Kopf und sah Alessia an. »Wir fahren nicht zu Alex' Haus.«

»Warum nicht?«

»Weil die Aktentasche mit den Dokumenten gar nicht dort ist.«

Alessia riss die Augen auf und sah mich ungläubig an. »Nicht? Aber wo ist sie dann? Hier etwa?«

Ich nickte wortlos.

»Und wo sind wir hier?«

»In der Nähe des Westfriedhofs.«

34

Der Friedhof war um diese Zeit natürlich vollkommen verlassen und menschenleer – zumindest was die lebenden Menschen anging. Tote gab es hier bei über 40.000 Grabplätzen hingegen mehr als genug. Mir reichten allerdings schon die beiden Toten, die ich in den letzten Stunden zu Gesicht bekommen hatte. Und obwohl ich kein furchtsamer oder abergläubischer Mensch bin, war ich dennoch froh, dass die Geisterstunde schon vorüber war.

Der Westfriedhof gehört zu den vier großen Friedhöfen Münchens, die zwischen 1899 und 1907 errichtet worden waren, und wurde 1902 eröffnet. Er liegt zwischen den Stadtteilen Moosach und Gern und umfasst eine Fläche von fast 50 Hektar. Im Westen und Osten wird er von Kleingartenanlagen flankiert.

Ich hatte den Wagen ein Stück vom Friedhof entfernt in einer freien Parklücke in der Baldurstraße abgestellt und war den Rest des Weges zu Fuß gegangen. Beim Friedhof selbst gab es zwar auch zahlreiche Parkplätze, ich wollte den BMW allerdings nicht an einer Stelle parken, wo er jemandem auffallen konnte, der sich wunderte, warum dort mitten in der Nacht ein Auto stand, obwohl der Friedhof geschlossen war.

Alessia machte Anstalten, ebenfalls auszusteigen.

»Du bleibst am besten hier«, sagte ich. »Ich hole nur schnell die Aktentasche und komm dann gleich wieder zurück. Es geht schneller, wenn ich das allein erledige.«

»Soll ich nicht doch besser mitkommen? Vier Augen sehen schließlich mehr als zwei.«

Ich schüttelte entschlossen den Kopf. »Es weiß ja niemand, dass wir hier sind. Außerdem möchte ich an Sanjas Grab einen Augenblick allein sein.«

Alessia nickte. »Okay. Das verstehe ich.«

»Ich bin bald wieder da«, sagte ich und stieg aus.

Ich ging durch die menschenleere, nächtliche Straße zur Südwestecke des Friedhofs. Normalerweise fuhr ich mit der U1 bis zur U-Bahnstation Westfriedhof. Ich kam daher üblicherweise von der anderen Seite und betrat den Friedhof durch einen Eingang neben dem hohen Glockenturm und dem runden Kuppelbau der Aussegnungshalle, der nach dem Vorbild der Kirche Santa Constanza in Rom erbaut wurde, die Kaiser Konstantin ursprünglich als Mausoleum für seine Töchter Constantia und Helena erbauen ließ.

Die zahlreichen Eingänge rund um den Friedhof waren um diese Uhrzeit allerdings versperrt, sodass ich mir einen anderen Zugang suchen musste.

Als ich die südwestliche Ecke erreichte, kam ich zu einem Fußweg, der zwischen der westlichen Friedhofsmauer und der angrenzenden Kleingartenanlage zum Wintrichring führt. Ich bog ab und folgte dem Fußweg, da ich annahm, dass ich dort ungestörter war und nicht von den Scheinwerfern vorbeifahrender Autos erfasst werden konnte. Nach hundertzwanzig Metern entdeckte ich einen Baum, dessen Äste teilweise bis zur Krone der Friedhofsmauer wuchsen. Da ich mich in dieser Nacht schon einmal als ausgezeichneter Baum- und Mauerkletterer erwiesen hatte, war ich überzeugt, auch diese Hürde erfolgreich zu überwinden. Allerdings kletterte ich nicht auf den Baum, sondern sprang hoch und griff nach einem der Äste. Anschließend hangelte ich mich in Richtung Mauer. Als ich nahe genug war, löste ich meine rechte Hand vom Ast und griff nach der Mauerkante. Nachdem ich sicheren Halt hatte, ohne befürchten zu müssen, dass ich abrutschte, wechselte ich auch mit der anderen Hand und zog mich dann unter Aufbietung all meiner Kräfte nach oben, bis ich meinen Oberkörper auf die Mauerkrone schieben konnte. Ich zog das rechte Bein nach, richtete den Oberkörper auf und saß dann rittlings auf der Mauer.

Von meinem erhöhten Aussichtspunkt aus konnte ich im silbrigen Licht des Mondes einen großen Teil des südwestlichen Friedhofsareals überblicken. Natürlich war niemand zu sehen, der zwischen den Gräbern herummarschierte. Ich wusste nicht, ob es hier einen Nachtwächter gab, der regelmäßig seine Runden drehte, konnte es mir aber nicht vorstellen, da die Kommunen in Zeiten knapper Kassen vermutlich kein Geld für derartige Dinge erübrigen konnten.

Nachdem ich sicher war, dass die Luft rein war, ließ ich mich auf der anderen Seite von der Mauer fallen und landete zwischen zwei Grabstellen. Ich klopfte mir die Hände ab. Das Klatschen erschien mir in der Stille des Totenackers unnatürlich laut, und ich fuhr erschrocken zusammen.

Warum so schreckhaft?, fragte ich mich selbst.

Schließlich war das nur ein Friedhof voller Toter, die mir nichts antun konnten. Wie die letzten Stunden gezeigt hatten, seit ich Alessia kennengelernt hatte, musste ich die Lebenden viel mehr fürchten als die Verstorbenen. Außerdem war ich schon oft genug hier gewesen. Der einzige Unterschied bestand darin, dass es jetzt mitten in der Nacht und ich vermutlich das einzige lebende und atmende Wesen innerhalb der Friedhofsmauern war.

Weil ich nicht länger zögern und vor allem Alessia nicht länger warten lassen wollte, als unbedingt notwendig war, marschierte ich los.

Obwohl ich in den letzten achtzehn Monaten oft auf dem Westfriedhof gewesen war, erschien mir meine Umgebung nun völlig fremd. Das lag allerdings nicht nur daran, dass ich noch nie in diesem Teil des Totenackers gewesen war, denn in der Nacht und im Licht des Dreiviertelmondes sah alles ganz anders aus als bei Tag und hatte etwas Unwirkliches und Unheimliches an sich, sodass ich wider Willen fröstelte.

Ich wandte mich zunächst in Richtung Osten. Auf halber Strecke zu den Gebäuden, die neben dem Glockenturm und der Aussegnungshalle auch das Büro der Friedhofsverwaltung und einen Verabschiedungsraum beinhalteten, befanden sich eine schmale Grünfläche ohne Gräber und ein Teich. Ich hatte allerdings nicht vor, so weit zu gehen, sondern mich vorher nach Norden zu wenden, um zu Sanjas Grab zu kommen.

Die Wege waren größtenteils gerade, teilweise aber auch geschwungen und folgten einem Muster, das ich nicht durchschaute.

Nach hundertfünfzig Metern sah ich eine Stelle, die mir bekannt war und die ich als Orientierungspunkt nutzte. Ich wandte mich nach links und folgte dem Weg, der ziemlich gerade nach Norden führte.

Als ich auf meinem Weg immer mehr bekannte Gräber, Grabsteine und Grabdenkmäler sah, war mir nicht mehr so unwirklich und unheimlich zumute, und ich ging unwillkürlich schneller. Meine Schritte waren die einzigen Geräusche, die die Stille um mich herum durchbrachen.

Totenstille!

Ich musste zähneknirschend zugeben, dass der Begriff, den meine innere Stimme vorgeschlagen hatte, besser zu dieser Umgebung passte, bedurfte jedoch nicht dieses Hinweises, um mir erneut bewusst zu werden, dass ich mich in Gesellschaft einer erschreckend großen Menge Verstorbener befand.

Allerdings war auch Sanja ein Teil dieser Gemeinschaft. Und vor Sanja hatte ich keine Angst. Wieso sollte ich mich dann vor den anderen Leichen fürchten, die überall um mich herum in ihren Särgen unter der Erde oder in Grüften und Mausoleen lagen oder zu Asche verbrannt worden waren und in Urnengräbern oder Urnennischen ruhten.

Ich war dennoch froh, als ich endlich Sanjas Grab erreichte und mir über die anderen Toten nicht länger den Kopf zerbrechen musste.

»Hallo, Sanja«, sagte ich leise, als ich vor ihrem Grab zum Stehen kam, und blickte auf die Inschrift ihres Grabsteins aus Marmor, die ich selbst dann hätte lesen können, wenn der Mond hinter dichten Wolken verborgen gewesen wäre. »Ganz schönes Schlamassel, in das ich da geraten bin, nicht wahr?«

Obwohl ich nur geflüstert hatte, kam mir meine Stimme in der Stille unnatürlich laut vor, und ich fürchtete, sie könnte auf dem ganzen Friedhof zu hören sein.

Ich hätte mich gern eine Weile neben ihr Grab gekauert und ihr die ganze Geschichte erzählt, so wie ich ihr auch sonst immer erzählte, was ich erlebt hatte, doch dafür fehlte mir leider die Zeit. Ich hoffte, dass ich diese Nacht überlebte und von der Polizei nicht wegen Mordes verhaftet wurde, denn dann würde ich demnächst wiederkommen und es nachholen. Doch für den Moment musste das genügen. Und da ich manchmal die kindliche Vorstellung hatte, Sanja würde hoch im Himmel auf einer Wolke sitzen und ohnehin alles sehen, was auf der Erde geschah, war es vermutlich ohnehin nicht notwendig, dass ich ihr berichtete, was passiert war. Wo immer sie war, wusste sie wahrscheinlich schon alles.

Ich seufzte leise, löste meinen Blick von ihrem Namen auf dem Grabmal und ließ mich in die Knie sinken. Dann begann ich damit, mit beiden Händen in der linken unteren Ecke von Sanjas Grab ein Loch zu graben.

Als ich mir vor anderthalb Wochen nach dem Tod des Buchhalters überlegt hatte, was ich mit der Aktentasche und den darin enthaltenen Unterlagen tun sollte, war mir rasch klar geworden, dass ich sie weder in meiner Wohnung noch in der meiner Schwester oder in Alex' Haus haben wollte. Denn schon damals war ich mir darüber bewusst gewesen, dass hinter der Geschichte eine ganze Menge kriminelle Energie stecken musste – und damals war ich nur von Industriespionage ausgegangen –, die sich auch leicht gegen mich und jeden, den ich in die Sache hineinzog, richten konnte, falls bekannt werden sollte, dass ich die Tasche an mich genommen hatte. Ich war allerdings davon ausgegangen, dass der Verdacht niemals auf mich fallen würde, schließlich war ich nur zufällig im Parkhaus gewesen und Zeuge geworden, wie der Buchhalter die Tasche unter den BMW geworfen hatte. Allerdings hatte ich mich geirrt, und das nicht nur im Hinblick darauf, dass sowohl der wahre Eigentümer der Dokumente als auch derjenige, für den der Buchhalter sie im Parkhaus hinterlegt hatte, mich gefunden hatten. Ich hatte auch das Ausmaß der kriminellen Energie unterschätzt, die so groß war, dass sie auch vor mehrfachem Mord nicht zurückschreckte.

Gleichwohl hatte ich damals beschlossen, die Aktentasche woanders aufzubewahren, und war relativ rasch auf Sanjas Grab gekommen. In meinen Augen war es der ideale Ort, um etwas zu verstecken. Es kam mir sogar fast so vor, als würde seitdem meine verstorbene Freundin ein wachsames Auge darauf haben. Außerdem war ich ohnehin oft genug hier, um nachzusehen, ob jemand sie ausgegraben hatte, oder um sie zu holen, falls ich sie aus irgendeinem Grund benötigen sollte. Allerdings wäre ich im Grunde gar nicht so enttäuscht gewesen, wenn ich irgendwann gekommen wäre und festgestellt hätte, dass die Aktentasche nicht mehr da war. Doch das war nie geschehen, da niemand wusste, dass sie dort vergraben lag. Und um zu verhindern, dass Sanjas Mutter, die sich um die Grabpflege kümmerte, zufällig darauf stieß, hatte ich die Tasche besonders tief vergraben.

Die Erde war trocken und locker, da es schon länger nicht mehr geregnet hatte. Daher kam ich gut voran und häufte sie rechts neben dem Loch auf, um sie hinterher wieder hineinschieben zu können.

Ein plötzliches Vibrieren in der linken Innentasche meiner Jacke unmittelbar über meinem rascher pochenden Herzen erschreckte mich, sodass ich irritiert mit Graben innehielt.

Was zum Teufel ist das?

Ich rieb meine Hände gegeneinander, um die Erde zu entfernen, und griff in meine Tasche. Erst als ich das Handy fand, erinnerte ich mich wieder daran, dass ich in dem Haus, in das mich Alessias Entführer bestellt hatte, ein Mobiltelefon gefunden hatte.

Ich holte es heraus und sah auf das Display. Die Nummer mit der Vorwahl von München kam mir vage bekannt vor, mehr aber auch nicht. Allerdings war das kein Wunder, schließlich war es nicht mein Handy, sondern vermutlich das des Mannes mit der verzerrten Stimme.

Ich nahm den Anruf mit einem Tastendruck entgegen, hob das Handy ans Ohr und lauschte, ohne etwas zu sagen.

»Hallo?«

Die Männerstimme kam mir ebenfalls bekannt vor, ich wusste allerdings nicht, woher.

»Hallo! Ist da jemand? Sagen Sie doch etwas.«

»Wer ist denn da?«, fragte ich.

Für mehrere Momente herrschte Stille, als wäre der Anrufer verblüfft, dass sich tatsächlich jemand gemeldet hatte. Dann: »Herr König, sind Sie das etwa?«

»Wer will das wissen?« Ich freute mich, dass ich diesen Satz in dieser Nacht schon das zweite Mal anbringen durfte. Ich wusste allerdings noch immer nicht, mit wem ich sprach, obwohl ich spürte, dass die Erkenntnis greifbar war und der Name mir gewissermaßen auf der Zunge lag.

»Kriminaloberkommissar Funk vom Kommissariat K 11. Wir hatten vor Kurzem schon mal das Vergnügen, miteinander zu sprechen, Herr König. Erinnern Sie sich nicht?«

»Doch, natürlich erinnere ich mich. Ich habe nur Ihre Stimme nicht gleich erkannt. Woher haben Sie diese Nummer?«

»Die steht auf einem Zettel, der neben Ihrem toten Freund auf dem

Couchtisch lag. Ich nehme an, die Nachricht darauf wurde mit seinem Blut geschrieben. Habe ich recht, Herr König?«

»Vermutlich.« Jetzt fiel mir auch wieder ein, dass ich das Blatt mit der Nummer des Entführers am Tatort zurückgelassen hatte.

»Ich habe diese Nummer bereits mehrmals angerufen, unmittelbar nachdem wir Ihren Freund und den Zettel gefunden hatten, allerdings ging nie jemand ran. Und jetzt, als ich mir dachte, probier's doch einfach noch mal, habe ich Sie am anderen Ende der Verbindung. Das gibt mir zu denken, Herr König.«

»Inwiefern?«

»Ich frage mich natürlich, ob es sich um die Nummer und das Handy des Mörders Ihres Freundes handelt und ob es Ihnen gehört?«

»Natürlich nicht. In einer Hinsicht haben Sie allerdings recht: Es gehört dem Mann, der Alex ermordet hat. Und nicht nur das. Er hat auch den Mann in Alessias Wohnung sowie den Buchhalter des Bosses und dessen Familie umgebracht. Außerdem hat er den Buchhalter erpresst, um an kompromittierende Kontounterlagen des Bosses zu kommen, und zu guter Letzt auch noch Alessia entführt.«

»Moment, Moment, Herr König! Das ist jetzt alles ein bisschen viel auf einmal. Wer sind der Boss und der Buchhalter?«

Ich seufzte verärgert, weil Funk nichts kapierte und mir die Zeit stahl. Ich beschloss, während des Telefonats wenigstens mit einer Hand weiter zu graben. »Hören Sie zu! Ich habe ohnehin vor, mich mit Ihnen zu treffen und Ihnen die Kontounterlagen zu übergeben. Dann erzähle ich Ihnen auch alles und beantworte geduldig all Ihre Fragen. Die Namen des Bosses und des Buchhalters kenne ich ohnehin nicht. Ich kann Ihnen nur eine Personenbeschreibung geben. Aber das dürfte bei einem persönlichen Treffen einfacher sein als bei einem Telefonat. Wenn Sie wollen, zeichne ich Ihnen sogar eigenhändig Phantombilder. Aber momentan habe ich keine Zeit, mich noch viel länger mit Ihnen zu unterhalten. Ich grabe nämlich gerade die Aktentasche mit den Dokumenten aus und will Alessia nicht länger als nötig im Auto warten lassen.«

»Warten Sie! Über Alessia Engel wollte ich nämlich ohnehin mit Ihnen reden.«

»Dann reden Sie schon! Ich hab nämlich nicht mehr viel Zeit.« Das Loch in der Erde war bereits 10 Zentimeter tief. Noch einmal so viel, und ich hatte es geschafft.

»Sie machten schon bei unserem ersten Telefonat Andeutungen, die mich vermuten ließen, dass Sie mit Alessia Engel unterwegs waren.«

»Ja. Vermutlich wollen Sie auch mit Alessia sprechen, da der tote Killer in ihrer Wohnung gefunden wurde. Allerdings ist sie im Moment nicht in der Nähe. Sie wartet im Wagen auf mich. Sie wird mich aber begleiten, wenn ich mich anschließend mit Ihnen treffe, um Ihnen die Unterlagen zu geben.«

»Geht es ihr gut?«

»Ja. Alex' Mörder hat sie zwar entführt und gefangen gehalten, um sie gegen die Kontounterlagen des Bosses auszutauschen, doch es gelang mir, sie zu befreien.«

»Und sie wartet in diesem Augenblick in Ihrem Wagen auf Sie?«

»Ja. Es ist allerdings nicht mein Auto, sondern gehört …«

»Das ist jetzt unwichtig«, unterbrach mich der Kriminalbeamte unhöflich. »Viel wichtiger ist, dass Sie auf keinen Fall zu dem Wagen und der Frau zurückkehren. Wo sind Sie jetzt?«

Ich sah keinen Sinn darin, ihm meinen Aufenthaltsort nicht zu nennen. »Auf dem Westfriedhof. Beim Grab meiner verstorbenen Freundin.«

Für eine Weile herrschte in der Leitung Schweigen, als müsste Funk diese Antwort erst einmal verdauen.

Da stießen die Finger meiner Hand, mit der ich Erde aus dem Loch holte, auf Widerstand. Ich entfernte noch etwas Erde an den Rändern, bohrte dann meine Finger an einer Seitenkante des Gegenstands in die Erde, bis ich sie um seinen Rand legen konnte, und zog mit aller Kraft.

»Hören Sie mir gut zu, Herr König!«, meldete sich Funk wieder zu Wort. »Bleiben Sie am besten genau da, wo Sie gerade sind, und gehen Sie auf keinen Fall zum Wagen zurück! Mein Kollege und ich kommen, um Sie in Sicherheit zu bringen.«

»In Sicherheit?« Zuerst rührte sich die vergrabene Aktentasche, die ich zum Schutz vor Nässe in drei große Gefrierbeutel mit Zippverschluss gepackt hatte, keinen einzigen Millimeter, doch dann, als ich noch fester daran zerrte, bewegte sie sich zunächst langsam und dann immer schneller, bis ich sie endlich aus dem Erdloch ziehen konnte.

»Was meinen Sie damit? Und wieso soll ich nicht zu Alessia zurück?«

»Weil die Frau, die im Wagen auf Sie wartet, nicht Alessia Engel ist.«

»Nicht Alessia Engel?«

»Genau. Alessia Engel ist tot! Das wollte ich Ihnen schon bei unserem ersten Telefonat erzählen. Wir fanden sie im Schlafzimmer ihrer Wohnung. Sie wurde mit derselben Waffe erschossen, mit der auch der Mann in der Badewanne umgebracht wurde. Wer immer die Frau ist, mit der Sie heute unterwegs waren und die sich als Alessia Engel ausgab, sie ist es nicht!«

35

»Rex!«

Ich ließ die Hand mit dem Handy sinken, erhob mich und drehte mich dann um. Zwanzig Meter von mir entfernt lief die Frau, die ich die ganze Zeit über für Alessia Engel gehalten hatte, über einen der Wege zwischen den Grabstätten, gefolgt von einem jungen Mann, den ich nicht kannte.

»Rex! Wo bist du?«

Noch hatten mich die beiden nicht entdeckt, da sie vermutlich nicht genau wussten, wo Sanjas Grab lag. Ich überlegte, ob ich mich ducken und verstecken oder einfach wegrennen sollte. Doch der Schock über das, was mir Funk erzählt hatte, lähmte mich, sodass ich an Ort und Stelle blieb.

»Da bist du ja.«

Die Nicht-Alessia hatte mich entdeckt und kam auf mich zu. Der Mann in ihrer Begleitung blieb unmittelbar hinter ihr und folgte ihr im Abstand von weniger als einem halben Meter. Ich sah, dass er eine Pistole in der Hand hatte und auf den Rücken der Frau vor ihm gerichtet hielt.

Ich fragte mich, was diese neue Wendung der Ereignisse zu bedeuten hatte und wer der Mann war. War er etwa der geheimnisvolle Entführer, der mir übers Telefon mit verzerrter Stimme Anweisungen gegeben hatte? War er uns unbemerkt bis hierher gefolgt und hatte die Nicht-Alessia mit vorgehaltener Pistole gezwungen, mit ihm auf den Friedhof zu gehen, um dort die Tasche mit den Dokumenten zu holen und uns zu erschießen? Aber wie passte die Nicht-Alessia in dieses Szenario? Wenn sie weder zum Boss noch zum Mörder des Buchhalters und all der anderen gehörte, welches Spielchen trieb sie dann? Und wieso hatte sie mir vorgegaukelt, sie wäre Alessia Engel?

Ich zog noch einmal in Erwägung, die Beine in die Hand zu nehmen und davonzurennen, doch den Moment, wo das noch gefahrlos möglich gewesen wäre, ohne eine Kugel in den Rücken zu bekommen, hatte ich definitiv verstreichen lassen. Also blieb ich, wo ich war, und sah dem Paar entgegen, während es die letzten Meter zu Sanjas Grab zurücklegte.

Der Mann war so groß wie ich und sehr schlank. Er hatte langes dunkelblondes Haar, das ihm in unzähligen Locken bis auf die Schultern fiel, und erinnerte mich an das *Bildnis eines jungen Mannes* von Lucas Cranach dem Älteren auf den alten 10-DM-Scheinen. Er war wie ein Schornsteinfeger von Kopf bis Fuß schwarz gekleidet und trug eine Jeanshose, ein Henley-Shirt, Sneaker und dünne Leder-Handschuhe.

Als die beiden nur noch zwei Meter von mir entfernt waren, blieben sie wie auf ein unhörbares Kommando stehen.

»Tut mir leid, Rex«, sagte die Nicht-Alessia mit bestürztem Gesichtsausdruck, der so echt wirkte, dass mich ernsthafte Zweifel beschlichen, ob mir der Polizist am Telefon die Wahrheit erzählt hatte, und schüttelte den Kopf. »Ich konnte nicht anders. Plötzlich stand er neben dem Wagen und bedrohte mich mit der Pistole. Ich musste aussteigen und mit ihm hierherkommen. Wenigstens hast du die Aktentasche. Gib sie ihm, dann lässt er uns gehen, und alles wird gut.«

»Und wer ist der Kerl?«

»Das ist der Mann, der Alex umgebracht und mich entführt hat. Er muss uns gefolgt sein, ohne dass wir es bemerkten. Tu lieber, was er sagt.«

»Bisher hat er ja noch überhaupt nichts gesagt.«

Die Nicht-Alessia runzelte die Stirn, kniff die Augen zusammen und sah mich überrascht an. Sie sagte jedoch nichts.

Das tat der Kerl hinter ihr: »Tu lieber, was deine Freundin dir geraten hat, Comiczeichner. Du kannst dir ja denken, was ich haben will. Also her mit der Aktentasche!«

»Tu, was er sagt. Sonst erschießt er erst mich und dann dich.«

»Bist du dir da sicher, *Alessia Engel*?«

Ihr Stirnrunzeln vertiefte sich noch mehr, während die Verblüffung in ihrem Blick zunahm. »Was willst du damit sagen?«

»Dass ich mir gar nicht so sicher bin, dass er dich tatsächlich erschießen wird.«

»Und wieso sollte er das nicht tun?«

»Weil du nicht Alessia Engel bist. Alessia Engel ist tot! Wer bist du also wirklich?«

Die Überraschung wich aus ihrem Blick, als ihr dämmerte, dass ich über sie Bescheid wusste. Ein kalter Ausdruck trat in ihre Augen und ihr Gesicht, den ich bislang noch nicht bei ihr gesehen hatte und der mich an den eisigen Blick des Bosses im Keller seines Hauses erinnerte.

»Woher weißt du, dass Alessia tot ist?«

Ich hob die Hand und zeigte ihr das Handy, das ich nicht ausgeschaltet hatte. Möglicherweise war der Kriminalbeamte noch immer in der Leitung und hörte alles mit. »Kriminaloberkommissar Funk hat es mir erzählt. Er sagte, dass Alessia Engel erschossen in ihrem Schlafzimmer gefunden wurde. Sie muss bereits dort gelegen haben, als du eine Reisetasche gepackt hast. Anscheinend hast du bei all der Aufregung nur vergessen, mir davon zu erzählen.«

Der andere Mann trat um die Nicht-Alessia herum und stürzte auf mich zu. Ich dachte, er wollte mich schlagen, und zuckte erschrocken zurück, doch er riss mir nur das Handy aus der Hand, schaltete es aus und steckte es ein. Dann trat er wieder zwei Schritte zurück, bis er neben der Frau stand, und richtete die Pistole auf mich. Nachdem ich nun wusste, dass die echte Alessia Engel tot war, hatten sie es nicht mehr nötig, mir länger ihr Schmierentheater vorzuspielen. Immerhin wusste ich nun, dass er und die Frau an seiner Seite im selben Team waren. Sie hatten Frau und Kind des Buchhalters entführt, ihn damit erpresst und schließlich getötet. Außerdem hatten sie den Killer des Bosses und Alex ermordet. Blieb die Frage, ob sie auch die echte Alessia Engel umgebracht hatten und welche Rolle sie überhaupt in dieser üblen Geschichte gespielt hatte.

»Wer bist du wirklich?«, fragte ich und sah wieder die Frau an, die mich noch immer mit ihren kalten Augen emotions- und erbarmungslos ansah. »Ich kann dich ja wohl schlecht noch länger Alessia nennen, oder?«

Der Mann öffnete schon den Mund, um etwas zu sagen und mich, seiner Miene nach zu schließen, möglicherweise dazu aufzufordern, endlich die Klappe zu halten und ihnen die Aktentasche zu geben, doch die Nicht-Alessia hob nur gebieterisch die Hand, worauf er den Mund sofort wieder unverrichteter Dinge zuklappte. Damit war auch geklärt, wer in diesem Team das Sagen hatte.

»Mein Name ist Marie.«

»Und wer ist er?«

»Das ist Christopher. Er tut alles, was ich ihm sage, und das macht er sehr gut.«

Ich nickte. »Das habe ich gesehen, als ich den toten Killer in der Badewanne und Alex' Leiche fand. Außerdem habt ihr die Familie des Buchhalters entführt, um von ihm die Kontounterlagen des Bosses zu bekommen, und ihn dann überfahren, nachdem er das Parkhaus verlassen hatte. Dann habt ihr die Frau und das kleine Kind des Buchhalters spurlos verschwinden lassen. Ich nehme an, ihr habt sie ebenfalls kaltblütig ermordet.«

»Es war notwendig, auch wenn jemand wie du das nicht versteht, Rex.«

»Tja, tut mir leid, wenn du das so siehst, aber ich lebe nun einmal lieber in einer Welt, in der nicht die Notwendigkeit besteht, andere Leute kaltblütig zu ermorden. Hat er die Drecksarbeit ganz allein erledigt, oder hast du auch gelegentlich selbst Hand anlegen müssen?«

Marie zuckte mit den Schultern. »Wieso sollte ich mir die Hände schmutzig machen, wenn ich jemanden wie Christopher habe.« Sie hob die Hand und strich ihm zärtlich über die glatt rasierte Wange.

Ein gehässiges Grinsen breitete sich auf Christophers Gesicht aus, als wären wir rivalisierende Schulkinder und er als Einziger vom Lehrer gelobt worden.

Ich wollte dieses Grinsen aus seinem Gesicht wischen und sagte deshalb: »Ich hätte gern eure Gesichter gesehen, als ihr nach dem Mord am Buchhalter unter dem BMW nachgesehen habt und die Aktentasche nicht da war. Das muss eine echte Überraschung für euch gewesen sein, oder nicht?«

Wie beabsichtigt verfinsterte sich das Gesicht des Mannes, und er sah mich zornig an. Maries Gesichtsausdruck hingegen blieb so ausdruckslos und unterkühlt wie zuvor.

»Damit haben wir tatsächlich nicht gerechnet«, sagte sie. »Zuerst dachten wir, dass Gernot uns betrogen hat, und fürchteten schon, wir hätten ihn zu früh zum Schweigen gebracht. Doch dann hörte ich von den Aufnahmen der Überwachungskameras im Parkhaus und davon, dass jemand die Tasche an sich genommen hatte. Leider wurde deine Identität erst vor Kurzem bekannt, sodass ich mich erst gestern an deine Fersen heften konnte, als du deine Wohnung verlassen hast.«

»Dann war unsere Begegnung alles andere als zufällig.« Ich hatte es mir schon gedacht, und es in Worte zu fassen, war eigentlich überflüssig.

Marie – ich konnte mich nur schwer daran gewöhnen, sie nicht länger Alessia zu nennen – nickte. »Ich wollte in der U-Bahnstation mit dir in Kontakt treten. Ich hoffte, ich könnte mit dir ins Gespräch kommen und dich überreden, mit mir in ein Café und anschließend in die nahe gelegene Wohnung von Alessia zu gehen. Dort wollte ich dann mehr über den Verbleib der Kontounterlagen erfahren. Notfalls, falls mein eigener Charme nicht ausreichen sollte, auch mit Christophers tatkräftiger Unterstützung, der ganz in der Nähe auf Abruf bereitstand. Die heruntergefallenen Schmerztabletten boten mir einen ausgezeichneten Vorwand, dich anzusprechen, aber dann reagiertest du ganz anders, als ich erwartet hatte, indem du weggerannt bist und mich einfach stehen gelassen hast. Also musste ich umdisponieren und beschloss, in Alessias Wohnung zu gehen, um mit ihr und Christopher unser weiteres Vorgehen zu besprechen. Da Alessia nicht antwortete, als ich nach ihr rief, nahm ich an, sie wäre nicht da, und ging ins Bad, um mich frisch zu machen. Doch als ich wieder herauskam, stand dort dieser Kerl mit der Pistole. Doch zum Glück warst du mir gefolgt, warum auch immer, und uns gelang die Flucht. Erst als wir zurückkamen, um deine Mappe zu suchen, fand ich Alessia im Schlafzimmer. Der Typ in der Badewanne muss sie geschlagen haben, um von ihr zu erfahren, wer mit ihr zusammenarbeitete, bevor er sie erschoss. Allerdings habe ich, als ich im *Starbucks* zur Toilette ging, Christopher angerufen und angewiesen, sich um ihn zu kümmern. Und das hat er auch getan.«

»Und bei der Gelegenheit hat er vermutlich auch meine Arbeitsmappe und die Elefantenmaske mitgenommen, die mich mit den Morden in Zusammenhang bringen, weil meine Fingerabdrücke darauf sind.«

»Ich hielt es für eine gute Idee, diese Dinge in der Hinterhand zu haben, falls du nicht mit mir kooperieren würdest.«

»Und wer von euch beiden hat dann die Polizei angerufen und anonym gemeldet, er habe mich in der Nähe des Tatorts gesehen?«

»Das hat ebenfalls Christopher erledigt. Ich fand nämlich, dass ein bisschen Druck nicht schaden könnte. Damit du nicht auf den Gedanken kommst, einfach zur Polizei zu marschieren, denn das hätte mir natürlich gar nicht gepasst. All die Arbeit wäre umsonst gewesen, wenn du der Polizei alles erzählt und die Aktentasche übergeben hättest.«

»*Arbeit* nennst du es also, unschuldige Frauen und Kinder zu entführen und kaltblütig zu ermorden und Männer auf offener Straße zu überfahren.«

»Jeder tut eben das, wofür er am besten geeignet ist. Du kannst hervorragend zeichnen und verdienst daher deinen Lebensunterhalt mit Zeichnen. Unsere Begabungen liegen hingegen auf anderen Gebieten. Ich verlange aber gar nicht, dass du das verstehst, Rex.«

»Das wäre auch zu viel verlangt. Aber zurück zum Thema. Ihr wart also zu dritt. Du bist vermutlich die Planerin im Hintergrund, die sich das Ganze ausgedacht hat, und in meinem Fall anscheinend auch die lockende Schöne, die mich becircen sollte. Er hier hingegen ist der Mann fürs Grobe, der die Drecksarbeit verrichtet. Aber welche Rolle spielte Alessia Engel in dieser Geschichte. War sie eine Freundin von dir? Falls ja, hat dich ihr Tod ja nicht besonders betroffen gemacht.«

»Sie war keine enge Freundin, sondern eher so etwas wie eine Geschäftspartnerin. Wir hatten gemeinsame Interessen: Wir wollten beide Geld und Macht. Mithilfe der Kontounterlagen wollten wir beides bekommen. Alessia war eine Nutte und arbeitete in einem Bordell. Wie du siehst, hieß sie nur Engel, war jedoch keiner – oder vielleicht nur ein gefallener. Ich lernte sie vor ein paar Wochen zufällig kennen, als wir an der Bar einer Diskothek nebeneinandersaßen und ins Gespräch kamen. Es stellte sich heraus, dass wir einen gemeinsamen Bekannten hatten: Gernot, den Buchhalter. Anscheinend bot ihm seine Frau in sexueller Hinsicht nicht das, was er brauchte, deshalb ging er regelmäßig zu Alessia ins Bordell, um sich dort das zu holen, was er zu Hause nicht bekam. Wenn Gernot zu viel getrunken hatte und nach dem Sex in redseliger Stimmung war, erzählte er Alessia manchmal von seiner

Arbeit. Und dabei sagte er auch einmal, dass sein Boss in Teufels Küche käme, wenn bestimmte Kontounterlagen in falsche Hände gelangen sollten. Entweder wäre er dadurch erpressbar, oder er würde für sehr, sehr lange Zeit hinter Gittern landen. Alessia und ich trafen uns inzwischen öfter. Irgendwann erzählte sie mir, was Gernot ihr gesagt hatte. Leider wusste sie nicht, für wen Gernot arbeitete, da er nie den Namen seines Bosses genannt hatte. Doch da konnte ich aushelfen. Und von da an führte ein Gedanke zum anderen. Ich holte noch Christopher mit ins Boot, und nachdem ich alles sorgfältig überlegt und geplant hatte, entführten wir Gernots kleine Familie. Und alles hätte auch ganz ausgezeichnet funktioniert, wenn du dich nicht eingemischt hättest.«

»Also kennst du den Boss doch. Als ich dich fragte, hast du es noch geleugnet. Und woher kennst du ihn? Von der Arbeit in der Bar, von der du erzählt hast? Oder war das auch gelogen?«

»Nein. Ich habe bis vor ein paar Jahren tatsächlich in einer Bar gearbeitet. Dann lernte ich eines Nachts den Boss kennen. Nach kurzer Zeit machte er mir ein Angebot, das ich nicht ablehnen konnte, und am nächsten Tag kündigte ich meinen Job.«

»Um was für ihn zu tun?«

»Ihn zu heiraten.«

Ich hatte gedacht, dass mich nun, nachdem ich Maries Lügengespinst durchschaut hatte, nichts mehr wirklich überraschen konnte, doch ich hatte mich geirrt. Es dauerte einen Moment, bis ich mich von dem Schock erholt und meine Sprache wiedergefunden hatte. Marie schien es zu genießen, denn die Andeutung eines Lächelns hatte ihre sonst so ausdruckslose Miene aufgelockert.

»Du bist die Frau des Bosses?«

»Ja. Schon seit sechs Jahren.«

Ich erinnerte mich an die Geräusche aus dem Obergeschoss im Haus des Bosses. Ich hatte die Person, die mitten in der Nacht zur Toilette gegangen und bei offener Tür Wasser gelassen hatte, für ein Kind gehalten. Handelte es sich etwa um ein gemeinsames Kind von Marie und dem Boss?

»Aber ...?«

»Warum ich dennoch seine Kontounterlagen unbedingt in die Finger bekommen möchte und meinen eigenen Mann bestehlen ließ, willst du vermutlich wissen.«

Ich nickte.

»Weil ich schon nach wenigen Monaten Ehe herausfinden musste, dass mein Mann ein Schwein ist und es mit jeder anderen Frau treibt, die ihm begegnet und nicht bei drei auf dem nächsten Baum sitzt. Er streitet es nicht einmal ab, sondern brüstet sich sogar vor mir damit. Ich bin für ihn nur ein weiteres Schmuckstück, das er stolz vor seinen Geschäftspartnern präsentieren kann. Doch wehe, ich beschwere mich, dann schlägt er mich, sodass ich mich tagelang nicht aus dem Haus wagen kann.«

»Schon mal an Scheidung gedacht?«

Sie schnaubte verächtlich. »Vermutlich bringt er mich eher um und lässt meine Leiche auf Nimmerwiedersehen verschwinden, als dass er die Schmach einer Scheidung auf sich nimmt. Und selbst wenn er einverstanden wäre, was sollte ich dann tun? Laut Ehevertrag bekomme ich rein gar nichts von ihm. Soll ich etwa wieder in einem schäbigen Nachtklub arbeiten und mir von den noch schäbigeren Kunden in den Ausschnitt gaffen und an den Hintern fassen 'lassen, während ihnen einer abgeht? Nein danke! Ich habe mir fest vorgenommen, dass es nie so weit kommen wird. Deshalb war es auch so ein Glücksfall, als ich Alessia kennenlernte und sie mir von Gernot erzählte. Ich kannte ihn, er war ja der Buchhalter meines Mannes. Allerdings hatte ich selbst keine Möglichkeit, an die Kontounterlagen zu kommen, da sie im Keller unseres Hauses in einem Safe lagen, dessen Kombination nur mein Mann und Gernot kannten. Deshalb überlegte ich mir einen anderen Weg, wie ich an die Unterlagen kommen und für den Fall, dass es schiefging, gleichzeitig unerkannt bleiben konnte. Wenn ich die Dokumente erst in der Hand habe, ist es ohnehin egal, denn dann kann mein Mann mir nichts mehr antun. Für ihn ist dann die Zeit gekommen, in den Ruhestand zu treten und mir die Leitung seines Unternehmens in die Hand zu legen. Schließlich ist er nicht mehr der Jüngste, und es wird Zeit, dass jemand mit neuen und frischen Ideen die Zügel in die Hand nimmt.«

»Genügend Skrupellosigkeit und Unbarmherzigkeit bringst du für diesen Job ja schon mal mit.«

»Man merkt ständig, dass du Comiczeichner bist, Rex. Immer einen frechen, aber für die jeweilige Situation unpassenden Spruch auf den Lippen. Vielleicht sollte dir allmählich bewusst werden, wer von uns bewaffnet ist und damit das Sagen hat.«

Wie um ihre Worte zu unterstreichen, gab sie Christopher einen Wink, worauf dieser mit der linken Hand hinter sich griff und eine weitere Pistole zum Vorschein brachte, die in seinem Hosenbund gesteckt hatte und die er nun an Marie weiterreichte. Marie richtete die Waffe auf mich, als hätte nicht schon eine ausgereicht, um in mir ein zutiefst mulmiges Gefühl zu erzeugen und mich davon zu überzeugen, dass momentan der denkbar ungünstigste Augenblick war, schlechte Scherze zu machen.

Doch obwohl ich jetzt in zwei tödliche Waffenläufe starrte, konnte ich meinen vorlauten Mund immer noch nicht halten. »So bin ich eben. Allerdings hattest du Glück, dass dich die Handlanger deines Mannes nicht erkannten, als wir in der Nähe meiner Wohnung in meinen Käfer stiegen.«

»Das war natürlich eine böse Überraschung für mich, als plötzlich der Audi hinter uns war. Natürlich erkannte ich den Wagen sofort. Allerdings hatte ich keine Sorge, dass die Männer mich erkannt haben könnten, weil ich in Alessias Wohnung mein Aussehen verändert hatte, bevor ich mich gestern an deine Fersen heftete.« Sie hob die Hand, griff in ihr langes dunkles Haar und zog es sich vom Kopf. Darunter kam ein mittelbrauner Kurzhaarschnitt zum Vorschein. »Außerdem habe ich mich ganz anders geschminkt, als ich es sonst tue, und die Kerle waren zu weit weg, um mich zu erkennen. Wenn sie uns allerdings eingeholt und geschnappt hätten, hätte selbst diese Maskerade nichts mehr genützt. Aber zum Glück bist du sie ja auf sehr elegante Art und Weise losgeworden.«

Ich schüttelte den Kopf. »Nicht mal die Haare waren echt. Und ich Idiot hab nichts gemerkt.«

»Zum Glück. Aber genug gequatscht! Du hast erfahren, was du wissen wolltest. Aber jetzt ist Schluss! Gib mir endlich die verdammte Aktentasche! Wir können dich auch niederschießen und sie uns selbst holen. Wenn du sie mir allerdings freiwillig gibst, darfst du am Leben bleiben.«

Ich schüttelte den Kopf. »Ihr könnt es euch doch gar nicht erlauben, mich am Leben zu lassen. Ich weiß nämlich zu viel.«

Sie zuckte mit den Schultern. »Und was willst du bitte schön mit diesem Wissen anfangen? Schon vergessen, dass die Polizei dich des dreifachen Mordes verdächtigt?« Sie hob die Hand und zählte an den Fingern ab, während sie die Toten aufzählte: »Alessia, der Handlanger meines Mannes in Alessias Badewanne und schließlich dein bester Freund Alex.«

»Wer von euch beiden hat Alex eigentlich umgebracht? Und wieso musste derjenige wie ein Wahnsinniger mit einem Messer auf ihn einstechen?«

Marie hob den Daumen und deutete damit auf Christopher, der mich erneut angrinste, als wollte er sich mit seiner Tat vor mir brüsten. »Für solche Dinge ist mein Begleiter zuständig. Ich hielt es allerdings für eine gute Idee, es wie die Tat eines Wahnsinnigen und nicht wie die eines Profis aussehen zu lassen, daher kam ich auf den Gedanken mit dem Messer. Die Polizei sollte denken, dass du nun komplett durchgedreht warst, nachdem du schon in Alessias Wohnung zwei Morde begangen hattest. Die Beweise für deine Schuld – die Elefantenmaske mit deinen Fingerabdrücken und das Messer, mit dem Alex erstochen wurde – haben wir übrigens anschließend in deinem Käfer deponiert, der in Alex' Garage steht. Du wirst schon genug damit zu tun haben, deine Unschuld zu beteuern, um mit den Fingern auf andere zeigen zu können. Und falls du der Polizei doch erzählen solltest, was heute Nacht passiert ist, wird dir vermutlich niemand glauben, weil das Ganze viel zu haarsträubend und unglaubwürdig ist. Außerdem haben Christopher und ich ein wasserdichtes Alibi, denn wir waren den ganzen Tag und die ganze Nacht bei guten Bekannten in Starnberg. Spar dir also lieber deine nutzlosen Anschuldigungen und konzentriere dich stattdessen auf deine Verteidigung. Und jetzt her mit der Tasche, oder muss ich sie dir aus deinen toten Händen reißen?«

Ich schüttelte den Kopf. Ich glaubte nicht wirklich, dass sie mich am Leben lassen würde. Andererseits brachte es mir auch nichts, mich zu weigern, denn wie Marie zu Recht bemerkt hatte, waren sie nicht länger auf meine Mithilfe angewiesen.

»Hier. Hol sie dir!« Ich hob die Hand, in der ich die in transparenten, leicht verdreckten Gefrierbeuteln steckende Tasche hielt, und streckte sie Marie entgegen.

»Na also«, sagte sie und kam auf mich zu, hielt dabei aber weiterhin die Schusswaffe auf mich gerichtet. »Du bist und bleibst eben ein braver Junge, Rex, der genau weiß, wann er das Richtige tun muss.«

Ich konnte den mühsam unterdrückten Triumph und die Gier in ihren Augen sehen, als sie nach der Aktentasche griff, und fragte mich, wie ich sie jemals hatte schön finden können, da die nackte Begierde in ihrem kalten Blick sie hässlich machte.

Ich reichte ihr das Bündel, das ich aus dem Grab meiner verstorbenen Freundin geholt hatte, und achtete darauf, dass sich unsere Finger wie zufällig berührten, während ich meine Augen gebannt auf ihr Gesicht gerichtet hielt, um zu sehen, ob es sich veränderte.

Ich hatte dafür nur einen Augenblick Zeit, denn im selben Moment, als der flüchtige körperliche Kontakt zustande kam, räusperte sich jemand ganz in der Nähe und sagte laut: »Hallo, Marie!«

36

Die Angesprochene, ihr langhaariger Begleiter und ich wandten gleichzeitig die Köpfe zur Seite und sahen dorthin, woher die Stimme gekommen war. Die Aktentasche war vergessen, sodass ich sie immer noch in der Hand hielt.

Ich wusste schon vorher, was ich zu sehen bekommen würde, denn ich hatte die Stimme des Mannes erkannt, mit dem ich erst vor Kurzem ein längeres Gespräch geführt hatte.

»Viktor?«, entfuhr es Marie, womit ich nun zumindest den Vornamen des Mannes erfuhr, der sich mir nur als Boss vorgestellt hatte.

Er stand zwei Grabreihen von uns entfernt und wurde von seinem Fahrer und *Vincent* flankiert, die ebenfalls Pistolen in den Händen hielten, die sie auf Marie und Christopher gerichtet hatten. Ich war froh, dass niemand auf mich zielte, weil ich ohnehin unbewaffnet und von allen Anwesenden vermutlich am ungefährlichsten war, und dass *Vincent* seine Maschinenpistole zu Hause gelassen hatte.

Viktor, der Boss, hatte die Hände in den Hosentaschen und nur Augen für Marie. Er sah sie so finster an, als wollte er im nächsten Moment über die beiden Gräber vor ihm hechten, seine Frau anspringen und sie mit bloßen Händen erwürgen.

Der Fahrer hielt sowohl seinen Blick als auch seine Pistole auf Christopher gerichtet, der im Gegenzug ihn in Schach hielt, während *Vincent* auf Marie zielte, dabei aber mich böse ansah. Als ich seinen

Blick erwiderte, formte er mit den Lippen unhörbare Worte und nickte dann entschlossen. Ich bin zwar kein Lippenleser, konnte aber dennoch die Worte *Du bist tot!* herauslesen. Ich konnte es ihm nicht einmal verübeln, dass er so schlecht drauf war und ein Hühnchen mit mir rupfen wollte, nachdem ich seine Backe mit einem Bleistift durchbohrt, ihn mit einem Gummihammer bewusstlos geschlagen und dann auch noch sein Auto geklaut hatte. Für jemanden wie *Vincent* war es vermutlich sogar doppelt oder dreifach demütigend, dass ein Amateur wie ich das alles bewerkstelligt hatte. Er war notdürftig verarztet worden, indem ihm jemand – vermutlich sein Kollege – mit braunem Pflaster einen Zellstofftupfer auf die Backe geklebt hatte, der den Riss verdeckte. Außerdem leuchtete die linke Schläfe in allen Farben des Regenbogens, sodass er seinem Idol *Vincent Vega* weniger ähnlichsah als je zuvor.

»Warum hast du das getan, Marie?«, fragte der Boss, und seine laute Stimme zerriss das Schweigen, das sich zwischen den beiden Parteien ausgebreitet hatte, die sich gegenseitig fixierten und mit Schusswaffen aufeinander zielten.

Es kam mir wie die klassische Pattsituation vor, bei der sich mehrere Bewaffnete gegenüberstanden und gegenseitig in Schach hielten. Ich hoffte nur, dass keiner die Nerven verlor und schoss, denn dann konnte das hier leicht zum Gemetzel werden, bei dem vermutlich die meisten der Teilnehmer auf der Strecke bleiben würden. Mein einziger Trost bestand darin, dass kein Waffenlauf auf mich gerichtet war.

»Wie hast du uns hier gefunden?«, fragte Marie, ohne auf die Frage ihres Mannes einzugehen, und warf mir einen Seitenblick zu, als verdächtige sie mich des Verrats und der Kollaboration mit dem Boss. Ich zuckte die Schultern und schüttelte den Kopf, um jede Schuld von mir zu weisen.

»Das war einfach«, sagte der Boss und konnte sich ein schmales Lächeln nicht verkneifen. »Der Comiczeichner führte uns hierher.«

Ich starrte ihn überrascht an. »Ich?«

Marie sah mich erneut an, dieses Mal eindeutig bösartiger. »Er?«

Ich befürchtete schon, sie würde ihre Waffe auf mich richten und mich niederknallen. Doch zum Glück tat sie es nicht.

»Er tat es natürlich nicht bewusst, sondern unwissentlich, indem er den BMW meines Bodyguards stahl. Er wusste ja nicht, dass all unsere

Autos mit einem Signalgeber ausgerüstet sind, der es uns erlaubt, sie über Satellit zu orten. Aber nachdem wir das geklärt haben, zurück zu meiner Frage: Warum bestiehlst und betrügst du deinen eigenen Ehemann und lässt meine Männer von diesem langhaarigen Wichser umbringen?«

»Da redet der Richtige. Vom Stehlen, Betrügen und Umbringen verstehst du doch viel mehr als ich. Vor allem vom Betrügen. Du fickst doch jede Möse, der du begegnest.«

Ich war froh, dass Maries Zorn nicht länger mir, sondern wieder dem Boss galt. Mir war nämlich entschieden wohler, wenn ich nicht im Mittelpunkt der Aufmerksamkeit von vier Bewaffneten stand.

Der Boss machte eine verdrießliche Miene und schüttelte den Kopf, als wäre er vor allem von der obszönen Wortwahl seiner Frau enttäuscht.

»Es bricht mir das Herz, wenn ich sehe, was aus dir geworden ist, Marie.«

»Dabei hast du mich doch zu dem gemacht, was ich heute bin.«

Ich sah zu Marie, die wieder zwei Schritte von mir zurückgewichen war, was mir nur recht war, weil mich dann keine verirrte Kugel treffen konnte, die eigentlich für sie bestimmt war. Sie war kreidebleich und umklammerte die Pistole so fest, dass ihre Fingerknöchel ganz weiß waren. Auf wen sie zielte, konnte ich nicht genau erkennen, es kam mir aber so vor, als wäre der Pistolenlauf auf den Zwischenraum zwischen ihrem Mann und *Vincent* gerichtet.

Als ich wieder den Boss ansah, schüttelte dieser erneut den Kopf. »Es muss nicht so enden, Marie«, sagte er dann. »Lass einfach die Pistole fallen. Dann verzeihe ich dir, was du getan hast, und wir gehen nach Hause. Fabian braucht seine Mutter.«

Marie presste die Lippen aufeinander und sagte nichts, während sie über seine Worte nachzudenken schien.

Ich brauchte nicht lange nachzudenken, um zu erkennen, dass es ein vernünftiger Vorschlag war. Allerdings war ich mir nicht sicher, ob diese Amnestie sich auch auf Maries Begleiter und mich erstreckte.

»Und wo ist der Haken?«, fragte Marie schließlich.

»Dein Freund muss sterben!«

Ich dachte zuerst, er hätte von mir gesprochen, und spürte mein Herz stocken, doch dann sah ich, dass der Boss nicht mich, sondern

Christopher ansah. Ich nickte erleichtert, denn damit konnte ich leben. Schließlich hatte Christopher mindestens fünf Menschen auf dem Gewissen, da konnte er sich jetzt wirklich nicht darüber beklagen, dass ausnahmsweise ihm jemand das Lebenslicht ausblies.

Ein nachdenklicher Ausdruck trat auf Maries Gesicht. Wenigstens dachte sie darüber nach und wies das Angebot ihres Mannes nicht gleich vehement von sich. Sie wandte den Kopf und sah zu Christopher, der ihren Blick erwiderte.

Welche Blicke die beiden wechselten und welche Botschaft Christopher in Maries Augen las, wusste ich natürlich nicht, ich bekam aber eine Ahnung, als Christopher plötzlich rief: »Vergiss es, Schlampe!«, den Kopf wieder nach vorn wandte und abdrückte.

37

Der Schuss rollte wie ein Donnerschlag über den nächtlichen Friedhof und erschien mir so laut, als könnte er sogar einen Teil der zigtausend Toten um uns herum wieder zum Leben erwecken, was ich allerdings nicht hoffte.

Christophers Reaktion hatte fürs Erste alle Anwesenden überrascht, setzte jedoch eine tödliche Kettenreaktion in Gang, die, sobald sie erst einmal ihren verhängnisvollen Lauf nahm, nicht mehr aufzuhalten war und erst endete, nachdem sich fünfzig Prozent der lebenden Minderheit auf dem Totenacker zur schweigenden Mehrheit der Toten gesellt hatten.

Christopher bewies auch mit seiner letzten Aktion auf Erden, dass er ein Meister des Tötens war, und erhöhte seine persönliche Abschussliste der letzten anderthalb Wochen auf sechs Opfer, denn sein Schuss war wohlgezielt und traf Viktors Fahrer haargenau in die Stirn. Das Licht in seinen Augen erlosch wie ausgeknipst, und er kippte ohne einen Laut nach hinten, um auf einer Grabstelle zu landen.

Vincent überwand seine Schrecksekunde als Erster, riss die Waffe herum und schoss auf Christopher. Es gelang ihm, rasch hintereinander drei Schüsse abzugeben, bevor ihn eine von Marie abgefeuerte Kugel in den Hals traf, herumwirbelte und in die Knie zwang. Zwei weitere Projektile trafen ihn in den breiten Rücken, der nur schwer zu verfehlen war, und schickten ihn endgültig zu Boden. Da er sich anschließend nicht mehr bewegte, ging ich davon aus, dass er ebenfalls tot war. Allerdings hatte er es vor seinem Tod noch geschafft, Christopher mit einer seiner Kugeln tödlich zu verwunden. Zwar hatten alle drei Schüsse getroffen, doch nur einer – der zweite – hatte Christophers Herz durchbohrt und ihn auf der Stelle getötet. Das erste Projektil war hingegen in die rechte Brustseite eingedrungen und hatte die Lunge perforiert, während das letzte *nur* Christophers Unterkiefer zerschmettert hatte.

Erst als die Schüsse bereits verhallt waren und die drei Männer reglos am Boden lagen, bemerkte ich, dass ich mich während des Schusswechsels kaum gerührt hatte und noch immer in derselben Haltung wie vor dem ersten Schuss dastand, als wäre ich zu Stein erstarrt. Jetzt ärgerte ich mich, denn ich hätte die Gelegenheit nutzen und davonrennen können. Doch nun war es dafür zu spät.

Außer mir waren nur noch der Boss und Marie auf den Beinen. Ihr Ehestreit – wenn man es so nennen wollte – hatte mittlerweile alles übertroffen, was ich jemals gehört hatte, und ging deutlich über einen normalen Rosenkrieg hinaus, da er bis dato neun Menschen das Leben gekostet hatte. Da ein Menschenleben mit Geld eigentlich nicht aufzuwiegen war, handelte es sich vermutlich um die teuerste Scheidung der Welt. Und die Geschichte war noch längst nicht zu Ende, denn mangels anderer Ziele richtete Marie ihre Schusswaffe nun auf ihren Ehemann. Dieser wiederum hatte die Schießerei, die ihn seiner Handlanger beraubt hatte, dazu genutzt, ebenfalls eine riesige Automatik zu ziehen, die er nun seinerseits auf seine Ehefrau richtete.

»Mach jetzt bloß keine Dummheiten, Marie!«, sagte der Boss. »Lass uns vernünftig miteinander reden. Du wirst sehen, wir finden schon eine Lösung.«

»Ich wünschte mir, du hättest schon früher die Bereitschaft gezeigt, mich ernst zu nehmen und vernünftig mit mir zu reden. Aber anscheinend muss man dich erst mit einer Pistole bedrohen, damit es dazu kommt.«

»Ich würde dich nur ungern erschießen, Marie. Immerhin bist du die Mutter meines Sohnes.«

»Tja, Pech gehabt, Viktor. Ich habe nämlich überhaupt keine Skrupel, dich niederzuknallen wie einen tollwütigen Hund. Fahr also zur Hölle!«

Der erste Schuss riss erneut ein gewaltiges Loch in die nächtliche Ruhe dieses Ortes, bevor das dazugehörige Projektil in die rechte Brust des Bosses drang. Er zeigte einen zutiefst verblüfften Gesichtsauszug, denn damit hatte er allem Anschein nach nicht gerechnet, taumelte einen Schritt nach hinten, blieb dann schwankend stehen und ließ die Hand mit der Waffe sinken, als wäre sie zu schwer für ihn geworden.

Auch ich hatte nicht erwartet, dass Marie so mir nichts, dir nichts auf ihren Mann schießen würde, denn bislang hatte sie das Morden ihrem Handlanger Christopher überlassen. Doch da dieser nicht mehr verfügbar war, musste sie die Drecksarbeit jetzt eben selbst erledigen.

»Marie …?«

Was immer der Boss sagen wollte, er kam nicht mehr dazu, den Satz zu vollenden. Die zweite Kugel traf ihn an der linken Brustseite und ließ ihn nach hinten taumeln. Er stieß gegen den Sockel eines Grabdenkmals, das einen Engel mit ausgebreiteten Flügeln darstellte und rutschte daran herunter, bis er auf seinem Hintern landete. Obwohl er tödlich verletzt sein musste, hob er den Kopf und sah Marie an. Ein Blutfaden lief aus seinem rechten Mundwinkel, der im Licht des Mondes schwarz aussah. »Wir sehen … uns in der … Hölle!«, sagte er und versuchte, die Hand mit der Schusswaffe zu heben.

Vermutlich hätte er es ohnehin nicht mehr geschafft, die Pistole weit genug anzuheben, um einen Schuss abgeben zu können. Marie ließ es allerdings nicht darauf ankommen. Sie feuerte erneut und gab kurz hintereinander zwei Schüsse ab, die den Boss in die Schulter und den Hals trafen und sein gewalttätiges, kriminelles Leben abrupt beendeten. Die Hand mit der Waffe fiel herunter, und sein Kopf sank nach vorn.

Ich erschauderte, als ich zuerst den toten Boss und dann die anderen drei Leichen ansah. Gevatter Tod hatte heute Nacht schrecklich viel zu tun, aber wenigstens hatte er nicht weit zu gehen.

Schließlich hob ich den Blick von Christophers Leichnam und sah Marie an. Für einen Moment verspürte ich den Drang, die Aktentasche auf sie zu werfen und davonzulaufen, doch als ich dem Blick aus ihren kalten Augen begegnete, verdampfte der Gedanke schneller als eine Schneeflocke in der Sauna.

»Und jetzt zu dir, Rex!«, sagte Marie und richtete ihre Pistole auf mich.

Die Todesangst verschärfte meine Wahrnehmungen, sodass ich sogar sehen konnte, wie sich ihr Zeigefinger am Abzug der Waffe krümmte.

Das war's dann wohl!, dachte ich, schloss die Augen und wartete auf den unvermeidlichen Schuss. Der einzige Trost, den ich fand, bestand darin, dass ich direkt neben Sanjas Grab sterben würde. Dann hatten weder der Tod noch ich besonders weit zu gehen.

38

»Komm her und gib mir die Tasche!«

Ich öffnete ruckartig die Augen und sah Marie überrascht an. Ich hatte damit gerechnet, dass sie mich ebenso kaltblütig wie ihren Ehemann erschießen würde, doch anscheinend hatte ich mich getäuscht.

»Warum erschießt du mich nicht einfach und holst dir die Aktentasche selbst?« Ich weiß selbst nicht, warum ich immer wieder derartig törichte Dinge sagen muss. Aber meistens waren sie bereits aus meinem Mund geflutscht und nicht mehr ungeschehen zu machen, bevor mir einfiel, dass ich mich damit möglicherweise um Kopf und Kragen redete.

Marie zuckte mit den Schultern und runzelte die Stirn, als würde sie tatsächlich intensiv über meine Frage nachdenken.

Ich schluckte betreten und hoffte, dass sie nicht zu dem Ergebnis kam, dass ich eigentlich gar nicht so unrecht hatte.

»Ich weiß auch nicht«, sagte sie dann, »aber irgendwie mag ich dich, Rex.«

Ich wusste nicht, ob es so erstrebenswert war, von Marie gemocht zu werden. Vermutlich hatte sie irgendwann auch ihren Mann und bis vor Kurzem Christopher gemocht, und beide waren jetzt mausetot. Allerdings war es vermutlich immer noch besser, als wenn sie einen nicht mochte.

»Außerdem ist nach Christophers Tod ein Platz an meiner Seite frei geworden. Du könntest seine Stelle einnehmen und mit mir gemeinsam die Organisation meines verstorbenen Ehemanns leiten. Ist das nicht ein verlockendes Angebot? Vor allem, wenn die Alternative darin besteht, dass ich dich erschieße.«

Ich wiegte den Kopf hin und her. Ihre Worte hatten etwas für sich, das musste ich zugeben. Andererseits wäre auch eine Stelle als ihr persönlicher Schuhabtreter interessant gewesen, wenn einem andernfalls der sichere Tod drohte.

»Ich glaube nicht, dass ich Christopher adäquat ersetzen kann, mir fehlen nämlich eindeutig das Mörder-Gen, die Skrupellosigkeit und die Gemeinheit, die Leuten wie ihm, deinem Mann und dir anscheinend in die Wiege gelegt wurden.«

»Für die Drecksarbeit werden wir schon jemanden finden.«

»Wie lange habe ich Bedenkzeit? Wäre schön, wenn ich wenigstens einmal drüber schlafen könnte. Meine Oma hat mir immer gesagt, dass man keine wichtige Entscheidung übers Knie brechen soll.«

Marie schüttelte den Kopf. »Du hast höchstens fünf Minuten, es dir zu überlegen. Aber jetzt bring mir erst einmal die Tasche!«

Ich sah auf die Aktentasche mit den Kontounterlagen, den Auslöser aller Morde, die ich immer noch in der linken Hand hielt und beinahe ganz vergessen hatte. Die andere Hand, in der ich das Handy gehalten hatte, bis Christopher es mir abgenommen hatte, hatte ich in die Jackentasche gesteckt.

»Okay«, sagte ich und setzte mich in Bewegung. »Willst du übrigens die Wahrheit wissen, warum ich dich gestern von der U-Bahnstation zu Alessia Engels Wohnung verfolgt habe?«

»Du hast mir erzählt, dass du deine Schmerztabletten wiederhaben wolltest. War das etwa gelogen?«

Ich nickte und machte den nächsten Schritt.

»Dann vielleicht, weil du mich so unglaublich schön und interessant fandest, dass du mir einfach nachgehen musstest?«

Ich wusste nicht, ob sie das ernst meinte. Ihrer Miene nach zu schließen, war es tatsächlich so.

»Nein!«

»Schade. Was war dann der Grund?«

Einen halben Meter vor ihr blieb ich stehen, machte aber noch keine Anstalten, ihr die Aktentasche zu übergeben.

»Ich erzählte dir doch, dass ich seit dem Unfall unter Berührungsangst leide.«

Marie nickte.

»Das war ebenfalls gelogen. Ich leide gar nicht unter einer *Aphenphosmophobie*.«

240

»Sondern.«

»Seit ich aus dem Koma erwacht bin, besitze ich eine unheimliche Gabe. Sobald ich jemanden berühre, der innerhalb der nächsten drei Tage sterben wird, sehe ich nicht mehr sein normales Gesicht, sondern stattdessen einen dunklen Schatten, der die Form eines Totenschädels hat. Ich bezeichne diese Erscheinung als *Totengesicht* oder *Antlitz des Todes*. Sie währt nur wenige Sekunden, ist aber ein untrügliches Zeichen, dass diese Person dem Tode geweiht ist. Ich habe schon mehrmals versucht, es zu verhindern und das Schicksal der Leute zu ändern, doch es ist mir bislang noch nie gelungen. Vor anderthalb Wochen berührten der Buchhalter deines Mannes und ich uns zufällig in der U-Bahn, und ich sah sein Totengesicht. Deshalb bin ich ihm gefolgt. Ich wollte sehen, ob ich ihm helfen, ihn möglicherweise retten könnte. Doch so funktioniert das nicht, das sehe ich inzwischen ein. Wenn ich einmal das Antlitz des Todes im Gesicht eines Menschen gesehen habe, dann wird er in Kürze sterben.«

»Das ist wirklich interessant. Aber wieso erzählst du das alles ausgerechnet mir?«

Ich sah, dass Marie nur so tat, als wüsste sie nicht längst, worauf ich hinauswollte. Sie war blass geworden, und die Angst war in ihren eisigen Augen zu sehen.

»Als wir uns in der U-Bahnstation berührten, sah ich auch dein Totengesicht, Marie. Nur deshalb folgte ich dir zu Alessias Wohnung.«

»Aber ich bin nicht tot, Rex«, sagte Marie mit trotziger Stimme. »Alle anderen sind tot, aber ich bin noch immer am Leben. Vielleicht ist es dir ja zum ersten Mal gelungen, jemanden zu retten. Aber vielleicht hast du dich in meinem Fall auch einfach nur getäuscht, denn der Handlanger meines Mannes hätte mich sicherlich nicht umgebracht, sondern nur zu meinem Mann geschleift, der anschließend über mein Schicksal entschieden hätte. Los, berühr mich noch einmal, dann wirst du schon sehen, dass ich kein albernes Totengesicht mehr habe!«

Ich schüttelte den Kopf. »Das habe ich schon, Marie. Vorhin, als ich dir die Aktentasche geben sollte, bevor dein Mann auf der Bildfläche erschien.«

Maries Augen weiteten sich. Sie schluckte. »Und was hast du da gesehen?« Ihre Stimme war nur noch ein Hauch.

»Du wirst bald sterben, Marie!«

»Du lügst doch!«

Ich schüttelte den Kopf und sah Marie voller Bedauern an. »Nein, diesmal nicht!«

»Du willst mich doch nur reinlegen mit deiner … deiner Fantasiegeschichte!«, sagte Marie, kam einen Schritt näher, bis wir uns beinahe berührten, und stieß mir den Lauf der Pistole in den Bauch, dass es wehtat. »Das hast du dir doch alles nur ausgedacht, um dein erbärmliches Leben zu retten. Jetzt gib mir endlich die Aktentasche und sag mir, wie du dich entschieden hast. Die fünf Minuten Bedenkzeit sind nämlich um.«

»Das waren aber kurze fünf Minuten.«

»Schluss mit den dummen Sprüchen. Tu endlich, was ich dir sage, sonst kannst du dein eigenes Totengesicht im Spiegel betrachten, nachdem ich dir ein Loch in den Bauch geschossen habe.«

Ich nickte. »Okay. Hier, nimm sie!«

Ich warf ihr die Aktentasche gegen die Brust. Wie erwartet zuckte Marie erschrocken zurück. Gleichzeitig zog ich die rechte Hand aus der Jackentasche und schob die Klinge des Teppichmessers, das ich umklammerte, nach vorn. Bevor Marie reagieren und auf mich schießen konnte, zog ich die Klinge über den Handrücken ihrer Waffenhand. Sie schrie, als sie den Schmerz spürte, riss die Hand instinktiv zurück und öffnete reflexartig die Finger, sodass ihr die Pistole entglitt und zu Boden fiel.

Ich hätte mich nach der Waffe bücken und versuchen können, sie an mich zu nehmen, ahnte aber, dass Marie, sobald sie sich von dem ersten Schrecken erholt hatte und sah, dass es nur eine harmlose Schnittwunde war, dasselbe tun würde. Und möglicherweise war sie schneller, sodass ich durch meine Aktion nichts erreicht hätte. Also wirbelte ich stattdessen auf dem Absatz herum und rannte los, als wären alle Teufel, Unterteufel und Hilfsteufel aus sämtlichen neun Kreisen der Hölle gleichzeitig hinter mir her.

39

Ich lief geduckt und im Zickzack zwischen den Grabreihen hindurch und versuchte dabei, möglichst viele Grabsteine zwischen Marie und mich zu bringen, bevor sie die Pistole wieder in der Hand hatte und schießen konnte. Die empfindliche Stelle zwischen meinen Schulter-blättern kribbelte wie verrückt, und ich konnte mich nicht kratzen. Trotz meiner Versuche, die Grabsteine und Grabdenkmäler als De-ckung zu nutzen, erwartete ich jeden Moment, eine Kugel in den Rü-cken zu kriegen.

»Du bist so was von tot, du Bastard!«, schrie Marie hinter mir und schoss.

Das Projektil traf jedoch nicht mich, sondern den Grabstein, den ich gerade passieren wollte, prallte ab und sauste als Querschläger davon. Ich machte einen zusätzlichen Haken nach links und sauste zwischen zwei Grabsteinen auf den dahinter liegenden Weg. Ein weiterer Schuss peitschte durch die Nacht, ging jedoch ebenfalls fehl.

Ich hätte zwar gern für einen Augenblick den Kopf umgewandt, um nachzusehen, wo Marie war und ob sie mir folgte, hatte aber viel zu viel Angst, ich könnte stolpern und hinfallen. Denn dann wäre meine Flucht mit Sicherheit vorzeitig beendet gewesen.

Ich tauchte in geduckter Haltung in die nächste Grabreihe und rann-te hakenschlagend zwischen den Gräbern weiter. Ich hielt mich in südöstlicher Richtung, um zu den Gebäuden zu gelangen, die dort lagen. Vielleicht konnte ich mich zwischen ihnen vor Marie verste-cken. Oder ich schaffte es, irgendwo dort über die Mauer zu klettern.

Allerdings musste ich erst einmal dorthin kommen, ohne vorher er-schossen zu werden, denn in diesem Moment gab Marie zwei weitere Schüsse ab. Der erste sauste harmlos an mir vorbei, doch der zweite traf einen Grabstein ganz in meiner Nähe und riss scharfkantige Stein-splitter los, die mich am rechten Schenkel trafen und sich zuerst durch meine Hose und dann in mein Fleisch bohrten.

Ich schrie vor Schmerz und wäre beinahe gestürzt, als mein rechtes Bein unter mir nachgab. Doch es gelang mir, mich mit der Hand an einem Grabstein abzustützen und den Sturz abzufangen. Ich biss die Zähne zusammen und lief weiter, obwohl mich bei jedem Schritt hefti-ge Schmerzen durchzuckten und ich spürte, wie mir warmes Blut am Bein hinunterlief. Doch das waren allenfalls Kleinigkeiten gegen das, was mich erwartete, wenn ich nicht weiterlief und Marie in die Hände fiel, die ich jetzt erst richtig wütend gemacht hatte.

»Du entkommst mir nicht!«

Es erfüllte mich mit Sorge, dass Marie noch immer Luft zum Reden hatte, während ich schon aus dem letzten Loch pfiff und so heftig schnaufte wie eine altersschwache Dampflokomotive.

Vor mir tauchte eine Urnenmauer auf. Ich rannte schneller, ohne Haken zu schlagen, um dahinter in Deckung zu gehen. Im gleichen Moment, als ich sie erreichte, knallte es hinter mir zweimal laut, und ich hörte, dass die Kugeln in die Mauer einschlugen.

Ich lief jetzt nicht länger geduckt, da mich das sehr viel Kraft gekostet und langsamer gemacht hatte. Nachdem ich eine kleine Gruppe aus Büschen und Bäumen passiert hatte, bog ich dahinter nach links. Ich lauschte, konnte aber wegen der Geräusche meiner eigenen Schritte und meines heftigen Schnaufens nichts hören. Da ich jetzt auf einem Weg ohne Hindernisse lief, wagte ich es, den Kopf zu drehen und nach hinten zu schauen, doch von Marie war nichts zu entdecken. Hatte sie etwa aufgegeben? Oder versuchte sie nur, mir den Weg abzuschneiden?

Der Gedanke genügte, um noch einmal verborgene Kraftreserven zu mobilisieren, von denen ich gar nichts geahnt hatte. Ich passierte eine Wegkreuzung und sah nach links, ob Marie von dort kam, konnte sie jedoch zum Glück nicht sehen.

Ich sah wieder nach vorn. Die Gebäude, die ich mir als Ziel auserkoren hatte, waren nun nicht mehr fern. Rechts davon befand sich die Pforte, die ich üblicherweise nahm, wenn ich Sanjas Grab besuchte. Ich warf erneut einen raschen Blick über die Schulter nach hinten und anschließend in die Runde, konnte Marie aber noch immer nirgendwo entdecken.

Bis zum ersten Gebäude, in dem sich auch eine Toilette befand, waren es nur noch wenige Meter, als ich durch die daneben liegende Gittertür ein flackerndes blaues Licht sah, das mit jedem meiner Schritte stärker wurde, weil sich anscheinend dort draußen Fahrzeuge mit Blaulicht dem Friedhof näherten.

Ich schöpfte sofort neue Hoffnung, änderte meine Laufrichtung und lief nun auf die Friedhofspforte zu. Ich hörte mehrere Fahrzeuge näher kommen, während das Aufblitzen der Blaulichter immer stärker wurde. Martinshörner hörte ich nicht, weil die Beamten sie mitten in der Nacht anscheinend nicht für notwendig hielten. Ich hoffte allerdings, dass Marie, sollte sie noch immer hinter mir her sein, von den Blaulichtern abgeschreckt wurde und ihre Absicht, mich umzubringen, aufgab.

Ich erinnerte mich, dass ich Kriminaloberkommissar Funk erzählt hatte, wo ich mich befand. Das da draußen mussten also er, sein Kollege und wahrscheinlich ein paar Streifenwagen sein, die er hierher beordert hatte.

Ich hörte, wie die Autos zum Stehen kamen, und nahm an, dass sie vor den Eingängen in der Nähe der Aussegnungshalle angehalten hatten. Das war höchstens hundert Meter von dem Seiteneingang entfernt, den ich ansteuerte.

Ich hatte jetzt nur noch fünf Schritte zu laufen, während ich angespannt auf Geräusche in meiner Umgebung lauschte. Doch alles, was ich über die Geräusche, die ich selbst verursachte, hören konnte, war das Öffnen von Autotüren. Am liebsten hätte ich laut geschrien, um die Polizisten auf mich aufmerksam zu machen, doch dafür hatte ich momentan keine Luft übrig.

Ich gab noch einmal alles und setzte zum Schlussspurt an. Dann warf ich mich nach vorn, umklammerte die Gitterstäbe der Tür und blickte schwer atmend nach draußen. Ich hatte recht gehabt. Zwei Streifenwagen und ein Zivilfahrzeug standen mit offenen Türen und aufblitzenden Blaulichtern vor den Eingängen bei der Aussegnungshalle. Ich konnte mehrere uniformierte Polizisten und zwei Männer in Zivil erkennen. Einen von ihnen hatte ich bereits vor meiner Wohnung gesehen, der andere musste demnach Kriminaloberkommissar Funk sein. Ich rüttelte an den Gitterstäben, doch die Tür vor mir ließ sich nicht öffnen, weil sie um diese Zeit natürlich abgesperrt war. Ich öffnete den Mund und holte ganz tief Luft, um laut zu schreien und die Polizisten auf mich aufmerksam zu machen, doch in diesem Moment hörte ich hinter mir ein Knirschen, und meine Nackenhärchen stellten sich auf.

»Hast du etwa geglaubt, du könntest mir entkommen?«

Ich hatte es tatsächlich geglaubt, doch anscheinend hatte Marie den Charakter eines Pitbulls, der seine Beute nicht mehr so schnell losließ, wenn er sich erst einmal in sie verbissen hatte. Was mich aber in diesem Moment vor allem frustrierte, war die Tatsache, dass Marie verständliche Sätze bilden konnte und nur etwas schwerer atmete, während ich nach all der Rennerei beinahe am Ende meiner Kräfte war und Mühe hatte, genug Luft zum Atmen zu inhalieren.

Ich wandte mich resigniert um und lehnte mich mit dem Rücken erschöpft gegen die Gittertür, weil die Muskeln in meinen Oberschenkeln wegen der Anstrengung stark zitterten.

Marie stand etwa drei Meter von mir entfernt und hielt ihre Pistole auf meinen Kopf gerichtet. Wenn sie jetzt abdrückte, würde vermutlich mein Gehirn zwischen den Gitterstäben nach draußen fliegen, während der Großteil meines Körpers auf dem Friedhof blieb. Kein sehr angenehmer Gedanke. Ich hoffte nur, dass es nicht mein letzter war.

»Po...li...zei!«, sagte ich zwischen meinen keuchenden Atemzügen und deutete mit dem ausgestreckten Daumen meiner linken Hand über die Schulter nach hinten. Erst jetzt fiel mir auf, dass ich das Teppichmesser nicht mehr in der Hand hielt. Es musste mir bei meiner Flucht aus der Hand gefallen sein, ohne dass ich es bemerkt hatte. Allerdings wäre es mir jetzt ohnehin nicht mehr von Nutzen gewesen, da Marie bestimmt nicht noch einmal denselben Fehler beging und mir zu nahe kam.

Sie schüttelte den Kopf. »Bis die hier sind, bin ich längst wieder weg. Vorher werde ich dir aber eine Kugel in den Kopf schießen und die Pistole in die Hand drücken, nachdem ich sie abgewischt habe. Die Polizei wird glauben, dass du nach den Morden an Alessia und deinem Freund Amok gelaufen und dich mit den falschen Leuten eingelassen hast. Es kam zu einem Aufeinandertreffen auf dem Friedhof, bei dem du einen der Handlanger meines Mannes und dann auch noch ihn selbst erschossen hast. Anschließend hast du die Flucht ergriffen und bist zu dieser Tür gerannt. Als du jedoch die Streifenwagen und Polizisten sahst, erkanntest du, dass du nicht entkommen konntest, da der Friedhof möglicherweise längst umstellt war. Also hast du dir die Pistole an den Kopf gehalten und abgedrückt. Die Polizisten werden sich sicherlich freuen, dass du ihnen dadurch eine Menge Ermittlungsarbeit abnimmst, denn so können sie gleich mehrere Mordfälle auf einmal zu den Akten legen.«

Sie war bei ihren Worten immer näher gekommen, bis sie nur noch einen halben Meter vor mir stand. Hätte ich nur das Teppichmesser noch gehabt. Allerdings bezweifelte ich, dass es mir ein zweites Mal gelungen wäre, sie zu überrumpeln. Außerdem hatte ich auch die Aktentasche nicht mehr, mit der ich sie abgelenkt hatte. Ich sah, dass sie sogar Zeit gefunden hatte, die Tasche, die ich nach ihr geworfen hatte, aufzuheben, denn sie trug sie unter dem linken Arm.

»Und wenn … ich tot bin … und der Fall … abgeschlossen ist, … dann bist du … fein raus, … kannst die … trauernde Witwe spielen … und das Erbe … deines Mannes antreten.«

Sie lächelte zum ersten Mal wieder, doch es war kein warmherziges, sondern ein eiskaltes Lächeln, das ihre Augen außen vor ließ. Hätte sie mich länger so angesehen, hätte ich vermutlich sogar zu frösteln angefangen. Doch sie wurde sofort wieder ernst, während sie die Pistolenmündung gegen meine Stirn presste.

»Leider haben wir keine Zeit für eine lange, rührselige Abschiedsszene, Rex. Deshalb nur so viel: Stirb wohl!«

Ich schloss erneut die Augen, als sie den Finger krümmte und abdrückte.

40

Der Schuss dröhnte mir in den Ohren, der Schmerz und die Finsternis des Todes blieben jedoch aus.

Der Druck der Mündung an meiner Stirn verschwand, und ich hörte, wie ein Körper vor mir zu Boden fiel. Als ich die Augen öffnete, war Maries Gesicht, von dem ich vor wenigen Augenblicken noch geglaubt hatte, es wäre das Letzte, was ich auf Erden zu sehen bekommen würde, verschwunden. Ich senkte den Blick und sah sie vor mir auf dem Weg liegen. Die Pistole war ihr entfallen und lag neben ihr.

Sie hatte die Arme ausgebreitet, sodass sie wie ein Engel wirkte, doch ihre Augen waren leer und starrten tot und blicklos in den Nachthimmel. Am Ende hatte sich der Bibelspruch doch wieder bewahrheitet: Was der Mensch sät, das wird er ernten!

Ich wandte mich um, als ich hinter mir Schritte hörte, die sich der Gittertür näherten. Der Mann hatte noch immer die Pistole in der Hand, mit der er Marie erschossen hatte, hielt sie jedoch nicht auf mich, sondern auf den Boden gerichtet. Er war einen halben Kopf kleiner als ich und hatte dunkelbraunes, kurz geschnittenes Haar und einen dichten Vollbart. Er trug einen zweiteiligen beigefarbenen Anzug, ein weißes Hemd und bequem aussehende Halbschuhe. Auch wenn er nicht hundertprozentig der Beschreibung entsprochen hätte, die Marie mir von dem zweiten Mann gegeben hatte, der mit seinem Kollegen meine

Wohnungstür aufgebrochen hatte, hätte ich dennoch gewusst, dass ich Kriminalhauptkommissar Funk vor mir hatte.

»Sie müssen ja ein Wahnsinnsschütze sein, Herr Kommissar«, sagte ich. »Ansonsten hätten Sie auch leicht mich treffen können.«

Er zuckte mit den Schultern. »Eigentlich schieße ich gar nicht so gut. Muss ein Glückstreffer gewesen sein.«

Der Gedanke, wie nah ich dem Tod in dieser Nacht erneut gewesen war, ließ meine Beine ganz weich werden, als wären sie aus Gummi. Ich sackte zusammen und fiel zu Boden. Den Aufprall spürte ich allerdings gar nicht mehr, da ich bereits das Bewusstsein verloren hatte und erst eine Stunde später im Krankentransportwagen wieder zu mir kam.

EPILOG

»Und das war die ganze Geschichte der zweitdramatischsten Nacht meines Lebens«, endete ich und sah Sanjas Grabstein an, als könnte er tatsächlich einen Kommentar zu dem abgeben, was ich erzählt hatte.

Ich kauerte neben dem Grab meiner toten Freundin, und allmählich taten mir die Beine weh. Deshalb erhob ich mich mit knackenden Gelenken und streckte meine Gliedmaßen. Als ich mich umsah, konnte ich niemanden in der unmittelbaren Nähe entdecken. Und auch die Spuren von vorletzter Nacht waren restlos beseitigt worden. Die Leichen der vier Männer waren verschwunden, und da es letzte Nacht geregnet hatte, war kein einziger Blutfleck im Gras, an einem Grabstein oder auf einer Grabeinfassung zurückgeblieben. Der Regen hatte dafür gesorgt, dass die letzten Spuren beseitigt wurden, sodass es einem vorkommen konnte, als hätte es den Schusswechsel an diesem Ort nie gegeben. Ich wusste es natürlich besser, allerdings kam es mir so vor, als lägen die Ereignisse schon viel länger zurück und nicht erst 32 Stunden.

Nachdem ich im Krankenwagen wieder zu mir gekommen war, hatte ich die nächsten Stunden im Krankenhaus verbracht, wo die Ärzte mich zuerst gründlich durchgecheckt und sich anschließend um meine Blessuren gekümmert hatten. Die Nase war zum Glück doch nicht gebrochen und tat kaum noch weh. Und die Schnittwunden an meinem Bein, die von den scharfkantigen Gesteinssplittern verursacht worden waren, hatten zwar heftig geblutet, waren aber nicht so schlimm, wie sie aussahen. Ansonsten hatte ich die Geschichte erstaunlich unbeschadet überstanden, wenn man bedachte, dass alle übrigen Beteiligten den Tod gefunden hatten.

Nach der Entlassung aus dem Krankenhaus wurde ich von zwei Streifenpolizisten, die geduldig vor der Tür gewartet hatten, in die Hansastraße gefahren, wo unter anderem auch das Kriminalfachdezernat 1 der Kriminalpolizei München beheimatet ist. Funk und sein Kollege, Oberkommissar Steiner, erwarteten mich bereits sehnsüchtig und wollten alles hören, was ich ihnen über meine Erlebnisse der letzten Stunden erzählen konnte. Ich musste meine Geschichte mindestens dreimal erzählen, bevor sie zufrieden waren und mich zähneknirschend gehen ließen. Schließlich waren die wahren Gesetzesbrecher in dieser

Geschichte allesamt tot, und ich hatte mir außer einer Fundunterschlagung und einem Autodiebstahl nichts Schwerwiegendes zuschulden kommen lassen. Die Körperverletzung, die ich *Vincent* zugefügt hatte, zählte für mich nicht, da ich gewissermaßen in berechtigter Notwehr gehandelt hatte.

Als ich dann am Nachmittag todmüde nach Hause kam, wurde ich dort erneut mit dem Chaos konfrontiert, das in meiner Wohnung herrschte und das ich in all der Aufregung schon vergessen hatte. Wenigstens hatte mein Vermieter bereits die Wohnungstür reparieren lassen, sodass ich sie hinter mir schließen konnte. Ich hatte allerdings noch keine Lust, aufzuräumen, sondern wollte nur endlich wieder etwas essen, duschen und dann ins Bett, um all die in den letzten Stunden sträflich vernachlässigten Dinge wie Nahrungsaufnahme, Körperpflege und Schlaf nachzuholen.

Ich schlief durch bis zum nächsten Morgen und fühlte mich nach einem Frühstück ausgeruht und fit genug, meine Wohnung aufzuräumen. Leider hatten die beiden Handlanger des Bosses ganze Arbeit geleistet und viele Dinge kaputt gemacht, sodass ich eine Menge Müll nach unten bringen musste. Doch diese Dinge waren allesamt ersetzbar. Und immerhin gelang es mir bis zum frühen Nachmittag, meine Wohnung wieder halbwegs in Ordnung zu bringen, sodass ich nach einer Tasse Kaffee und einer Wurstsemmel zum Friedhof aufbrechen konnte.

Nachdem ich Sanja die ganze Geschichte erzählt hatte, die sie vermutlich ohnehin schon kannte, fühlte ich mich besser. Die Zeiten an ihrem Grab, in denen ich ihr alles erzählen konnte, waren tatsächlich wie Therapiestunden auf der Couch eines Psychiaters, denn danach fühlte ich mich jedes Mal innerlich gereinigt und manchmal von einer Last befreit, die mich bedrückt hatte. Allerdings waren sie wesentlich günstiger, und ich war darüber hinaus an der frischen Luft.

Und endlich konnte ich auch angemessen um meinen verstorbenen Freund Alex trauern, denn während der dramatischen Ereignisse hatte ich weder Zeit noch Gelegenheit dazu gehabt, da ich mir ständig überlegen musste, wie ich die Nacht überlebte oder wie ich halbwegs heil wieder aus dieser Geschichte herauskam. Alex würde demnächst beigesetzt werden, sobald die Staatsanwaltschaft ihre Ermittlungen abschließen und seine Leiche freigeben würde. Das musste meiner Meinung nach allerdings bald der Fall sein, da alle Verdächtigen tot waren und nicht mehr vor Gericht gestellt werden konnten.

Von Alex wanderten meine Gedanken zu dem Kind, das ich im Haus des Bosses aufs Klo hatte gehen hören. Es würde nun vermutlich ebenfalls trauern, da es am selben Tag sowohl die Mutter als auch den Vater verloren hatte. Ich hoffte, dass der Junge – ich erinnerte mich, dass der Boss ihn Fabian genannt hatte – Großeltern oder Tanten und Onkel hatte, die sich um ihn kümmern konnten, sodass er nicht in ein Heim musste.

Ich seufzte, als ich mich erneut daran erinnerte, wie viel Leid durch diese Geschichte über so viele Menschen gebracht worden war. Nicht nur über die Todesopfer, elf an der Zahl, sondern auch über deren Angehörige, die mit dem Verlust weiterleben mussten.

Ich sah mich erneut um und entdeckte mehrere Menschen, allerdings keiner in der Nähe, die ebenfalls die Gräber naher Angehöriger oder Freunde besuchten. Dann richtete ich den Blick wieder auf Sanjas Namen auf dem Grabstein.

Es war Zeit zu gehen, denn ich hatte noch zu arbeiten. Da meine Arbeitsmappe mit dem Storyboard für den Zeichentrick-Werbespot nicht wieder aufgetaucht war, musste ich alles noch einmal machen. Immerhin erinnerte ich mich noch sehr gut daran, sodass es diesmal schneller gehen würde. Und zum Glück hatte mir die Werbeagentur eine weitere Fristverlängerung gewährt, nachdem ich heute Vormittag dort angerufen und gesagt hatte, dass meine Arbeitsmappe gestohlen worden war.

»Ich muss jetzt leider gehen«, sagte ich zu Sanjas Grabstein. »Aber ich komme bald wieder, versprochen. Mach's gut so lange.«

Dann wandte ich mich ab und ging davon.